二度死んだ女

レイフ・GW・ペーション

その事件は意外なところから持ち込まれた。同じアパートに住む10歳の少年が、夏のキャンプで人間の頭蓋骨をみつけたのだ。ベックストレームを師とあおぐ少年は、頭蓋骨の右のこめかみに小さな穴が開いていて、銃弾らしきものが残っていることを見逃さなかった。頭蓋骨の主は20歳から40歳のアジア系の女性、死後数年が経過しているものと思われた。ところが、警察の調べが進むうちに同じDNAを持った女性が12年前にタイで死亡していたことが判明。果たして人は二度死ぬことができるのか？　規格外の刑事ベックストレーム・シリーズ第4弾。

登場人物

エーヴェルト・ベックストレーム……ソルナ署の犯罪捜査部の警部
カール・ボリィストレーム……同、署長
トイヴォネン……同、犯罪捜査部のボス
アニカ（アンカン）・カールソン……同、犯罪捜査部の警部
ヤン・スティーグソン……同、犯罪捜査部の警部補
ピエテル・ニエミ……同、鑑識官
ホルヘ（チコ）・エルナンデス……同、鑑識官
ナディア・ヘーグベリ……同、行政職員
クリスティン・オルソン……同、生活安全部の警官
アダム・オレシケーヴィッチ……同、生活安全部の警官
ハンナ・ヴァス……副検事長
リサ・ラム……次長検事
リサ・マッテイ……公安警察局長
リンダ・マルティネス……同、警部
フランク・モトエレ……同、警部

アッカラー・ブンヤサーン……タイの国家犯罪捜査部の刑事局長
スーラー・コンパイサーン……タイの国家犯罪捜査部所属のインスペクター
シュワン・ジェチラワ……タイの国家犯罪捜査部所属のサブ・インスペクター
グスタフ・Gソン・ヘニング
（Gギュッラ）……有名な美術商
エドヴィン・ミロセヴィッチ……ベックストレームと同じアパートに住む少年
スロボダン……エドヴィンの父
ドゥサンカ……エドヴィンの母
グスタフ・ハクヴィン・
フールイェルム……夏のキャンプの責任者
ジャイディー・ヨンソン・
クンチャイ……津波で亡くなったタイ人女性
ダニエル・ヨンソン……ジャイディーの夫
ソフィー・ダニエルソン……ダニエルの再婚相手
サラ・ヨンソン……ダニエルの姉
スヴェン＝エリック・ヨンソン……ダニエルの父
ヤーダー・イン・ソン……タイのナイトクラブの接客長

二度死んだ女

レイフ・GW・ペーション
久山葉子訳

創元推理文庫

KAN MAN DÖ TVÅ GÅNGER?

by

Leif GW Persson

目次

二度死んだ女

――ある犯罪についての物語

これは大人になった子供のための恐ろしいおとぎ話である。しかし今回の主要登場人物の一人は本当に子供で、エーヴェルト・ベックストレームと同じアパートに住む十歳の少年エドヴィンだ。

この少年をコナン・ドイルの『シャーロック・ホームズ』シリーズに登場するベイカー街遊撃隊のストリートチルドレンになぞらえることもできる。あるいはエーリッヒ・ケストナー作『エミールと探偵たち』の主人公、エミール・ティッシュバイン少年。そして――この子を最後に挙げるのはスウェーデンの読者にとってもっとも馴染み深い存在だからだが――スウェーデンの誇る若き名探偵、アストリッド・リンドグレーンの三部作に登場するカッレくん、すなわちカッレ・ブロムクヴィストと考えてもいいかもしれない。

ベックストレームとエドヴィン坊やは、類似点は一切ないものの強い絆で結ばれている。エドヴィンはベックストレームの従者であり、使い走りもやっている。私的かつ個人的な性質の単純な雑用をこなしているのだ。一方のベックストレームは、エドヴィン側の見解では正しくはメンターであり、男として憧れの存在でもあった。だからエドヴィンがシースカウトの夏のキャンプでとてつもなく恐ろしいものを発見してしまったとき――そこには明らかに警察に届けるべき要素が存在したので――当然のごとくベックストレームの元へ駆けつけて助けを求めたのだった。

エドヴィンは〝警部さん〟の代理を務めさせてもらえるという期待を抱いていたのかもしれ

ない。これは最初の瞬間から、ベックストレームの評価によれば、非常に興味深い殺人事件の様相を呈していた。五十の坂をとうに越えた伝説の殺人捜査官ベックストレームと十歳の少年。後者が前者を父のごとく慕うのが妥当かどうかは議論の余地があるが。

その点には目をつむり、心を開き、内なる広い視野をもって見れば、これは男同士の高尚な友情の物語であり、心の絆はあらゆる外見的な差異を超えて結ばれていた。それ以外には、この上なく恐ろしい話でしかない。邪悪な力が駒を進め、ベックストレームとエドヴィン坊やの頭上には暗雲が立ちこめている。

いや、これ以上先を急ぐわけにはいかない。最初から始めさせてほしい。起きた順に、悲しい結末に至るまで。

エングハンマルの教授の館にて

二〇一六年　夏

レイフ・GW・ペーション

第一部　警察に届けるべき要素のある〝けっこう恐ろしい〟発見

1

七月十九日火曜日の午後六時前、ストックホルムのクングスホルメンで何者かが犯罪捜査官エーヴェルト・ベックストレーム警部の自宅アパートの呼び鈴を鳴らした。それは控えめながらも少しばかりせかすような鳴らしかたで、これがベックストレームの人生におけるまた新たな殺人事件の捜査の始まりの合図となった。通常はこんな始まりかたはしないのだが。

普段なら何もかも、昔ながらの流れで進む。エーヴェルト・ベックストレーム警部はソルナの警察署の凶悪犯罪の捜査グループのボスだ。もっとも凶悪な犯罪というのは各種の死に至る暴力を指し、ベックストレームはそういった事件になんらかの秩序を与える責任を担っていた。まだできることをやる——つまり事件を解決するのだ。犯人を捕らえ、しかるべき処罰を与え、それによって遺族の悲しみを癒《いや》し、心の中で事件に終止符を打てるように。

ベックストレームの場合、事件はほぼ必ず電話で始まる。上司、同僚あるいは夜間責任者が——オフィスアワー以外の時間帯に事件が起きた場合、それも珍しいことではないのだが——

電話をかけてきて、事件を担当してくれと頼んでくるのだ。

ベックストレームとしては毎回特に異論はなく、その点では他の皆も同様だった。異論などあるわけがない。数年前にソルナ署に配属になって以来、ベックストレームは捜査主任として二十件あまりの殺人事件を捜査し、一件を除いてすべて解決してきたのだ。一時など、自らの存在意義を危機にさらすほどの功績を残してしまった。管轄内の殺人事件件数が懸念するほど減少したのだ。幸いここ一年でその点は改善され、喜ばしいことに一般的な致死暴力、とりわけ殺人捜査の件数に増加が認められた。仕事の電話——つまり誰かしらの行為によって新しい死体が生まれ、その件がベックストレームのデスクにのる、それが妥当な流れだった。

しかし今回ばかりは自宅アパートの呼び鈴が鳴った瞬間に事件が始まり、おまけに殺人捜査官にとってこれほど個人的にさし迫った事件はなく、かつ極めて複雑な捜査だということがほどなくして判明する。

ベックストレームの玄関の呼び鈴、その控えめながらもせかすような鳴らしかた、それ自体が謎に満ちていた。というのもベックストレームはこれまで何度となく同じ呼び鈴の音を聞いてきて、そんなふうに鳴らす人物が誰なのかを知っていたからだ。これはエドヴィン坊やにちがいない。だが不思議だ——というのも、最後に少年に会ったのは夏至祭の前の週で、そのときにシースカウトの夏のキャンプに行くこと、そこから一カ月は帰ってこない、つまり七月末までは帰ってこないという話を聞いていたからだ。

2

アパートの呼び鈴が鳴るまで、この日はベックストレームの人生におけるごく普通の労働日だった。良い天気だったので職場に電話を入れ、午前中は自宅で働かなければならないことを告げた。警察庁（二〇一四年までは国家警察委員会）のほうから山場を迎えそうな事件に手を貸してくれと頼まれ、それならばむやみに東奔西走するよりも、家のパソコンから対処するのが適当だと思われるからだ。

それからバルコニーに出て朝食を食べ、のんびりと朝刊を読んだ。そのあとシャワーを浴び、丁寧《てぃねい》に身支度を整えた。天候に配慮した装いだ。ちっとも悪くない最近の人生、その人生におけるまた新たな一日は美しきスウェーデンの真夏日だった。それからやっとタクシーを呼ぶと、ソルナの警察署へ向かった。ランチの一時間前には到着したというのに、オフィス内は基本的に空っぽだった。警察隊の半分が夏休みをとっているのだ。給料をもらいながら勤務中に休みたければ、今が一年で最高の季節であることにも気づかない愚鈍なやつばかり。この時期は人が少なすぎて、執行幹部の思惑はどうあれ、これ以上仕事を増やすような冒険はまっぴらだった。代わりに古い書類をめくったり、相当数溜まっていた捜査を終了させたり。一言で言うと、緊急かつ深刻な捜査以外は何もかも避けて通る時期なのだ。

それはともかくとして、ベックストレームはいつもの確認ツアーを行った。部下が警察のリソースが必要になってくるような案件に従事しないよう見張るためだ。しかしどこもかしこも平和そのものだった。基本的にはどの部屋も廊下もデスクも空で、いつもの怠け者どもは休憩室で、仕事と関係のない天と地の間のあらゆることについて無駄口をたたいている。確認ツアーが終わるとすぐに、留守番電話に午後は外で会議、翌日にオフィスに戻るという自動メッセージを打ちこんだ。

それからユールゴーデン島までタクシーに乗り、こっそり職場を抜け出した他の同僚と鉢合わせる危険性は皆無のマナーハウスで昼食をとった。手始めに酢漬けニシンの小皿。冷えたチエコのピルスナーに、消化を良くするためのロシア産ウォッカ。その後はグリルステーキにピルスナーをもう一本、ステーキに添えられた炒め玉ねぎに負けないよう、大きな強い一杯も。最後はコーヒーとコニャックで締めくくり、本日三台目となるタクシーに乗って、当然必要な午睡《ごすい》をとるために帰宅した。

やっと目を覚ましたのはエドヴィンが呼び鈴を鳴らす十五分前だった。疲れがとれ、気分も良く、頭はクリスタルのようにクリアだ。しかし涼やかな夕方のグロッグまでつくったとき、呼び鈴の音がベックストレームの平和を乱したのだ。労働の一日をどのように締めくくろうかと頭の中で計画を始めたところだったのに。

不思議だ——典型的なエドヴィンの鳴らしかたであるにもかかわらず、エドヴィンは、自身の証言によればシースカウトの夏のキャンプに行っているはずなのだ。ほんの数日前に、エドヴィンの母親とアパートの階段で出くわしたときにもそれを裏づける情報を得ていた。キャンプ場はメーラレン湖に浮かぶ群島のひとつ、エーケレー島のいちばん奥にあり、彼らが暮らしているアパートから少なくとも三十キロは離れている。それに帰宅予定は来週末だということだった。

ベックストレームはこの国においてもっとも有名で尊敬を集める警官だ。一般市民なら誰もが安全に生きる権利があると考えるだろうが、その生ける象徴のような存在だった。邪悪で不安定な今の時代にも身を寄せることのできる頑強な岩。まともで善良な人々は当然のごとくそれをベックストレームの存在意義だと感じている。片やその解釈を受け入れようとしない人間も多すぎるほどいて、エドヴィンの呼び鈴の押しかたを模倣してまでベックストレームに接近し、危害を加えたり、殺害したりすることもいとわない。あの頑固な雇用主でさえ、やっと勤務時間以外にも警察の銃を携帯する権利を与えてくれたほどなのだ。

週に七日、一日二十四時間、どこにいても何をしていても、近ごろは生涯の親友を連れて歩くことができる。頼りになるシッゲ坊や――ベックストレームの銃シグ・ザウエルは最大モデルの弾倉に十五発が入る。一度はベックストレームの手から奪われたシッゲだが、警察労働組合の執行幹部が介入することで、やっと上司兼ファイル運び屋の一人が恐る恐る決定を下したのだ。

運を天に任せるなど愚の骨頂――ベックストレームはガウンのポケットからシッゲを抜き、

訪問者が誰なのかを確認するために玄関に出た。

3

ベックストレームは慎重な質《たち》だった。玄関の敷居をまたいだすぐ外に邪悪な人間がうろついているならば、砦《とりで》の跳ね橋を下ろすかどうかはベックストレーム自身が、ベックストレームのみが決定できることであり、実務も担当する。

ドアの覗き穴から外を覗いてみるなんて論外だ。そんなのは自殺願望のある低知能な人間のやることで、頭を粉々に撃ち砕かれてしまうのがおちだろう。ベックストレームのドアに覗き穴がついている理由はただひとつ、敵を攪乱《かくらん》するためだ。それに数カ月前に設置した隠し監視カメラがある。利便性を考えて、そのカメラは家のパソコンとスマホに接続しておいた。

確実にエドヴィンだ——ベックストレームは携帯電話に映る画面をアパートの階段のカメラに切り替え、少年が独りかどうかも確認した。確かにエドヴィンだけだ。

ドアを開ける前に、シッゲ坊やはガウンのポケットに突っこんだ。訪問者をいたずらに怖がらせないように。

「やあ、エドヴィンじゃないか」ベックストレームは言った。「よく来たね。どうしたんだい。

何か困ったことでも？」

「僭越《せんえつ》ながら」エドヴィンはそこでうやうやしくお辞儀をした。「今回はぼくのほうが警部さんのお役に立てると思うんです」

「ほう、そうかね。おもしろいじゃないか。さあさあ、入りたまえ」

変わった子だ――着ている服が奇妙なのは言わずもがなだが。


エドヴィンは小さくて貧弱で爪楊枝《つまようじ》みたいに痩《や》せていて、ベックストレームが毎朝毎夕ぽきんと折って歯の間をフロスするあれよりもさして大きくはない。なお、ベックストレームは最近、義歯を本物の王家の秘宝に取り替えた。エドヴィンは丸い黒ぶち眼鏡のレンズが瓶底のように厚く、話しかたはまるで小さな文字のいっぱい詰まった本のようだった。小さな読書家の眼鏡へビだ。数年前にこのアパートに越してきたが、良いのは昔風によく躾られていて、家族内でもベックストレームの住むアパート内でも唯一の子供だという点だった。

ベックストレームは子供が嫌いだった。別におかしなことではない。基本的に自分以外の人間のことは全員嫌いだからだ。人間だけでなく、動植物の大半もだ。しかしエドヴィンは例外だった。少年は物静かで、犯罪とは無関係な類の忠実さで、実に使い勝手がいいからだ。新聞やグロッグの材料、それに聖《サンクト》エリック通りのショッピングセンターのデリカテッセンで美味《うま》いものをあれこれ買ってくるというような小さな用事を頼むのにちょうどよかった。国営酒屋に派遣して多少ヘヴィーな任務をこなせるようになるまではあと数年かかるだろうが、それもなんだかんだ言ってあっという間だろう。ベックストレームはすでにしごく少年を気に入っていた。

おまけに今日のエドヴィンは制服を着ていた。長袖の青いシャツの首元には黄色のスカーフが革を編んだ紐で結ばれ、膝丈の青い半ズボンに青いスニーカー。シャツにはいくつも布のエンブレムと金属のバッジがついていて、ウエストのベルトには小さなベルトナイフやら各種サイズのベルトポーチが下がっている。背中には茶色い革の小さなリュックサックを背負っていた。

おそらくシースカウトから脱走してきたのだろう――警官であるベックストレームはそう推察した。

ベックストレームは小さな客をリビングのソファへと案内した。自身は玉座のような安楽椅子とフットレストに落ち着き、エドヴィンのほうはまずリュックサックを下ろしてソファテーブルにおき、それからいちばん近いソファの角に座った。鉛《なまり》の兵隊のように背筋を真っすぐ伸ばし、真剣な表情だ。

「何か用があったんだろう?」ベックストレームはエドヴィンに思い出させようとした。グロッグをすすりながら、にこやかに客にうなずきかける。

「ええ。数時間前に、今参加しているスカウトのキャンプ近くの島でちょっとしたものをみつけたんです。警部さんも興味があるようなものを」

「続けてくれ」ベックストレームは朗《ほが》らかに微笑《ほほえ》んだ。「さあ」

エドヴィンはまたうなずき、リュックサックを開いてビニール袋を出すと、それをベックストレームに差し出した。それを手にもった瞬間、ベックストレームは中身がなんなのかわかった。なんてことだ――。

「いや本当に、けっこう恐ろしいですよ」エドヴィンも同意の表情を浮かべ、真顔でうなずいた。

4

その日エドヴィンはシースカウトの仲間と湖に出ていたが、昼食のすぐあとに特別任務を命じられ、付近の小島に上陸した。アンズタケのような食用キノコ他、食べられるものならなんでもいい。要はエドヴィンやその仲間の命を奪うことなく、食費を抑えるのが目的だった。しかしキノコはみつからなかった。一カ月近く乾いた天気が続いたことを考えると、エドヴィン自身なんの不思議もないと思った。なお、それ以外に食べられるものも何もなかった。その一方で、別の種類の発見をしてしまったのだ。

「これをみつけたとき、最初はホコリタケかと思ったんです」エドヴィンは二人の間のテーブルにおかれた白い頭蓋骨にうなずきかけた。「苔《こけ》に覆われていて、頭頂部だけが見えていたから」

「それで、どうしたんだい？」ベックストレームが尋ねた。なんだかんだ言って、やはりいくぶんびびっているようだな。

「蹴ってみたんです。ホコリタケは普通、蹴ってみるでしょう？　そうするとぼわっと煙みたいなのが出る。でも蹴ってみて、これがなんなのかわかったんです。それにキツネの巣穴の入口にあったから、もっと早く気づいてもよかったくらい」

ベックストレームは同意のうなずきを返しただけだった。それから自分の指紋をつけないようにペンを頭蓋骨の眼窩《がんか》に突っこんで、よく見ようともち上げた。

「ぼくも警部さんと同じようにしたんですよ。下手に痕を残さないように。だから、手では触れていません」

「当然そうだろうな。われわれは二人ともプロの仕事人だ。くだらない私立探偵なんかじゃなくて」

この子は将来、いくらでも出世しそうだ――エドヴィンがみつけてきた頭蓋骨を観察しながら、ベックストレームは思った。

それは人間の頭蓋骨で、下顎は失われていたが、ある程度の期間野外に放置されるとそうなるものだ。それを除けば非常に状態が良かった。皮膚組織の残っていない白い頭蓋骨。人間が使用するような道具の痕もなければ、動物の歯の痕もない。エドヴィンが語った状況下で存在する痕だけだ。苔や草、上顎の前歯には長い草も挟まり、上顎にはまだ土が残っていた。そこまでは状況を考えると不思議でもなんでもない。それにメーラレン湖周辺ではここ二百年、様々な世代のスウェーデン人考古学者が類似の――青銅器時代あるいはそれ以前の人骨の――発見を何千としている。それゆえ、ベックストレームのような男の中の男がむやみに騒ぐ理由はなかった。右のこめかみに丸い小さな穴さえ開いていなければ。ちょうど眼窩の中心と同じ高さのあたりに。

「弾は頭蓋骨の中に残っています」エドヴィンはそう言いながら、小さな懐中電灯をベックストレームに手渡した。「もち上げたときにカラカラ音がしたから、懐中電灯で覗いてみたんです」

「なるほど」ベックストレームはそっと頭蓋骨を振り、それから一定の角度に傾けて中を照らした。確かにある。エドヴィンが言ったとおりに。

鉛弾だ。おそらく二二口径。きれいに開いた鋭いふちの射入口だが、射出口はない。弾頭はこめかみに当たった瞬間に潰れたようで、今では直径が発射されたときの倍になっている。自分が開けた穴からこぼれ落ちるには大きくなりすぎ、殺した人間の頭蓋骨の中に留まったのだ。エドヴィンの発見物がこのテーブルにたどり着いた決定的な理由はそれだった。おまけにこれはただのテーブルではない。ベックストレームの自宅のソファテーブルなのだ。

「なるほど」ベックストレームはテーブルに頭蓋骨を戻しながら言った。「どう思うかね。なにしろきみが発見したんだから、まずはきみの意見を聞こうじゃないか。エドヴィン、この頭蓋骨をどう思う？」

　エドヴィンはまずうなずいた。それからベルトに吊るされたベルトポーチのひとつから小さな黒い手帳を、シャツの胸ポケットからペンを取り出した。そして眼鏡の位置を直し、控えめにふむふむとつぶやいてから――基本的には独り言のようだったが――やっと言葉を発した。

「ありがとうございます、警部さん。ぼくは女の人だと思います。大人の女性です。二十歳から四十歳の間かな。つまり死んだ時点でです。でも実は、そのはずだと確信しています」

「なぜだ？　なぜ確信できるんだい」

　この坊主はちょっと頭が冴えすぎていやしないか？

「ここに来るバスの中で検索したからです」エドヴィンは一瞬驚きを隠せない表情になり、今言ったことを裏づけるかのようにｉＰｈｏｎｅを掲げてみせた。

「うるさいと思われるのを承知で訊くが……それがなぜ確信につながるんだね？」

　何もかも、何もかもですよ――エドヴィンによれば、そういうことだった。成長して固く密着した頭蓋骨、はっきりした縫合線。それはまさに大人のものだ。永久歯も生えている。十三歳までの子供にしかない乳歯はない。確実に大人だ。

「では、なぜ女だと？」

「それは第一にサイズです。女性のほうが男性より頭が小さいでしょう。平均的にはですが。この頭蓋骨は大人の男性にしてはとても小さい。言うまでもなく同じ男性でも大きな差がありますが……」

この子の言うことは正確だ――ベックストレームは先を促すようにエドヴィンにうなずきかけた。

「でも基本的には他の点です。額が丸く、平らなこと。男性なら額がもっと後ろに後退し、角張っているものだから。それにほら、眉骨。ぼくたち男は眉骨がはっきりしているが、女性の場合は細いかほとんどない。眼窩も女性のほうが丸いし、警部さんもよく見てみると、眼孔の上のふちが細くて鋭いのがわかるでしょう。男性の場合はもっと太いし鋭くもない。しかし顎についてはなんとも言えません。下顎がなくなってしまっているから」

「だが、それでも確信があるんだね？」

国立法医学センター《NFC》（リンショーピンにあり、二〇一四年まではSKL（国立科学捜査研究所）という名称だった）なんてくそくらえだ。うちのエドヴィン一人で充分なのに、馬鹿が何百人も足を引きずりながらうろうろしているんだから。

「ええ、確かです」

「他にわかったことは？」

「麻薬中毒者や犯罪者ではない。普通の人だったんだと思います。まともで、いい生活をしていた。たとえばこの健康で白い歯。治療の痕すらないんです。歯石や虫歯があった形跡も。頭のほうは治った傷痕もない。つまり誰かに殴られたり、事故に遭ったりはしていない」

「それ全部、バスの中で検索したのか」

「ええ。バスにはぼく以外ほとんど乗客がいなかったから、いちばん後ろに座って、こっそり袋の中の頭蓋骨を見ても気づかれませんでした。ここまで一時間もかかったし」

その間、バスの前のほうでは馬鹿面を下げた大人どもが座って、今日の夕食はピザにしようかパスタにしようか、あるいは国営酒屋が閉まる時間に間に合うかどうかなどと考えていたのだろう。そいつらがくだらない悩みに浸っている間に、うちのエドヴィンはいちばん後ろの席で悠々と、厳選された科学的根拠に基づき、数時間前に発見したばかりの頭蓋骨を分析していた。それはまさにおれもやったであろうこと、これならば人類にもまだ希望が残されている。法の名において、もうずっと前に失われてしまったはずの希望が。

「他に何か話し忘れたことはないかい?」

ひとつあるかもしれません――というのがエドヴィンの答えだった。だがそれは確信ではなく、どうなんだろうと悩んでいることであり、なんとなくそうだろうと思っていることにすぎない。

「いったいなんだね?」

「なんとなく、この女の人はスウェーデンとかヨーロッパ生まれではないような気がするんです。これは人類学で言うところのコーカサス系の頭蓋骨ではない。かといってサーミの血を引いているとも思えない」

「わたしもそう思うね」

幸いなことにメーラレン湖周辺におけるラップ人の割合は低いことを考えても。

「じゃあどこから来たんだ?」

「アジアじゃないかと思うんです。タイ、ベトナム、フィリピン、ひょっとすると中国とか日本かもしれない。極東《ファーイースト》ですよ、中東《ミドルイースト》じゃなくて。でも単になんとなくぼくにはそう見えるというだけで」

「それについてはすぐにわかるだろう。DNAさえ採取できれば」

「歯髄《しずい》ですね」エドヴィンがうなずいた。「この歯の状態ならとれるでしょう」

「ああ」

いやはや、この子は——。

「ただ、決定的な問題がひとつ残っています」エドヴィンはノートにペンで小さなチェックを入れながら言った。

「なんだね？」

「殺人なのか自殺なのか」

「ああ、それを今、きみに訊こうと思ったところだ」

それは真っ赤な嘘だった。ここ数分、エドヴィンとの会話の間に考えていた唯一のことはそろそろ新しいグロッグをつくりたいということだけだった。

「それについてはどう思うかね？」

自殺だという可能性はある。射入口と状態と角度から察するに、右のこめかみに近いところで発射されている。ひょっとすると銃口がこめかみに当たっていた可能性もある。銃がライフルではなくてピストルかリボルバーならばだが。それに、銃による自殺は銃による殺人よりは一般的だ。統計的にはその方法で人生を終わらせようとするのは女性より男性に多いとはいえ。射入口が上顎の口内にあったなら、エドヴィンもこれが殺人ではないと確信できたのだが。

「だが、実際のところどう思うかね」ベックストレームはたたみかけた。「いつ、どこで、どのようにしてなのか。ほら、いつも言っているように」

ついでに訊いておいたほうがいいからな――エドヴィン坊やが、宇宙の果ての銀河系にある故郷に帰ってしまう前に。その世界ではすべてのこと、遺憾《いかん》ながらベックストレームも含めて人類なら誰もが考えなければいけないようなことがすでにわかっているのだから。

エドヴィンによれば、これは殺人だった。しかしその根拠は、死因が不明な事件における警察の前提に基づいてのことだった。つまり、その逆が一切の疑問の余地なく証明されるまでは――ということだ。

「警部さんがいつも言うようにね。その逆が証明されるまでは殺人だと思えって」エドヴィンはそう言って、うなずいた。

それ以外にエドヴィンが提供できる情報はあまりなかった。頭蓋骨をみつけた場所が、おそらく犯行現場ではなく発見現場だということくらいだろうか。キツネの巣穴の外にあったことから、死体は元々この島の別の場所に隠されたか埋められたかしていたのだと思う。発見現場はいちばん近い岸から百メートル近く離れていて、死体を隠すのに適した場所はそこに行くまでにいくらでもあるのだから、わざわざ死体を引きずった意味がわからない。だから発見現場のはずだ。犯行現場ではなく。

「ぼくは実際にそこにいたから知っているけれど」エドヴィンが語気を強めた。「あそこは藪《やぶ》や茂みばかりで、まるでジャングルなんですよ。あんなところで死体を運びたい人なんかいるはずがない」

「では犯行現場は？」

「船の上かもしれません。それならおそらく夏でしょう。その季節に湖に出るものですから」

それはおれもそう思う——しかしベックストレームはうなずくだけにしておいた。死体を棄てるためだけにわざわざ湖に出るやつはいないだろう。セーリングしているうちに夜になり、適当な湾に錨《いかり》を下ろした。ちょうどニシンの酢漬けと蒸留酒の時間になったとき、一緒にいた女が難癖をつけ始める。男は船にあった猟銃をとりに行き、女の頭を撃ち抜くことで議論を終わらせた。犯罪捜査官エーヴェルト・ベックストレームは思う。だって、なぜむやみにことをややこしくする必要がある——？

「いつだと思う？」

死に至らしめる弾丸が発射されたのがいつかという点においては、エドヴィンはいまだ確信がなかった。二二口径の弾丸は百三十年近く前から使われている。それはあくまでネット検索したときに見かけた情報だが、そういう情報はたいてい正しい。おまけにこの頭蓋骨くらい状態の良いものが、百年以上経って発掘されることもある。しかしぼくが決めていいのなら、ぼくが生きている時代に起きたと思う。つまりここ十年ということだ。

「きみが決めていいのなら?」ベックストレームがおうむ返しに訊いた。「どういう意味だい?」

「なぜって、ぼくがみつけたからです。そのほうが正当だという気がするでしょう。警部さんならわかってくれると思いますが」

5

「エドヴィン、礼を言うよ」ベックストレームは訪問者に優しくうなずきかけた。「他に何かわたしにできることはないかい?」

「パンを食べさせてもらえませんか。実はちょっとお腹が空いてきて」

「もちろんだとも」ベックストレームは温かい声で答えた。「パンにのせるものもハムにソーセージにレバーペースト、なんでもある。あとはニシンの酢漬けにエビのマヨネーズ和え、キャヴィアに鰻《うなぎ》の燻製《くんせい》、サーモン……どれでも好きなのを選びたまえ」

「ありがとうございます。それとひとつ気になっていることがあって」

「なんだね」

「フールイェルムと話してもらったほうがいいんじゃないかと」

「フールイェルム？」

「ええ、キャンプの責任者です。けっこううるさい人なんだけど、何も言わずに出てきてしまったから。これのことは、誰にも言わずに」エドヴィンはテーブル上のビニール袋を指さした。

「きみは賢明な子だ。世の中にはおしゃべりなやつが多すぎる。この話はわれわれの間にとどめておいてくれ。心配するな、問題ない」

「でも、パパとママのことはどうしよう」

「それも問題ない」

「よかった」エドヴィンの顔が見るからに明るくなった。

「もう平気だ。さあ、腹に何か入れなさい」

ああ問題、問題、問題ばかり——エドヴィンがキッチンに消えた瞬間にベックストレームはため息をついた。深く考えずとも、すでに半ダースも事務的な問題が見えている。幼い隣人が警察に貢献したせいで、そして現在彼のソファテーブルの上にあるスーパーのビニール袋の中身のせいで、即座に対応しなければいけない問題がそれだけの数生まれたのだ。ただしこの類の問題の利点は、任務に関連するものだということ。ベックストレームがボスなのだから、大手を振って部下の誰かに押しつければいいだけのことだった。
では作業を割り振るか——ベックストレームは考えた。アンカンに電話しよう。

最近犯罪捜査の警部に昇進したアニカ・カールソンは、凶悪犯罪課においてはベックストレームの側近だった。同僚たちの間ではアンカン（アヒルの意）と呼ばれ、それがニックネームなのかこっそりつけたあだ名なのかは、その名を口にする者による。いずれにしても本人の耳には届かないくらい安全な距離を確保しておくのが賢明だ。

男に二言はない。ベックストレームはアンカンに電話をかけ、ごく手短に何があったかを説明した。殺人の疑いで通報記録を作成し、十歳の発見者に事情聴取しなければいけない。穴の開いた頭蓋骨とその中の弾丸を夜勤の鑑識官に届ける。加えて、殺人捜査を開始するのに必要となる諸々の事務処理も必要になる。

「エドヴィンですか」アンカンが言った。「あなたが使い走りをさせている同じアパートの男の子ですよね？　釣りの餌にするミミズみたいに小さくて、可愛い坊や。かなりオタク気質だし」

「それとこれがどう関係ある？　この件をまともに進めてくれと言いたいだけなんだが」

「もちろんです。みんなそれを望んでいますし。他に何か？」ベックストレームが話し終わるやいなや、アンカン・カールソンが尋ねた。

「ああ、それと、エドヴィンはエーケレー島のシースカウトのキャンプから脱走してきたらしい。だからスカウトにも両親にも連絡を入れたほうがいいだろう。むやみに行方不明届を出されても困るからな」

「まあ、あなたったら何もかも考え抜いているみたい」

「それがどうした」

いったいなんなんだこいつは――。

「では、そちらにエドヴィンを迎えに行けばいいんですね？」

「それが否定の余地なく効率的だな」

「ええ、本当に。だってあなたは小さな隣人にいてもらっては困るような夜の予定があるんでしょうから」

「それとこれとどう関係あるんだ。わたしが間違っていたら指摘してくれ。今夜の夜勤担当はきみじゃなかったか？」

「あなたが正しいですよ、ベックストレーム。担当はわたしです。それにあなたは常に正しい。間違っているときでもね」

「それはなによりだ。ではさっさと来てくれ」

「では三十分後に」

まるっきり無能で怠惰なやつらばかり――携帯を切った瞬間にベックストレームは思った。必ず口答えせずにはいられない輩《やから》。いったいどこから湧いて出てくるんだ？　ただしアンカンに関してはその答えを想像する勇気もない。いったいなぜどいつもこいつも警官になりたがるんだ――ベックストレームは深いため息をついた。彼自身は周囲に染まるつもりはなかった。何度か深呼吸して、発生した事態に建設的な対処を行った。慌てることなく、落ち着いてのんび新しいグロッグをつくったのだ。グロッグが完成した頃には、いつもたいていのことは解決している。経験上そのことはよく知っていた。

今夜このあとは、こよなく愛する角の酒場で孤独を楽しみながらちょっとした夕食を。それから街の中心部に移動し、最終的には〈リシェ〉の離婚沼——そこのバーカウンターに離婚したやつらがナンパのために集まる——で夜の公式プログラムを終える。そのバーで、ベックストレームとスーパーサラミは以前から名の通ったブランドだった。噂というのは野火のように広まるもので、マーケティングは自動的に行われた。顧客グループの規模は際限なく拡大し、内なる渇きを癒したいがためにバーにやってくる女たちを選び放題だった。

それに、彼女たちが潤したいのは喉だけではない——とベックストレームは思う。

6

三十分後にエーヴェルト・ベックストレームの自宅に現れたとき、アニカ・カールソンはすでに事務的な問題を二つ解決し、新しい問題をひとつ生んでいた。

まずはキャンプの責任者フールイエルムの携帯にかけたが、それはあえて警察署を出る前にすませた。本物の警察かどうかかけ直して確認したいタイプの男だった場合に備えてのことだ。

責任者はエドヴィンが行方不明になったことを届けてはいなかったが、年上の少年たちにエドヴィンを捜しに行かせていた。これまでの経験から、脱走者は空腹になると戻ってくるのはわかっていた。あとは警察がエドヴィンをスカウトのキャンプに戻し次第、規律に反したことに対して処罰を与えるつもりだ。フールイェルムは脱走を重大な罪とみなしていた。スカウト運動の理念に反する行為だからだ。規律に従うことは不可欠な義務であり、常に周囲のために立ち上がる意志もしかりだった。

「だが保護者には連絡をしなければいけなかった。それは理解してもらえますね？」フールイェルムは続けた。「うちは脱走に関してはゼロトレランスなんです」

「誰が脱走したって？」アニカ・カールソンが言い返した。「エドヴィンはある事件の目撃談を届けるために警察にやってきたんです。深刻な事件で、われわれは彼の行動にとても感謝しています。残念なことに大人でもそんなことをできる人は少ない。ですからあの子は勇敢な少年です」

「目撃？　何を目撃したんです。訊いてもよければ」

「もちろん訊いてもかまいませんが」アニカ・カールソンは朗らかに答えた。「でも答えをもらえるとは期待しないでください。エドヴィンは目撃者としてある事件の犯罪捜査に協力してくれています。これは非常に深刻な犯罪なので、このことについても他言はしないでください。実際、極秘事項なんですから。わかりましたか？」

「え？　ええ、ただ……」

「それはよかった」アニカ・カールソンは相手を遮《さえぎ》った。「明日の午前中にはまたエドヴィンに会えますよ。エドヴィンだけでなくわたしや同僚にも何人か会ってもらい、発言の禁止の書類にサインをしてもらいます。あなたを参考人として聴取するにあたり、守秘義務が課されますから」

「でも、あの子の仲間にはなんと伝えれば？」

「それは自分で考えてください。キャンプから子供が脱走したのは今回が初めてではないでしょう？　以前にもあったはず」

「ええ、ですがそれほど頻繁では……幸いなことに」

「それはよかった。では失礼します。また明日お話ししましょう。あなたとわたしで」

「明日はちょっと」フールイェルムが言い返した。「明日はこの近くの遺跡を見に行くことになっているんです。だから一日じゅう出かけていて」

「わかりました。ではカレンダーを確認して、可能な日を連絡してください。できるかぎり迅速に」

「もちろん、もちろんです。連絡します。約束します」

「それはよかった。ではそういうことで」

最後はやけに弱気になったわね——通話を切りながら、アニカは思った。

7

ベックストレームと同じアパートに住むエドヴィンが起因となった実際的な問題を解決するために、アニカ・カールソンは直属の上司の家に向かっていたが、その車中でもうひとつの問題も解決した。エドヴィンの親に電話をかけて、息子が事件に巻きこまれたことを説明したのだ。

エドヴィンの両親は夏休みで南スウェーデンのスコーネ地方の親戚のところに行ってしまった。彼らの息子は未成年につき、殺人の疑いのある捜査において目撃者として聴取をするためには考慮すべきルールが山ほどあった。ベックストレーム自身は、まあ驚くようなことでもないが、別のもっと楽な解決策を提示した。何も問題がないことを親に知らせるために、エドヴィンから毎晩いつものにっこり笑顔の黄色い丸顔を送らせておき、一週間後に両親がキャンプに迎えに来るまでに事件を片づけてしまえばいい。

「むやみに親を心配させることはないだろう」ベックストレームが語気を強めた。

「ええ、もちろん」アニカ・カールソンが答えた。「素晴らしいアイデアですね。じゃあ、あの子にスマイリーを送るよう頼んでください。それからご自分であの子を聴取してください。

そうすればわたしは議会オンブズマンに目をつけられなくてすむから」

「きみはまったく、すぐに機嫌を損ねるな。ただの提案じゃないか。好きなようにやりたまえ。わたしは口を挟むつもりはないから」

「意見が合ってよかった」アニカ・カールソンはそう言い放ち、通話を切った。

大いなる謎だ――あの男がいまだに、三十年間勤めた今も、まだ警察をクビになっていないなんて。ベックストレームが今までやったことすべて、そして慎重に避けてきたことすべてを考えても。

それからエドヴィンのパパに電話をかけた。

エドヴィンは確かにエドヴィンというスウェーデンらしいファーストネームなのだが、父親はスロボダンといい、母親はドゥサンカだった。クロアチアのセルビア系難民で、一九九〇年代の初めにスウェーデンにやってきた。当時すでに二人とも今のエドヴィンよりずっと年上だったが、燃え盛る戦争の最中に、まだ逃げる力の残っていた家族親族と命からがら逃げてきたのだ。それ以来スウェーデンに暮らし、もうかなり前にスウェーデン国民になっている。

エドヴィンのパパが母国でどんな目に遭ってきたかを考えると、息子がメーラレン湖の島、つまりスウェーデンの夏の理想郷で、人間の頭蓋骨を発見したことくらいなんの問題もないはずだ。こめかみに銃で撃たれた穴が開いているとはいっても。

アニカ・カールソンが何が起きたのかを簡潔に説明する間、スロボダンは黙って聞いていた。

何度か同意のようなうめき声をあげたが、何に対しての同意なのかはよくわからなかった。

「まあ、こんなところです」アニカ・カールソンが話し終えた。

「だが、あの子は元気なんだな？」スロボダンが尋ねた。

「ええ、もちろん。基本的には興奮してわくわくしていると思います。今はベックストレームの家にいて、サンドイッチを食べています」

「パパからよろしくと伝えてくれ。いつもお前のことを考えているからと」

「約束します」

それ以外に、エドヴィンのパパにはひとつだけ希望があった。アニカ・カールソンとベックストレームは彼とだけ話し、妻には連絡をしないこと。

「むやみに心配をかけたくないからな。ほら、家内の平和のためだ」

また一人、気遣いのできる男か——アニカ・カールソンはため息をついた。

8

アニカ・カールソンはエドヴィンと茶色い革の小さなリュックサック、さらには死んだ女性の頭蓋骨の入ったスーパーのビニール袋を携えて、ソルナの警察署に向かった。エドヴィンの聴取をするためだ。児童への事情聴取には法律のあらゆる条項が関わってきて、熟練を求められる。両親はともに同席できないが、父親の許可はとっている。不在の両親に代わる聴取証人として、今日の夜勤担当のソーシャルワーカーを呼んだ。

エドヴィンとの会話の邪魔にならないように、ソーシャルワーカーには隣の部屋に座ってもらい、テレビ画面越しに成り行きを見守らせることにした。事情聴取は録画され、文字起こしもされ、子供を聴取するときにしか使わない部屋で行われた。アニカはぬいぐるみや幼児のおもちゃを片づけて、エドヴィンに恥をかかせないよう気を配った。なんだかんだ言ってもう十歳なのだ。自分の子供時代を思い出しても、その年ごろの子供にとってはけっして些末なことではない。

エドヴィンは発見について語ったが、自分がもっとも関心のあることから話し始めた。グーグルで検索した情報、人間の頭蓋骨に関する発見や結論。五分ほど彼の演説を聞いたところで、アニカ・カールソンは我慢しきれずに訊いた。これを全部聞かされたとき、ベックストレームはどんな反応をした？　まだ生きていた頃、被害者はどんな女性だったと思う？

「特におかしな反応ではありませんでしたよ」とエドヴィンは答えた。「自分たちの意見は完全に一致していたし。警部さんとぼくはたいてい意見が一致しているんです」

「あなた、警官になろうと思ったことは？」

「ええ、なりたいです。だけど警部さんみたいな警官じゃなくて、テレビでやっているＣＳＩで働くようなやつにね。ぼくは自然科学にとても興味があるんです」

でおいた。

「なるほど、賢明ね」アニカ・カールソンはそう言いつつ、何が賢明だったのかには触れない
題を戻した。
発見物について話し終えたところで、元々アニカが始めようと思っていた発見時の状況に話
はそのときに初めて、ともかく見た目には普通の十歳の幼い少年のようになった。エドヴィン
「けっこう恐ろしい場所なんですよ、実は。海図には不幸島と書かれているが、実際には小島
でしかない。島というほどの大きさじゃないんです。ほら、ロビンソンがフライデーと出会っ
たような島、あれはとても大きかったでしょう。かといって岩礁でもない。岩礁よりは大きい。
岩礁というのはものすごく小さいサイズのもあるんですよ」
「わかったわ。でもなぜ不幸島と呼ばれているの？　知ってる？」
「不幸な目に遭うからです。その島に上陸した者はね」エドヴィンはそこで声のトーンを下げ
た。「それにお化けも出るみたい。少なくとも前はそうだった」
「お化けっていると思う？」
「よくわからない」エドヴィンは自信なげに頭を振った。「でももしいるなら、ほとんどは優
しいはず。ただ、不幸なんだろうね。だから死んでからもうろうろしている」
「わたしもそう思う。ほとんどのお化けは優しいっていう部分のことね。ところでその島だけ
ど、どこにあるの？　スカウトのキャンプから船で行くと」

「キャンプの西そして北西に五海里」エドヴィンは急にシースカウトらしい口調になった。「説明してちょうだい」アニカ・カールソンは微笑んだ。「わたし、セーリングのことはよくわからなくて」

ちっとも難しいことじゃないですよ——というのがエドヴィンの説明だった。一海里は英語でイティカル・マイルと呼ばれ、一八五二メートル。つまりスカウトのキャンプと不幸島の間は約九キロある。

「でもなぜ海里なんて呼ばれるのか、不思議でしょう？」

「ええ、ぜひ教えてくれない？」

「船に乗っていて、不幸島まで時速五ノット（一ノットは一時間に一海里進むスピード）の速さで進んだとしたら……」

「五分で着くってこと？」

「ちがーう！」エドヴィンはあきれたことを隠せずに叫んだ。「一時間ですよ」

「ああ、そうか。当然そうよね」

「方角のことも知りたいですか？　西とか北西とか」エドヴィンは自分の言わんとすることが相手に伝わっていないのを確信しているようだった。

「いや、コンパスならわたしも使えるから。警官は全員練習するの。コンパスを使ってオリエンテーリングをして。陸でだけどね。森の中で」

「警部さんはきっとオリエンテーリングもすごく得意ですよね」

「なぜそう思うの？」

「だって彼は射撃の天才でしょう。一度などうちのアパートで、警部さんを殺しに来た男を撃った」

「そうね」アニカ・カールソンは一時間半後にはその銃撃現場にいたのだった。「そう、オリエンテーリングもすごく得意よ。コンパスなしで大事な場所をみつけられることもある。目隠ししていてもね」

「わお！」エドヴィンは目を丸くした。「でもあなたは典型的な陸ガニですよね」

「ええ、すごく典型的な陸ガニ。でも教えてちょうだい。なぜあなたは不幸島にいたの？」

エドヴィンはその質問が少々煩わしいようだったが、なぜそうなったのかを話してくれた。キャンプの責任者の名前はハクヴィン・フールイエルムといって、エドヴィンによれば名前が変なだけではなく、相当変なおじさんだった。しかし今朝その責任者が、エドヴィンを自分のヨットの乗組員に誘ってくれた。アメリカ製のスパークマン＆スティーブンス、三十七フィートのヨットだ。

「スパークマンとスティーブンスというのはそのヨットをつくったおじさんたちの名前です」エドヴィンが説明した。「すごく高いヨットなんですよ」そしてあきれたように天を仰いだ。

「何億もするんだから」

キャンプ仲間五人と一緒に、エドヴィンもオプティミストより大きなヨットの操縦を習うことになった。普段は日中、キャンプのある湾の中をオプティミストであてもなくさまよっているだけなのだが。その間、フールイェルムや他のリーダーは遊泳用の桟橋に立ち、メガフォンで詳細な指示を出す。だからエドヴィンは本物のヨットで長めのセーリングをするのを楽しみにしていた。退屈な日常から逃れたかったというのもあるだろう。

しかし残念ながらあまりいい結果にならなかった。フールイェルムの三十七フィートのヨットはエドヴィンが経験したことのない動きをした。オプティミストに比べれば大西洋を横断する大型船のようなものなのに、揺れに揺れ、飛び跳ねた。そしてエドヴィンは船酔いしてしまったのだ。

二度目に甲板に吐いたとき、エドヴィンは不幸島に降ろされ、なるべくたくさんキノコやベリー他食べられるものを集めるという特別任務を任された。キャンプの食料強化のためにという名目で。帰りにまた迎えに来るから、と。

「お化けが出る島に独りで？　あまり親切じゃないわね」

「でしょう。それにフールイェルムはけっこう厳しいんです」

「そのことも教えてくれる？」

最悪の場合、わたしが被害届を書けばいいわ。

キャンプの責任者に対する疑念は三つあった。

第一に、消灯後眠りにつくまでに仲間全員が噂するところによれば、フールイェルムは信じられないほど金持ちらしい。だから自分のヨットを所有していることにも説明がつくのだが、スカウトの先輩によればその富はフールイェルムの祖父が昔ナチの党員で、第二次大戦のときに殺された気の毒なユダヤ人たちの金歯を何千と盗んだおかげだった。

「でも、あなたの先輩はなぜそんなことがわかったの？　ずいぶんおかしな話に聞こえるけれど」

「パパから聞いたみたい」エドヴィンが真面目な顔でうなずいた。「その子のパパはスヴェンスカ・ダーグブラーデット紙で働いているから、本当なんだと思う。うちのパパもそれが信用していい唯一の新聞だって言ってたし。他の新聞はつくり話ばっかりだって」

「それでも嘘だと思うわ。考えてもみて、エドヴィン。もしそうだとしたらそのパパは息子をキャンプに送ったと思う？　そんな責任者のいるキャンプに。ええと、他にはなんだった？」

あと二つあった。第二に、フールイェルムは行動がちょっとおかしくて、第三におかしなことも言う。

「具体的には？」

「本当にすごくすごく厳しいんだ」

「たとえば？」

夜、湖で泳いだあとにお湯の出るシャワーを浴びて、就寝に備えて身体をきれいにしていると、フールイェルムはエドヴィンや仲間のところにやってきて、濡れたタオルでお尻をたたく。

子供たちがお湯を使いすぎないように。

「環境のことを考えてなんじゃない？」あるいは少年のお尻をたたくのが趣味なのか——。

「そうかもしれないけど、すごくおかしなことを言うんだよ」エドヴィンが不本意そうに言った。

「辛いから言いたくない？」

「うん、言いたくない」

「いいのよ、エドヴィン。でも今訊いた話によれば、そのフールイェルムという責任者はあまりいい人ではなさそうね」

「うん……」

「ねえ、今夜はうちに泊まって、明日の朝、他の警官も一緒にその島に行くというのはどう？ どこで頭蓋骨をみつけたか教えてくれない？」

「それ最高だよ。すごく最高！」

「よかった。じゃああとひとつだけ。スカウトのキャンプから不幸島まで三十ノットの船で行くとしたら、どのくらい時間がかかる？」

「十分だよ。最高でも十分」

「じゃあそうしましょう。あなたとわたしと、他の警官たちで、明日の朝は不幸島まで警察の船で行きましょう」

「本当に？」エドヴィンは目を丸くした。

「ええ、本当にほんとよ。それに警察犬も連れていく。もしかしたら二頭も」

「犬がいるのはいいね」エドヴィンはうなずいた。「つまりこういうこと。もしぼくたちの鼻、つまり嗅覚がね、切手くらいのサイズだとしたら、犬の嗅覚がどのくらいのサイズになるかわかる?」

「全然わからない」アニカ・カールソンは首を横に振った。「どのくらいになるの?」

「サッカー場くらいだよ。ぼくたちの鼻より小さいのにね」

「すごいじゃない」

「うん。本当だとは思えないでしょう?」

9

事情聴取が終わるとすぐに、アニカとエドヴィンは鑑識課へと向かい、エドヴィンが発見した頭蓋骨をこの夜の夜勤担当の鑑識官に渡した。警部代理のホルヘ・エルナンデスだ。彼はチリからの移民の息子で、同僚の間ではチコと呼ばれている。まるっきり悪気はないのだが、スペイン語で洟《はな》たれ小僧という意味だ。

「弾丸が頭蓋骨の中に入っているから」アニカが言った。「それを取り出して、初期報告をもらえればすごく嬉しい。ところでこちらはエドヴィン、キノコ狩りをしていて頭蓋骨をみつけたの」

「ネマ・プロブレマ」鑑識官が答えた。「ちなみにスペイン語じゃないぞ。セルビア語だ。だが問題ない、一時間以内にパソコンに結果を送るよ。今夜はずっと静かだった。死人も来なけりゃ、撃たれたやつも来ない。同僚から空の薬包についての相談すら来ていない」そしてエドヴィンにうなずきかけ、優しく肩をたたき、貢献に礼を言った。

「どうも」エドヴィンは目を伏せた。急にシャイになったようだ。

「ところできみはベックストレームと同じアパートの子じゃないか?」

「ええ。警部さんと同じアパートです」

「ベックストレームは職場できみの話をしていたよ。いかした子だって。学校の職場実習をここでしたければいつでも言ってくれ」エルナンデスはエドヴィンに微笑みかけた。「簡単に手配できるから」

アニカ・カールソンはそれを断るように頭を振り、お邪魔しましたと言ってから、エドヴィンを連れて自分の執務室に戻った。エドヴィンが来客用の椅子に寝そべって携帯でゲームをしている間、電話で翌朝エーヴェルト・ベックストレームとともに殺人捜査を開始するための事務的な準備をすませようとした。

まずは〝殺人の疑い〟で通報記録を作成した。そのコピーをソルナ署の犯罪捜査部のボス、トイヴォネン警部にも送り、人手がほしいと要請した。これは面倒な捜査になりそうだった。

なにしろ被害者の身元が不明なのだ。身元確認というのは相当なリソースを要する。だからすぐに人員を追加してもらう必要があった。

それからソルナ署鑑識課のボス、ピエテル・ニエミに電話をかけ、全容を説明した。

「おれがやるよ」ニエミはアニカが話し終える前にそう言った。「夏休み明けで、外に出て身体を動かしたかったんだ。湖の香りも嗅ぎたいなあ。北極圏内陸部のトルネダーレンは蚊が多すぎたよ」

「ありがとう。いつも頼りになる」

最後の通話は海上警察で、不幸島へ行くための移動手段を確保するためだった。そこもなんの問題もなかった。海上警察の船が一隻、セルムランド地方の同僚たちを手伝ってストレングネースの沖合で死体を捜したあと、マリエフリエドに停泊している。アニカ・カールソンはその船の責任者の電話番号をもらった。

「直接打ち合わせるといい。携帯番号を教えるから」

「大船に乗った気分でいてくれ」その海上警察官は言った。「エーケレー島のいちばん奥にあるシースカウトの桟橋で拾うのはどうかな？　時間は任せるよ」

「じゃあ明日の朝九時でどうでしょう」アニカ・カールソンはエドヴィンがしっかり睡眠をとれるようにと考えた。

「のんびり出勤だな。なんの異論もないよ」

しかしエーヴェルト・ベックストレームにとっては朝の九時なんて真夜中も同然だ。アニカ・カールソンは今夜最後の仕事の電話をかけながら思った。エドヴィンのほうに笑顔でうなずきかけながら。

もう夜の九時半だというのにエドヴィンは驚くほど元気だった。今朝も早くから起きて活動していたはずなのに。

「大丈夫、エドヴィン？　そろそろうちに帰って寝ましょうか。明日また元気に起きられるように」

「もちろん。ただひとつだけ気になることが」

「歯ブラシとパジャマ?」アニカ・カールソンが尋ねた。「心配しないで、すぐ準備するから」

「ううん、ちがうんです」エドヴィンは小さな頭を横に振った。「歯ブラシとパジャマならキャンプを出るときにもってきた。リュックに入ってます」

「じゃあ何?」この子は先を見越すことのできる子だ。

「途中でハンバーガーを買ってもいいですか？　ちょっとお腹が空いてしまって」

「もちろん」アニカ・カールソンは微笑んだ。「ご馳走する。マクドナルドとマックス（スウェーデンのハンバーガーチェーン）、どっちがいい?」

「マックスがいい。世界一美味しいハンバーガーだから。なぜだか知ってる?」

「いいえ。教えて」

「秘密のレシピなんだって」エドヴィンはアニカのほうに顔を寄せ、声のトーンを落とした。

「すごい秘密なんだよ。だけど教えるね。誰にも言わないって約束するなら。パパから聞いたんだけど……」

「ええ、教えて。約束するから」

「マックスを経営してるおじさん、彼はラップ人らしいんだけど……いや、今はサーミ人って呼ぶのかな」

「ラップ人、だけどサーミ人？」

「ラップ人ていう言いかたはしちゃいけないんだ」

「ええ、そうよね。知ってる。そのサーミ人のマックスの経営者のおじさんがどうしたの？」

「そのおじさんはたくさんトナカイを飼っていて、すっごくたくさん飼ってるんだって。だからハンバーガーのパテをつくるときに、トナカイを何頭か入れるらしい。だからあんなに美味しいんだって。だけどこれすごく秘密だからね」

「誰にも言わないって約束する」

エドヴィンのパパはそのことをスヴェンスカ・ダーグブラーデット紙で読んだわけではなさそうね。

車に戻ると、エドヴィンは五分のドライブの間にもうハンバーガーを平らげてしまい、仕上げに指についたマヨネーズを舐めた。アニカ・カールソンが住んでいるアパートの前の道路に縦列駐車をしている間に。

こんなに食べて、いったいどこに消えていくのだろう――とアニカ・カールソンは驚いた。ベックストレームの家で食べていたサンドイッチもけっこうな量だったはずなのに。そして今、あれからまだ数時間しか経っていないのに、店でいちばん大きなハンバーガーを平らげた。エルヴィス・プレスリーの命を奪ったのもこんなハンバーガーだったんじゃないかしら。なのに相変わらず釣りの餌にするミミズくらいやせっぽっち。山羊を一頭丸ごと飲みこんだようなものなのに。いや、トナカイ一頭か？

アニカ・カールソンが自分のリビングのソファにエドヴィンの寝床をつくっている最中に、エドヴィンはバスルームに消えていった。音から察するに身体を拭き、歯を磨いているようで、五分後には戻ってきた。青いパジャマには誰かが、おそらく彼の母親がシースカウトのエンブレムを縫いつけていた。バムセ（スウェーデンの子供に人気のクマのキャラクター）のパジャマを着るにはもう大きいか――アニカ・カールソンは兄弟に子供がいて、姪や甥のお守りをさせてあげるという誘いには事欠かなかった。

エドヴィンは渡された毛布に首を振った。身体にかけるのはシーツだけで充分。それから携帯電話の電源をオフにし、ソファテーブルにおいた。

「わたしはあそこで寝ているから」アニカ・カールソンは寝室の開いたドアのほうにうなずきかけた。「何かあったら、言ってちょうだい」

なんだかんだ言ってこの子はまだ十歳で、今日は銃で撃たれた人間の頭蓋骨をみつけたわけだし。
「う……ん」エドヴィンは瞬きをしたかと思うと、頭をこくりと垂れた。
「いびきはかかないって約束するから」アニカ・カールソンはそう言って微笑み、少年のほうに身を屈めた。しかし答えは返ってこない。少年はもう眠っていた。ロウソクの火にふっと息を吹きかけられたみたい。アニカは驚きつつもそう思った。

この夜はアニカのほうが寝つけなかった。昼間に何があろうと、普段なら絶対に眠れるのに。横になってうとうとしながら、一時間ほど眠りとうたた寝の間を行ったり来たりしていたが、最後には仕方なく起き出し、そっとリビングに向かった。リビングには耳をつんざくような静けさが流れていた。エドヴィンは眠っている。じっと、身体を横にして、シーツは半分蹴り落とし、枕をお腹に当てて。息をしているかどうかは見えなかった。

ああ——アニカはエドヴィンを見下ろしながら思った。まったくわたしったら、しっかりしなさいよ。この子は赤ちゃんじゃないんだから。

そしてベッドに戻ると、即座に眠りに落ち、六時間後に目が覚めた。エドヴィンはまだ眠っている。額に汗をかき、シーツは完全に床に蹴り落とされている。しかし枕はまだお腹に当てていた。朝食はたっぷり用意したほうがよさそうね——。

10

アニカ・カールソンが事務的な手配をしていた頃、ベックストレームは愛しの角の酒場へと向かい、簡単な夕食をすませることにした。店は徒歩で適度な距離にあり、そこでの食事はルーチン化しているが、目隠しをして歩こうとは夢にも思わない。

まだ週の真ん中の平日なのだから、大袈裟《おおげさ》な食事をするつもりはなかった。まずはキャヴィアとエビのマヨネーズ和えをのせたトースト。そのあとに豚ロースのステーキ。霜降り肉で、分厚い皮がついたままだ。つけ合わせのラタトゥイユはスウェーデンの新じゃがに替えてもらい、たっぷりのにんにくバターを添えた。食事時の飲み物はいつものチェコのピルスナーにロシアのウォッカ。また今日も犯罪捜査官の一日が終わりに近づいたときの質素な夕餉《ゆうげ》だ。

食事をしながら、自分の子供時代を思い出し、高尚な思索に耽《ふけ》った。エドヴィンのせいで記憶がよみがえったのだろう。ベックストレームも実はスカウト活動に関与した過去があった。参加するように取り計らったのは彼の父親、アル中の巡査部長だった。パパにしてみれば若きエーヴェルトの人格形成を促す躾の一環であり、スカウトの義務と規則は名を名乗る価値のある若きスウェーデン人が身につけてしかるべきものだと考えたのだ。

ベックストレームは当時、今のエドヴィン坊やよりずっと成熟していたが、選択の余地はなかった。選択の余地があれば、確実にセーデル地区の自宅に居残ったはずだ。目が見えていない店主の煙草屋でタバコを万引きしてこっそり吸い、バタバタに乗っていたことだろう。まだ十一歳だったとはいえ。

通常なら夏というのは悪くない季節だった。というのも学校をサボる必要もないからだ。しかしこの年にかぎっては父親の希望によりスカウトに強制連行されることになり、終業式の翌週にはもうティレセーのキャンプに連れていかれた。当時は畑しかないような場所で、そこへ行く前に、新しい青の制服姿でスカウトのちかいを言わされた。神、国王、そして祖国のために義務を果たすこと、常に人を助けることを誓ったのだ。あとは奴隷のようにスカウトの規則やおきてを守らせられる。ティレセーへの囚人輸送を担当したのも父親で、自らキャンプの責任者に息子を引き渡した。ここでベックストレームがベックストレーム以外の人間であったなら、何もかもが悲劇に終わっていたことだろう。しかしベックストレームは一週間もしないうちにスカウトから追放されることに成功した。それはティレセーのスカウト団においても最短記録だった。ベックストレーム到着前から、スウェーデン国内のスカウト団の中で特に道徳的に秀でていたわけではなかったのに。

キャンプに到着したとき、ベックストレームは様々な禁制品、たとえばスリングショットやモーラナイフ、不快な音の出るおもちゃ、大型のネズミ捕り、嗅ぎタバコに普通のタバコ、さらには目の見えない煙草屋から盗んだ大量のポルノ雑誌を携えていた。端的に言うと、新しい環境に秩序をもたらすために必要なものすべてであり、どうしてもそこにいなければいけないのなら、ついでに多少なりとも金を稼ごうと考えたのだ。

到着から一昼夜のうちにもう読書会が立ち上がった。現金と引き換えに、ベックストレームによってもたらされる読書の喜びを味わう会だ。全員が神、国王そして祖国のために義務を果たす目的でそこにいるはずなのに、ベックストレームが夢見る勇気もなかったほどの大きな経済効果をもたらした。

仲間の一人で、ベックストレームより二歳上の少年は、あっという間に両親からもらった小遣いを使い果たしてしまった。夏じゅう足りるはずだった小遣いが、三日間の濃密な読書の末にゼロになってしまい、誰の支援も受けられない状況に陥った。金がないなら読ませない――ベックストレームは断固として丸い頭を振った。するとベックストレームの筆頭顧客は泣き崩れ、キャンプの責任者の元に向かい、ベックストレームの事業のことを告げ口し、涙ながらにベックストレームが自分の深刻な依存症につけこんだと訴えた。

その時点ですでにベックストレームに目をつけていた責任者は、これ以上様子を見るつもりはなかった。ベックストレームは態度の悪さとスカウトのおきてを破ったことを理由に除隊され、週末には父親がティレセー島までやってきて、一人息子をセーデル地区へと連れ帰った。雑誌は父親が押収し、察するにマリア地区の警察署の休憩室に落ち着いたのだろうが、スリングショットやなんかは夜中にうるさく鳴くアパート内の猫を始末するという約束で手元に残すことができた。

あいつはその後確実にセックス依存症になっただろうし、あれ以上雑誌を読ませるのを拒否したことは犯罪予防に役立ったはずだ——エーヴェルト・ベックストレームは五十年近く経った今、心地良くため息をつき、グラスの酒を飲み干した。子供の頃の思い出か、懐かしい——。しかしそろそろ食後のコーヒーと小さなコニャックを注文しなければ。このあとも夜は続き、王国の首都の中心部へと向かう予定なのだから。

勘定をすませようとしたそのとき、アンカン・カールソンからのショートメールが届き、それに心を乱され、店を出る前にどうしてももう一杯小さなコニャックを飲まなければいけなかった。

朝八時に集合？ そんなの真夜中じゃないか。朝食を食べ、身体を清潔にし、服を着るなどするためには朝六時前にはベッドから飛び出さなければならない。

ふざけるな——ベックストレームはあきれたように頭を振った。それから最後の数滴を飲み干し、勘定を払い、タクシーを呼んでストゥーレ広場のバーへと向かった。

11

そのあとはいつもどおりだった。まずは今夜の最終目的地との中継地点にある高級スウェーデン料理レストラン〈ストゥーレホフ〉を覗いた。店内は多く見積もっても半分埋まっている程度で、客は基本的に中年も後半に差しかかった田舎者ばかりだ。大方夏休みでストックホルムにやってきていて、途中でド田舎のデパートに立ち寄り、首都訪問のためによそいきを新調したのだろう。ここは短時間の滞在で充分だ――。注文したビールがテーブルに届いた瞬間に支払いをすませ、飲み終わる前に店を出た。

悲惨だ――外の道に出たとたんに思った。なぜ皆、おれのようにオーダーメイドの麻のスーツやイタリア製ハンドメイドの革靴に普通のロレックスを選ばないのか。

その五分後、ちょうどアニカ・カールソンがロースンダのフィルムスターデン地区のアパートでエドヴィン坊やがすやすや眠っていることを確認してやっと自分も眠りについた頃、ベックストレームは〈リシェ〉の離婚沼に座を占め、また何もかもがいつもどおりになった。

ベックストレームは聴衆から羨望《せんぼう》のまなざしを向けられ、涼やかなグロッグの誘いもあとを絶たなかった。ベックストレーム製スーパーサラミはあらゆる女性の秘密の夢に応える存在であり、ブランド戦略もありえないくらいうまくいっている。ボルボなど恥じ入るがいい。中国製の車の後部座席で揺らされたい女などいるものか。ベックストレームならへステンスの高級ベッドの上でサラミエレベーターに乗せて第七天国へと昇天させてやれるというのに。

しかしここにはボルボに乗りたい女などいないはずだ。なぜならベックストレームの周りに集まったのは常々ドライブ欲満々な女たちで、夫と子供は田舎のサマーハウスへ送り出し、自分は今まで訪れたことのない場所への切符を手に入れようとしている。

ところでブランド戦略といえば、イケアだって恥じ入るがいい。自分でねじを留めなければいけない本棚でいくら稼いだかは知らんが、そもそも本を読むなんて馬鹿のすることだ。ベックストレームのような本物の男なら自分自身の経験を糧に生きていくもの。その経験が気に入らないというのなら、忘れればいいだけのことだ。

素晴らしい人生というのは読んで理解できるものではない。ましてやイケアの本棚〈ビリー〉に並ぶような本からは得られない。ダイエット本や、自己啓発本、起業のハウツー本、犬の飼いかた本、まともな人間になるためのコーチング本ばかり。そこに連続殺人のミステリや普通のおばさん向けエロ小説が交じってくる。本物の英国製のシダーウッドやローズウッドの書棚を買う金もないような貧乏人どもだ。

新しい書斎に英国製の書棚をつくりつけたベックストレームとは大違いだ。なお、その書棚は増え続けるコレクションを収納するためのものだった。世界各地からやってきたアルコール飲料のミニボトルのコレクションだ。本など人生の敗者が大袈裟に評価する娯楽でしかなく、ベックストレーム自身はある瞬間に読書をきっぱりやめたのだった。それは昔からいちばん好きだった作家が――スウェーデンのパルナッソスにふさわしい唯一の作家だったのだが――人生の危機を迎えたらしく、スパイ小説をやめてゲイ小説を書き始めた瞬間に。

偉大なるスウェーデンのスパイ、ハミルトン（スウェーデンの作家ヤン・ギユーによるスパイ小説シリーズの主人公）の何がいけない？　高尚なる正義との闘い、国家の安全を守るのは言わずもがな、どれも非常にエネルギーの要る仕事であり、脇の下に法律書を抱えてうろうろするなんて自殺行為だ。そんなことくらい経験上知っていた。

そう、スパイ小説の主人公とはいえベックストレームの同僚に当たるハミルトンは、確かにかつて仕事で経験したことのせいで愛する女の命を奪ってしまったが、そういうのは危機的状況においては最高の男にさえ起こりうることで、ベックストレームは自身の日常の中でもっと最悪な展開も目にしてきている。

高尚なる思索に耽りつつ——生来哲学的だとついそうなってしまうのだが——ベックストレームは自分自身にうなずきかけた。ウォッカ・トニックをすすり、両の耳とも耳半分でそこにささやきかけてくる若いご婦人がたをあしらいながら。

〈リシェ〉の閉店時間直前に、きちんと順序を守って店をあとにした。まだ宵の口だったが、数時間後には労苦に満ちた新しい労働の一日が待ちかまえている。ベックストレームは自分の評判に責任をもつ男でもあったから、今までに試したことのないカードを試すことにした。生き生きとした瞳に、前歯の間に興味深い隙間のある可愛い弁護士。税務庁に勤めているから、万が一サラミを乗りこなせなかったとしても、別の活用法がある。うまくいけば彼女の雇用主がたずさわっている所得没収事業をうまくかわすためのアドバイスをいくらかもらえるかもしれない。

一時間後、一ラウンド目が終わると、ベックストレームは彼女が郊外の穴倉へ帰るための夕クシーまで用意した。十点満点で強めの六点程度で、普段ならタクシー代を出すほどでは絶対になかったのに。今後この近くに立ち寄ることがあればヘステンス製ベッドの持ち主の家を再訪する機会もあろうが、次からは移動経費は自分もちにしてもらう。別れぎわには頰に軽いキス。それだけにしておかないと、小さな頭に何を思いつくかわからない。そして素早く別れを告げた。殺人捜査が待ち受けているのだ。任務がおれを呼んでいる――ベックストレームは玄関をきっちり施錠したのち、ベッドに入るとすぐに眠りに落ちた。

12

ベックストレームはアンカン・カールソンから二通目のショートメールが届いたのと同じ頃に目を覚ました。水曜日の朝七時四十五分だった。〝来ないの？　あと十五分で出ますけど？〟ベックストレームはため息をつき、あきれたように頭を振り、簡潔な返事を返した。〝自分で行く。発見現場で会おう〟まずはおはようございますと挨拶をするとか、多少は昔風の礼儀正しさを見せて何が悪い？　そのくらいのことはあの女にでもわかると思っていたが。上司はおれだぞ？　ベックストレームは旧知の知人に電話をかけ、いつもの謝礼を約束し、一時間後ということになった。

それから立派な朝食を腹に収め、弁当などを用意し、バスルームに入って身づくろいをした。最後に荷物をまとめ、弁当の他、念のためにゴム長靴や動きやすい服も入れた。蚊よけオイルは当然、都心から出るのなら必須だ。それからもうひとつサンドイッチとジュースをエドヴィン坊や用に。アンカン・カールソンが弁当を忘れても、飢え死にしてもらえばいいだけのことだ。その他にも色々なもの、アパートを出るときに必ずもっていくもの。捜査のメモをとる小さな黒い手帳、仕事で外に出るときにはめるステンレス製のほうのロレックス、現金にカード、携帯電話二台、ミント味の飴、背広に特別に縫いつけた隠しポケットに入る小型のスキットル。そして最後とはいえ欠かせないのが、信頼できる友シッゲ坊やと予備の銃倉だった。

外の道に出るともうタクシーが待っていて、ベックストレームは例によって後部座席に乗りこんだ。親しげに話しかけたり無駄話をしたりしてもいいと運転手に思われないようにだ。

「警部どのをお乗せできるなんて光栄です」運転手は言った。ベックストレームの無言のメッセージは伝わらなかったらしい。「どちらまで?」

「カロリンスカ大学病院まで……」

「えっ? 警部どののお身体に何か深刻な事態が起きていないといいのですが……」馬鹿運転手はわざわざこちらを振り返りながら訊いた。

「……黙って運転してくれ」ベックストレームは言い添えた。

この馬鹿どもが。いったいどこから湧いて出てくるんだ? まったくきりがないじゃないか。

ベックストレームの同僚アニカ・カールソンは大忙しだった。何もかも細かく計画したつもりだったのに、エドヴィン坊やと半ダースほどの同僚で三台の車に分乗してやっとソルナの警察署を出られたのは、予定より半時間遅れだった。それに苛立ってもいた。エドヴィンが嬉々として目を輝かせていて、唯一気にしているのは警部さんはどこに行ってしまったのかということだったからだ。

「自分で来るみたい」アニカは言った。「だからもうすぐ会えるわよ」

「よかった。すごく楽しみだよ」

今朝あなたに朝食を食べさせて、清潔な服を用意したのは誰だったかしら？　アニカ・カールソンは嫉妬がちくりと胸を刺すのを感じた。あのデブを今まで誰も殺さなかったのが本当に不思議だ。

都心から出るときにはいつもの渋滞に引っかかり、それでさらに半時間ほど余分に時間がかかり、やっとエーケレー島にあるシースカウトのキャンプ場に車を停めたときには予定より一時間も遅れていた。キャンプ場はほとんど空っぽだった。責任者と高位の弟子たちはバスでヘリィエー島のバイキング住居跡を見学しに出かけており、残っていたのは十八、九歳くらいのリーダー二人だけで、キャンプ場の見張り兼、前日のセーリングで浅瀬に乗り上げて舵《かじ》がとれてしまったボートの修理を試みていた。

二人は警察の登場に好奇心で爆発しそうに見えたが、それでも質問はしてこなかった。スカウトの仲間であるエドヴィンにさえもしなかった。キャンプに来ている中でいちばん年下なのに。エドヴィンのほうも礼儀正しく厳《おごそ》かに、右手の三本指を立てるスカウトの敬礼をしてから、待ちかまえている警察船の方向へと行進していった。

船が桟橋を出るとすぐに、アニカ・カールソンは船の責任者に遅れたことを謝った。かまわない、というのが同僚の返事だった。緊急の事件でも起きないかぎり、彼とその乗組員は今日一日じゅう手伝える。だから帰りの移動手段も心配しなくていい。

「死体がみつかったらしいね」責任者はそこで声のトーンを下げ、エドヴィンのほうをちらりと見た。

「頭蓋骨です」アニカ・カールソンは請け合った。「ともあれ、古代の人骨ではないみたい」

そのくらいは言ってもいいわよね――。

「あの坊やがキノコ狩りをしていてみつけたんだって？」

「ええ。でもあの子は平気みたい。むしろわくわくしているくらい」

「よりによって不幸島でか……」同僚はあきれたように頭を振った。「なぜそんな名前がついたか知っているかい？」

「エドヴィンはお化けが出るからだと言っていたけれど」アニカ・カールソンは微笑んだ。

「それもきっと出るだろうが、他の言い伝えもあるんだ」

「ぜひ教えてください」

昔々、といっても具体的には十九世紀の終わりごろの話だが、このあたりの農民はその島を夏の餌場として使っていた。牛や羊や山羊、それに畑を耕すには弱りすぎた馬の一頭や二頭もいただろう。緑が茂る季節になると、家畜を船に乗せて島に渡った。大きな島ではなく、百ヘクタールもない小島だ。しかし家畜を連れていく価値はある。十頭あまりの牛やもっとたくさんの羊や山羊に充分な草があったからだ。だから当時は活気のある場所だったのだ。不吉な名前がつく前は。何世代にもわたってこうやってうまくいっていたのに、約百年前に不審なことが色々起きるようになり、餌場小島は不幸島に名前を変えることになった。

「十九世紀の終わりごろの話だ。一八九五年だったと思う。島にあった小屋に雷が落ちて、家畜の世話をしていた女中二人が中で焼け死んだ。次の夏には島にいた牝牛と仔牛が皆、奇妙な腹の病気にかかり、ハエのように次々と死んでいった。おそらく何か毒のあるものを食べたのだろうが、不幸はそれでは終わらなかった」

「何があったんです?」

「生き残った牛を連れて帰るとき、当時は牛用フェリーというものを用意したんだが……」

「牛用フェリー?」アニカ・カールソンが思わず訊き直した。「悪いけど説明してください。あなたは今、典型的な陸カニと話しているのを忘れないで」

「ああ」責任者は優しくうなずいた。「近ごろのボートフェアで見かけるような立派な船ではないが、簡単に言うと、平底の大きな木のはしけってとこだ。船のへりはある程度高さがあるが、安全とは言い難い代物だった」

「船のへりが何かはわかるわ」

「そこに十頭ほどの牝牛や仔牛が乗るスペースはあった。ともかく、生き残った家畜を船に乗せて帰る途中に、今度は嵐がやってきた。湖の真ん中でね。農民や手伝いの下男、それに牛も全頭溺れてしまった。ここに住むやつらの間で今でも語り継がれているが、エーケレー島周辺では数キロにわたって死体が揚がったそうだ。それでもう、自分たちはあの島には歓迎されていないということになった。邪悪で怪しげなものが小島を支配していると言われ始め、新しい名前がついた。それが不幸島だ。何もかも伝承にすぎないが、おれ自身は伝承にも色々な意味があると思う」アニカの同僚は皮肉な笑みを浮かべて話を締めくくった。

「でも、今ではみんな救命胴衣をつけて船に乗るでしょう」

「だが当時はそうじゃなかった。それに泳ぎもできなかったんだ。生まれてから死ぬまで湖ぞいで暮らしていても、当時は普通の人は泳いだりしなかった。水泳なんて、夏に避暑にやってきた金持ちが思いついたことだ。このメーラレン湖をけっして甘く見ちゃいけない」

「今はどういう位置づけなんです、不幸島は」

「今でもとっつきにくい島さ。泳げるような浜や飛びこみたくなるような岩はないし、島自体がまるでジャングルだ。ほら、あの先に見えてきた」同僚はそう言って、一キロほど先に浮かぶ小島を指さした。

確かに、水ぎわまで藪や茂みに覆われている。島の中央はいくぶん高くなっていて、緑の中にアカマツやトウヒがいくらかそびえている。見通しのきかない景色で、こんな場所に十歳の子供をおいていくなんて大人の考えることじゃない——とアニカ・カールソンは思った。自分の高級なヨットの甲板に吐かれたからって。

「あの岬を回って停泊して」エドヴィンがだしぬけに二人の前に現れて言った。

「アイアイサー」船の責任者はエドヴィンに微笑みかけた。

「ぼく、あの頭蓋骨をみつけた場所に通じる小道に目印をつけてきたんだ。岸に戻る道すがらね。頭蓋骨があった場所にはトウヒの枝を切りとっておいておいた」

「きみはしっかりしているな、坊や」

「そなえよつねに！」エドヴィンはそう叫ぶと、三本指を立てて敬礼をした。

こうして船は岬を回り、停泊しようとしたところ、そこにあの男が座っていた。

13

ベックストレームはあらゆる種類の水が苦手で、これまで船に乗ることも極力避けてきた。泳ぎを覚えたのは大人になってからで、それもいたしかたなくのことだった。警察学校に入るために必須だったからだ。忘れようと努力している辛い記憶であり、人に話すことは絶対になかった。

タクシーがカロリンスカ大学病院のヘリポートでベックストレームを降ろしたとき、警察のヘリコプターがすでに彼を待っていた。青い空高く舞い上がり、ずっと下のほうに橋がヘビのようにエーケレー島まで続いているのが見えたとき、ベックストレームは心の底から喜びを感じた。アンカン・カールソンみたいなやつがそもそも朝ベッドから出られること自体おかしな話だが。

二十分後には不幸島に着陸していた。ヘリコプター課の知人に礼を言い、いつもの搭乗料は速やかに自宅に送るからと請け合った。スコットランド製の強い通貨で。

上陸後はまず、ちょうどよい日陰に折り畳み椅子を広げた。強すぎる日射しは避けつつ、心地良い湖からのそよ風に撫でられる場所だ。それから冷えたトニックを開けて、ポケットのスキットルからよく考えた量を注いで強化し、小さな黒い手帳にひとつめの任務メモを残した。〝七月二十日水曜日九時四十五分。殺人の疑い。メーラレン湖の不幸島の発見現場に到着〟それからダーゲンス・インダストリー紙を取り出し、のんびりといちばん最近買った株の状況を確認した。

特にあの新規上場したゲーム会社の株。友人Gギュッラに教えてもらって買ったのだが、ロケットのように爆上がりしている。しかしゲーム事業というものが五十年近く前の夏、ティレセー島のスカウトキャンプに強制収容されていた一週間のあいだに立ち上がったベックストレームの読書会と同じ原理だと考えると特におかしなことではない。中毒者ほど忠実な顧客はいないのだ。そんなことくらいコロンビア人でなくてもわかる。

あいつらは普通の人間なら頭がある場所がブラックホールになっているようだ。ベックストレームは憐れむように自分のそれを振った。妻や子供を飢え死にさせてもネットカジノをやめられず、生活費をすべてつぎこんでしまい、子供の普段着やらおもちゃまでネットオークションで売り飛ばして平然としているのだから。

船上にいた全員が、ほぼ同時にベックストレームに気づいた。船上の全員が、一人を除いて子供のように喜んだ。なおいちばん喜んだのはエドヴィンで、彼は本当に子供だった。

「警部さんだ!」エドヴィンはベックストレームを指さして叫び、顔を輝かせている。

ベックストレームはそこに、仲間がやってきたことなど気づきもしないかのようなすました表情で座っていた。かなり前から船の音は聞こえているはずなのに。折り畳み椅子に心地良くもたれ、新聞を読んでいる。靴と靴下は脱ぎ捨て、メーラレン湖の波に足を浸しながら。エーヴェルト・ベックストレーム警部がそこにいた――青い麻の背広に白いセーリングパンツ、パナマ帽そしてサングラスといういでたちで。

あの男、湖に沈めてやる――アニカ・カールソンは思った。誰もやらないならわたしが自分の手を下してでも。ニエミでさえ近ごろは信用できそうにないんだから。ほら、今も笑顔を浮かべて、嬉しそうに頭を振っている。

14

「そろそろ心配になってきたところだったよ」ベックストレームは腕時計を確認し、アニカ・カールソンに微笑みかけた。「船が沈んでしまったのかと思って」

「ここまで泳いできたんですか？」そんな皮肉を言っても無駄だとわかりつつ、アニカは訊いた。

「いいや。ヘリコプターに送ってもらったんだ。きみには言ったつもりだったが……。だって、時間を約束したんだから遅れたくないだろう。これは殺人捜査なんだぞ。ところであの子の具合はどうだ」ベックストレームはエドヴィンのほうを顎で指した。エドヴィンは今、大型の警察犬を撫でるのに夢中になっている。

「今のところ平気そうです。むしろわくわくしているみたい。昨晩も悪夢は見なかったみたいだし」

「きみの家に泊まったのか」それは質問というより結論だった。

「ええ。それ以外にどうするつもりだと思ったんです？　ソルナ署の地下の酔っ払い牢に閉じこめたり、真夜中にスカウトのキャンプに送り返したりするとでも？」

「まさかそんなわけがないだろう。ただちょっとあの子のことが心配だったんだ。まだ十歳だし、あとから恐ろしさがこみ上げるようなことを体験したわけなんだから」

「わたしの印象ではキャンプには戻りたくないみたい。朝食のときにも話したんですが」

何よ、まるで心配しているみたいな顔をして。

「どうせキャンプはあと数日だ」ベックストレームはなぜかそう言った。「ただ……」

「今夜もうちに泊めるつもりです。夜、遊園地に行く約束をしたから。エドヴィンに五種競技を挑まれたんです。そのあとは両親が帰ってくるから、自宅に戻せばいいでしょう」

「それがいい」ベックストレームも同意した。「親にはきみが電話するのか？　それともわたしからしておこうか？」

「安心してください、ベックストレーム。それもわたしがやります」

いったい何様のつもり？

「話は変わるが。昨日きみがうちに来る前にサンドイッチを食べていたとき……あの子がスカウトの責任者の話をしていたんだ。おかしな名前の男だ」

「ハクヴィン・フールイェルムですか？　昨日の夜電話で話しました。あの子を指名手配したりしないようにね。彼が何か？」

「きみに聴取してほしい。参考人としてだ。だが優しく扱う必要はない」

「あの男が事件に関わっていると？」

「いいや」ベックストレームは頭を振った。「それは考えられない。事件というのが例の頭蓋骨の話ならば」

「じゃあ、なぜわたしが聴取するんです」

「わたしはスカウトの責任者が苦手だからだ」ベックストレームは発言を強調するようにうなずいた。「実はとんでもなく苦手だ」

「エドヴィンから金歯の話を聞いたの？」

「金歯だって？」ベックストレームが驚いて訊き返した。

「いや、そのことは忘れてください」アニカは手を振った。

「わたしはただスカウトの責任者が苦手なだけだ。子供の頃の経験のせいだと思う」

「話したくないようなこと？」

「ああ、トラウマになるような出来事だった。きみも聞きたくないようなね。他人に話すようなことではない」

そんなに単純な話でいいの？　アニカ・カールソンはうなずくだけにしておいた。

15

島に上陸すると、ピエテル・ニエミが指揮を執った。まずエドヴィンと島のどこで頭蓋骨をみつけたのかを地図上で確認した。

「こっちの方向です」エドヴィンは島の中央を指さした。「ここから百メートルくらい。みつけたあと、ここまで戻りながら目印をつけたんです。ここに迎えに来てもらうことになっていたから。そうすればあとでまたここに来るときにも楽だろうって」

「そうか」ニエミが答えた。「いや実に賢明だ」

それでもやはり、多少は怯えているようだな。

「ええ、そしてそれがあった場所にトウヒの枝を刺しておきました。木から枝を切って、尖らせたんです」

「実に正しいよ、エドヴィン。おれだってそうしたと思う。だが普通のやつらには、こういう道をまた戻るのがどれだけ難しいかわかりもしないんだ」

「よかった」エドヴィンはちょっと安心したようだった。

「それがあった場所にいたとき、周りも探してみたのかい？　もっと何かあるかどうか」

「キツネの巣穴は覗いてみました。巣穴があったからね。でも何も見えなかった。骸骨なんかは。それで周りもちょっと見てみたけれど、特に何もなかったですよ」

「それでここに戻ったんだな。そして戻りながら目印もつけた」

「ええ。でもまずあれをリュックに入れました。警部さん以外にそのことを話すつもりはなかったから」

「賢いぞ」ニエミはエドヴィンの肩を軽くたたいた。「では一緒に行って、あった場所をもう一度見てみようか。できそうかな？」

「ええ。平気ですよ。あのときは実はけっこう怖かったけど。みんながヨットで迎えに来てくれるまでは、ってことです」

「だが今はもう平気だな」ニエミはまたエドヴィンの肩をたたいた。「きみとおれとみんなで解決しよう」

「はい」

それからニエミは全員に地図を配り、ソルナ署から連れてきた若い生活安全部の警官二人に船をつけた場所の周りをどのあたりまでテープで封鎖するかを指示した。それから海上警察の同僚たちには島をぐるりと回って、浜を確認するように頼んだ。

「では、だ」ニエミが全員のほうを向いた。「われわれはこうしよう。おれとエドヴィンと鑑識官プラス警察犬担当の警官でまず初期確認をする。すでに任務を割り振られた者はもう作業を始めてくれ。ベックストレーム、きみとアニカはおれたちが合図するまでここで待っていてほしい。では、あそこのシラカバについた赤い目印を追っていくだけだな。エドヴィンが昨日つけてくれた目印だ」

「ここで待つ間……」ベックストレームが口を開いた。藪の中に消えていく皆の背中に向かってうなずきかけながら。

「その前に、なぜここにこんなに蚊がいるのかを説明してください。水ぎわなのにスズメみたいなサイズの蚊が！」アニカはこれで五匹目となる蚊を潰したが、上腕部の血の痕を見るかぎり、すでに刺されてしまったようだ。

「あのジャングルに鼻を突っこんだらもっとひどくなるぞ」ベックストレームはそう言ってアニカを慰め、最初の目印の方向を見つめた。「こんな場所を半ズボンと半袖でうろうろするなんて自殺行為だ」ベックストレームは気の毒そうにアニカ・カールソンの青いショーツと半袖シャツを見つめた。

「そうですね」アニカ・カールソンはまた一匹、よく日に焼けた腿《もも》をむさぼる蚊を殺した。

「アニカ、ちゃんと考えておかないと」ベックストレームは心配そうな表情で頭を振った。

「ええ、そうですね。でもわたしは考えなかった」

「蚊よけももってこなかったのかい？」ベックストレームはそう訊きながら、無邪気な表情で自分のキャンピングバッグに手を突っこんだ。

「ええ、蚊よけももってきてません」

あんた、まじで気をつけなさいよ。ここなら目撃者は誰もいない。わたしは何を躊躇《ちゆうちよ》しているの？

「よければこれを使いたまえ」ベックストレームは小さな緑のプラスチックボトルを差し出した。「ジャングルオイルだ。こういう冒険にはいつもこれを使っていてね。とても良く効くんだ。わたしのアフターシェーブと驚くほど香りが合うし」

「どうも」アニカ・カールソンは蚊よけ液を受け取った。
あんた、たった今命拾いしたわね。

「いやいや、礼には及ばんよ」ベックストレームは軽いため息をついた。「ああそれと、喉が渇いたら言ってくれたまえ。ミネラルウォーターとトニックとコカ・コーラがある。残念ながらそれより強いものの用意はないが」

ニエミたちはエドヴィンの目印にそって進んだ――痕跡から察するにそれは古いけもの道のようだった。それならエドヴィンが語った結果とも一致する。この島にはイノシシがいるらしい。キノコやベリーを探していたときにいくつもイノシシの痕跡をみつけたというから、かなりの数いるようだ。

ニエミは満足そうにうなずき、周りの状態を目視した。まさにジャングルだ。大変な作業になりそうだった。密に茂った低木、そしてシラカバやハシバミ、ヤマナラシの雑木が絡みあい、まだ背の低いトウヒやアカマツの下の枝が地面に被さっている。それ以外の地面はブルーベリーやコケモモにびっしり覆われている。岩が見えている部分以外は、じめじめした地面と本物の沼が交互に現れた。

「あとほんの二十メートルです」エドヴィンがささやき、ニエミの腕につかまった。「さっき近づいたら教えてと言ってたから」

「いいぞ、エドヴィン」ニエミはそう言って、警察犬のハンドラーにうなずきかけた。その警官がちょっと手で合図をしただけで、シェパードは小道を駆けだし、藪の中に消えてしまった。しかし数秒後には吠え声が聞こえてきた。リズミカルな抑えた吠え声。遠くても二十メートル先だろうか、訓練士が犬を放す前に首輪につけた目印用の赤いリードが見えているから。

「あれがうちのサッコが死体を見つけたときの吠え声なんだよ」訓練士は誇らしげに言った。

シェパードのサッコはベリーの地面に立つトウヒの枝の目印から半メートルのところで伏せていた。数メートル先にエドヴィンが話していたキツネの巣穴が見えている。ゆるやかな丸みのある丘、それが雑木やベリーに覆われていて、周囲の荒地よりも一メートルほど高くなっている。

「おりこうだ」犬の警官がサッコをぽんぽんとたたいた。「これで目撃者が二人になったな」そしてニエミのほうにうなずきかけた。「エドヴィンとうちのサッコだ。エドヴィンの話をたった今証明してくれた」

「嬉しそうですね」エドヴィンが言う。「吠えるとき」

「ああ、嬉しいんだ」警官は手をエドヴィンの肩においた。「犬というのはきみやおれ、他の人間とはちがった考えかたをするんだよ」

「ええ、そうですよね」エドヴィンは真面目な顔でうなずいた。

その半時間後、ニエミは無線機でアニカ・カールソンに連絡をとり、エドヴィンの発見現場を見たければ来てもいいと伝えた。

「すぐ向かいます」アニカ・カールソンは折り畳み椅子から動く気配のない上司にせかすような視線を向けた。

「はい、はい」ベックストレームはうとましげに手を振ると、多少苦労して椅子から立ち上がった。

ベックストレームは昔からハンターが使っているような緑のゴム長靴を履いていたが、アニカ・カールソンは心の中でびしょ濡れになったスニーカーに悪態をついていた。五十メートル進んだところでベックストレームが立ち止まり、エドヴィンがシラカバの枝につけた赤い目印を指さした。ベックストレームの青い背広のいちばん上のボタンと同じ高さについている。

「きみも気づいたかね」ベックストレームは目印を指さしながら言った。

「何をです」

今度は何よ？

「エドヴィンは非常に配慮のある若者だ。あの歳の子供にしては賢いが、それだけじゃない。心の広い少年なんだ。われわれ大人のことを考えてくれている」

「どういう意味です？」

何が言いたいのよ。

「この目印を結ぶためにはつま先立ちをして、両手を高く伸ばしたはずだ。あの子の身長を考えるとね。われわれ大人が腰を曲げて目印を探さなくていいようにだ。素晴らしい配慮だと思わないか。わたしごときの感想ではあるが」

アニカ・カールソンはうなずいただけで黙っていた。ベックストレームのくせにそんなこと言わないでよね。


五分後、ベックストレームとアニカ・カールソンはエドヴィンがみつけたキツネの巣穴の前に立っていた。ニエミはエドヴィンと話していて、県の鑑識課から借りてきた同僚二人は慎重な足どりで周囲を確認している。しかしハンドラーと四つ足の部下の姿はなかった。

「ワンちゃんとその飼い主は？」ベックストレームが尋ねた。

「付近を調べている」ニエミが答えた。「念のためにね。おれが思うに何もみつからないとは思うが。ここの現場検証にはものすごい人手が必要になるな。もし誰かが死体をこの島に埋めたのなら、ここよりもおれたちが船を泊めた場所に近いだろうし」

「わたしもそう思う。むやみに死体を抱えて歩き回る意味はないからな」

「空飛ぶ悪魔のことを考えると、きみとアニカとエドヴィンが署に戻りたければ止めはしないよ」ニエミはしつこい蚊を追い払いながら言った。

「ではそうするか」

「ああ、そうしろ。ここではきみたちは役に立たない。正直言って、邪魔なだけだ。遅くとも今夜には一報を入れるから」

「あのキツネの巣穴だが」ベックストレームが今度はエドヴィンのほうを向いた。「もうちょっと教えてくれないかね」

「ええ。あれは砂穴です。岩穴というのもあるんだけど。昔の積み石の中にキツネが棲んでいる場合はね。でもこれは砂穴。まあ巣穴とも言うけど。中にキツネが棲んでいればですが」

「藪の中に見えているあの小さな穴、あれが入口か?」ベックストレームが巣穴を指さした。

「ええ、あるいは出口とも言うけれど。まあドアみたいなものですよ。ドアはないけど。出たり入ったりする穴という意味です」

「こういう巣穴にはたくさん穴があるのか?」

「この巣穴には探してみたところ六つありましたよ。今まででみつけた中で最高記録は十五だけど、それは岩穴だった」

「ではキツネの巣穴にはいくつも出入口があるんだな。なぜだい?」

「おかしなことではないでしょう」エドヴィンは驚いた顔になった。「想像してみてください。ハンターが来るとする。この中に棲むキツネを撃ちにね。ハンターはまず犬を穴に潜らせて、キツネを穴から追い出すんです。ハンターは外で待ち受けていて、出てきたキツネを撃つ。だから逃げられる穴が多いほうが、生き延びられるチャンスがある。キツネは非常に狡猾《こうかつ》な動物なんですよ」

「いくつも出口のある巣穴か。ハンターが来たときのために」

「ええ。ぼくは狩りは絶対にやりませんけどね。あらゆる種類の狩りに反対です」

「キツネの巣穴にはいくつも出口がある、か……」ベックストレームはまたそうつぶやき、うなずいた。

ベックストレームとアニカ・カールソンとエドヴィンは岸に戻り、警察船が戻ってくるのを待った。船はもうこちらに向かっていて、スカウトのキャンプまで送ってもらえることになっている。ベックストレームは荷物をまとめる前にエドヴィンにサンドイッチとコカ・コーラを差し出した。

「もうヘリコプターは呼んだの？」アニカ・カールソンが皮肉っぽく訊いた。

今のは余計な一言だった——口に出した瞬間にわれながらそう思った。ここ一時間のベックストレームはまともな人間のように振舞っていたのに。

「いいや、実はきみとエドヴィンと一緒に船で帰ろうと思っている。ちょっと湖を渡るのも気持ちがいいじゃないか。太陽が輝いているし、波も穏やかだ。だから楽しみにしているよ」

それにきっと船には便所があって、そこでこっそり小さなスキットルを取り出し、世界一美味いウォッカで遅めのランチの前の食前酒といこうじゃないか。ベックストレームはすでに今日これからの予定を立て始めていた。

「あなたには毎回驚かされます」アニカ・カールソンが言った。

「ああ、そうだろう？」

十五分後、三人はスカウトのキャンプ場で船を降りた。ベックストレームは船旅の前に言っていたこととは矛盾するが、基本的にはずっと船のトイレにこもっていた。やはり何か怪しい——アニカ・カールソンは思った。スカウトのキャンプは人けがなく、空っぽで打ち捨てられたかのようだった。責任者のフールイェルムの姿も、スカウトの少年たちの姿もない。まあ、あとで電話をして事情聴取のために署に呼び出せばいいのだが。

街へ戻る車を運転したのはアニカ・カールソンだった。理由は誰も知らないが、ベックストレームは絶対に運転はしない。免許自体は警官なら誰でももっているはずなのに。帰り道は渋滞もなく、行きの半分の時間ですんだ。ソルナの警察署に近づくやいなや、ベックストレームは携帯を取り出し、タクシーを呼んだ。

「今夜はアニカと遊園地に行くんだって？」ベックストレームはエドヴィンに語りかけた。

「ええ。警部さんも一緒に来たいですか？」

「残念ながら」ベックストレームは実に残念そうに頭を振った。「わかると思うが、やることが山ほどあってね。だが明日の朝、また警察署で会おう」

地下の駐車場で別れるときに、ベックストレームは分厚い札挟みを取り出し、そこから五百クローネ札を一枚抜き取ってエドヴィンに渡した。

「これを」ベックストレームはそう言って、少年の頭をぽんぽんとたたいた。「これでアニカと一緒にジェットコースターに乗るといい」

「ありがとうございます！」エドヴィンはお辞儀までしてみせた。「でもこれじゃあ多すぎますよ、警部さん」

ベックストレームはエドヴィンの答えなど聞いていない様子だった。まずは深く考えこんだ表情になり、それからもう一枚五百クローネ札を取り出し、エドヴィンの胸ポケットに突っこんだ。

「これもだ。帰りにタクシーに乗ることになるかもしれないからね。だが、いつものように領収書は忘れるな」

16

トイヴォネン警部はソルナ警察の犯罪捜査部のボスで、ベックストレームの直属の上司でもあったが、ベックストレームのファンではないことは確かだった。今、彼の目の前のデスクにはファイルが開いていて、そこにはアニカ・カールソンが昨晩メールで送ってきた殺人の疑いの通報記録と、被害者の身元確認のために臨時に人を貸してほしいという簡潔な要望が挟まっている。

トイヴォネンはフォルダに書類を挟んで、それをめくったりメモしたりするのが好きだった。パソコンの画面を睨みつけていても、そのうちに目がちかちかしてきて、頭痛のせいではっきり物事を考えられなくなるだけなのだから。

ともあれ古代の人骨ではないようだ。頭蓋骨の中に弾丸がみつかったことから、それよりはずっとあとになって死んだのがわかる。かといって時効を過ぎている可能性も否定できないし、犯罪でもないかもしれない。撃たれて死んだ場合は、ほとんどが自分で自分を撃ったものなのだ。

かといって、とはいえ――トイヴォネンはため息をついた。どちらであったとしても、彼も部下たちも、実際にどうだったのかを調べる義務がある。そして被害者の身元が判明するまでは捜査は前には進まない。そのことはトイヴォネンも、ベックストレームやアニカと同じくらいよく知っていた。このフォルダを地下の資料室に持って下り、何事もなかったふりをするわけにはいかないのだ。

歯の状態からデンタルチャートを作成して、DNAも採取できるといいのだが。それ自体は比較的簡単な作業で、膨大な仕事量になるわけではない。それに一年前再編されたリンショーピンの国立法医学センター所属の犯罪鑑識官がやる仕事だ。

問題はそれ以外のあらゆる作業だった。消息を絶ったまま見つかっていない何百人という人間の中から該当者を捜し出す。ましてや警察のデータベースには載っていない行方不明者もいるのだ。そういうことに臨時の人員が必要になる。トイヴォネンはもちあわせてない人員が。

グンサンに相談してみるか――。彼女まで夏休みをとっていなくて幸いだ。

グンサンの本名はグン・ニルソンで、犯罪捜査部の事務方の行政職員だった。ここで重要なのは、彼女なら常にあらゆる事務的総務的な問題を解決してくれることだ。同時に同僚からは好かれ尊敬もされている。グンサンというのはあだ名だが、本名で呼ぶ者など署には一人もいない。

ベックストレームとその同僚たちが、エドヴィンの緻密《ちみつ》な配慮によってつけられた目印をたどっていたのと同じ頃、トイヴォネンはグンサンの部屋の来客用椅子に腰をかけた。

「わたしが間違っていたら教えてください。今日は七月二十日水曜日で、夏休みの真っ最中。警察隊の半分が飛散中ですが、そんな中で臨時の人員をみつけろと？ 百年前のものかもしれない古い頭蓋骨の身元を確認するために？」グンサンはそう言って、朗らかに微笑みかけた。

「まあ、そんなところだ」

「好奇心で訊きますが。何人くらいをお考えで？」

「一人まともなやつを借りられればそれで充分だ」

「じゃあ二人用意できます」

「二人だと？ まともな同僚を二人も？」

こいつは水の上でも歩けてしまう超人かもしれん――。

「データベース検索の作業なら、これ以上いい人材はいませんよ」

「だがいったいどうやって……？」

「捻挫《ねんざ》した足とギプスをはめた膝のおかげです。だから完全にまともな人材ですよ。パソコンの前に座るために必要な身体の部位じゃないですから」

17

七月二十一日木曜の午前中、捜査班の一回目の会議が行われた。それはベックストレームが前の晩にアニカ・カールソンにショートメールを送って決めたことだった。

アニカ・カールソンは会議の時間よりかなり前に出勤した。ベックストレームが現れて彼女の綿密な計画にあれこれ口出ししてくる前に、細かな問題点を解決しておこうと思ったのだ。基本的には事務作業ばかり、というのもこの件に関しては実際ほぼ何もわかっていないようなものだからだ。しかしそういう件であってもそれなりに時間はかかる。

普段であれば、いや、うまくいけばというべきか、ベックストレームは最後の瞬間に現れるのだが、今日はなぜか会議の半時間前にだしぬけにアニカの部屋に姿を現した。

「エドヴィンはどこだ」ベックストレームはそう言いながら、念のため部屋の中を見回した。

「おはようございます、ベックストレーム」アニカ・カールソンはにこやかに微笑んだ。「珍らしく朝から爽《さわ》やかでお元気そうですね。まさか風邪でも引いたんじゃ……」

「エドヴィンはどこだ」ベックストレームがまた言って、アニカにうなずきかけた。

エドヴィンは父親のところだった。父親は今朝の飛行機でスコーネ地方から戻ってきて、朝食の時間にはアニカ・カールソンのアパートに息子を迎えに来た。エドヴィンの母親はあと数日スコーネ地方に留まり、ヘルシンボリに住む妹と過ごし、週末にストックホルムに戻ってくるという。エドヴィンは元気だった。なお、父親のスロボダンからベックストレームによろしくと言われている。息子のために色々とありがとう、と。

「他に何か?」アニカ・カールソンはにこやかな笑みを浮かべたまま尋ねた。

「いや」ベックストレームは頭を振ると、部屋から出ていった。


会議が始まる五分前、アニカ・カールソンはベックストレームの部屋に行き、四の五の言うことなく彼のデスクの反対側に腰をかけた。彼女の足音は聞こえていたようだ。だって腰をかけた瞬間に、ベックストレームが引き出しの鍵をポケットに入れたのが見えたから。

「どうしたんだね、アニカ」ベックストレームはそう言いながら、ミント味の飴をつまんで口に入れた。

「何も。まるっきりいつもどおりです。だけど会議の前にあなたが知りたいだろう点を伝えておこうかと思って。捜査に関することが二点とエドヴィンの様子を。どれから聞きたいですか?」

「じゃあ捜査のほうからだ」ベックストレームは口の中でミント味の飴を吸った。「それも悪いニュースから」

「どっちも良いニュースですが」

「じゃあいちばんいいやつから」

「今朝ナディアと話したんです。彼女のほうから電話があって。ナディア・ヘーグベリですよ、あなたが常々名を呼ぶにふさわしい唯一の同僚だと、あなたの下で働く気の毒な全員の前で話している。皆、それを聞いて嬉しくはないでしょうね」

「その話は今はいい」ベックストレームは苛立ったように手を振った。「これはマネージャー講習か何かか？」

「ちがうと思います。そういう講座がある日はあなたは必ず風邪を引くから」

「ナディアは祖国ロシアで夏休み中なんじゃないのか？」ベックストレームがアニカを遮った。

「八月の第一週に戻ってくるはずだ。電話をしてきたと言ったね？　何かあったのか？」

「いえ、夏休みを早めに切り上げるだけです。週明けには署に戻ってくると。トイヴォネンとも話したみたい」

あなたでも少なくとも一人は気にかける相手がいるわけね。まあナディアからいつもウォッカをもらうせいにちがいないけど。

「素晴らしいじゃないか」ベックストレームの顔が輝いた。「これでやっと多少は秩序が戻ってくる」

「もう一点のほうですが」

「あとにしろ」ベックストレームは頭を振り、時計を見ると立ち上がった。

「トイヴォネンが、生活安全部の若い同僚を二人、加勢に寄越してくれました」ベックストレームに指図されるつもりのないアニカは言った。「二人ともいい感じです。今さっき話したんですが」

「聞こえている。きみが担当しろ」

まあそいつらのことなどどうでもいい。どうせナディアが戻ってくれば、そいつらがどれだけ使えないにしろ、何もかもちゃんとなるのだからな。

「それと、昨日の夜エドヴィンと遊園地でどうだったか知りたいんでしょう？」

「いいや」

「遅くまでいたんですよ」アニカは嬉しそうな笑みを浮かべた。「帰る前には一緒に愛のトンネルもくぐったんです」

「なんだって？」ベックストレームはまた椅子に沈みこんだ。

いったいこいつは何を言っているんだ？　あの子はまだ十歳だぞ？

いや、アニカ・カールソンとエドヴィンは愛のトンネルはくぐらなかった。その乗り物に乗りたいかとアニカは訊いてみたが、それはまあからかってのことで、エドヴィンは顔を赤らめて首を横に振った。しかしそれ以外は全部やった。この遊園地に来たら必ずやることはすべて。

エドヴィンはポップコーンとアイスクリームと綿飴とハンバーガーとホットドッグを食べ、コカ・コーラとジュースを二本飲んだ。アニカ・カールソンのほうは砂糖や炭水化物を避け、プロテインや野菜を選んだ。しかしひとつだけ例外があった。最後のほうに自分へのごほうびとして大きなビールを注文したのだ。それにメリーゴーランドや観覧車、回転ブランコにも乗り、五種競技のゲームで競った。その夜のトリを飾ったのは、エドヴィンが生まれて初めて乗った大きなジェットコースターだった。普段なら背が低すぎるということで警備員が黙って首を横に振るが、今回はちがった。なにしろアニカが一緒なのだから。

「あの子は非常に珍しいタイプですよね。あの子を好きにならない人間がいたらその人は何かがおかしい。ベックストレーム、子供をほしいと思ったことは？」

「いいや」ベックストレームは勢いよく立ち上がり、頭を振った。「子供は苦手なんだ」

18

捜査班は署のいちばん小さい会議室に集まった。全員で六人だからその部屋で充分だった。ベックストレームはいつものお誕生日席に座り、アニカ・カールソンはあるだけの資料を皆に配った。十ページほどの資料をクリアファイルに入れたもので、それが終わるとすぐに上司にうなずきかけ、向かいに座った。

「ではようこそ」ベックストレームは朗らかといっていいほどの表情だった。「アニカが作成してくれた通報記録にも書かれているように、この件は当面殺人の疑いとして捜査する。被害者の身元が割り出せなければ厄介な捜査になりそうだ」

「エルナンデス、きみから始めてもらおうと思う」ベックストレームは鑑識官のほうにうなずきかけた。「われわれに教えてくれることがあるんだろう?」

テーブルの周りにはいつもの馬鹿面が並んでいる。今回唯一の癒しは、普段より人数が少ないことくらいか。アニカ・カールソンは毎回口答えするし、チリ人のチコ・エルナンデス坊やは頭が冴えているとは言い難い。ヤン・スティーグソン警部補はダーラナ地方の出身で、ダーラナなどどうせチリのヴァルパライソあたりと姉妹都市だろう。それ以外は本物のおめでたい馬鹿としか許しようがない。

おまけに今回はフィンランド野郎トイヴォネン、つまりこの大惨事のボスが、念には念を入れて生活安全部の若い不適合者二人を押しつけてきた。一時的にパトカーから内勤に配置換えされているのは、職務中に負った怪我のせいだった。二十五歳くらいの女のほうは短い金髪で、身体をよく鍛え、女らしい体型の兆しもない。典型的なレズだな——ベックストレームは思った。おまけに二本の松葉杖と一本の脚でぴょんぴょん跳びながら椅子にたどり着いた。

男の同僚のほうはまたちがったタイプで、年の頃は女のほうと同じくらいだが、『パラダイス・ホテル』に出演していそうな顔をしている。ひどく脚を引きずっているものの、ともあれ松葉杖は一本で足りるらしい。

最高のチームだな――ベックストレームはそう思いながら、エルナンデスにうなずきかけた。

「さあ！　一日じゅう待っているわけにはいかないんだ」

「チコが話す前に新しい二人に自己紹介してもらえればと思うんですが」アニカ・カールソンが異論を唱え、同時に松葉杖の金髪の女にうなずいてみせた。

それはそうだろうな、ベックストレームは大きなため息をかみ殺した。

「クリスティン・オルソンです。オルソンのスペルはS二つの普通のオルソン（Olsson）で、クリスティン（Kristin）はCではなくKで始まります」金髪女はベックストレームに微笑みかけた。「普段はパトカーに乗っています」

S二つのオルソンか。必ず何かあるな。小さなことにも感謝せねば。

「これの理由を知りたいなら」クリスティンは松葉杖を一本上げた。「月曜にセーデル所轄の同僚たちを相手にサッカーの試合があったせいです。だけど五対二で負かしたんですよ、だから文句はない。パソコンの前に座るのに問題はありませんし」

まあ、確かにそこに座っているぶんには問題なさそうだ。問題は、それ以外に期待されていることもできるかどうかだが。

「で、きみは？」ベックストレームは彼女の同僚にうなずきかけた。「フロアボール（室内で行うアイスホッケーに似たスポーツ）の試合か？」

「いいえ。悪党ともみあったときにうっかり足を捻挫してしまって。ボスは知りたくないような話です」

「そいつは牢屋に座っているのか？」

「どちらかというと横になっています。病人用の牢屋で」

「素晴らしい。名前は？」

遅かれ早かれ訊かなければいけないからな。いつかは希望のもてるやつが現れるはずなのだから。

「アダムです。アダム・オレシケーヴィッチ（Oleszkiewicz）。Zが二つです」

「なかなか大変だな」ベックストレームは頭を振った。

「どういう意味です？」オレシケーヴィッチが相手の本心をうかがうような笑みを浮かべて訊いた。

「苗字にそんなに子音があっては」

「正確には七個です。ええ、なかなか大変ですよ。ベックストレームと同じ七個ですから」そしてさっきよりさらに満面に笑みを広げた。

ああ、これで希望が消えた——代わりに目の前にいるのはスタンダップコメディアンか？

「じゃあそろそろチコに始めてもらいましょうか」アニカ・カールソンが話題を変えようとした。

急に全員が嬉しそうな顔をするんだから。いやはや永遠に終わりそうにない。おれもそろそろ警察を辞めて別のことを始めるべきか。それがなんだかはわからんが。

エルナンデスがパワーポイントを使って写真を見せた。まずはエドヴィンがみつけた頭蓋骨、そして頭蓋骨の中から彼自身がつまみ出した弾丸を。

下顎は失われているものの、それ以外は良い状態だ。工具の痕もないし、動物に襲われた痕もない。病気や何かの依存症、事故や暴力によってついた古い傷もない。唯一の例外が銃による穴で、右のこめかみの真ん中についている。それらをまとめると、状態は良いものの、何十年も前の頭蓋骨だという可能性もある。

おそらく女性の頭蓋骨でしょう、とエルナンデスは続けた。彼自身は骨学者ではないが、発見された頭蓋骨の性別を分析する方法については色々と学んできた。これは大人の女性。推測するに二十歳から五十歳の間。しかしそれ以上は何もわからない。

弾丸と、それがいつ発射されたかについてはもう少しだけ情報を提供できた。二二口径の鉛弾、普通の型。いわゆるロングライフル弾です、とエルナンデスは言った。おそらくライフルから発射された。とはいえ、弾丸やエルナンデスがみつけたそれ以外の痕跡からは、同じ口径のリボルバーやピストルから発射された可能性も排除できない。

しかしある一点においては確信していた。それは銃弾が近距離から発射されたこと。離れていても半メートル、おそらくもっと近い。自分の推測を述べてもよければ、被害者のこめかみに銃口を突きつけて撃ったと思われる。

顕微鏡《けんびきょう》で頭蓋骨を観察したところ、穴の周囲の骨に沁みこんだ射撃残渣や火薬と思われるものがあった。それに穴自体が非常にくっきりしていること、それが弾丸の速度が速かったことを物語っている。

「紙にパンチで穴を開けるようなもので、穴のふちが鋭くてきれいだった」エルナンデスが言う。「こういう弾丸の速度は銃口から距離があるとどんどん減速する。ライフルなら、二十メートル以上離れていても頭蓋骨を貫通するにはするが。頭までの距離が遠ければ遠いほど、射入口の周りにひびができる確率が上がる」

「殺人か自殺かは？」ベックストレームが訊いた。

「殺人だと思う。そうじゃないと確信できるまでは」

「誰がどのように殺したかという仮説はあるんですか？」スティーグソンが訊いた。「銃を発射する前にという意味で」

「誰かが被害者の頭にライフルの銃口を向けた。女性は思わず両手を挙げ、恐怖のあまり顔をそむけた。そういうのは反射的にやる無意識の動作だ。そこに犯人が銃口を押しつけ、引き金を引いた」

「だがもちろん、自殺も可能性として排除できない」エルナンデスは続けた。「その人間は右利きで——というのも人口の大半が右利きだから、右のこめかみに銃口を当てた。ライフルなら、左のこめかみは遠すぎて手が届かない。だが自分で自分を撃つなら額か、銃口を口に入れるのがいちばん簡単だ。だから射入口の位置が自殺を否定している」

「でも、自分で撃つ人のほうが他人に撃たれる人よりもずっと多いですよね」クリスティン・

オルソンが言う。

「ああ、約五倍も多い。だが女性の場合はちがう。銃で自殺するのはほとんどが男性だ」

「いつの出来事かは？」アニカ・カールソンが訊いた。

「わからない。一年前かもしれないし、十五年前かもしれない。頭蓋骨の状態が良好だとはいえ、実は全然わからない」

「わたしは五年前くらいのことだと思う」ベックストレームが椅子にもたれたまま言った。

「それに被害者は撃たれたとき、眠っていたんだと思う。左を下にして寝るタイプだった。左腕を頭の下に。犯人はそこに忍び寄り、彼女のこめかみに銃口を当て、引き金を引いた」

こういう発言には必ず効果がある。急に全員が、あの悪名高いアンカン・カールソンでさえも目を丸くしてベックストレームを見つた。

「なぜそう思うんです？」アニカ・カールソンが訊いた。

「その光景が目の前に見えるからだよ」ベックストレームは半分目を閉じてうなずいた。しかしそれはまるで自分にうなずきかけているかのようで、同時に両手の平を皆のほうに向けて印象を強めた。「その光景が目の前に見えるんだよ。わかるだろう？」

じゃなきゃぶちこんだあとに本人に訊けばいいだけのことだ。

「失礼ながらボス、時期については」エルナンデスが言う。「それより前だということを語る点があります。五年以上前だという意味です」

「その状況とは？」ベックストレームはあまり興味がなさそうな声だった。

「それは興味深いわね」アニカ・カールソンが言った。「詳しく教えてくれる?」

エルナンデスによれば、もっと古い話だというのを示す点が実は二つあった。

第一に、使われた武器がライフルだということはかなり確信がもてる。しかもこの国に存在するもっとも一般的な銃器のひとつ、つまり小口径ライフルだ。みつかった弾丸は銃身の短いリボルバーやピストルから発射されたときのようには潰れていなかった。銃身が長いほど、標的に当たって圧縮されるときに弾丸の下半分が原形を保っている可能性が上がる。

「マッシュルーミングと呼ばれるんだ」エルナンデスが言う。「弾丸が小さなポルチーニ茸のような形になる。下のほうは太くて、いちばん上に笠がついたような。標的に当たったときに弾の先端が平らに潰れるから」

「それと年代がどう関係あるんだ」ベックストレームはすでにエルナンデスの観察がどこにつながるかに気づいて、ため息をついた。

「全然関係ありません」エルナンデスが同意した。「だが使われたライフルは、ライフリング(銃の内側に彫られた溝。回転を与えるため斜めに入れる)が真っすぐに入ったタイプだった」

「さあ、説明してちょうだい」アニカ・カールソンが言った。

銃身の内側には旋丘《せんきゅう》と旋底という凸凹の溝があって、それがレールとなって銃弾を捻りながら飛ばす。なぜ捻るかというと、回転させたほうが銃口から出たときに真っすぐに飛ぶからだ。古い型のライフルはライフリングが浅くて真っすぐで、弾丸は回転せず、銃の精度としても低い。

「おそらく百年ほど前に製造された銃だ。レミントンやハスクバーナといった大手銃器メーカーはこのタイプの二二口径の製造を一九二〇年台初頭にはやめている」

「だがいまだに何千挺《ちょう》と使われており、他人の頭を撃ち抜くことにも使えるようだな」ベックストレームが結論づけた。

「もちろん。おじいちゃんが昔使っていた小口径ライフルを譲り受けたということはあります。だからボスは正しいですよ。だが今はもうあまり一般的ではない」

「わかったわかった」ベックストレームは手で頭の後ろを支え、椅子を後ろに倒した。「この捜査を前に進めるためには、この女が誰なのかを突き止めなくては。リンショーピンの新しい法医学センターから情報はいつごろくると思っておけばいい?」

頭蓋骨も弾丸も昨日のうちに送りました、とエルナンデスは言った。エルナンデスには法医学センターで働く特別な人脈があって、夏休み中なのに最初の暫定報告を来週の半ばにはもらえると期待していた。

「来週の半ばだと?」ベックストレームが鼻で笑った。

「弾丸についてはです」エルナンデスが言い直した。「頭蓋骨についてはもっとかかるでしょう。あそこには新しい法医骨学の部署があって、そこで見てもらえるように頼んでいます。女性だろうということ以外に何か教えてもらえる可能性がないこともない。DNAについてはさらに時間がかかるでしょうね。そもそも採取できればの話ですが」

「骨学だと」ベックストレームが鼻で笑った。「わたしから、これはアジア系女性のものだとよろしく伝えてくれ。おそらくタイ、あるいはフィリピン。死んだとき三十歳くらいだった。それ以外は完全なる健康体。夫が彼女に愛想を尽かし、五年前にメーラレン湖でセーリングを楽しんでいる最中に頭蓋骨を撃ち抜くまでは。ちなみに夫はスウェーデン人だろう。ほら、アジアから女を連れてくるやつがよくいるから」

「わたしも何かお手伝いしましょうか？」アニカ・カールソンが微笑みながら、念のため頭もかしげてみせた。

「DNAがほしい。遅くとも月曜までにだ。上顎の歯から採るなら難しくもないだろう？　生きている患者から採取するのに比べたら夢みたいに簡単だ。歯を真っ二つに割り、歯髄を取り出し、使えるDNAを採取するんだ。いつもの機械を使えば長くても一時間しかかからないはずだ」

「他には？」アニカ・カールソンが訊いた。

「ある。全員ちゃんと仕事をしろ。この国で過去十年の間に行方不明になり、まだ発見されていない女性全員のリストがほしい。わたしの描写に合致する者に関しては別のリストにまとめてくれ。そのリストに十人以上の名前があったら非常に驚くが」

そしてベックストレームは立ち上がり、皆にうなずきかけると、会議室から出ていってしまった。

19

ピエテル・ニエミは犯罪鑑識官で、ソルナ警察署で働く鑑識官のボスだ。人として愛され、同僚として尊敬されている。丹念な仕事ぶりでも知られ、この仕事をするにはそれは悪い特質ではなかった。あれこれ捜してみつけるのが仕事なのだから。

未来の犯罪鑑識官や若い同僚たちのために講習を行うときには、この仕事は秩序立てて考えることにかかっていると強調する。まずは捜査する場所の全体像をつかみ、そのあとに四つん這いになって這いずり回り、床の巾木についた小さな傷をじっと見つめたり、梯子を上って被害者のちょうど頭上あたりの屋根についた怪しげな痕を確認したりするのだ。

秩序立てた思考、しかしそのために何かに固執してしまってもいけない。追っている物語に本気で耳を傾ける。不幸島で死んだ女性の遺体の残骸などを捜す今回も、同じように始めた。発見現場は八十万平方メートル近くの広さで、そのほとんどが藪と茂みに覆われ、彼らの管轄内でもっともジャングルに似た場所だった。

ピエテル・ニエミは合計八日間を不幸島での捜査に費やした。四人の鑑識官を県の鑑識課から借り、それに加えてハンドラー二人と警察犬が二頭、海上警察の同僚たちにも移動を手伝ってもらった。言うまでもなくその作業には様々な装備を必要とした。船を泊めた岸には小さなキャンプまで張った。食事をしたりコーヒーを飲んだり、あるいはただ休息するためのテーブルと椅子。デリケートな発見物があったときのために、雨が降ることを想定してテントも張ったが、それはまるっきり無駄だった。任務上興味深いものは何もみつからなかったし、太陽は来る日も来る日も輝いていた。

警察犬のハンドラーは何もみつからない理由を説明した。地元のハンターの話では二十年近く前からこの島にはイノシシがたくさんいて、イノシシは雑食かつ腐肉食だから、食事が終わったあとにはほとんど、場合によっては何も残らないらしい。

「イノシシは顎が強くてまるでゴミ粉砕機だ。死んだ人間の大腿骨《だいたいこつ》くらい、一口で食べてしまう。そこがキツネとはちがうね。キツネ氏はもっとグルメだからな。だから頭蓋骨をみつけられたことはキツネ氏に感謝だ」

「それは慰めになるな」ニエミが答えた。「よくわかったよ、問題が。イノシシは自然界をきれいに片づけてくれるってことか」

そこは客を寄せつけない島だと言われているが、人間の痕跡はいくらでもあった。何百個というペットボトルや古い包装紙が岸に打ち上げられ、島には古い家の基礎もみつかった。おそらくこのあたりの農民が夏の餌場として使っていた頃のものだろう。ひょっとすると海上警察の警官の話に出てきた例の小屋だったのかもしれない。一八九五年に雷が落ちて、中で女中が二人焼け死んだ小屋。当時この島にはクローバーの谷や花畑があり、もっと活気のある開けた景色が広がっていた。

古い家の基礎、それに木の上につくった物見台らしきものが二つ。ピエテル・ニエミが子供の頃、友達と木を切ってつくったような類の。コンピューターゲームや携帯電話が登場する前の時代──だからこれもかなり前のものだろう。

八日間のうち、最初の三日はなんの成果も得られなかった。三日目が終わりに近づいてやっと、ニエミが週末は休みをとって、この島で捜索を続けることに意味があるのかどうかを考えようと決めたのだが、迎えに来た海上警察の同僚がその問題に終止符を打ってくれた。

「不幸島になぜそんな名前がついたのか、古い資料のコピーをもってきたよ」彼はそう言って、ニエミに茶色い封筒を差し出した。

「ああ、水曜にここに来たときに話してくれたやつだな」

「これが捜査の助けになるとは思っていないが、ともかく興味深い話なんだ。この場所には呪いがかかっているらしい。小屋の中で焼け死んだ女中、ハエのように次々と死んだ牛、湖に溺れてしまった農民たち。その不幸がきみや同僚たちにも降りかかったのか、価値ある発見はひとつもない。ランチに食べられるような小さなキノコさえひとつもない。あるのは古いペットボトルと蚊と惨《みじ》めなゴミだけ。まあともかく、週末はこれで読書を楽しんでくれ。蚊に刺されたところにかゆみ止めでも塗りながら」

「それは楽しみだ」ピエテル・ニエミは言った。しかしそのときはまだ、自分の捜査にやっと何かが起き始めるとは夢にも思っていなかった。

20

捜査班の最初の会議を終えた一時間後、スカウトのキャンプの責任者ハクヴィン・フールイェルムがアニカ・カールソンに電話をかけてきて、今日の午後、街に戻って色々と個人的な用をすませなければいけなくなったから、まだ自分と話したければ警察署に寄ることができますがと言った。

「午後なら助かります」アニカは答えた。

「一時間後には行けますよ。この時間なら道も混んでいないし。少なくとも街へ向かう方向は」

「ちょっと考えさせてください」

ここは慎重に――。

「それとも、ここのキャンプのほうがいいですか？」フールイェルムは相手の躊躇を感じとったようだった。「ただその場合は、すみませんが明日の朝以降になります。今夜は街で自宅に泊まろうかと」

「いえ、ソルナの警察署に来てもらえればありがたいです。わたしも非常に忙しくて」

「そうですか、では一時間後に警察署で」

「あ、それはちょっと問題が。これから別の会議なんです。二時間後では？」

それは真っ赤な嘘だった。あんたが鳥なのか魚なのかを確認したいだけ。

「問題ありませんよ。じゃあ二時にソルナの警察署で。場所はわかると思います。線路ぞいの大きな建物でしょう？　同じ建物に裁判所も入っているところ」

「そのとおり。受付でわたしの名前を言ってもらえれば迎えに行きます」

「しつこく思われるのを承知で訊きますが。なんの件なのかはやはり教えてもらえないんですね」

「あなたには参考までに話を聞きたいだけで、何も疑いはかかっていません。ある事件の捜査を始めたのですが、あなたに力になってもらえるのではないかと思っていて」

「エドヴィンが何か事件に巻きこまれたんじゃないといいですが」フールイェルムは急に心配そうな声になった。

「いいえ、全然。エドヴィンは関係ないし、あなたも関係のない事件です。言ったとおり」

だといいけどね。

「それはよかった」フールイェルムの声がまた元に戻った。「いや、ただ……」

「すみませんが」アニカ・カールソンが相手を遮った。「続きは会ったときに話しましょう。それがいちばんいいと思います」

「ええ、もちろん」

鳥か魚か――。

アニカはそのまま新しい部下、S二つのオルソンの元へ向かった。そしてフールイェルムのフルネームと国民識別番号を渡した。

「クリスティン、あなたにお願いしたいことが。この男のことを調べてくれない？　二時間後に聴取することになっているので」

「苗字はフールイェルム、名前はグスタフ・ハクヴィン、一九七〇年生まれ」クリスティンはアニカから渡されたメモを読んだ。

「ええ、そういう名前」

「なんだか高貴な苗字ですね。この男が何をしでかしたんです？」

「今のところは何も」アニカは微笑んだ。「参考人として話を聞くだけで。キノコ狩りスカウトの責任者よ」

「あらあらあら」クリスティン・オルソンが懸念したように頭を振った。「男、四十五歳、おそらく独身、自分の子供はいない。だけど幼い男の子がたくさん来るキャンプで働いている。怪しいですよね。せっかく本物の殺人事件の捜査に関われると思ったのに……」

「まあ、期待は捨てないで。いつものやつをやってくれれば」

なかなかいい子じゃないの、とアニカ・カールソンは思った。さて今からちょっとだけジムに行って、それから何か腹に収めないと。ハクヴィン・フールイェルムのような高貴なおかたと話しているときに血糖値が下がりすぎてもいけないから。

世界に相対する準備は整った――アニカは一時間半後、一階の食堂からエレベーターで最上階の自分のオフィスへと上がっていた。軽いトレーニング、シャワー、清潔な下着にアイロンのかかったTシャツ、ランチにはプロテイン、野菜、水。だけど世界と相対するためにそれ以上は必要ない。ベックストレームならどうだろうか。

部屋に戻る前に、クリスティンの部屋へ寄った。

「メールを送りましたよ。グスタフ・ハクヴィン・フールイェルムの人生があなたの受信箱に入っています」

「今教えて」アニカは微笑み、クリスティンの来客用椅子に座った。

「わかりました。こんな感じです。四十五歳、独身、子供はいない、犯罪歴もなし。一切ありません。どんなに小さいことも。エステルマルムの賃貸マンションに住んでいる。ウルリカ通りです。多分彼本人か家族がマンション全体を所有しているんだと思う。財産はたくさんあるみたいだけど、所得申告額はたいした額じゃない。約六十万クローネってところですかね。一千万もするヨットをもっているなら、たったそれだけ？と思うような年収ですよね」

「仕事は？」

「弁護士です。ウプサラ大学を一九九五年に卒業。その後はフールイェルム不動産株式会社という会社で不動産の運用をしている。会社のオーナーはフールイェルム本人とその姉。彼が社長で、姉は役員会の会長です。学校の成績を見たければ取り寄せるのに多少時間がかかりますが」

「その必要はない」アニカ・カールソンは微笑んだ。「成績なんて誰が気にする？　わたしのを見たら驚くわよ。で、人間としてはどんな感じ？　あなたはどういう印象を受けた？」

「ゲイではないと思います」なぜかクリスティンはそう答えた。「多分、永遠の少年なのではないかと。大人なのに」

「永遠の少年？」

「ええ、大人になりきれない男のことですよ。今でも幼馴染とばかり会っていて。でもゲイではないし、女が苦手ってわけでもない」

「なぜそう思うの？」

「ネット上でも確認してみたんです。フェイスブックもツイッターもリンクトインもやっているけど、デートサイトにはいない。ストレート用のサイトにも非ストレート用のにもね。ティンダーすらやっていないんですよ。やったら相当楽しめるだろうに」

「あらまあ、そこまで調べたの。たった一時間で、どうやったの？」

「それは知らないほうがいいと思います」クリスティン・オルソンは嬉しそうな笑みを浮かべた。

「そうね、知りたくないかも。じゃあ、趣味は？　何か趣味はありそうだった？」

「二つ大きな趣味があるみたい。ＳＮＳの投稿も基本的にはそのことばかり」

「なんなの？」

「ヨットとスカウトです。スカウトの制服を着た写真もあった。半ズボンのやつ」

「永遠の少年、ヨット、スカウト……」

「ええ」クリスティン・オルソンが嬉しそうにくすくす笑った。「言っててわかるでしょう？おもしろい男」

「いいこと思いついた。あなたが歩くのが大変なのはわかっているけれど」アニカは椅子の後ろに立てかけられた松葉杖にうなずきかけた。

「はい？」

「それでもあなたに受付まで行って、この男をわたしの部屋まで案内してもらってもいい？あなたの印象を聞いてみたいの。あとで比べてみましょうよ」

「もちろん。ああ、ところでひとつ忘れていました。彼はすごくハンサムなんです。ＳＮＳにあげている写真を見るかぎりはですが。いかにも金持ちそうなハンサムな男。意味わかります？」

「まあそういう写真ではみんなそう見えるでしょう」アニカは立ち上がった。「わたしの写真も見せたいくらい」

「ああ、あなたがジムにいる写真ね、あれすごく素敵」

ちっとも不思議ではない。アニカ・カールソンはそう思いながらうなずいた。「そう、だからアップしたんだし」

アニカ・カールソンはハクヴィン・フールイェルムの聴取にさいして、ベックストレームのアドバイスには従わないことにした。しかし盗んだ金歯や濡れタオルの話題は慎重に避けた。おまけに第一印象は良かったし、ネット上の、そして今ではアニカのパソコンの中にもある本人の写真とも驚くほどそっくりだった。しかしスカウトの制服を着た写真はない。それはクリスティンが送ってこなかった。

永遠の少年というだけではなさそうね——そう思ったのは、アニカのオフィスに腰を下ろしたとき、彼の目に興味が宿っていたからだ。

青い背広に白いズボン。青いデッキシューズ。白いシャツは首元までボタンを留めている。きちんとしてはいるがリラックスした着こなし。それにぴったりの日焼けと平らなお腹。まさにクリスティンが言ったとおりだし、本人がネット上にあげている写真どおりでもある。いかにも金持ちそうなハンサムな男、おまけに実際より十歳は若く見える。ハクヴィン・フールイエルムのような男に娘を嫁がせたい母親はあとを絶たないだろう。

アニカ・カールソンはいつものように聴取を始めた。犯罪の疑いのある事件の捜査に関して参考人として聴取することを告げ、ここで話したことは守秘義務を守ること、いわゆる発言の禁止の書類にサインをしてもらうことになる。警察の捜査についてはこれ以上話せない。それは彼に発言の禁止が課せられているのと同じ理由に拠る。

まるっきり問題ありませんよ、というのがフールイェルムの答えだった。にこやかに微笑み、うなずきながら。それに自分は弁護士だから、今聞いたようなことはよく認識している。

「まずはひとつ事務的な質問が」アニカ・カールソンも微笑んだ。「あなたのことをハクヴィンと呼んでもいいでしょうか」

かまいませんよ、と相手は答えた。実はファーストネームはグスタフで、ハクヴィンは二人いる名づけ親の一人からもらったミドルネーム。しかし小さい頃からハッケと呼ばれ、意地悪な子からはハッケ・ハックスペット（キツツキ・ハッケ）なんて呼ばれたりもした。そういうこと。

「じゃあハクヴィンと呼ばせてもらいますね。ちょっと古風で素敵な名前だと思いますし。それにハクヴィンという名前の人と警察署でお話しするのは初めてです」アニカ・カールソンは微笑んだ。「警官として十五年も働いてきたのに」

「わかりますよ」フールイェルムは真面目な顔になってうなずいた。その表情はなんだか悲しげなくらいだった。「ああいや、悪党にハクヴィンという名前はいないだろうという意味ではないですが」

「ええ、わかります。ところであなたをここに呼んだのは、スカウトのキャンプ場があるメーラレン湖やあのあたりの群島に詳しいだろうと思ったからです」

詳しいと言うと謙遜しすぎかな、というのがフールイェルムの答えだった。幼い頃からメーラレン湖でセーリングをしてきて、十歳のときには父親から初めてのヨット、二人乗りのディンギーをもらった。都会育ちではあるが、家族が三代前からメーラレン湖の南側にあるスタッラルホルメンに屋敷をもっていて、子供の頃そして十代はそこで夏を過ごした。

「だからメーラレン湖のことなら知り尽くしていますよ」ハクヴィンは微笑んだ。「今では他の湖や海のこともいくらかは知っていますが。ちょっと前に計算してみたら、ヨットの上で三千日近くを過ごしていた。世界一周を二回、大西洋は十九回横断した。アメリカ、カリブ海、メキシコ、南アメリカなどに行って帰ってきたんです」

「最後はどうやって帰ってきたんです？」

「え？」ハクヴィン・フールイェルムはアニカの質問の意味がわからないようだった。

「十九回って言ったから」

「ああ、失礼。やっとわかりました」フールイェルムは嬉しそうな顔になった。「二十回目は飛行機だったんです」

「あら。難破してしまったの？　マストが折れたとか？」

「いいえ」フールイェルムの表情がまた真面目になった。「そうだったらよかったんですが……。父ですよ。そのとき初めて心臓発作を起こして、ぼくはすぐにフロリダから飛行機でストックホルムに戻った。十年前のことです。そのときは回復したが、二度目はだめだった。それが五年前」

「お気の毒です」

「八十歳でしたから、まあ青天の霹靂《へきれき》というわけではなかったが……。素敵な思い出がたくさんありますし」息子はそう語った。

そろそろ話題を変えるときね。

「仕事のほうはいつ？　セーリングにお忙しそうですけど」

「仕事はあんまりしていなくて」ハクヴィン・フールイェルムはぞんざいに肩をすくめた。

「人はそれぞれちがった条件下で生まれてくる。中には銀のスプーンをくわえて生まれるやつもいる。ぼくはそういう人間なんです」

「そしてセーリングに情熱を燃やしているんですね」

「ええ」ハクヴィン・フールイェルムは厳かにうなずいた。「あなたはセーリングの経験は？」

「何度かヨットに乗せてもらったことはあるけど、正直言って苦手でした」

「そんなこと言わないで。本当に素晴らしいんですよ。あれは言葉には表せない感覚だ。ヨットに座って帆を張り、風を受け、ティラーを握る……すると急にヨットが生きもののように動きだす。だから気が変わったら教えてください」ハクヴィンは微笑んだ。

「ええ、そうします。ところでシースカウト、それもあなたの興味の対象ですよね」

ひとつめの趣味から派生した趣味です、というのがハクヴィン・フールイェルムの答えだった。十歳で初めてのヨットをもらい、その一年後にはシースカウトになっていた。それ以来ずっと同じメーラレン湖のエーケレー島のスカウト団に属している。シースカウトになってまもなく三十五年。最初は普通のスカウトで、それからリーダーになり、ここ十年はエーケレー島の団の責任者をしている。

「毎夏一カ月はキャンプにいるようにしています。あの団から受け取ったものを考えると、自分にはその義務があると思っていて」

「不幸島については何かご存じですか？」

「何もかも知っていますよ。あの島はぼくの子供時代の冒険島なんです。エーケレー島で過ごした最初の夏からリーダーになった十代後半にかけて、百回は訪れたんじゃないかな。親友たちとキャンプ場からヨットでね。当時の大人は子供を信用してくれた。ぼくたちは多大な自由を与えられていたんです。今とはちがってね。今は常にリーダーが追いかけてきて、朝宿舎の外に出たらすぐ救命胴衣をつけなきゃいけないような有様だ。当時はまるっきりちがって、なんでも自分たちでやっていた。親友たちと……小さな仲良しグループで、同い年の三人組だったんですが、いつも一心同体だった。お弁当を用意して、小さなグリルや可能ならテントももって不幸島に向かった。他にもキャンプに来ていた友達をみんな連れて。だから十五人とか二十人のスカウトが五、六艘に分かれて行くこともあった。島では海賊ごっこをして、木の上に見張りのための基地をつくって、島に近寄ってくる船がないか見張ったんです。海賊になりきって海戦をして……そう、本当に楽しかった。湖岸ぞいの木にロープを張ったのも覚えている。そのロープにぶら下がって湖に飛びこむんだけど、誰がいちばん遠くに飛びこめるかを競ったりした。こっそり弓矢をもって島を探検し、自分たちで食料を手に入れようとしたりもね。ちなみに弓矢は自分たちでつくったんですよ」

「うまくいったの？　狩りのほうは」

「いやあ、全然」ハクヴィン・フールイェルムは嬉しそうに笑った。「カモメをバーベキューにしようとしたけど、百回は外したね。だけど平気です。ソーセージやハンバーガーをもってきていたから。カッレのキャヴィア（チューブに入った魚の卵のペースト）や、生きていくために必要なものすべてね」

「まあ賢い」

少なくともベックストレームくらいは。

「本当に楽しかったよ」ハクヴィン・フールイェルムはまた言った。「あれは人生で最高の夏どころか、人生最高の日々だった。あの年ごろの少年にとっては夏が永遠に終わらなくてよかった」

「だけど、なぜあえて不幸島に？　実はわたしも行ってみたんですけど。わりと近寄りがたい場所でしょう。それに恐ろしい噂もある。エドヴィンによればお化けが出るんですって？」

「ああ、もちろん。それはぼくの頃もそうだった。だけどそこがいいんじゃないですか。わくわくするでしょう。あの島では自由でいられた」

「普通のヨットやクルーザーが立ち寄る島ではないってこと？」

「ええ。あの頃もそうだった。第一あの島には一カ所しか船をつけられる場所がないし、周りは浅瀬や岩礁になっている。楽しそうに見えるわけでもないし。今の時代にクルーザーに乗る人たちは快適さを求めていて、メーラレン湖のあちら側には他にいくらでもちゃんとしたゲストハーバーがある。だけどぼくたちにとっては最高の島だったんです」

あなたたちだけじゃないみたいだけどね――そう思いつつも、アニカ・カールソンはうなずいただけだった。

「じゃあこれが最後の質問です。あの島で誰か事故に遭ったりはしなかった？　溺れたとか、溺れかけたりとか。あるいはうっかり友達に矢が刺さってしまったようなことは？」

「いや。みんな泳げたし……魚のようにすいすい泳いでいたよ。ちょっと鼻血が出たことくらいは何度かあったか。戦いに熱が入りすぎてね。転んで顔を打ったりしたことも。だけど、いや、深刻なことは何も起きなかった。いちばんひどかったので、友達が木から落ちて脚を折ったことくらいかな。木の上に小屋をつくっていたときですよ。見張りの基地にするために」

「それでどうしたの？」

「もちろん中断しましたよ。ヨットでキャンプに連れ帰った。だけど翌日には膝から下にギプスをはめて戻ってきたから、たいした怪我じゃなかった」

「質問はこれくらいだと思います」十分後にアニカ・カールソンが言った。「来てくださって感謝します。何か思いついたら、また連絡させてください」

「もちろんです。それに考えが変わったら連絡してくださいよ」

「なんのこと？」

「あの感覚を体験したければですよ。帆に風を受けて、あなたの足の下で、命が宿ったかのようにヨットが急に動きだす感覚を」

21

ヤン・スティーグソン警部補をリーダーに、クリスティン・オルソンとアダム・オレシケーヴィッチは消息不明の女性の情報をまとめていた。スティーグソンの話ではこれはすごい量の情報で、警察の各データベースを確認するのに何週間もパソコンの前に座りっぱなしになるということだった。

「それならひとつ提案があります」クリスティン・オルソンが言った。

「なんだい？」

「時間を節約する方法がひとつある。悪くない結果につながる近道だといいのですが、ともかくこの作業のスタート地点としては妥当かと。国家犯罪捜査局に行方不明者を扱う特別チームがあるんです。そこに随時、全国の警察組織からの情報がデータベースにまとめられていく。まずそこに相談してみるのはどうでしょう」

「まあ確かにやってみる価値はあるな」スティーグソンが答えた。

週末はダーラナ地方の実家に帰ることになっていて、早めに職場を出てその前に国営酒屋やらに寄りたいというのもあった。

「きみが電話するかい？　それともぼくが？」すでに昼食が恋しいスティーグソンは訊いた。

念のため時計を見て、本音を表す。

「わたしがやりますよ。大丈夫です」

「だが今は夏休みだよな」スティーグソンは困ったように顔をしかめた。「みんなそうだ、この時期は。だがまあそれでも……」

十五分後には何もかも終わっていた。国家犯罪捜査局の女性同僚は職場にいただけでなく、電話にもちゃんと出るタイプだった。クリスティン・オルソンは概要を説明しようとしたが、最後まで言い終える前に相手に遮られた。

「それなら手伝えますよ。数時間もあれば。こっちに来てもらえれば一緒にリストを見てみましょう。こういう情報には色々と問題があるから、直接会って話したほうが楽だと思います」

「素晴らしい」

「まあね……」同僚はなぜか不本意そうな声を出した。「思うほど簡単じゃないのよ。でもその話は会ったときに」

その三時間後、スティーグソンとオルソンとオレシケーヴィッチはクングスホルメンにある国家犯罪捜査局の小さな会議室に座ってコーヒーを飲んでいた。行方不明者担当チームの同僚が、今回の情報収集にまつわる問題点を説明している。

　毎年、この国の様々な警察組織を通じて五千人以上の行方不明者が届けられる。大人の男女、若者、子供、しかしその九十パーセント以上は自らすすんで姿を消した人たちで、一日から一週間程度で戻ってくる。それでその捜査は終了になる。

　しかし毎年数百人はもっと複雑な運命をたどる。彼らは何かに巻きこまれたのだ。急病や事故、自殺、ときには殺されていることも。とはいえ殺人は圧倒的にいちばん小さなカテゴリーだが。

　行方不明者の一部は数カ月、ときには何年もしてから発見されることもある。残るはいつまで経ってもみつからない人たちだ。

「ここ十年の話をすれば三百人。一年に三十人程度です」国家犯罪捜査局の同僚が説明した。

「そのうち約百人が女性。そのリストはうちにあるので、彼女たちの失踪についてわかっている情報を引き出すことができる。でもそこには問題もあるんです」

「問題とは？」スティーグソンが尋ねた。

「第一に、その統計には入っていない闇の数字というのがある。警察には届けられていないけれど実際には行方不明になっている人。その確率は外国出身だとか、そのときたまたまスウェーデンにいただけの人の場合にはより高くなる。これが問題のひとつ。わたし自身はそのカテゴリーはかなり大きいと思っています」

「もうひとつの問題は？」スティーグソンが訊いた。

「今言ったような人というのは行方不明になり、届が出されることもある。だけど実は母国に帰っていて、そのことはスウェーデンの警察には伝わらない。実際には元気に生きているのにね。そういうケースも相当多いと思います」

「つまり統計の数字は大きすぎると」クリスティン・オルソンがまとめた。

「そう、だけど差し引きゼロにするわけにもいかない。把握できていない行方不明者がいる一方で、データベースに入っているけれど消されていない人たちもいる。情報がちゃんとあれば消せていたはずなのに」

「そこはどうしたらいいんです？」スティーグソンが訊いた。

「残念ですが、どうにもできない」同僚は微笑んだ。「だけどももちろん、何かいいアイデアがあれば教えてください。ここにある情報は送ります。ソルナ署に戻ったらメールでもリストは届いているようにします。今も紙で渡しますけど」そう言って、印刷した紙を掲げてみせた。

「ここにプリントアウトしておきましたから。タイとフィリピン出身の女性、ここ十年でスウェーデンの警察に行方不明届が出されているのはタイ人が七人、フィリピン人が二人です」

「小さなことにも感謝せねばいけないこともあるね」スティーグソンは微笑んだ。

「ええ、ですが、このリストに入っている人も全員、自分をスウェーデンに連れてきた男に愛想を尽かして故郷に帰って、二度と連絡しなかっただけかもしれません。あるいはその逆。すごくひどい男に当たってしまい、殺されて埋められて、男のほうは当然その部分は省いて警察に届けただけとか」

「それは悲しい話だ」スティーグソンの笑みが消えた。

「他にいい方法もないし、これでがんばってください。わたしなら彼女たちが失踪したさいに行われた捜査の報告書を読むわね。わからないわよ、運が良ければこの中にいるのかもしれないし」

金曜日には失踪届が出ていてみつかってもいないタイとフィリピンの女性九人の捜査報告書を確認した。そのうちの七人は失踪当時関係をもっていた男性によって失踪届が出されている。あとの一件は女友達で、最後の一件は行方不明になった女性が働いていた清掃会社の同僚だった。どの捜査ファイルもたいした厚みはなく、いちばん大きな捜査でも百ページ程度、そのほとんどが彼女たちを知っていた人々への聴取だった。しかしどこにも、本物の警官の身の毛がよだつような情報はなかった。

失踪者のパートナーが口を揃えて警察に説明したのは、しばらく前から関係が危機に瀕していて、失踪の前に口論をしたこと、女性が荷物をまとめて出ていったというものだった。

あとはパスポートやクレジットカード、携帯電話のチェックも行われている。パスポートは例外なく消えていて、複数の女性が銀行口座を空にするか少なくとも出金している。数人は国際線のチケットを購入し、携帯電話三台は失踪後も使われている。スウェーデンからも海外からもかけられている。しかし誰も元パートナーには電話していない。それで捜査は終了されたが、失踪届は取り下げられないまま残っている。万が一のために。

金曜の午後、オレシケーヴィッチがアニカ・カールソンに捜査の成果を報告した。オレシケーヴィッチがその栄誉にあずかったのは、スティーグソンが週末の前に個人的な用事をいくつか片づけるために昼前にはいなくなり、クリスティン・オルソンは病院の予約が入っていたからだ。

「このあとどうしましょうか」オレシケーヴィッチが訊いた。

「あるものをもっと深く探って」アニカ・カールソンが言った。「デンタルチャートやDNAなど、使えるものがあるかどうか。必要なら海外の同僚にも連絡を入れないといけないかも。あなたもちょっとくらい疾病休暇をとりたかったのかもしれないけれど……」

「いいえ、ちっとも。ぜひこの捜査を続けたいです」

「よかった。月曜にはあなたとクリスティンにやりかたを教えてくれる上司が来るし。だから心配しないで。大忙しになるわよ」

「ひとつ質問があります。ベックストレームのことなんですが……いいですか?」

「ええ」アニカ・カールソンは椅子にもたれ、嬉しそうな笑みを浮かべた。「もちろんいいわよ」

「あの人はまるで透視ができるみたいだ」オレシケーヴィッチは困ったように頭を振った。

「多くて十人と言ったのを覚えていますか。結果ちょうど九人だった。なぜわかったんだろう」

「気持ちはわかる。でもそれはベックストレームが透視できるせいではない。わたしならあの男には言わないでおくわよ。というのもベックストレームは超能力者が大嫌いだから。いつも色々悪口を言っている。怠け者、放射能おばさん、アルミホイルハットなどとね。それに自分にも推測できていないことを誰かが透視したりしたら、そいつが事件に関与していると思いこむでしょうね。他の人にはわからないことをベックストレームが見抜くのにはまるっきり別の理由がある。彼自身の説明によればね」

「その理由とは?」

「それは彼が殺人捜査官の名にふさわしい唯一の男だから。スウェーデンや全世界という括りじゃなく、この世の警察史上唯一らしい。それ以外のわたしたちは全員馬鹿で、いや実はそれよりもっとひどいくらい。ベックストレームと話すなら、ひとついいアドバイスがあるわよ」

「というと?」

「Z二つのオルソンと呼んでくださいと言えばいい。そういうやつなの、エーヴェルト・ベックストレーム警部をまとめると」

「よくわかりました」

「それはよかった。じゃあ月曜に」

22

神学の上級修士号をもつフレデリック・リンストレームは伝統的な聖職者だった。今から約百年前、一九一〇年にウプサラの大司教区のスウェーデン国教会において按手礼《あんしゅれい》を受け、その五年後に初めての教区を担当した。

リンストレームは大柄で堂々とした体格の男だった。金髪碧眼《へきがん》、腹回りも立派で、深いバリトンは讃美歌を歌うにも説教をするにもうってつけだった。さらには実用的な牧師でもあった。彼が生きた時代の田舎の牧師は、寡婦を慰めたり馬に蹄鉄《ていてつ》を履かせたりするだけでなく、豚もさばけなくてはいけなかった。そして忘れてはならないのが、彼は幅広い教養をもつ男で、とりわけ歴史や昔の生活の保存研究をこよなく愛していた。

欧州大陸が第一次世界大戦に燃えていた一九一五年、リンストレームはストックホルムの西のメーラレン湖のヘリィエー島の小教区の教会の牧師に任ぜられ、その二年後には不幸島がいかにしてその名を得たかについての小さな冊子を発行するに至った。一九一七年のクリスマス前に発行の栄誉にあずかったのは地元の歴史建築保存協会で、おそらく当時の時代背景のおかげで大きな需要があった。そういうわけで保存協会五十年の出版歴において初めて、第二版を印刷せざるをえなくなった。『いかにして不幸島がその名を得たかに関する短い洞察、著者：ヘリィエー島教区牧師、神学上級修士フレデリック・リンストレーム』まさにその短い洞察が百年後に殺人事件の捜査に決定的な意味を与えるとは、著作権者は夢にも思わなかっただろう。

ピエテル・ニエミ警部はスポンガのテラスハウスに帰ったが、妻子はまだ北極圏のトルネダーレンの別荘にいるため、独りで夕食をとった。それから妻子と電話で話し、テレビをつけたが特におもしろい番組はやっていなかった。他にすることもないので、リンストレームの小冊子をベッドにもちこんで一日を終えることにした。約三十ページの小冊子の内容は、その百年後にメーラレン湖の群島に情熱を捧げる水上警察官が語ったところと基本的には変わらなかった。

冊子には〝邪悪に乗っ取られる前〟に島がどんなふうだったかという古い地図も載っていて、誰の罪によるものなのかという点に関してリンストレーム牧師は一切躊躇なく、犯罪鑑識捜査は行われていないものの、はっきり明言していた。不幸島で起きたことは悪魔の所業であり、人間の至らなさゆえではない。同時にそれは邪悪が常に人間のそばに存在し、誘惑する機会を狙っているという事実を必然的に示唆している。

興味深いのは、リンストレーム牧師の怒濤《どとう》のような神学的考察の部分ではなく、ちょっとした説明のための短い数行で、ピエテル・ニエミや鑑識の同僚が気づいてしかるべきなのに気づかなかった点だった。牧師の短い洞察の内容が真実だとしたら、それは犯罪鑑識捜査から逃げも隠れもしないだろうから、週明けまで待ってくれるはずだ。ニエミはそう思い、あくびをして、ベッドサイドテーブルのランプを消したのだった。

ところでリンストレーム牧師は女性の牧師についてどう考えていたのだろうか——ニエミは眠りに落ちる瞬間にそんなことを考えた。

トイヴォネン警部はアンナ・ホルトを恋しく思う日がくるとは夢にも思っていなかった。スウェーデン警察が二十一の管轄区域から七つの管轄地方に再編されたのを機に、ホルトは西地区所轄の警察署長を辞め、警察庁のもっとずっと高い地位に就いた。そして彼女の後任がやってきた一週間後には、トイヴォネンは心から彼女が恋しかった。

アンカン・カールソンがハクヴィン・フールイエルムを参考人として聴取していた木曜の午後、トイヴォネンは週末のための買い出しに来ていたソルナ・セントルムの国営酒屋の前で新しい上司に出くわしてしまった。強いビールを一ケース、そしてニシンの酢漬けによく合うブレンヴィーンを数本抱えた姿で。

新しい上司はカール・ボリィストレームといって、元はソーシャルワーカーで、ソルナの警察署長にリクルートされたときにはストックホルムの社会保険庁で人事部長をしていた。〝スウェーデン警察史における最大の改革〟を計画した政治家やお役人たちが、警察組織が国民のためのサービス機関としての役割を果たせていなかったと強く信じていたくらいだから、これは当然ともいえる指名だった。警察の任務について露ほども知らないボリィストレームは、生まれ変わった警察の事業を率いるにふさわしい人材というわけだった。

トイヴォネンのほうは簡潔に描写すると昔風の本物のお巡りさんだった。人類全体を勾留された人間かまだされていない人間かに二分するタイプで、ボリィストレームとはまったく別の意見をもっており、彼のような男を一目見た瞬間から激しく嫌っているが、ここまでのところ新しい署長を避けることで問題を先延ばしにしてきた。この日、なんの前触れもなく出くわすまでは。それも考えうる中で最悪の場所で。

「トイヴォネンじゃないか」ボリィストレームは親しげに手を振った。「こんなところで会えるなんて」

見えも聞こえもしなかったふりをして走り去る代わりに、トイヴォネンはその場に留まり署長と言葉を交わした。さらに悪いことには、近くのカフェでコーヒーでもという誘いにのってしまったのだ。

「さあ、話してくれ」ボリィストレームはトイヴォネンのほうに身を乗り出した。「わたしが知るべきような事件は起きていないかい?」

その瞬間、トイヴォネンはうっかり相手のペースに巻きこまれてしまった。その最大の要因としてはまずい場所で出会ってしまったからだろう。首を横に振って、今年の夏は天気に恵まれているという話に戻す代わりに、エドヴィン坊やが発見して二日前から凶悪犯罪課の捜査対象となっている頭蓋骨のことを話してしまったのだ。

するとボリィストレームは即座に、ベックストレームが担当するその捜査に検察官をあてがおうとした。トイヴォネンは慌てて、これは自殺で殺人ではないことをほとんどの点が物語っていると主張し、なんとかその提案を退《しりぞ》けようとした。

しかしもっと悪いことが起きた。トイヴォネンがよりによってベックストレームに謝ろうかと思ったほど悪いことが起きてしまったのだ。カール・ボリィストレームよりもベックストレームのことをずっと嫌っているはずなのに。

23

木曜日の会議のあと、ベックストレームはアニカ・カールソンを脇へ呼んで、心の重圧を緩めようとした。フィンランド野郎トイヴォネンが二人も不適合者、Sが二つのオルソンとZが二つのオルソンをあてがってきたのは嫌がらせとしか思えない。まともに機能する人材を確保するのはきみの責任だ。

「なんとかなるでしょう」アニカ・カールソンは詳細には踏みこまずに言った。

「わたし自身は急がなければ」ベックストレームは念のため時計を見た。「警察庁の実動グループのほうで会議に呼ばれているんだ。申し訳ないが一日かかる。だからまた明日」

「ええ、組織再編のせいで大忙しでしょうね」アニカは優しく微笑んだ。「でもちゃんと食べてくださいよ」

「どういう意味だ」ベックストレームは訝《いぶか》しげに相手を睨みつけた。

「一日三度の食事はちゃんととって。それがいちばん大事ですから」アニカは無邪気な表情で続けた。「どんなに忙しくても、という意味です」

いやはや大忙しだ――やっとタクシーに乗りこみ、木曜日にはほぼ毎週ランチに訪れるストランド通りのスモーブロー（デンマーク伝統のオープンサンド）レストランへ向かいながらベックストレームはぼやいた。木曜というのは、多忙な週のラストスパートとなる週末に備えて力を蓄えるべき日なのだ。
バターではなく本物のラードをライ麦パンに塗ったデンマークのオープンサンド。パンの上には美味な具があれこれのっていて、パンなどしょせん下敷きでしかない。刻み玉ねぎとケッパーを散らした塩漬けの発酵ニシン、スクランブルエッグに鰻の燻製、温かいレバーペーストとキュウリの酢漬け、ナナカマドのジュレを添えた仔牛のステーキ。消化のために蒸留酒を数杯、そしていつものよく冷えたピルスナーのあと、ベックストレームはやっと心の落ち着きを取り戻し、その日の残りを昔から慣れ親しんだ習慣によってなんとかやり過ごした。午睡、そして角の酒場への強化散歩、そのあとはまた愛しのわが家へ帰り、おうちでのんびり過ごす夜。毎週木曜日は大がかりなメール通信に充てている。ネット上の人脈の世話を焼くためだった。

さあ今日は早めに引き上げるか――ベックストレームは今日最後のグロッグを飲み干すと、バスルームに入って歯を磨いた。

ベックストレームの金曜は多忙だった。まずはちょっとオフィスによって、部下たちが言いつけたとおりに仕事をしているか、まともに行動しているかを確認した。それから受信箱のメールを未開封のまますべて削除したが、自分の善意を試すかのように新しい上司からのメールに関しては例外とした。署長はどうしてもベックストレームに会いたいらしく、一時間のうちに同じ内容のメールを二通送ってきていた。

〝ブラザーよ、すまないが今日は一日警察庁の実動グループの会議だ。月曜と火曜は改革戦略計画課に呼ばれているから、来週の後半ではどうかね〟ベックストレームはそう締めくくり、メールを送信すると、週末を迎えるためにパソコンを消した。

誰が元保険庁のやつとブラザーになりたいものか――。人生の半分は手当詐欺を扇動し、車椅子に乗った不適合者たちが世界一周旅行をしたり、小さなパラソルの挿さったカクテルを飲んだり、ピラミッドに登頂したり、カリブ海で深海釣りをするために何百万という額を払っているのだ。その後ソルナ署の署長になり、ここで残りの人生を過ごすつもりのようだ。

われわれが愛してきた古き良きスウェーデンは真っ逆さまに地獄に落ちてしまったようだ。そんな中でベックストレーム自身が生き延びるために唯一できることは、慣れ親しんだルーチンを守ることだった。

毎週金曜日には肉体の健康そして魂の平安を守るために、プログラムがひとつ増える。ポーランド人の理学療法士ミス・フライデーのところへ行き、マッサージと一般的なリラックス活動を一時間。フリードヘムス通りのタパスバーで定番となったランチを終えたあとすぐに。午睡のために家に帰ると、アパートの階段でエドヴィン坊やに出くわした。少年が暗い顔をしていたので、ベックストレームは話でもしようと家に招き入れた。そして自分にはウォッカ・トニックにライムを添えたもの、エドヴィンにはファンタにストローを添えたものを提供した。

「調子があまり良くなさそうじゃないか、エドヴィン」ベックストレームは声をかけた。「どうかしたのかね？」

エドヴィンはあれから頭蓋骨の悪夢を見るようになったという。母親のドゥサンカが心配のあまり精神科に予約を入れ、月曜には病院に行くことになっているが、それも全然楽しみではなかった。

ベックストレームは自分の内にあるエンパシーを総動員して、少年を慰め安心させようと努めた。殺人捜査官の仕事には良い面も悪い面もあるが、頭蓋骨が問題を起こすリスクはこの仕事の中でいちばん小さい。むしろ逆で、エドヴィンが発見した頭蓋骨はエドヴィンやベックストレームの味方についている。復讐を恐れるべき人間がいるとすれば、その頭蓋骨に銃弾を撃ちこんだやつでしかない。つまり、普通の頭が頭蓋骨に変わってしまう原因をつくったやつのことだ。

「わたしを信じろ、エドヴィン」ベックストレームは力強くうなずいた。「他の誰でもなくきみが頭蓋骨をみつけたのは、大いなる力が働いてのことだ。わたしは確信しているよ。頭蓋骨自身が、この地上で正義を与えてくれるとしたらこの子しかいないと思ったのだ。われわれが撃ったやつをみつけ、牢屋に入れて罪を償《つぐな》わせるために」

「警部さんの言うことはよくわかります」エドヴィンはいくぶん元気になった。「だけど……蹴ったのは良くなかったと思うんです」

「おい、ちょっと待ちなさい。それはちがうぞ。きみが蹴ろうとしたのは頭蓋骨じゃない。ホコリタケだろう」

「そうですけど、でも頭蓋骨はそこをわかってくれるでしょうか」

「当然だよ。きみのことは許したはずだ。まだ地上に生きていた頃は、頭蓋骨の人だってきっとホコリタケを見かけたら蹴ったはずだ。そうするもんなんだから」

「そうか、そうですよね」エドヴィンの顔が見るからに明るくなった。「その悪党はどうなるんです？　警部さん、ぼくたちに捕まえられると思う？」

「もちろんだ。きみのおかげだよ、エドヴィン。よく覚えておきなさい。きみとわたしと頭蓋骨は同じチームなんだ。悪夢を見るやつがいるとしたら、それは悪党のほうだ」

「良かった」

「話は変わるが」ベックストレームは分厚い札挟みをポケットから取り出し、外側の一枚を抜き取った。「わかるだろうが、きみには報奨金が出る。それをもう今あげてしまおうと思う。

新しいゲームでも買いなさい」

「わお！」エドヴィンはもうちっとも暗い顔はしていなかった。

少年の母親とも話をしなければ——ベックストレームは玄関ドアを閉めながら思った。いったん精神科のやつらに気に入られたらお終いなのだから。それによって害を被るのはエドヴィンだけでない。ベックストレームとて忠実な部下を失うことになる。当然まだ完全には学びを終えていないし成年にも達していないが、後者などあくまで時間の問題だ。確かにまだ少々貧弱なところはある。先日など夏用のグロッグの材料を買いに行かせたら、店まで四往復することになった。一度に二つしかスーパーの袋を持てないからだ。だがそんなことは俗世の問題であって、あの坊主もほどなくして大きくなる。最悪の場合にはちょっと成長ホルモンでも打たせて、それから免許を取得させればいい。酒屋で買い物をすることもできるようになり、ベックストレームの人生の秋にはバトラー的な役割を担う予定だった。そこまで考えて、ベックストレームは満足なため息をついた。

ベックストレーム自身はこれから午睡の時間で、夜は旧知のGギュッラとディナーをともにすることになっている。そのあとはシャワーを浴びてさっぱりして、またサドルにまたがるか——そう思いながらベッドルームに方向を定めた瞬間、誰かが彼の玄関の呼び鈴を押した。

24

ベックストレームは忍び足で玄関に出た。シッゲ坊やを右手に、携帯を左手に、最高レベルに警戒しながら。呼び鈴の音からして、エドヴィンが何か言い忘れて戻ってきたわけではなさそうだ――ベックストレームはそう思いながら、監視カメラの映像を携帯画面に映し出した。

そこに映っていたのはエドヴィンではなく、アンカン・カールソンだった。彼女が前回ベックストレームの自宅に予告なく現れたときに何があったかは考えるだけでまさに悪夢だ。そのアンカンが――。ベックストレームはネズミのように静かにして、留守だと思って帰ってくれることを切に願ったが、アニカは拳でドアをたたきだし、ベックストレームのいる玄関が床から天井まで揺れた。

「馬鹿な真似はやめなさい！」アンカン・カールソンが叫んだ。「家にいるのは知ってるんだから。今、エドヴィンが帰っていくのを見た」

「忙しいんだ。何か重要なことか？」

この女は本物のストーカーにちがいない。

「話があるの。もし開けないなら、階段の天井の回り縁に隠していている監視カメラを撃つわよ」

「いったいなんの用だ」ベックストレームはそれでも訊いた。

「ひとつはあのおかしなボリィストレーム野郎の話。署長はあなたと話せなくて気がおかしくなりかけている。それと、あなたが貸してくれたお金を返す方法も思いついたから」

「それで？」確かにアニカ・カールソンが新しいアパートを買うときに百万貸したが、ここしばらく、いや実際かなりの間、利子も元本も返ってきていない。これでやっと話が進むのか――ベックストレームがアンカンに送ったあらゆる催促を考えると、一日も早すぎることはなかった。

「それにあんたのことは指でつついて触れるつもりもないから。それを心配しているなら」

「わかった、わかったよ。一分だけくれ」ベックストレームはガウンを着て、ベルトをことさら強く締め、念のため二回ぎゅっと固く結んでから、ドアを開けてアニカを中に入れた。

アンカン・カールソンは玄関の椅子に上着を投げ捨てると、勝手にリビングに入り、ベックストレームのソファに腰をかけた。ベックストレームのほうはいつもの安楽椅子に座るのは避けた。ちょっとでも近づいてくるようなら逃げられるように、玄関に続く廊下にいちばん近いアンティークの肘かけ椅子に座っておいたほうが安全だからだ。見たかぎり武装はしていない。肩にホルスターはかけていないし、手錠も隠してはいないようだ。それはまあ、いい兆候だ。それ以外はいつもどおり恐ろしげな様子で、おまけに彼のソファの上で怪しげなストレッチのような動きをしてみせた。危険としかいいようがない存在だ。全身が筋肉の塊だった。

「リノベーションして素敵になったじゃない」アンカンは微笑み、目に入ったものを明確に評価したうなずきを返した。「何部屋あるの？　四部屋、五部屋？」

「四部屋だ」ベックストレームは答えた。五部屋目はセキュリティー部屋に改装していて、アンカン・カールソンだけはそこに入れるつもりはない。

「すごくいいじゃない」アンカンはまたうなずいた。「家の中を見学させてもらっていい？」

「だめだ」ベックストレームは首を横に振った。「それは困る。何か話したいことがあったんだろう？」

きっとおれのことを常識のない人間だと思うにちがいない。

「おべっか使いのボリィストレームがあなたを探し回っている。数時間前にわたしの部屋にまで来た。しつこいのよ」

「なんの用で」

「秘密の殺人捜査をしてるのかって。メーラレン湖の島で撃たれてみつかった女性の」

「で、なんと答えたんだ？」

「そのとおりに答えたけど。あなたならどうした？」

「それは相手による」

どれだけ馬鹿なんだ――。

「そのくらいわかる。だから、確かにこめかみに撃たれた穴がある古い頭蓋骨の一部をみつけたとは言った。おそらく女性のもの、だけど百五十年前のものの可能性もあるし、ほとんどの状況が自殺を物語っていると」

必ず何かあるな——ベックストレームはうなずいた。こいつとて、まるっきりわかってないわけではなさそうだ。

「捜査指揮官になる検察官を押しつけたいらしいの。新しい規則で凶悪犯罪の場合はすぐに検察官を立てないといけないとかわめいていた。元ソーシャルワーカーが法律の何を知っているんだか」

「ああ、確かに誤解しているようだな。それを伝えてくれればいい。で、もうひとつのほうは？　さっき、借りた金を返したいと言わなかったか？」

「ええ」アニカは笑みを浮かべた。「あなたも気に入るはずの提案がある。ねえところで、ビールをもらっていい？」

断るという選択肢があるわけないだろうが——ベックストレームは心の中で悪態をつきながら、キッチンのほうを顎で指してみせた。

「あなたも何かいる？　すごく美味しいウォッカ・トニックをつくろうか？」

「いや、もうある」ベックストレームは自分のグラスを上げてみせた。

いやはや、あの女よりもこちらが常識外れだと思われているんだろうな。アンカンのウォッカ・トニックなんて、半分ウォッカ、半分睡眠薬、そこにトニックを何滴かたらすレシピにちがいない。本当に勘弁してくれ。

その数分後、アンカンがベックストレームのキッチンから戻ってきたときには盆の上にビールと色々なおつまみ、ベックストレームの最高級ウォッカ、そして怪しいほどウォッカ・トニックにライムと氷を添えたものにそっくりな飲み物があった。

「あなたが後悔した場合に備えて」アンカンはそう言って、グラスを指さした。「それにちょっとお腹が空いたことに気づいたから、オリーブや生ハムも少しもってきた。わたしもこれでかまわないわよ。チーズスナックばっかり大量に買いこんでなくてよかった。あんなの毒でしかないから」

だが美味しいじゃないか――ベックストレームは食糧庫に段ボール箱いっぱいのチーズスナックをストックしているが、それを冷蔵庫に入れようと思ったことはなかった。

「ウォッカをショットで飲ませてもらってもいいでしょう?」アンカンはそう言うと同時に自分のグラスになみなみとウォッカを注いだ。「だってもう週末だし」

「わかった、わかった」ベックストレームは急に疲労を感じた。「で、さっきの提案というのは……」

「その話は今するから。乾杯、ベックストレーム」アンカンは自分のグラスを掲げ、首をこきっと鳴らすと、一気に飲み干した。そのあとごくごくとピルスナーで喉を洗い流し、満足そうに深いため息をついた。そして最後に手の甲で唇の泡を拭った。

どれだけ女らしいんだ――ベックストレームはそう思いながら、自分のグラスから酒を飲んだ。

「で、提案というのは？」

アンカンの計算ではベックストレームに約百万の借りがあるという。利子は多少払った。最初に約束したように毎月ではないが。かといってだらだら借りっぱなしなのも嫌なので、返済プロセスを早める方法を考えついた。

「で、どのようにするつもりなんだ？」やっとまともな話になってきたぞ――。

「代物弁済よ」アンカンは嬉しげな笑みを浮かべた。「あなたとは知り合いだし、あなたのことを好きな人間はわたしだけ。気づいていると思うけど、わたしたちの間には山ほどの愛と憎しみがある。だから割引もしてあげる。一回千クローネよ、ベックストレーム。それに加えてちょっとしたサービスも。どんなロールプレイでもいいのよ。純情な女学生はどう？　ほら、白いブラウスにチェックのスカート、ニーハイストッキング、それに髪の毛はツインテールで。あとは言うまでもなくナースよね。ああ、それとも女調教師のほうがいい？　革、ラテックス、チェーン、鞭なんかも全部。お好みなら前立腺マッサージもやってあげる。千回でもね。返済後も、あなたは完全にわたしの虜《とりこ》になっているだろうから、個人的な契約を結んでもいいし」

この女はまったく、あらゆる想像の域を超えている――普通にまともで感じの良い人間なら、モラルをしまっておく場所に良心というものが入っているが、この女の場合はただ真っ黒な深い穴があるだけ。魂の材料にいたっては、人間の汚らわしさと侮辱のすべてを思いついた、あの狂ったフランス貴族でもちびるはずだ。

「千クローネ……」ベックストレームは思わずつぶやいた。

なんと言えばいいのか。グロッグは飲み終えてしまったので、助けにもならない。

「友達価格と言えば」アニカは両の目をきらきらと輝かせた。「ネットにジムで撮った写真をアップしたら、どんなお誘いが届いたか想像もつかないでしょうね」

アンカン・カールソンとの千夜一夜——。足に鎖と鉄球をつけられ鍬《くわ》をもたされ、塩鉱山で千日働かされたほうがずっとましだ。

「なぜ普通の人間みたいなセックスじゃいけない」

「もちろん、甘いセックスもちょっとくらいはいいわよ。わたしはかまわない。言ったとおり、あなたが決めていいんだから」

それからアニカはソファから立ち上がり、Tシャツを脱ぎ捨てると、数秒後には全裸でベックストレームにまたがった。誕生日に友人Gギュッラからもらった高価なアンティークの肘かけ椅子の上で。

最初にベックストレームを見限ったのは、忠実な下僕であるはずのスーパーサラミだった。ベックストレーム自身は頭の中が真っ白になり、考えることも身を守ることもできない中で、脚の間にコンクリートの防御壁が立ちはだかったようなものだった。アンカンは数秒後には絶頂に達して頭を後ろに倒して大声で叫んだ。しかしその頃にはベックストレームはすでに完膚なきまでに打ちのめされていた。

「考えておいてね、ベックストレーム」数時間後にアンカン・カールソンはそう言って、彼の元を去った。「もっと値段を下げてあげてもいいわよ」そう言いながら、彼のガウンの下のほうの隙間に意味ありげにうなずいてみせた。「ああ、そういえば、おでこにキスしてほしい？」

「いや、平気だ」

この女はあらゆる理解を超えて狂っている——。

25

その夜、ベックストレームは旧知のGギュッラとディナーをともにした。それは久しぶりのことで、おまけに重要なことを話し合うためだった。Gギュッラの本名はグスタフ・Gソン・ヘニングといって、極めて成功した美術商だった。二人は三十年来の知り合いで、相互的な利害関係にあった。いや、たいしたことではなく、友人同士のちょっとしたサービスだが、一年ほど前の犯罪捜査ではGギュッラがベックストレームのおかげで世界の歴史を塗り替えるような、値のつけられない美術品を手にすることができた。イタリアの童話に出てくるピノキオ、嘘をついたとたんに鼻が伸びるピノキオのオルゴールだ。

そのオルゴールは二十世紀の初頭にサンクトペテルブルクの有名な宝石商ファベルジェの工

房で作製され、ロシア最後の皇帝ニコライ二世が一人息子にイースターのプレゼントとして贈ったものだった。未来の皇帝、しかし血友病に冒されていたアレクセイ。その百年後にベックストレームが殺人事件の捜査の最中に発見するまで、オルゴールは行方不明になっていた。Gギュッラがそれを、ソビエト連邦の名が歴史上の鉤括弧《かぎかっこ》になってしまった新生ロシアに返還したのだ。

ベックストレームとてその取引から空っぽの手で帰ったわけではない。一瞬で警察官の生涯年収を倍にした。それも税務署の手を煩わせることなく。知らないなら傷つくこともない――というわけで全員が満足していた。中でもいちばん満足だったのは匿名のロシア人の買い手で、年末に行われる新生ロシア二十五周年祭でその歴史的な取引が公開されることになっている。それが今夜、ベックストレームとGギュッラがディナーをともにする理由でもあった。急に色々なことを相談しなければいけなくなったのだ。

話すつもりのない理由により、ベックストレームは結局Gギュッラとの約束に遅れるはめになり、家を出る前に電話で連絡を入れる必要が生じた。なんの問題もない――Gギュッラはそう答え、ベックストレームがレストランに入ったとき、ホワイエのソファに座って待っていた。Gギュッラはベックストレームの姿が目に入るとシャンパンのグラスをおき、立ち上がり、まるで南欧人かと思うような仕草で両腕を広げた。

「ベックストレーム。きみはまったく、光り輝いているじゃないか。教えてくれ。何があったんだい？」

「ブラザー、きみもちっとも困窮してはいなそうだな」ベックストレームはそう答え、親しげにうなずき返した。

まあお前さんでも絶対に聞きたくないような話だ、この老いぼれファゴット（男性同性愛者に対する侮蔑的表現）め。

「足どりも軽やかで」Gギュッラは半メートルほど後退し、今宵《こよい》の客をじっくり眺めた。「きみを見ると嫉妬してしまうよ、ベックストレーム」

お前さんのほうも普通のジプシーの王にはまるっきり見えないがな――。慇懃《いんぎん》な給仕長が誘うような身振りで二人をレストランの中へといざない、いつものテーブルに案内した。むしろ別の時代からやってきたイタリア貴族のようだ。細部に至るまで完璧な着こなし、豊かな銀髪に、まぶしいほど白い麻のシャツ。黒のシルクのスーツはオーダーメイド、そしてハンドメイドのイタリア製革靴。革靴など、通り過ぎる壁のシャンデリアの鈍い光を照り返しているほどだ。

話し合われる議題を考慮して、二人で会うときは必ずホストを務めるGギュッラが今宵のテーマをロシアに決めていた。まずはウェルカムドリンクだが、Gギュッラはいつものドライマティーニにオリーブを添えたものは遠慮し、小さなウォッカとミネラルウォーターをチョイスした。ベックストレームのほうはいつもの慣れ親しんだ、もっと巨大なウォッカとそれを洗い流すピルスナーだ。

前菜にはブリヌイ（薄いパンケーキのようなロシア料理）にキャヴィアや溶かしバター、スメタナ（発酵乳の一種）、刻んだ玉ねぎを添えたもの。なおキャヴィアは本物のロシア産で、Gギュッラがロシアの人脈を使って手に入れた最高品質のインペリアルだった。今日という日に敬意を表し、ロシアの習慣に従ってもう一杯小さなウォッカを飲んでから次に進んだ。豚肉と玉ねぎのピロシキ、チキンキーウ（鶏胸肉でバターを巻いて衣をつけて揚げたもの）、山羊のチーズに洋ナシのコンポート。Gギュッラはジョージアのワインを飲み、ベックストレームの締めのコニャックは秘密裡にアルメニア産に替えるという暴挙に出た。おまけにベックストレームがコニャックの味を褒めてからやっと、抜け目なく生産地を公《おおやけ》にしたのだ。

「いやあ、食事と酒に関してはよくわかっているやつらだな」ベックストレームはそれ以外のすべてについては踏みこまずに言った。スウェーデンの群島に現れる謎の潜水艦や、基本的には毎週のようにゴットランド島の上を通過する爆撃機のことなどは。

「それだけではないよ、親愛なるブラザー」Gギュッラがベックストレームの腕を軽くたたいた。「彼らがついに理解したことがあるとしたら、それはきみにどれほどの価値があるかだ。ブラザーのために計画された賛美の催しは止まるところを知らない」

「もっと教えてくれ」ベックストレームは椅子の中で後ろにもたれた。

少なくとも誰かがそれを理解していい頃合だった。彼の日常に影を落とす焼きもち焼きどもは無視するにしても。

Gギュッラはテーブルに身を乗り出し、念のために指を使って数えながら、新生ロシアでいくつ大きな祝賀がベックストレームを待ち受けているかを語った。

第一にベックストレームはロシア大統領本人の手から、プーシキン・メダルを受け取ることになっている。ロシアが外国人に授与する中でもっとも権威ある賞だ。そもそも外国人が受賞すること自体が非常に珍しい。

それ以外に誰がいるっていうんだ――ベックストレームは先を促すようにうなずいた。

第二に、とGギュッラは左手の人差し指を握りながら続けた。この歴史的出来事を扱ったテレビのドキュメンタリー番組が制作されることになっていて、おそらく映画もつくられるだろう。書籍に至っては少なくとも二冊。一冊はオルゴールに関する芸術書で、もう一冊はそれがいかにしてロシアに戻ったかという内容になり、その中でベックストレーム警部はヒーローとして描かれる。芸術史の専門家や普通の作家、テレビのプロデューサーらがすでに動き出しているという。

やっとこのときがきたか――ベックストレームはまたそう考え、同意のうめき声を返した。

「第三に」Gギュッラはさらに身を乗り出した。「最高のニュースを最後にとっておいたんだが」

「なんだね」

これほどの規模の祝賀に際して、ロシアの大統領はベックストレームに個人的なプレゼントを渡すつもりにしている。それはなんと大統領特製ウォッカで、Gギュッラが信頼に足るロシアの人脈から伝え聞いた話だった。

「それはさぞや特別なウォッカにちがいない」ベックストレームも言った。すでに家に何箱か所蔵していて、そのウォッカもちっとも悪くはないが。「だが、もうひとつ金のメダルをくれてもいいんだが」

「一リットルの大瓶だよ。大統領のウォッカがいくらするか知っているかい？」

「いいや」ベックストレームは首を横に振った。「わたしがいつも飲むウォッカがスウェーデンの国営酒屋で五百クローネするのは知っている。だがそれは七百ミリリットル瓶で、一リットルでいくらになるかは知らん」

「約百万クローネだ」Gギュッラはそう言ってうなずいた。

「なんだって？　ウォッカ一本で百万だと？　なぜだ」

一口飲んだら空を飛べるとでもいうのか――？

「瓶だよ」Gギュッラが声のトーンを下げた。「瓶自体、約二キロの重さがある。純金でつくられているからだ」

「そうなのか……」

これでやっとおもしろくなってきたぞ。

「おまけに飲み終わったらまた酒を入れられるようになっていて実用的なんだ。あの瓶なら、レナート社の平凡なブレンヴィーンを入れたって誰も気づかない」

「楽しみにしているよ」ベックストレームはグラスを掲げた。

「ナズダローヴィエ」Gギュッラも今夜三杯目のウォッカのグラスを掲げて応えた。

Gギュッラとのディナーの前日、ベックストレームはディナーが終わってホストから解放されたらすぐに、〈リッシュ〉の離婚沼で夜を締めようと計画していた。誰が年寄りのソーセージ乗りをあそこへ一緒に連れていきたいものか。そんなことをしたら自分の評判と名声にかかわる。しかしそれは予期せぬことにアンカン・カールソンが乱入してくる前の話だった。結局ベックストレームはその夜、タクシーに乗って家に帰った。スーパーサラミとて充電のための時間が必要で、ベックストレーム自身はのんびり休息するつもりだった。心地良い思索に身を任せながら。

百万クローネのウォッカ。おまけにまた酒を入れられるやつ――。

26

ヘリィエー島小教区の牧師が記した百年前の冊子のせいで、ピエテル・ニエミは週末の予定を変更することになった。なおざりになっていたトレーニングをして、あとは基本的におもしろい本を読むか、テレビでのんびりスポーツ観戦をしようと思っていたのに、土曜日にもかかわらず職場に出てきて、のんびり捜査のことを考えていた。

まずはリンストレーム牧師の冊子にあった古い地図をスキャンしてパソコンにダウンロードし、自分たちが使っている地図と比較した。トポグラフィーはほとんど一致している。土地の隆起や沈下は特に複雑ではなかったし、島の表面は昔も今も基本的には変わらないようだ。その一方で大きなちがいがあるのは島の植生だった。リンストレーム牧師の時代には見晴らしのいい開けた土地で、地元の農民が夏の餌場として使っていた、それが今は藪と雑木ばかりのジャングルで、林業のために伐採できるような森でさえなかった。当時なら彼女をすぐにみつけられただろうに——とニエミは思う。

それから昔そこに存在した小屋を、自分が見た痕跡と比べてみた。島でみつけた古い家の基礎は確かに百年前に雷が落ちて女中が二人焼け死んだものだった。そしてやはりニエミらがみつけた大きな木の上のふたつの小屋は、ひとつはきっと物見台で、どちらもリンストレーム牧師の地図にはなかった。それは単に、少年たちが隠れ家をつくったのがずっとあとになってからだからだろう。その一方で地図にはニエミにもみつけられなかった建物が記載されていて、それが気になった。とはいえみつけられなかったのが苛立たしいだけで、そこに何かがあると期待をしているわけではない。

当時夏の餌場として使われていた島には、地下貯蔵庫があったようなのだ。リンストレーム牧師の地図によれば、ニエミらが船で着いた場所のすぐ近くだ。なお、牧師の時代にも船は同じ場所に着いていた。島の北側の波の穏やかな小さな湾で、この島に多少大きい船、スウェーデン人の多くが農民だった時代の牛用フェリーなどをつけたければそこが唯一の船着き場だった。現代の警察船や、が。

女中たちが毎日牛乳を保管したのはその地下貯蔵庫だった。おそらくニエミが故郷のトルネダーレンの農場で子供の頃に見たような大きなブリキの缶を使っていたのだろう。二十リットルも入り、大きな蓋がついていて、それをひねって閉めると、女中たちも牛乳をこぼすことがない。寝泊まりし、乳搾りもしていた小屋から、船を泊める場所の近くにある地下貯蔵庫まで運ばなければいけなかったのだ。そこに農家の主か下男が帆船あるいはボートを漕いで牛乳を取りに来た。今とは別の時代の生活だ——とニエミは思った。

地下貯蔵庫がニエミの思う場所にあるなら、木の上の小屋の高いほう、つまり物見台のすぐそばのはずだ。あの小屋は捜すときの手がかりとして役に立つ。ニエミはそう考えながら、自分たちの使っている地図に印を入れた。そして家に帰った。テレビを観て、夕食を食べて、妻と子供と電話で話した。

翌日の昼食のあと、ニエミはまた職場に戻り、いちばん好きな活動を楽しんだ。犯人のつもりになって、犯人のように考え行動するのだ。

おれは女を殺したが、計画的なことではなく、結果的にそうなってしまっただけ。口論になって、そこから手に負えなくなって、おれは彼女を撃った。どこで頭蓋骨がみつかったかを考えると、メーラレン湖でバカンスを楽しんでいた最中なのか。初夏、夏、あるいは秋の初め。いや、おそらく皆が休みをとる夏場だろう。桟橋につけようと決めたら何が起きるかは誰だって知っていることだ。

そして今おれは死体と一緒にいて、それを隠そうと決めた。みつからないように、それに刑罰を逃れるために。今からやろうとしている行動は計画したことで、多かれ少なかれおれがどういう人間なのか、そしておれの行動を左右する物理的な条件にもかかっている。

死体を棄てるときにおれは――どうせこういう犯人はほぼ必ず男だし――なんらかの乗り物を使って運ぶ。そうすることで死体を隠せるし、自分の力で運んで体力を消耗せずにすむ。たいていは車、ときに船。しかしそれ以外にも輸送手段はある。ニエミ自身の経験では庭仕事用の一輪車、台車、ベビーカーさらには普通のスーパーのカートまで使われたことがある。そのスーパーが犯行現場から死体を遺棄した場所の間にあったせいだ。そう、車輪のついているものならなんでも――死体が入るくらい大きければ。そのままでも、バラバラでも、あるいは部分ごとに梱包されていても。

あとは最後の一区間を運ぶだけだ。この区間はなるべく短くしたい。単独の犯行で、被害者が大人ならば、乗り物を停めた地点から五十メートル以上離れることはまずない。不幸島の船を泊める岸から、ニエミが地図に印をつけた謎の地下貯蔵庫まではほぼ五十メートルの距離だ。

おれならどこに死体を隠したのだろうか。隠すのはたいてい以前から知っている場所だ。二十年前に毎年バカンスに来ていた別荘の近く、お化け屋敷のような無人の古い家の庭で、茂った草に隠された井戸。キノコ狩りの最中にみつけた、浸水した廃鉱山。あるいは普通の溝でもいい、枝や藪で簡単に隠せるようなら。死体を隠すという意味では、犯人があの島に偶然たどり着いたにしてはできすぎている。不幸島がジャングルに変貌してからも来たことがあるはずだ。

そこまで考えたところで、県の犯罪捜査部の鑑識課の同僚から電話が入った。たった今、加勢を送れなくなったことを告げるために。ハーニンゲで二重殺人があり、ギャングの制裁が下された倉庫の裏で複数の火器、それに五十ほど薬莢《やっきょう》が発見された。殺人の目撃者はいないが痕跡ならいくらでもあり、きみは立派な男で自分でなんとかできるはずだから、きみの要請はもう彼のアジェンダのいちばん上にはない。

「かまわないよ」ニエミは答えた。「皆によろしく伝えてくれ」

それからエルナンデスに電話をかけて、明日は非番ではあるが一緒に不幸島に来たいかどうか尋ねた。

「何を捜すんです?」エルナンデスが尋ねた。

「十九世紀の古い地下貯蔵庫だよ」

「ぜひ。ぼくのキャリア初の地下貯蔵庫だ。それだけはどうしても逃せない」

27

七月二十五日月曜日はベックストレームにとって喜びの日となった。というのも名を呼ぶに値する唯一の部下、ナディア・ヘーグベリ、旧姓イワノヴァがベックストレームの捜査を助けるために夏休みを切り上げて帰ってきたのだ。そのおかげでベックストレームは自分を取り囲む馬鹿全員を我慢することもできるようになる。具体的にはアンカン・カールソンとかニエミやエルナンデス、スティーグソン、それにSとZが二つのオルソンみたいなやつらのことだが、本物のおめでたい馬鹿にもまともな仕事をさせることができるとしたら、それはナディアだけだ——とベックストレームは思った。

ベックストレームはナディアに会うために、朝の八時には職場に到着した。しかしその前にひとつやらなければいけないことがあった。ナディアと座ってゆっくり話したければ、新しいボスがまるっきり知らないような警察的に当然な事項を啓蒙してやらなくてはいけない。

「わたしと話したかったんだろう?」ベックストレームは署長の執務室にずかずかと踏みこんだ。ボリィストレームは仕事中ドアを開けておくタイプのようで、ドアをノックする必要もなかった。

「ベックストレームか」ボリィストレームは嬉しそうな笑みを浮かべた。「会えて嬉しいよ、ブラザー。さあ、かけたまえ」

この馬鹿野郎はドアの存在意義すらわかっていないようだ。それに相手の考えを読むこともできないらしい。まだ満足げな表情を浮かべているのだから。

「なぜきみを呼んだのか、不思議に思っているだろうね」

「いや。すでにわかっている。先週始めた捜査に検察官をつけたいんだろう?」

「では、きみは同じ意見ではないという解釈でいいのかい」

「わたしだけではない。本物の殺人一件に対してこのような捜査が十五件もあることを考えると、検事総長も警察庁長官も笑っていられなくなる」

お前さんだってもうさっきほどは嬉しそうな顔ではないじゃないか。

「つまりきみはこれが自殺だという確信があるということか、銃弾の穴があるのに」

「現時点ではなんの確信もない。その点はわれわれ警官が捜査結果によって答えを出すんだ。だが統計や一般的な推測を聞きたければ教えよう」

「それはぜひ聞かせてくれ、ベックストレーム」

「おそらく自殺。殺人だとしても時効を迎えている可能性が高い。被害者の頭蓋骨の中にあった銃弾は百年前に発射されたものであってもおかしくはない。銃弾に残った痕跡が百年前の銃だったことを示している。おまけに被害者が誰なのかがわからない。それがわからなければ捜査は前に進まない」

「一般市民に情報提供を呼びかけてはどうだろうか」

「それは一瞬たりとも思わないね。ここ十年だけでも行方不明になったままの人が三百人もいる。その家族の数は何千人にものぼり、彼らがどんな気持ちになるかは想像がつくだろう。むやみに彼らの心を乱すつもりはない。身元がわかるまでは、捜査は完全に極秘に進めるべきだ」

「それは一理あるな。わたしだって絶対に、悲しみに暮れる家族九十九パーセントの心をむやみにかき乱したくはない」

「わたしに言わせれば百パーセントだよ。現在わかっている情報で被害者が誰だったのかを突き止められる可能性はほぼゼロに近い」

「わかったよ、ベックストレーム。だがDNAやデンタルチャート、病歴といった情報はあるんだろう？」

「それがだね」ベックストレームは自分の意図を、きっちりアイロンのかかったズボンの折り目をつまむことで示した。「警察のDNAデータベースには人口の一パーセント弱が登録されている。比較するDNAを確保できるかどうかもまだかなり怪しくて、その確率が良くて二分の一だとする。その二つを合わせるとどうなる？　数パーミルってところだな、わたしの計算が正しければ」

「だが歯は？　うまくデンタルチャートがつくれたら」

「デンタルチャート自体はすでにある。頭蓋骨をリンショーピンのほうに送る前にもうつくった。だが残っていた上顎の歯のほうが問題なんだ。なにしろ完璧な状態で、大人になってから一度も歯医者にかかっていない可能性がある。そして下顎はみつかっていない」

「きみは悲観的な性格なんだな、ベックストレーム」

「いいや、悲観的などではない。だがむやみに検察官の手を煩わせるつもりもない。あるいはすでに地獄を見ている大勢の人々に無駄な期待を抱かせるつもりもない」

「それはよくわかる」

「同意に達せてよかった。知らせるに値するようなことが出てくればすぐに、あなたにも教えますよ」

「それは非常にありがたいね」

「なんのことはない」ベックストレームは立ち上がった。「では失礼させてもらおうか。やることがいくらでもあるのでね」

「幸運を祈るよ、ベックストレーム。本気でね」

そんなことどうでもいいんだがな――。

やっとまともな人間が現れた――ロシア式の歓迎の儀を終えて、ナディア・ヘーグベリの部屋の椅子に腰を下ろしたベックストレームは思った。

「さあ、話してくれ、ナディア。夏休みはどうだった？」

「まあまあです」ナディアは頭を振った。「本当に聞く気力はあります？」

「ああ、話してくれ」ベックストレームはまた言った。

ナディアは故郷の街サンクトペテルブルクに丸一カ月滞在するつもりだったが、二週間を過ぎた頃にはもううんざりしていた。ロシアはうまく機能しておらず、特に今はここしばらくないくらい悪かった。昔の暗黒時代でも溶かしバターをかけたピエロギ（スラブ諸国でよく食べられる具を詰めたダンプリング）、少なくともその香りくらいは存在したのに。あるいはバラライカやアコーディオンの調べ、心に耳を傾ければその思い出くらいは聞こえたものだ。それに言うまでもなくシラカバの森。果てしなく続くシラカバの森はロシアの魂だった。まあ森自体は今でもあるけれど、サンクトペテルブルクにはない。だからトイヴォネンから電話があってどうしているかと訊かれたとき、ナディアは正直に答えた。家が恋しい。ソルナとスウェーデンが。その理由は単純で、自分はもうこの故郷を卒業したことを悟ったから。次に来るときは観光客として来る。亡命したロシア人ではなく。そして自分が職場で必要とされていることを理解すると、決断を下すのは簡単だった。だから今、ここに座っている。

「わたしほど喜んでいる人間はいないだろうよ」ベックストレームは言う。

「それはわたしのほうですよ」ナディアは微笑んだ。「ところで、あなたにプレゼントがあります」

「それはご親切に。わたし自身はきみに花束を買っておいたんだが、今朝持ってくるのを忘れてしまった。だが昼に一度帰るつもりだから、そのときに」嘘はつきすぎないほうがいいからな。

「まあ、それはお優しいこと」ナディアは驚きを上手に隠した。「まるっきり話は変わりますが……知りたいんじゃないですか？　捜査のこと」

「ああ。だが、きみの姿を見ただけですっかり心が穏やかになったよ」今回ばかりは本当の話だ――。

状況を受け入れなければいけないことも確かにある。しかし非現実な仮定の中で生きるのはまた別だ、とナディアは言う。彼女自身はやるべきことが行われるよう取り計らう。しかしそれによって被害者の身元を割り出せる可能性はあまりないと感じている。

ここ十年で百人の女性が行方不明になっている。今回の被害者が女性だというのはナディアも確信しているから、行方不明になった二百人の男性については脇によけた。これが自殺ではなく殺人だということも確信している。

女性たちが失踪したさいの捜査記録は複数手に入れた。すでに目を通して、不審点がないかも確認ずみだ。人相書き、診断書、デンタルチャートやＤＮＡも取り寄せている最中だが、そこで問題にぶち当たることは目に見えている。ＤＮＡデータベースには人口の一パーセントしか登録されていないし、被害者の歯は完璧だった。それに今後、彼女の遺体の他の部分がみつかったとしても、おそらくは頭蓋骨と同じような状態だろう。つまり入れ墨やほくろ、生まれつきの異状、あるいは人生のあとのほうになって骨についた傷などは消えてしまっている。

「まあ最善を祈ろう。加勢は来たのか？」ベックストレームが尋ねた。

「ええ、新入りの二人はとてもいい感じですよ、本当に」

もっとも信頼のおける相手と対話を終えると、ベックストレームはそれ以外の部下の部屋を見回った。先週の金曜に何があったかを考えると、そのうちの一人だけは慎重に避けたが。おかしな期待をさせたくもない。そんなことになったら、ダイビングスーツ姿でうちの玄関のドアレバーにぶら下がりかねないからな——ネット上で日々切磋琢磨《せっさたくま》にいそしむベックストレームは、性サービスの種類には精通していた。

やっと自分の時間がもてる——一時間後、ベックストレームは思った。まずは聖エリック広場の花屋の前でタクシーを待たせ、その後すぐ近くの素敵なイタリアンに向かった。それからやっと午睡のために自分の玄関をくぐり、ナディアへの花束はあとで職場に戻るときに忘れないように玄関のドアレバーにかけた。

六時ごろにオフィスに戻ると、ナディアだけが残っていた。部下は家に帰したという。明日もまた仕事なのだ。いい仕事ができるのはまともな日常のルーチンに従う者だけだから、と。可能なかぎり慎重に進めなければいけない仕事の場合は特にそうだ。消防隊の出動みたいな仕事の仕方は求めていない。

「二人でちょっと祝いません？」ナディアは微笑んだ。「そうだ、お花をありがとうございます」

「どういたしまして」ベックストレームは謙虚な表情をつくった。「そして祝うという言葉がわたしの疲れた耳に麗《うるわ》しい音楽のように響いたよ」

サワードウのパン、ロシアの塩漬けソーセージ、ピクルス、そしてナディアがみつけてぜひベックストレームに味わってもらいたかった新しいウォッカ。夕食前の絶妙なアペタイザーだ。

「ベリョゾヴィ・レス・ウォッカ、シラカバの森のウォッカという意味です」ナディアが訳し、あきれたように天を仰いだ。「ロシアの美をひとまとめにして酒瓶に突っこんだようなもんでしょう」

「ところで、開封していない瓶も、あなたの部屋のいつもの箱に入れてありますから」ナディアは二人のグラスに注ぎながら言った。

「ナズダローヴィエ」ナディアがグラスを掲げた。

「ナズダローヴィエ」ベックストレームも応え、グラスを掲げたとたんに携帯電話が鳴りだした。

28

ナディアが職場に戻ったのと同じ月曜の朝、ニエミとエルナンデスは車でエーケレー島のスカウトのキャンプ場へ向かい、そこで死体探索犬の同僚と落ち合い、海上警察が彼らを不幸島へと運んだ。

道中ニエミはこの事件についての所感を語り、エルナンデスはひたすら同意のうなずきを返し続けた。あくまで仮説にすぎないが——と強調しつつ——それでも調べてみる価値はある。地下貯蔵庫を見逃すなんて鑑識官として失態でしかない。地下貯蔵庫というのは石の壁に、天井は大きな梁《はり》と厚み五センチはある板でつくられている頑強な構造物で、さらには全体が一メートル近い砂利と土に覆われている。どれだけ悪天候や風にさらされても、月日が過ぎてもびくともしないのだ。ニエミが育ったトルネダーレンの農場にもそんな地下貯蔵庫があった。家族内に伝わる話によれば、それをつくらせたのはおじいちゃんのおじいちゃんのおじいちゃんで、十九世紀初めのことだった。つまりニエミ自身がこの世に生まれ出るより百五十年も前のことだ。

「つまり、風に吹かれて飛んでいったり、雨に流されてしまったりするような代物じゃないんだ」ニエミはそう締めくくった。

「ぼくもそう思いますよ、ピエテル」エルナンデスも言う。「みつかるといいですね。そうすれば少なくとも地下貯蔵庫のことは忘れられる。他の可能性だってあるんだから」

「もちろんだ。で、他の可能性とは？」

「あなたもきっと思いついたでしょうが、遺体は単にエーケレー島のどこかの溝に捨てられていただけ」

「もちろんそうだな」ニエミもうなずいた。

「キツネが偶然そこに通りかかるまではね。キツネは頭だけもらって、氷の上を何キロもてくてく歩いて不幸島の巣穴に戻った」

「そうだな。氷が張っていて、交尾の時期も近い。そんなときキツネは七教区先までも出かけていく。しかし被害者の遺体の他の部分が地下貯蔵庫にあれば、言うまでもなく貯蔵庫自体がみつかればの話だが、その仮説もすぐに排除できる」

「ですね。胴体のほうはキツネが引きずってきたわけではないでしょうから」

その約一時間後、ニエミ、エルナンデス、そして頼れる警察犬のサッコとそのハンドラーは不幸島に到着した。サッコは飼い主よりも待ち受ける任務に興奮しているようだった。

「まずはおれとエルナンデスで始めようか。そうしたらきみはもう一度コーヒーを飲めるし」ニエミは念のため、テーブル上の魔法瓶にうなずきかけた。

「いや、サッコを信じよう」ハンドラーは答えた。「地下貯蔵庫がきみが思う場所にあるとしたら、地図につけた印はここから五十メートルのところだ。なにより時間の節約になるし。サッコから目を離さなければそれでいい。何かすごいものをみつけたようだったら、呼び返せばいいんだから」

「わかった」ニエミもうなずいた。「じゃあそうしよう」

なにより時間を節約できる。

訓練士はサッコに目印になる長い紐とＧＰＳつきの首輪をはめてから、大きく手を広げた。

「探せ！」

　サッコは勢いよく走りだしたが、四十メートルほどで急停止した。鼻先から三メートル先で地面が隆起し、穏やかな傾斜の丘になっていて、北側は開けている。両側には岩が見えているが、それ以外の部分は藪やベリーに覆われていて、トルネダーレンの実家の地下貯蔵庫の北向きの斜面によく似ていた。しかし地下室はないようだが――サッコが地面に這いつくばり一定のリズムで低い吠え声をあげ始めた瞬間にニエミは思った。

「死に向かって吠える声は前にも聞いただろう？」ハンドラーがしごく満足げな様子で言った。

　そのあとは普段どおりの手順をそのままやればいいだけだった。ニエミはカメラ、そして念のため三脚も持参していた。エルナンデスが運んでいたのは巨大な照明、それに土壌用プローブは望遠鏡のように伸び縮みさせられる便利なモデルだ。

犬の警官がサッコをつないでいる間に、ニエミは草や低木に覆われた丘にしか見えないものの写真を撮った。穴などどこにあるかさっぱりわからないし、中が空洞になっているのも想像がつかない。

　エルナンデスがひざまずき、プローブを斜面に刺した。三度目にすんなり入り、今度はそれを手前に引いて、二メートル分引き出した。上へ下へ横へとやりながら。

「地下貯蔵庫というのはどのくらいのサイズなんですか」

「大きくても三、四平方メートルだろう。牛乳缶をおくだけなら」

「ならばみつかったと思います」エルナンデスが笑みを浮かべた。「ぼくにとっては初の地下貯蔵庫だ！　ぼくが掘っていいですか？　それともあなたが掘ります？」

「どうぞ」ニエミも笑みを浮かべた。

エルナンデスが目の前の土壁からベリーや草を丁寧にはがす間、ニエミはビデオカメラを回していた。五分後には、二本の腕と上半身を中に入れればフラッシュをたいて写真が撮れるだけの穴が開いた。

写真を撮り終えると、エルナンデスは穴から身体を出した。そしてあとの二人にうなずきかけた。立ち上がり、オーバーオールの膝をはたく。

「確か、人の身体には約二百本の骨がありましたよね」エルナンデスが言った。

「まあそんなところだ」ニエミが答えた。

「なら、彼女をみつけてしまったようだ」

29

「どうした」ベックストレームは電話に出ながら、空のグラスをデスクにおいた。かけてきたのがニエミだったので、なんの用件なのかは察しがついていた。

通話は短く、数分で終わった。ベックストレームはその間ずっとうめき声のような同意を返していた。

「みつかったんですね」ナディアの声は質問ではなく結論だった。

「ああ。草の茂った古い地下貯蔵庫から。先週は気づかなかった」

「自分でそこに隠れたわけじゃなさそうですね」

「ああ」ベックストレームはウォッカを注ぎながら言った。「これは景気づけの一杯だ。自殺する者は森の空き地を好む。夕日が当たればさらにいい。何キロか歩かなくちゃいけないくらいは気にしない」

「わたしだってそうしたでしょうね」ナディアも自分のグラスにウォッカを満たした。「そのほうが考える時間があるし、美しい場所を探せる。ついにこの世での彷徨を終わらせることにしたなら、美しい思い出にしたいし」

「ああ、その点はいつだって重要だ。肝心なのは結果だとはいえ」

「やけにセンチメンタルですね」ナディアは雄弁に肩をすくめた。「ロシアの国民病みたいなものですよ。それとこれのコンビネーションが死を招く」ナディアはそう言いながらグラスを掲げた。

「首を吊る前に靴を脱ぎ捨てるのも同じ理由からだ」ベックストレームは自分の考えに耽っている様子だった。「縄がぎゅっと締まるときに、つま先を動かせるように」

「骨がみつかったんですか？」

「ああ、ニエミによれば壮大なパズルらしい。数百ピースの完全な骨、骨の一部、小さなかけら」

「他には？　服とか持ち物とか」

「リドル（ドイツ資本のスーパー）の破れた買い物袋。今のところそれだけだ。食料を買うときに使うやつだ。古代の遺跡ではなさそうだな」

「犯人はそれで何を？」

「おそらく彼女の頭にかぶせたんだろう。血があまり流れないように。それに顔を見なくてすむから。普通は見たくないものだからな」

「それはよくわかります。どうやら犯人は慎重な性格のようね。で、どうします？　知りたがり屋のおサルさんのことは」

「知りたがり屋のおサルさん？」

「ええ、知りたがり屋のおサルさん」ナディアは微笑んだ。「リュートに二本の弦しかない男。うちの新しい署長ですよ。上からも下からも鼻を突っこんでくる。それもひっきりなしに。彼になんて報告を？」

「黙っておこう。いけるところまでは。まあ、あまり長くはもたないだろうが……」

30

誰かがリンショーピンのやつらを本気で怯えあがらせたようね——翌朝職場に到着し、メールを確認したときにナディアは思った。受信箱にはリンショーピンの国立法医学センターから二通のメールが届いていた。一通目はエドヴィンがみつけた頭蓋骨についていた歯、3＋つまり上顎右側犬歯の歯髄から採取したDNA型で、しかもそれは最高品質のDNAだった。正しい人間さえみつけられれば、なんの戸惑いもなく身元が判明する。もう一通は司法骨学の部署からの仮報告だった。最終報告にはまだしばらくかかるものの、今報告できることもいくつかあった。

頭蓋骨が成人女性のものであるということは確定した。採取したDNAもそれを裏づけている。それと同じ根拠すなわち頭蓋骨とDNA型に基づき、出身地についてもある程度の示唆がある。おそらく東南アジア北部出身の女性。つまりミャンマー、タイ、カンボジア、ラオス、ベトナム。あるいは同地域の東南部の可能性もある。その場合インドネシア、東ティモール、マレーシア、ブルネイ、シンガポール、フィリピン。面積にして四百五十万平方キロメートル、それだけでもスウェーデン国土の十倍以上で、総人口六億人あまりを擁する地域だ。

あとはスウェーデンで行方不明届が出ている女性の中から候補者をみつけられるかね――ナディアは思った。総勢百人、そのうち十人が東南アジア出身。ナディアは出身国を問わず十人全員を確認するつもりだった。示唆は示唆として、完全に確実かどうかはまた別問題なのだから。

百人の行方不明女性の中で警察にＤＮＡがあるのは十五人だった。これは人口全体の一パーセントに比べるとかなり高い割合で、そこには二つ理由がある。五人は行方不明届が出される前に自分が犯した、あるいは犯した疑いのある罪のせいで警察のデータベースに登録された。残りの十人はスウェーデンで居住許可を申請するにあたり、移民局にＤＮＡを提出していた。東南アジア出身で行方不明になった女性は合計十人で、内三人がそのカテゴリーに属していた。

十五人か――ナディアは部下に渡すための資料をプリントアウトしながら考えた。それなら今日じゅうに警察と移民局で確認できそうだ。問題は別のところにあった。被害者の出身地と年齢に該当する女性は東南アジアに一億人いる。そのうちの一人を今捜しているのだ。

状況を受け入れるしかない――ナディアは皮肉な笑みを浮かべた。この捜査を列車に例えるなら、これで少なくともレールにはのったわけだ。このまま最終目的地にたどり着けるかどうかは、やってみなければわからない。

その数時間後、署内の食堂でランチを食べて自分の部屋に戻ると、またメールが来ていた。メニューはタラのクリーム煮と野菜、ブラックコーヒーにマザリン（表面にアイシングを施したアーモンド風味の焼き菓子）

だった。マザリンは我慢すればよかったのに。人間の弱さよ――ナディアはため息をついた。

十五人の行方不明女性のDNAの確認が終わっていたが、頭蓋骨のDNAとはどれも一致しなかった。自分たちが捜している女性は警察や移民局のデータベースには存在しないわけだから、失踪を届け忘れたという単純な話ではなさそうだ。もっともらしい可能性としては一度もデータベースに登録されていないのだろう。

とはいえ、一度は登録されたが後に削除されたという可能性もある。そうなるにはいくつか理由があって、ナディアなら真夜中に起こされても理由を列挙することができるが、そのうちのどれが特に有力だということもなかった。そもそもこの捜査を牽引《けんいん》しているのは二台の列車だ。ナディアは簡潔な結論を見つめながら思った。すでに目的地に到着した特急列車、それがデータベースの結果を配達してくれた。もう一台は昔風の蒸気機関車、運転士はニエミで、まだ不幸島にある始発駅を出てもいない。今週後半には出てくれるといいのだが、時刻表どおりというわけにはいかないだろう。昨晩電話でニエミと話したが、時刻表なんてなかったから。

つまり各データベースからは予想どおりの結果しか出なかった。これからやらなければいけないのは、データベース担当者には訊けないような、それ以外のあらゆることだ。まずは海外の警察に連絡をとり、捜している女性のDNAが登録されていないかどうか確認する。出身地が正しければ、被害者は一時的にスウェーデンに滞在していただけかもしれないのだ。観光客として来ていたとか、不法滞在をしていた可能性もある。別の手段としては、残りの行方不明者八十五人のDNAを入手するというのもある。近い血族のDNAから、あるいは失踪したさいに残していった歯ブラシやヘアブラシからある程度信憑性のある情報が得られる。
そういうのも、特急列車で届くものじゃないけどね——ナディアはため息をついた。

31

ニエミはまさに不幸島の駅にとり残されていて、まともな時間に島を出られるかどうかは、もっとリソースを与えてもらえるかどうかにかかっていた。具体的には肉体労働のできる人間と、それを可能にする装備のことだ。

仕事自体はそれほど難しいものではなく、純粋に考古学的な作業だ。つまり古い地下貯蔵庫を掘り出すこと。土や草、ベリーなど何もかも、この件と関係ないものはすべて除去しながら。あっという間にとんでもない量の土が積み上がってしまうが、そうやって事件に直接関係のあるわずかな証拠だけを選《え》り分けるのだ。

それには一輪車や各種サイズのショベルや鍬が必須で、さらには土ふるい——木の枠に細かい目の網がついたもの——があれば〝小麦を挽いて表皮を選り分ける〟ことができる。その他にも考えられるかぎりの道具や装備が必要になる。日が落ちても自分が何をやっているのか見えるように強いランプが必要だし、電気供給にはポータブルの発電機、資料を雨風から守るための風除けやビニールシートもだ。

　この事件と関係のあるもの、運が良ければ証拠として使えるようなものを確保するためには、さらに色々な装備が求められる。たとえば大きなテント。テントの中には普通の三角の架台を二つ並べて、その上に一辺二メートルほどの大きな四角い木の板をのせることで作業しやすい姿勢を確保した。上においたものが飛んでいかないように、板には十センチの高さのふちもついている。

　その台の上でパズルを組み立てた。骨の一部や小さなかけらを使って被害者をできるかぎり再現するためだ。それ以外にも被害者の一部だと思われる様々な有機物が発見されている。残るは記録や登録、みつけたものを採取するために必要なもの――カメラにパソコンにレコーダー、各種のビニール袋やその他のビニール製、紙製、ガラス製の容器。月曜夜にはニエミとエルナンデスはその準備を終えていた。

　あとは実際の作業にとりかかるだけで、夏の残りをずっと不幸島で過ごしたくなければ、加勢が必要だった。鑑識官は数が足りないので、ニエミは西地区所轄の生活安全部から普通の若い同僚を借り受けた。大量の土をどけたり一輪車で運んだりするだけならそれで充分だ。あとはニエミとエルナンデスがいかに作業を統率するかにかかっていた。

　ニエミや鑑識の同僚がもたない専門性を備えた助っ人も二人やってきた。骨学を専門とするソルナの司法医学ステーション所属の女性医師で、同じ専門分野の博士課程の学生を一人連れてきた。火曜日の朝に掘り出す作業を始め、三昼夜後にはできるだけの作業は終わっていた。

天気に関してはツイていた。快晴で風もなく、唯一の問題といえば二日目には予定外にエーケレー島に戻り、水や炭酸飲料水を追加で備蓄しなければいけなかったことくらいか。

初日に発見されたスーパーのビニール袋はすでにリンショーピンに送られた。指紋やDNAが採取できるかもしれないものなど、今回興味深いあらゆる品々とともに。

金曜の午前中にはまた別の発見が、中を空にした地下貯蔵庫内であった。それは骨などの被害者の残骸ではなく、地下室の床の土を数センチ掘ったところに埋もれていた。

まったくますます奇妙になっていく——ニエミはそう思いながら、発見物を入れたビニール袋をもち上げた。まずは十九世紀に生まれ半世紀も前に死んだ昔の牧師が自分をこのレールにのせ、今度はリンストレーム牧師と同年代の有名俳優が自分とコンタクトをとりたがっているようだ。その俳優もまた、ニエミが生まれるより前にこの世を去っているはずなのに。

向こう側の世界から語りかけてくる声か——そろそろグーグル検索でもしてみるか。リンストレーム牧師は検索に引っかからなかったが、まだ生きていれば、あるいは最近死んだばかりならネット上に存在したはずだ。その一方で、有名俳優に関する情報はすぐにみつかった。ニエミが生まれる三年も前に死去しているのに。

五十年も前に死んだのに、グーグルで三万件近くのヒットがある。今ごろどんな気分だろうか——。

32

ナディアは火曜と水曜の二日間で、残る八十五人の女性の古い捜査報告書を読みこんだ。DNAが登録されていないので、一巡目の確認では排除することができなかった女性たちだ。しかしナディアはDNAがなくても、あるいは被害者を東南アジア出身だと断定しなくても、六十名近くを排除することができた。ニエミらが今不幸島で必死に組み立てている女性にしては若すぎたり年をとりすぎていたり、あるいは背が高すぎるか低すぎる、病気すぎる、太りすぎている、歯が悪すぎる、髪の色がちがっている、といった理由からだ。

法医学者で骨学者の女性医師によれば、被害者は死亡時に二十歳から四十歳で、おそらく何も病気はもっておらず、おまけに身体もよく鍛えていて、全般的に健康体だった。おそらく子供を産んだことはない。地下貯蔵庫の中でみつかった大腿骨の長さから考えて、身長は百五十五センチから百六十五センチの間。健康な歯、長い黒髪に白髪はなかった。

「これはあてずっぽうで語るようなことではないが」ナディアと水曜の夜に話したときにニエミが言った。「この島に集結した専門家はタイ人女性だろうと推測している。あのあたりの国のどれかと訊かれたらね。あの国からスウェーデンにやってくる女性たちの背景を考えると、けっして無謀な推測ではない。どこかで読んだが、スウェーデンにやってくる女性たちのもっとも一般的な国籍はタイらしい」
「やってくる、か……。スウェーデン人の男が彼女たちを拾ってここに連れてくるんだと思っていたけれど」
「おれもだよ。それにそいつらの一部は、いったんスウェーデンに連れてきてしまえばもう優しくはないんだろうしな」

ここからはなんの手がかりも得られないだろう――ナディアは木曜の午前中、まだ排除されていない行方不明女性の書類をめくりながら思った。書類の山は今ではかなり低くなっている。あくまで直感だが、なんの手がかりも得られないまま、まもなく捜査が停滞してしまうという焦りが増すばかりだった。自分の手の中で捜査が死んでしまう――。

何か別の方法を探さなければ。ユーロポール、インターポール、最近では国連内にもある各国の警察組織に連絡をとるか？　なにより東南アジア十一カ国の同僚たち。どのくらい協力してもらえるかは不明だが――特にミャンマー、カンボジア、ラオス、ベトナム、東ティモールあたりは。ましてやブルネイの国王なんかはあまり期待できない。

国際的なやりとりというのはナディアにとって未知の世界だった。だからその分野に詳しい同僚と話すべきだ。たとえば二十年前から国家犯罪捜査局で働く旧知の知人。彼は国際的な捜査経験が十年以上ある。おまけにスウェーデン警察を代表して、タイおよび周辺諸国との折衝役としてバンコクに駐在していたこともある。

被害女性はおそらくタイ人――ナディアは考えた。それなら国家犯罪捜査局の知人以上に頼りになる存在は思いつかない。きっと何かアドバイスをくれるはずだ。できれば信頼できる東南アジアの警察官、役所同士の面倒な手続きをとらなくても直接問い合わせられるような相手を紹介してもらいたい。

じゃあすぐにでも――ナディアは知人の携帯番号を画面に出し、電話をかけた。

「で、どうしたんだね、ナディア」最初の社交辞令が終わるとすぐに知人は訊いてくれた。

「殺人の疑いのある事件を捜査しているんですけど、被害者は身元不明の女性で、専門家によればタイや周辺諸国の出身者であってもおかしくないそうなんです。それでなぜかあなたのことを思い出して」

「それは賢明だな。女性についてわかっていることは?」

「あまりないんですが……頭蓋骨、もっと細かく言うと下顎はない。他の骨はたくさんあります。だから歯から採取したDNAもある。ただ警察のデータベースや移民局のDNAデータベースで検索をかけてもヒットしなくて」

「死因は?」

「頭を撃たれて。死体はメーラレン湖に浮かぶ島でみつかったんです。犯人は古い地下貯蔵庫に死体を隠したみたい。残骸を見るかぎり、最近のことではなさそうですが。ところで、これはすべて内密にお願いしますね。被害者の身元がわかるまでは完全に極秘で。この事件のことは新聞にも一行も載っていないし、他のメディアにも出ていないでしょう？」

「好奇心で訊くが。これはベックストレームの捜査か？」

「ええ。おっしゃる意味はわかります」ナディアはなぜかそうつけ加えた。

「ああ、善良なるベックストレームはメディアの人脈には困っていないようだからね。その点については彼に任せておけということか。ほら、小川も集まれば……」

「ええ」

おそらくそういうことでしょうね。

「ではこうしようじゃないか、ナディア。DNA他、わかっている情報をメールしてくれたら、まともな返事を返せるかどうかやってみよう。昔の知り合いの連絡先なども含めて」

「本当にありがたいです」


その後、ナディアは書類の山に残っていた最後の不明女性を排除した。その頃にはもうあきらめの境地に達していて、疲労のせいで外したのではないことを願うしかなかった。時刻はすでに夜の六時で、職場に残っているのはナディアだけだった。

家に帰って何かお腹に入れる時間ね――そう思った瞬間に携帯電話が鳴った。それは数時間前に話したばかりの国家犯罪捜査局の知人だった。おまけに珍しいくらい興奮している。

「もう家かい？　それとも職場に残っているのか？」

「職場です。忙しくて。でもそろそろ帰ろうと思ったところ」

「ならばドアを閉めたまえ」

「もう閉まっています。それにここにはわたししか残ってないし」

「それはよかった。で、座り心地はどうかね？」

「ええ、いいですよ」いったい何を知らせてくれるつもりなの――。

「わたしが間違っていたら教えてくれ。だがきみがＤＮＡを送ってくれた女性は……」

「はい」

「メーラレン湖の島で先週の初めに発見されたと言ったね。頭を撃たれて、古い地下貯蔵庫に隠されて。それで正しいか？」

「ええ」

「ならば残念ながら問題がある。まるっきり意味不明なんだ。少なくともわたしの目にはね」

「どういう意味です？」


なんなの、信じられない――十五分後に通話を終えたとき、ナディアは混乱していた。こんな話、信じられない。その理由は、それが真実であるはずがないから。

ナディアはすぐにボスに電話をした。秘密の番号にかけたので、ベックストレームはすぐに出た。元気そうだしちゃんと目を覚ましているようだ。仕事の携帯に電話したときに聞こえてくる、いつものうめき声ではない。この番号を知っているのは他に誰なんだろう――。

「申し訳ないけれど、署に来てもらえないでしょうか。実は大変なことが起きて」

「電話で話せるようなことじゃないんだな?」

「ええ。電話で話しても、わたしがおかしくなったと思われるだけでしょうし。こう言えばいいかしら。こんなこと人生で初めてです。これに近いようなことすら起きたことがない」

「おもしろいな。背広だけ着たらすぐに向かう。十五分後に」

そろそろお気に入りの新聞記者と話す頃合かもしれない。ナディアはむやみに興奮するタイプではないのだから。

小川も集まれば——五分後に外の道で待っていたタクシーの後部座席に乗りこんだとき、エーヴェルト・ベックストレーム警部は思った。

33

ナディアは自分にできることをやった。まずは国家犯罪捜査局の知人が送ってくれたメールをプリントアウトした。ベックストレームがそれを読みたい場合に備えてだ。それを赤いクリアフォルダーに入れた。それから部屋にあったものを皿に盛りつけた。サワードウのパン、ピクルス、スメタナ、ロシア製の塩漬けソーセージ、サンクトペテルブルクの空港の生鮮食品屋で買ったチョウザメの燻製。シラカバの森のウォッカも取り出し、わざわざベックストレームの部屋まで行って彼の冷蔵庫から冷えたピルスナーももってきた。これ以上できることはない、ナディアは頭を振った。あとは最善を祈るだけ――。


「話してくれ、ナディア」ベックストレームは彼女の来客用椅子にかけたとたんに言った。安定の酒を注ぎ、ロシア製ソーセージのスライスにかじりつく。

「どのバージョンがいいですか。短いのと長いのと」

「短いほうで」

「わかりました」ナディアは書類を手渡した。

「ジャイディー・ヨンソン・クンチャイ。一九七三年五月二日生まれ」ベックストレームが手渡された紙を読みあげた。「これは誰だ?」

「被害者の名前と生年月日です。タイ人の両親の元、タイで生まれています。つまり旧姓がジャイディー・クンチャイ、その後ダニエル・ヨンソンと結婚したため、苗字が二つになった。なおダニエル・ヨンソンはスウェーデン人です」

「素晴らしいじゃないか、ナディア」ベックストレームは満足気にうなずいた。「どうやって捜し当てたんだ」

「国家犯罪捜査局の知人と話したんです。その彼が国家犯罪捜査局のほうにあった古い資料に彼女のDNAをみつけた。わたしたちが法医学センターから受け取った、被害者の右の犬歯から採取したDNAと同じだということに疑いの余地はありません」

「いや、本当に素晴らしい」ベックストレームはグラスを掲げた。「では、この酒でちょっと祝杯と……」

「ですが問題があるんです」ナディアはベックストレームを遮った。そして念のためにつけ足した。「残念ながら。非常に残念ながらね」

「問題というのは？」ベックストレームもグラスを下ろした。

なぜこの女はおかしな顔をしているんだ？

「この女性がすでに死んでいたからです」

「すでに死んでいた？」ベックストレームはおうむ返しに訊いた。「当然死んでいたに決まっているじゃないか。信じるも信じないも、そのくらい彼女の頭に開いた穴を見ればわかるが」

まさかこいつは職場でこっそり酒を飲んでいるんじゃ——ということは、部下にアル中がいるのか？　おまけにロシア人のアル中。それ以上最悪なパターンは思いつかない。

「こう言えばいいでしょうか」ナディアは念のため、続ける前にごくりとウォッカを飲んだ。

ベックストレームが自主的に満杯のグラスを下ろすなんて、非常に良くない。ザ・ファントムが頭痛になるくらい悪い——と思いながら。

「ああ、続けてくれ」ベックストレームは椅子にもたれた。「だが彼女は死んでいるに決まっているだろう。わたしをからかっているのか、ナディア」

「まさかそんなわけがないでしょう。問題は彼女が死んでいることではない。そこはあなたもわたしも合意しています」

「そりゃあよかった」

この女、完全に酔っ払っているにちがいない。

「そうね、どう言えばいいのか……」

「お願いだから、そろそろ本題に入ってくれ」

ひょっとするとへべれけに酔っているのか。ロシア人は顔を見ただけではどのくらい酔っているのかわからないものだな。

「問題は、二度死んだようなんです」ナディアはそう言って、深いため息をついた。

第二部　人は本当に二度死ねるのか？

34

「二度死ぬ人間などいない」ベックストレームは語気を強め、ナディアにうなずきかけた。さらには今言ったことを強調するために、ソーセージのスライスを口に放りこみ、待ちに待った手堅い酒を飲んだ。

それから、そのテーマについて長いうんちくを傾けた。存在論的な思索には敬意を表すし、議論を煮詰めていけばそれが決定的な問いになるのだろうが、自分にとってはずっと前から完全に明白な事実だった。人は一度しか生きられない。それから死んで、天国か地獄へ行く。そこはどんなふうに生きてきたかによってだ。ベックストレームは念のため、待ち受ける旅の方向を指で示した。「つまり二千年前にイエス・キリストもたどった旅路だ。

「三日目に死人の中からよみがえった」ベックストレームはグラスをウォッカで満たしながら、力強く語った。

「天国へと昇天した。全能の父なる神の右隣に」ベックストレームはそう続け、またうなずくと、絶品のウォッカを一口飲んだ。そして、今言ったことを強調するためにそうつけ足した。

「イエス・キリストだって、いきなりメーラレン湖の島に現れたわけじゃないだろう？」

まともに生きたことが前提ではあるが――。それに名誉を維持したまま地上での人生を終えた人間の中でも順序というものがあろうが、われわれ全員にその旅が待ち受けているという事実は変わらない。いや、人間だけではないのだ。生きとし生けるものは誰もが一度だけ生き、一度だけ死ぬ。そのあとは天国に行くか地獄に行くかだ。草木や動物に与えられる選択肢については、ベックストレームもいまだ確信はないとはいえ。

「猫ですら一度しか生きないだろう？」ベックストレームは鼻で笑った。「メーラレン湖の神も忘れ去りし島の地下貯蔵庫に入れられたなんて、しかも頭に銃弾の穴が開いた状態でというのは人間の仕業以外にない。神の御業ではないんだ。だからしっかりしろ、ナディア。さあ、話してくれ！　国家犯罪捜査局の同僚はきみの頭にどんなほら話を吹きこんだんだ？」

「吹きこまれたのかはわかりませんが……。彼女はすでに死んでいたそうです。死んでまもなく十二年になると」

「じゃあ、どうやって死んだんだ。つまり、一度目は」

やはり酒のせいにちがいない。

「タイで津波により死亡しています。クリスマスの翌日、二〇〇四年の十二月二十六日に」

「そうか、やっとわかってきたぞ」

「当時は親族、つまりスウェーデン人の夫が現地で身元確認をした。その後遺体は津波の犠牲者を集めていたプーケットへと運ばれた。報告書によると死因は溺死。彼女はスウェーデン国籍ももっていたので、のちに国家犯罪捜査局によっても再度身元確認が行われています」

「どのようにだ?」

「DNAがスウェーデンにあったので。スウェーデン国民と結婚するために居住許可を申請したときに移民局が採取したものです。それが一九九九年。今回移民局のデータベースに彼女がみつからなかった理由は、二〇〇五年の春に死亡宣告が出されたときに情報が削除されたから」

「だが国家犯罪捜査局のほうで身元確認のために集めた情報がまだ残っていたというわけか」

「ええ。タイの津波による被害は特別なプロジェクトでしたから。そこで集めた情報も普通とはちがったルールで取り扱われた。だからちっともおかしなことではない。そういうデータを残しておく理由は常にあるし」ナディアはそこで肩をすくめた。「念のため、万が一の場合に備えてね。ほら、あとで問題になったときのために。まさにそのために私の知人は捜査情報を覗いたわけでしょう。念のために、ね。外国の同僚を大勢追い回して助けを求める前に。彼も言っていたけど、見つかるとは思っていなかったんですって。ちなみに今話した情報はどれも彼からメールで書類をもらっています」

「では被害者はなぜ不幸島に? 死からよみがえり、この世に留まることにしたのに殺されてしまった。それで二度目に死んだわけか」

「いいえ」ナディアは首を横に振った。「わたしはそうは思いません。だからそのことは心配しなくていいです。わたしが理解したところによれば、可能性は三つある。でも信憑性を考えると、いずれにせよ、目の前に大きな壁が立ちはだかっている」

「その三つの可能性というのは？」ベックストレームは笑みを浮かべた。

やっといつものナディアらしくなってきたじゃないか――。

「ひとつめはもちろん、身元確認のさいに手違いが生じた。タイの津波のときか、その十二年後にスウェーデンで」

「登録のさいにか？　DNAを登録したときに何か間違ったとか」

「そうは思いません」ナディアは首を横に振った。「われわれと国家犯罪捜査局で二度にわたり二体の遺体を確認したのに同じDNAだった。そこで間違いが起きる率、つまりそれが二人の別の人間だったという可能性は、何億分の一よりも少ない。二枚用紙があったとか、登録が二件あったわけじゃないんです。二回別々の機会に遺体が二体みつかった。それでもDNAが同じだった。まず十二年前にタイで、今度は十日ほど前にメーラレン湖の島で。その間は八千キロの距離および十二時間の飛行時間も離れています」

「で、一卵性双生児の姉か妹はいないんだな？」

「いないはずです。母親が一人と父親が一人と兄が一人。住民登録の情報によればです。そんな可能性がどのくらいあるかを考えても……ジャイディーが津波で亡くなり、その後存在を知られていなかった一卵性双生児の姉か妹がスウェーデンで殺されてメーラレン湖の島に隠されるなんて。いくらなんでも限度というものがありますよね」

「同意するよ。さすがにあまりにも無茶だ」

「残るは第三の可能性」ナディアはそう言いながら、二人のグラスにまたウォッカを満たした。

「言うのも恥ずかしいくらいなんですが」

「わたし自身は聞くのが楽しみだ」ベックストレームはすでにその内容に予測がついていた。

「遺体がスウェーデンに運ばれ、法医学者が司法解剖をした。津波の被害者全員に司法解剖が行われたが、そのとき頭の穴が見逃された。そんなの考えづらいですが、タイの同僚たちの報告どおり溺死という死因を鵜呑みにしたのかもしれない。遺体を夫に引き渡し、夫は彼女をメーラレン湖の島に埋葬した——あるいはそこに二つ別の可能性が存在する。不幸島の崩れた地下貯蔵庫に埋葬する前にすでに死んでいる彼女の頭を撃ち抜いた。確かに少々おかしな人間はいますし……」

「もうひとつあるぞ。今きみが言ったののちょっとちがったバージョンだが」ベックストレームは急にとても楽しそうになった。「忘れちゃいけない可能性がね」

「どんな可能性です？」

「その可能性のいいところは、うちの法医学者にも彼女の夫にも疑いの影を落とさないところだ。彼女が世界遺産の森の墓地だかどこだかは知らんが、棺に入れて埋められていたとする。そこに墓荒らしの一味が現れ——というのも棺ごと掘り出すなら複数の人手が必要だろうから——遺体を怪しい場所として有名な不幸島へ運んだ。そして念のために頭に一発撃ちこんだ。化けて出ないようにね。それから地下貯蔵庫に入れた。墓荒らし、あるいは悪魔崇拝者か？」

「それ、自分で言っててどのくらい信用できます?」

「あまりできんな」ベックストレームも認めた。「だがこれで三つ仮説ができたわけだ。それにもうちょっと考えればちがったバリエーションがいくつもあるはずだ。悪くない。それはきみもそう思うだろう?」

「じゃあ、どうしましょうか」

「ではわれわれのほうで、本当はどうだったのかを突き止めようじゃないか」ベックストレームはグラスを掲げ、今言ったことに重みを与えた。

「ナズダローヴィエ」

おれが捜査を率いる。きみは事務的な部分を頼んだぞ——。

「ナズダローヴィエ」ナディアも応えた。

あなたの言うわれわれって誰、と思いながら。

35

二〇〇四年十二月二十六日日曜日、クリスマス翌日のタイ時間朝七時五十九分に、スマトラ島西海岸の東約百海里にあるシムルエ島のすぐ北、約三キロの海底で地震が起きた。その規模はリヒタースケールで九・一を記録、つまり最大のマグニチュードで、その規模の地震は世界でも百年に五度しか起きていない。

津波は平均水深三、四キロのインド洋外洋を時速六、七百キロの速さで放射状に広がっていった。水に小石を投げ入れたときと同じ模様だ。

深いところにある海底が急に隆起したことで、何千万トンという石や泥、砂や土がその上にあった水を押しのけた。その波動、つまり津波は、三キロ上の外洋の表面では肉眼で非常に見えづらかった。波の高さは一メートルもなく、長さ約百メートルもあったのだ。

しかし同じ波が二時間半後に、何十キロも続く遠浅のタイの西海岸に到達したときには事情がちがっていた。水深が浅くなるにつれ、津波はまるっきり別の波に変わってしまった。合計四つの波が陸に何キロにもわたって流れこみ、わかりやすく描写すると、九メートルの高さの波の壁は巨人の鉄拳のように固く、行く手に存在するものをすべて打ち砕き、ひっくり返し、流し去った。それがまさに二〇〇四年十二月二十六日日曜日、クリスマス翌日の朝にカオラックで起きたことで、五千人以上が命を失った。

カオラックはタイの西海岸にあるパンガー県に属し、プーケットからは百キロ北に位置する。タイの中でも人気の観光地で、国内でももっとも自然の美しいエリアだ。海岸が何キロも続き、それを包む大きな国立公園のトロピカルな緑、絶え間なく降り注ぐ太陽、そして人々の頭上には青い空があった。

そこにジャイディーが、スウェーデン人の夫ダニエル・ヨンソンとともに二〇〇四年のクリスマスと正月を過ごすために来ていた。海岸に立つ小さなバンガローを借り、その朝まだベッドでのんびりしていた。夫のほうはサンダルを履き、短パンとTシャツを身につけて、新聞そして二人の朝食を調達するために外に出かけた。

ジャイディーは死んでしまった。何十トンという水、そして何トンもの砂が彼女が寝ていた小屋に襲いかかったのだ。夫のほうは無事だった。妻の元に戻る前に朝刊を読みながらコーヒーを飲んだカフェは海岸から百メートルの距離だったが、三十メートル高台になっていて、その高低差が生と死を分けたのだ。

36

ベックストレームと小さな会合を行った翌日、金曜の朝にはもう、ナディアはとりたてて信憑性のない三つの仮説を検討する作業を始めた。おまけに頭痛がしている。昨晩ベックストレームと一緒に精査した、被害者が二度死んだことへの多様な説明のせいではなく、その会合形式のせいだった。二人はナディアが並べたものを何もかも食べ尽くし、飲み尽くした。麗《うるわ》しきロシアの習慣にのっとり、小さなパンの切れ端すら残さなかったのだ。

同午後には、三つめの仮説を切り捨てることができた。控えめに言ってもエキセントリックに、悲しみに暮れる夫が死んだ妻に敬意を表した方法を。同時にベックストレームの思いついたバージョンも切り捨てることができた。墓荒らしや悪魔崇拝者が教会墓地のジャイディーの墓を暴き、それから不幸島の地下貯蔵庫に突っこんだ。そのときに念のため、化けて出ないように頭を撃ったという仮説だ。

ナディアは一石二鳥を目指した。まだ他の仮説を試すための資料を集めている最中だったが、特にそれは気にならなかった。彼女が今やっている作業はあらゆるまともな科学的手法、理論的な考察、普通の理性と常識に反するだけでなく、人知を超えたものだった。

津波で亡くなった五百四十三人のスウェーデン人の多くが、バカンスでカオラックに来ている人たちだった。年が明ける前にはスウェーデンから最初の警察官がタイに到着し、タイ警察や、やはりタイに飛んできた他国の警察と協力して、死亡者の身元を確認する作業を行った。現場つまりカオラックの南百キロのプーケットに設立された身元確認センターでの初動任務が終わると、次の段階に入った。スウェーデン人の犠牲者を航空機で母国に輸送するという段階だ。一便目は二〇〇五年二月三日にアーランダ空港に到着した。遺体はそこからウプサラ郊外にあるかつてのウップランド航空団の基地だったエルナに移送された。そこでは古い格納庫を利用し、再度死亡者の身元確認を行った。さらに法医学的な捜査と警察的な捜査が待ち受けていて、その後やっと遺体は親族に返された。

犠牲者のリストは残っている。お役所的な綿密さ、そして事務的な綿密さをもってして作成されたリストと説明文。それはまさに母国の国民性を反映する綿密さだった。リストには身元の判明した犠牲者のリスト、いまだみつかっていない十五人の犠牲者のリスト、さらには飛行機でスウェーデンに戻った人々のリストもあった。後者の問題は基本的にひとつだけだった。そこにジャイディー・ヨンソン・クンチャイが存在しないこと。彼女の名はリストには載っておらず、つまりスウェーデンには戻ってきていないことになる。

それは彼女が二重国籍であるという単純な理由からだろうか——ナディアは考えた。ジャイディーは生まれたときからタイ人で、二〇〇四年五月にスウェーデン人になっている。津波の七カ月前のことだ。親族が故郷で埋葬することを望んだのだろうか。それは考えられる。

時間の節約のために、ナディアは国家犯罪捜査局の知人にその点を確かめようと電話をかけた。すると、彼のほうもちょうどナディアに連絡するところだったという。国家犯罪捜査局にある資料を確認したところ、最初にナディアに送った以外の情報もみつかった。津波後に何があったかといったようなことだ。たとえばジャイディーのもっとも近い肉親である夫と母親そして兄も、彼女の葬儀を故郷タイで行いたいということで一致していたようだ。

「資料をスキャンして、そちらにメールで送ろう。かなりたくさんあるが、十五分後には」ナディアの知人は言った。

「では彼女はタイで葬られたのね」念のためナディアは尋ねた。

「そのとおりだ。身元確認が終わるとすぐ遺族に引き渡された」

「身元確認の作業は誰が？　スウェーデン警察かタイのほうか」

「うちがやったはずだよ。タイに飛んだ警官が自国民を担当したんだから。行われた内容はすべてうちの書類に記載されている。ちなみにクンチャイの書類には、わたしとも二十年以上の付き合いがある同僚がサインしていたよ。彼はこの任務のためにタイに飛んだ最初の警官で、それから半年間現地に留まっていた。だから彼とスウェーデン人の同僚がその部分を担当したんだ。彼女の夫も聴取されている。津波のさいに一緒にいたんだからね。夫は生き延びたわけだが、相当ひどい精神状態だったようだ」

「それはよくわかります。辛い経験ですし」

「プーケットで行われた確認作業は各国警察の協力プロジェクトだった。タイに送られたのは普通の警官だけではなく、身元確認の専門家もいた。犯罪鑑識官、法医学者、歯科医などだ。言うまでもなくタイ警察が正式にプロジェクトの責任を担っていた。なにしろ彼らの国で起きた災害だったのだから。しかし現地には三十カ国ほどの同僚も集まっていた。基本的には津波が起きてすぐに世界じゅうから飛んできた。津波で亡くなった国民のいる国はどこも、自国の警官を送ったんだ。アメリカ、イギリス、ドイツ、フランス、日本、インド、パキスタン、ロシア、中国……バカンスでタイに行くようなあらゆる国だ。そういった警官たちが自国民を担当した。少なくとも最初は」

「身元確認というのは、それ以外の死亡捜査も？　スウェーデン国民に関してはすべてスウェーデン警察のほうでやったと？」

「ああ。言葉の問題を考えても、それがいちばん効率的だったし。クンチャイがスウェーデンに送り返されなかったのは、彼女がタイ国民であり、遺族もそれを望んだからだ。バンコクで葬りたいとね。そこで生まれ育ったんだから。なお、彼女の書類にはそのことがちゃんと注記されている」

「わかります。埋葬についての詳細も書かれていますか？」

「埋葬というか……クンチャイは家族と同じ仏教徒だった。おそらく夫はちがっただろうが、彼も母親や兄とは同意していた」

「どういう意味？」

「遺体は火葬されたんだ。仏教の伝統に基づき、できるかぎり早く遺体を火葬し、遺灰は風に撒くか、壺に入れて遺族に返される。そのあとどうするかは遺族次第だ」

「ではジャイディーは火葬されたと」

「ああ、身元確認が終わり次第、遺体は遺族に引き渡されたとこの書類にも書かれている。そして二〇〇五年の元日に火葬された。津波から五日もかかったが、おかしなことではない。まずは彼女の遺体をみつけなければいけなかった。プーケットのセンターで身元確認を行い、それからやっと遺族に引き渡され、バンコクで葬儀を行うことができたんだ」

「それすべて書類に残っているんですね？」

「残っているよ。家族が使った葬儀会社の名前まで書かれている。バンコクまでの輸送、そして火葬も請け負った」

「ジャイディーはつまり二〇〇五年の元日に火葬された」ナディアは繰り返した。

頭のおかしな夫や悪魔崇拝の墓荒らしのことは忘れよう。

「そのとおりだ。葬儀会社の書類によれば、まさに伝統どおりに」

「当時現場にいた同僚、うちの書類を記入した警官の名前を教えてもらえませんか。話を聞かなくては」

「残念だが、それにはもっと問題がある」

「辞めてしまったの？」あるいはすでに亡くなったか——。

「そう、五年前に年金生活に入ったが、その一年後に死んでしまった。やっとのんびりしようとしたら襲ってくる例の心臓発作だよ」

「じゃあ亡くなったのね」まさに典型的だ。

「ああ、残念ながら。スティッカン・アンデションはいいやつだった。長生きしてほしかったが」

「向こうでの話を聞ける人は他には？」

「まだ生きていて元気にしているやつが何人かいて、警察で働いてもいる。では、こうしようじゃないか。覚えている名前をリストにして送るから、電話してみるといい」

「助かります」

だけど、二度死ぬ人間などいない——。

37

頭の中は混乱状態。周囲も大混乱。死人だらけ。ジャイディー・クンチャイと夫がバカンスに来ていたホテル周辺の公園だけでも十人ほどの死体。水に浮かぶ死体、岸に打ち上げられた死体以外にも、建物の中にも、その間の地面にも落ちていた。海岸から五十メートル離れた木の上の高いところに引っかかった死体まであった。誰もが、頭の中は混乱状態だった。それから麻痺《まひ》したようになった。

それがジャイディー・クンチャイの夫、ダニエル・ヨンソンが二〇〇四年のクリスマス翌日の午前中を描写した内容だった。

聴取はバンコクのスウェーデン大使館で二〇〇五年一月十日に行われた。取調責任者は国家犯罪捜査局の犯罪捜査官スティーグ・アンデション警部補。議事録には手書きのメモがあった。〝ダニエル・ヨンソンは疾病休暇中、ショックによるＰＴＳＤ、取り調べ中も時々完全に上の空に〟

津波の翌日、彼は死んだ妻をみつけた。崩れかけた小屋の中にだ。壁は傾き、屋根はひしゃげ、ドアや窓は潰れ、何トンもの砂と水が中に残っていた。妻は彼が朝食を調達しに小屋を出たときに寝ていたベッドの下でみつかった。ベッドが横に倒れ、それで床との間に挟まれ、流れこんできた水で溺死した。夫からもらったネグリジェを着ていて、首には母親から贈られたヒスイの首飾りを下げていた。

ダニエル・ヨンソンはホテルのスタッフの手を借りて、妻の遺体をホテルの本館へと運んだ。そこも一昼夜近く停電していたが、ディーゼルの予備発電機が到着してクーラーが入った。遺体にはシーツがかけられ、他の二十体ほどの遺体とともに地下の部屋に並べられた。外は三十度の暑さで、とてもおいてはおけない。地下ならせいぜい二十度だった。それ以外になすすべもなく、ジャイディーやホテルの周りでみつかった遺体はそこに並べられていた。

津波の三日後——すでに十二月二十九日になっていたが、ジャイディーの遺体はプーケットに設けた身元確認センターに運ばれた。そこで悲しみに暮れるジャイディーの母親も合流した。現場にはカオラック周辺から約千体の遺体が集まっていて、ひっきりなしに遺体輸送車が到着していた。遺体はコンテナか地面に並べられた。焼けつくような太陽の下、他にどうしようもなくドライアイスで遺体を冷やしていた。

非現実的なまでの光景の中で、ジャイディーの夫も母親もできるかぎり早くジャイディーをそこから連れ出そうとした。身元確認が終わり、警察が必要な情報をすべて集めたところで、許可が下りた。家族が雇った葬儀会社が、十二月三十一日に車でバンコクまで八百キロの道のりを運んだ。同日夜にはバンコクに到着し、翌日にはもう、つまり二〇〇五年の一月一日に家族はジャイディーの葬儀を執り行うことができた。遺体は火葬され、遺灰は壺に入れられた。一週間後、彼女の遺灰はバンコクの北にある山で風に撒かれた。ジャイディーが幼い頃、まだ小学校にも上がっていない頃に家族でよくピクニックに来た場所だった。彼女が愛した場所は標高の高い森で、遠くまで見渡せて、涼しい風が海から吹きつけてくる。そこで父親は幼い娘にこの森に棲む動物のことを教えた。すぐそばで暮らしている動物たち、お弁当を食べている間にもこちらを見ている動物たちのことを。

この旅の間じゅう、夫ダニエルは死んだ妻のそばを片時も離れようとはしなかった。

精神状態が悪く、聴取の間も上の空だったのは別に不自然なことではない。ナディアは書類の最後の一枚をめくりながら思った。それより悪いのは彼女の胸の中で育ちつつある感情だ。どこでミスが起きた？　別の誰かの遺体と取り違えた？　しかしナディアが確認した書類はどれも同じことを示唆している。ジャイディー・クンチャイはタイの津波で十二年前に死亡した。ベックストレームがこれを知ったら喜びはしないでしょうね。

しかしその点でナディアは間違っていた。日曜の午前中にやっとベックストレームに連絡がつき、わかったことと自分なりの結論をナディアが語ったとき、ベックストレームは尋常じゃないくらいに機嫌が良かった。

「きみは間違った方向を見ているよ、ナディア」ベックストレームはあきれたように頭を振った。「完全に」

「じゃあご自分で資料を目に通してください」ナディアは捜査資料の束をデスク上でベックストレームのほうに押した。「あなたも知りたいことが山ほどあるはず」

「知りたいのはひとつだけだ」ベックストレームは笑みを浮かべている。

「なんです？」

「誰を代わりに燃やしたかに決まっているだろう」ベックストレームはあきれて天を仰いだ。

38

ベックストレームとナディアが――とりわけナディアが――この世でもっとも難解な存在論的な問いに取り組んでいる間、ニエミはまた週末を孤独の中で、もっとずっと単純な問い、ソーセージの缶に関する悩みに時間を費やしていた。この発見は、これがただのソーセージ缶だというだけなのか、それともそのソーセージ缶に名前と顔が印刷された男が五十年前からいる向こう側の世界からなんかのメッセージを届けようとしてくれているのか。おまけにその男は子供の頃から敬虔なカトリック教徒で――多くある評伝の一冊によれば――大人になってからの行いはまさに〝ラプソドス（古代ギリシアの吟遊詩人）〟だったという。この捜査がますますおかしな方向に進んでいくことを考えると、あらゆる可能性に心を開いておいたほうがいいのかもしれない。ニエミはそう考えてため息をついた。

ニエミはトルネダーレンの農場という素朴な世界で育った。その後は犯罪鑑識官を生業《なりわい》にし、それは理解不能なことを理解可能にする作業でもあった。まあ少なくとも単純に法的なレベルで説明し判断できるように。彼の出身、育ち、そして職業を考えると、ピエテル・ニエミがついにこう決めたのはおかしなことではなかった。死んだ女性をみつけたのと同じ地下貯蔵庫から発見されたソーセージ缶を、缶詰に詰められたただのソーセージだとみなすことにしたのだ。しかしそれは大きな間違いだったのがほどなくして判明する。この物語が解決に至るにあたって、ソーセージの缶は決定的な意味をもっていた。

見た目からしてソーセージの缶は相当長い間そこにあったようだが、状態は良好で、ニエミの裸眼でも観察できるほどだった。主な理由はビニール袋にくるまれていたからだ。ごく普通の十リットルの透明のビニール袋、それに守られていたおかげで、湿った地下貯蔵庫でも完全には錆びつかなかった。

ビニール袋とソーセージ缶。厳密な法医学的用語で言うと、それらは二つの手がかりである。ニエミはビニール袋をもっと大きな紙の袋に入れ、缶のほうは透明のプラスチック容器に入れた。あとはいつ、どのようにして、なぜこの二つの手がかりが発見場所でみつかったのかを解明するだけだ。ピエテル・ニエミはそれを明快で合理的な順序でやろうとした。そしてそのせいで、ソーセージ缶のコピーライト所有者だと主張する男の情報集めに何時間も費やすはめになった。

カール・エリック・〝ブッレン〟・ベリルンドは一八八七年に生まれ、ニエミが生まれる三年前の一九六三年の四月に没した。約半世紀にわたりこの国でもっとも有名な俳優で、五十本以上の映画に出演している。しかもレヴュー俳優、歌手としても評価されていた。しかし彼の名を後世に知らしめたのはその素晴らしいキャリアではなく、彼が食に精通したグルマンだったからだ。

ブッレン（丸いパンの意）という愛称は偶然ついたものではない。

一九五二年に南のスモーランド地方のアルヴェスタ食肉加工協会から連絡があり、そこの一番人気の商品に彼の名を冠してもよいかという打診があった。当然謝礼はたっぷり支払う。ブッレンはソーセージを試食し、気に入り、最後に売り上げの何パーセントが彼の懐《ふところ》に入るのかについても合意がなされた。そして一九五三年の初春には彼の名を冠したソーセージがスウェーデンの市場に流通した。ブッレンのピルスナーソーセージ。スウェーデンのソーセージ史上、比類なき知名度を得た商品だ。ソーセージの歴史というと実は中世初期まで遡るのに。

ブッレンのピルスナーソーセージによって、アルヴェスタの食肉加工業者は華々しい成功を収めた。ソーセージは二種類の缶で売られ、短めのソーセージが八本入った小缶と、長めのソーセージが四十本も入った大缶だ。調理方法は単純明快、缶に入った汁ごと鍋に移して温めるか、アウトドアの最中であれば缶ごとバーベキューの網の上で加熱することもできる。そんなブッレンのピルスナーソーセージに人々は熱狂し、その春だけで国民六百万人が百万本以上のソーセージを口にした。

アルヴェスタのソーセージ製造機は三シフトで稼働し、缶を納入する業者も新しく従業員を雇わなければならなかった。工場の社長はすでに家を倍のサイズに建て替え、古いフォード・アングリアをメルセデスのいちばん高い新車に乗り替えると決めていた。その矢先に悲劇が起きたのだ。

一九五三年の夏は猛暑だった。おまけにアルヴェスタの食肉加工所ではクーラーが壊れ、塊肉の扱いも挽いた肉の扱いも杜撰《ずさん》で、六月にはスウェーデン史上最大のサルモネラ・エピデミックを引き起こした。国じゅうの肉食者が食中毒になり、そのうち九千人が病院に運ばれ、百人近くが死亡した。酷暑のさなか病院は満員になり、しかも職員の多くはすでに夏休みに入っていた。そんなときに普段より九千人多い患者が運ばれてきたのだ。それもただの患者ではない。文字どおりひっきりなしに洩らしてしまう患者だ。

アルヴェスタの食肉加工所は即座に閉鎖され、また営業を再開できるようになるまで半年を要した。しかしブッレンのピルスナーソーセージはこの災難などどこ吹く風だった。完全加工品であり、国じゅうの消費者を一人たりともサルモネラ菌に感染させなかったからだ。ブッレンがこの悲しい話とは無関係なことは、缶に貼られた彼の顔を見ればわかることだ。ブッレンは消費者の健康、そしてなにより彼らの胃腸の健康を気にかける男だった。

ソーセージの躍進劇は六〇年代の終わりまで続き、その頃にはスキャンという会社が事業を引き継いだ。そしてその後も事業はうまくいっている。ブッレンのピルスナーソーセージは今でも大手食品チェーンのラインナップに入っていて、スペースのかぎられた小店舗でも、生活に必要なものが揃ったような店には並んでいる。必ずある煮だしコーヒー、加塩バター、甘みのあるスライスパン……それにブッレンのピルスナーソーセージ。

六十二年後もブッレンのピルスナーソーセージは生き続けている。当時も今も変わらないレシピで、昔と同じ缶に同じラベルが貼られ、丸顔のブッレンが朗《ほが》らかに微笑《ほほえ》んでいる。売り上げは古くからの顧客がこの世を去るにしたがって減っているとはいえ、今でも年に一万缶を売り上げているのだ。ブッレンのピルスナーソーセージには永遠の命が宿っているようだ。

残るは犯罪鑑識的な分析だけだ――とニエミは思う。缶を作業台に載せ、強いランプを普段よりひとつ多くつけ、拡大鏡やルーペやなんかも取り出して、分析を始めた。いつこの缶が不幸島の崩れた地下貯蔵庫の中に入ったのかを突き止めるために。

スキャン社のロゴがラベルについている。それは肉眼でも読みとれた。ということは古くても一九六九年だ。その年にスキャンが事業を引き継ぎ、ラベルに記載する製造者名を変えたからだ。ルーペで缶を観察すると、底に刻まれた文字もみつかった。数字やアルファベットが合計八文字。しかし単純に製造年を予測させてくれるような数字ではなかった。

スキャンに電話してみよう。ニエミは三通話目で当たりを引いた。電話に出たのは忠誠心のあつい年配の社員で、基本的に社会人人生をずっとブッレンのピルスナーソーセージを売って生きてきた男だった。

「目の前のパソコンに入っているうちのデータベースによれば、その缶は一九八二年の第二四半期に製造されたはずだね」

「そうですか。そのリストをメールで送ってもらえませんか」

「もちろん、かまわないとも。好奇心で訊くが、きみはこれが犯罪捜査に関連する質問だと言ったね。どういう犯罪なんだい？」

「残念ながら殺人です」ニエミはもう黙っていられなかった。

「なんてことだ、恐ろしい。それ以上は教えてもらえないのかな？」

「まあ、このくらいなら言えます。その缶の中のソーセージのせいで死んだのではないと」

「なんてことだ……」年配の社員はまた言った。「恐ろしい話だ。マーケティング部に知らせたほうがいいようなことかな？」

「ええ」ニエミは同意した。「それがいちばんいいかもしれない。まあ、広告に使えそうなネタではないが」

いちばん古くて一九八二年の第二四半期。つまり三十五年ほど前。ソーセージの缶やそれをきっちりくるんでいたビニール袋、それらがみつかった場所を考えると、三十五年前であってもちっともおかしくはない。ニエミは職場から徒歩でテラスハウスに帰りながら考えていた。

メーラレン湖にバカンスに来ていた何者かが不幸島にボートを泊め、船には寝る場所がないから島に上がってテントを張ったのかもしれない。持参した食料を焼けつくような太陽から守るために、陰になった涼しい場所を探した。すると半分崩れかけた地下貯蔵庫が目に入ったので、そこに入れておいた。しかし帰るときにブッレンのピルスナーソーセージの缶だけが忘られた。なお、被害者の遺体がその時すでにそこにあったのなら、その人間は絶対に自分の食料を入れたりしなかっただろう。

彼女が地下貯蔵庫に入ったのはそれよりずっとあとのはず――ニエミは自宅の玄関を開けながら思った。ということはブッレンのピルスナーソーセージの缶とは一切関係ないから、向こう側の世界からのメッセージも却下できる。当時もっとも国民に愛された俳優でアーティスト、五十年前に死んだ彼から送られてきたメッセージ。地上に生きた頃は敬虔なカトリック教徒で、〝ラプソドス〟のような男。

これでほっとした――ニエミは冷蔵庫からよく冷えたピルスナーを取り出した。じゃなきゃあまりにもおかしな話だ。

残ったのは初日に発見したリドルのビニールの買い物袋の謎だけか――ニエミはテレビの前に座り、スポーツチャンネルを探しながら思った。リドルがスウェーデンで最初の店舗を開いたのは二〇〇三年だ。

ということはスウェーデン市場に出回った最初のビニール袋はソーセージ缶よりも二十一歳若いわけだ。だからビニール袋のほうが事件に関係がありそうだ。顔を見なくてすむように頭にかぶせたり――少なくともニエミの直感がそう語っていて、のちにそれは完全に正しいことも判明する。

39

スウェーデン警察は津波の犠牲者の身元を判明させる作業に関して大きな賞賛を受けた。その賞賛は本物だった。今回の件で何か文句をつけるとしたら、警官が仕える一般市民がその作業の規模も難易度もついぞ知ることがなかったことくらいだ。

発見された五百四十三人の犠牲者全員の身元が判明し、作業がやっと完了したときには全員が正しい身元を与えられているはずだった。もちろん途中でミスは起きた。タイからスウェーデンに輸送するさいに二体が取り違えられたが、母国での確認が厳重で、その取り違えはほぼすぐに発覚した。

行方不明届が出されたスウェーデン国民十五人はいまだに行方不明のままだ。起きたこと、そして起きた場所を考えると、十五人全員が亡くなっていると考えるのが妥当だ。海が彼らを奪った。同じ海が彼らの最後の休息の場所となった。同時に、ここには含まれていない数字、そして含まれていてはいけない数字がないとも言い切れない。

津波が起きた時点よりずっと前からタイにいたスウェーデン人。スウェーデン人に親族がおらず新しい国で匿名で生きていて、行方不明届は出されなかった。あるいはその逆もあるかもしれない。結局みつからなかった十五人のうちの誰かがまだ生きていて、この機会を利用して新しい身元と新しい人生を手に入れた――

しかし判明している事実のほとんどはその仮説に反している。みつかっていない十五人のうち十人が子供で、いまだみつかっていない大人五人は全員、津波が起きたときに少なくとも一人の家族と一緒にタイに来ていた。家族は生き延びたということだ。つまり遺体が収容された人たちの身元確認に関する情報は正確で、まだみつかっていないわずかな人々はすでに亡くなっているはず。

このような場合に必ず起こるのだが、そこには当然例外もある。スウェーデンの警察と司法機関がずっとあとになって、津波の犠牲になったスウェーデン人全員を足したよりもずっと興味をそそられることになる例外が。

事務的な作業は二カ所で行われた。一カ所は災害が起きた現地タイで、そして母国スウェーデンでも行方不明者の情報が集められた。タイ警察が死亡者の身元確認に使えるようにだ。タイでの作業のほうがずっと人手を要したが、問題はそこではなかった。自分のデスクに座って書類を選《よ》り分ける作業と、マスクとゴム手袋をつけて照りつける太陽の下で、ひとつ、またひとつと凄惨な状態の遺体に屈みこむ作業。永遠に終わりのない遺体の列。具体的に何をしたかというと——最悪の場合、横たわる死人の歯を抜いたり、指を熱湯に入れて膨張させ、はっきりした指紋を採取したり。ましな場合なら彼らの服を脱がせ、ほくろや刺青《いれずみ》を探す。それも簡単な仕事ではない。太陽と塩水と腐敗が死体を黒ずませ、二倍の大きさに膨張させているのだから。

われわれの多くがこの作業を避けたいと思うだろう。しかしそれをやってくれた人たちがいたのだ。作業をする間、自分が苦痛を感じながらも、他人の苦痛を和らげようとした。彼らの貢献は賞賛に値し、記憶にとどめる価値のあることだ。書類を整え、正しいフォルダに入れ、正しい受取人に送る作業は大騒ぎするようなことではない。それならほぼ誰にでもできる。

津波の犠牲者となった人々はごく普通のまともな人々で、クリスマスと正月を過ごすために家族でタイに来ていた。幾人かの例外を除いて、母国スウェーデンの警察のデータベースに登録されているような人たちではない。逆に警察にとっては未知の分野で、集めなければいけない新しい情報だった。性別、年齢、身長、体型、髪の色などといった一般的な外見の特徴、生まれつきの異状にほくろ、刺青、その場所の詳細から見た目や内容などだ。

それに加えて、人生のあとのほうでついたあらゆる身体的特徴。新しい股関節や膝関節、ペースメーカー、乳房のインプラント、傷や事故、病気、手術の痕、切除した部分、交換した部分、あるいはくっつけた部分。

デンタルチャートも言うまでもない。それはもっとも悲しいケースにおける古くからの手法、つまり死んだのが誰なのかわからない場合に使われる。そして最後に忘れてはならないのがDNA。こういう状況においてもっとも雄弁な判断基準となる。残念ながらあまりにも多くの人人があまりにも多くの誤解をしていて、たとえば暑さと塩水が組み合わさると、DNAを激しく損壊してしまうことを理解していない。そのせいで確実に一般的な方法とはまた別の、もっと複雑な方法をとらざるをえなくなる。一般的な方法というのはいわゆる綿棒、先っぽに小さなポリエチレンのついたプラスチックの棒を採取対象の人間の口に入れてかき回す方法だ。

しかしこの場合はDNAを別の場所でも探さなければならない。毛髪や歯髄《しずい》、大腿骨《だいたいこつ》の骨髄、ときには普通の歯ブラシやヘアブラシまで。確実にその被害者のものだという前提でだが。

カオラック周辺では数時間のうちに五千人が命を失った。そのうちの約十パーセントがスウェーデン人で、津波後に水が引くと、死体は三十度の暑さの中で強い太陽にさらされていた。何百人もが発見されるまで数日間そのままで、多くがひどい状態だった。津波に流されたあらゆるものと一緒にぐるぐるかき回され、身元がわからないどころか、見た目には性別もわからない状態だった。その点を明言しておきたい。

法医学的試料——呼びたければそう呼んでもいい。何日も、何週間にもわたってそれが集められ、プーケットに立ち上げた身元確認センターに送られた。当時はそういうシステムだった。しかしジャイディー・クンチャイについては、彼女の身元確認だけは他の大勢の被害者に比べると簡単で確実だった。

以上が、ナディアが自信満々かつ冷淡な態度のベックストレームにわからせようとしたことだった。生まれし人間は一度以上死ねないという公理的な真実について話し合うために日曜の午後に会ったのだ。

ジャイディー・クンチャイの遺体は津波から一昼夜後に発見された。彼女と夫が借りていたバンガローの寝室のベッドの下敷きになった状態で。自分のネグリジェを着た姿で、非常に特徴的な首飾りをつけていた。ヒスイと金でできたペンダントトップで、大学を卒業したときに彼女の母親が娘への贈り物としてバンコクの宝石商につくらせたものだった。

遺体をみつけたのは彼女の夫と、探すのを手伝っていたホテルのスタッフで、全員がみつかったのはジャイディーだということで一致していた。彼女の母親も、二日後にプーケットの身元確認センターで変わり果てた姿の娘に再会したときにそう証言した。センターではDNAを採取し、それが五年前にスウェーデンの移民局に提出されたものと同一のDNAだと判明した。

「だがデンタルチャートは？」ベックストレームが反論した。「やつらはなぜ歯をチェックしなかったんだ」

「時々あなたのことがよくわからなくなります」ナディアは苛立ちを隠せずに言った。「デンタルチャートはなかったんです。大人になってから一度も歯医者に行ったことがなかった。だからうちもタイに送れるようなデンタルチャートがなかった。そんなに難しいですか？」

「だからといってそのときにタイで歯型をとらない理由もないだろう」

「ベックストレーム、あなたが心配になりますよ。答えてください。歯型をとって何と比較するんです」

「だってデンタルチャートは誰にでもあるだろう」ベックストレームは肩をすくめた。

「それがジャイディー・クンチャイにはなかったみたいなんです。渡した書類を読む気があるなら、ジャイディーの職場の友人を聴取したときにまさにその点に触れたことが書かれています。彼らもやはり驚いたみたいでね。スウェーデンでは普通誰でも歯医者に行くから、デンタルチャートもある。あなたが言ったように」

「それで、職場の友人はなんと?」

「職場でその話をしたことがあると。ジャイディーの歯は完璧で、同僚が尋ねたときに本人がこう語ったそうです。大人になってから一度も歯医者に行く必要がなかった。虫歯も歯石もない。ましてや矯正など。ジャイディーは真っ白な、完璧な歯をしていた。ファイルに入れてあなたにも渡した写真のようにね。見てくれたんだといいですけど」

「よくわかるよ。ああ、写真も確かに見た。わたしは歯科医ではないが、確かに歯はそっくりだ。うちの小さな隣人がメーラレン湖の島でみつけた頭蓋骨と」

「あきらめが悪いですね」

「ああ。しかしわたしはカオラックにいたわけでもないから、もう一人の女性の歯を見たわけでもない。彼女が誰だかは知らんが。どんなひどい目に遭ったかを考えると、それでいいのかもしれん。借りていた海岸のバンガローの写真も見たが、がらくたの山のようだった。彼女はその下に埋もれていたんだ」

「それでも、ここスウェーデンでミスが生じた可能性を捨てたくありません。タイのほうではなくてね。今までに見た書類はどれも、ジャイディーが十二年近く前にタイで火葬されたことを裏づけている。そしてその単純な理由から、メーラレン湖の不幸島に現れたはずがない」

「まあ調べてみるしかないな」ベックストレームはそう言って、念のために自分の腕時計を見た。「ではまた明日、会議で。十時だったかな?」

「いえ、九時です」

「九時か。まったく……」ベックストレームは微笑んだ。「だが、ナディア。一卵性双生児の線も忘れないほうがいいと思うぞ。きみの話を聞けば聞くほど、その仮説が興味深くなってきた。最初から完全にトチ狂ったような仮説だとはいえ。もう少し調べてみたら、その説を受け入れるしかなくなるかもしれん。完全に妄想に走ってしまわないためにも」

ナディアはうなずくだけにしておいたが、中立的なうなずきだった。胸の中に渦巻く感情を考えると、それでよかった。

ベックストレームは本当に不思議な男だ――場合によってはこちらの話をまるっきり聞いていない。彼によれば、偏見とは洞察。しかし真実の光が見えていない者に話すのは避けたほうがいい洞察。彼を取り巻く馬鹿者全員にはという意味だ。

ともかくナディアの同僚や上司が常に生きてきた世界では、これまでベックストレームの偏見が時間を節約してきた。毎回それが証明されるたびに、殺人捜査官としての評判も上がった。

残るはそれ以外のすべて――ナディア・ヘーグベリ、旧姓イワノヴァは思った。正しいか正しくないかに関わってくる、それ以外のすべてだ。ベックストレーム自身はそんなことを気にも留めないにしても。

40

八月一日の月曜日、ベックストレームは再度捜査班と会議を開いた。彼らの捜査は今となっては殺人の疑いのある事件というより、驚くほど本物の殺人事件に近くなっていた。犯人はまず被害者の頭を撃ち、死体も隠そうとした。それに被害者の身元も判明した。捜査を進めるためには必須事項だ。同時に、身元確認にまつわる問題点は人智を超えていたが、ベックストレームはそれでも解決できることはしようと、新しい問題点がどこにあるのかをナディアに説明させた。捜査班の反応はベックストレームが予測したとおりで、二度も死ぬなんて不可能だ、という主旨の多様なバリエーションが繰り広げられた。

「少なくともその点において同意できてよかった」ベックストレームが皆を遮《さえぎ》った。「問題が起きた理由はまた別だが、ナディアになんとかするよう頼んでおいたから安心してくれ。大丈夫だ。どこでミスが起きたのかをナディアが突き止めてくれる」

「じゃあナディア以外のわたしたちは何をすれば？」アニカ・カールソンが嫌味っぽく訊いた。

「誰が彼女を殺したかを突き止めるんだよ、言うまでもなく」ベックストレームは大袈裟《おおげさ》に驚いてみせた。「その点においても合意できていると思ったが？　それに、メーラレン湖の神にも忘れ去られし島でニエミが発見した内容もすべて話してもらおうと思う」

「どうも」ピエテル・ニエミはそう言うと同時にパワーポイントを開き、スライドの一ページ目をプロジェクターで壁に映し出した。「よければ理にかなった順序で進めようと思う。まずは草に覆われた地下貯蔵庫、それから中がどんなふうだったか、そのあとに発見物の写真。さて、外側はこんなふうだった。これがかつては地下貯蔵庫だった」

「最初はみつけられなかったのもよくわかる」草に覆われた斜面にしか見えない写真に、アニカ・カールソンは感情をこめて言った。「その場にいたわたしもわからなかったし。すぐ前に立っていたのに。あのワンちゃんがみつけたんですか？」

「まあ、皆で助け合ってみつけたんだ」ニエミはすでに交わされた議論の内容を思い出し、リンストレーム牧師の貢献については伏せておくことにした。「どのあたりかはわかっていたから、ワン公をその場に放したらほぼすぐにみつけてくれたよ」

地下貯蔵庫を外から撮影した写真の次は、内部の写真が映し出された。エルナンデスが撮ったもので、床に被害者の残骸が散らばっている。

ニエミは計三十枚ほどの写真を見せたが、そのうち地下貯蔵庫の写真は半ダースほどで、掘り返すうちに中が見えてくる様子が記録されていた。残りの写真は被害者の残骸だった。そのほとんどが今は作業台の上でパズルになっている。あおむけに横たわり、両腕を身体にそわせ、脚が真っすぐに伸びた状態で。発見した大小の骨やかけらによって再現されているのだ。頭蓋骨があるはずの場所にはその写真がおかれている。実物はまだリンショーピンにあるからだ。写真のすぐ上、頭頂部に当たるところには、地下貯蔵庫から発見された髪の房が添えられている。写真の下には下顎の残骸と外れた歯がいくつか転がっている。

「ここで遺体を再現しようとしているんだが、どんなに小さな骨のかけらでさえ正しい位置におきたいんだ。たとえばここのあばら骨なんか」ニエミがレーザーポインターでその部分を指した。

「おもしろそうなパズルですね」クリスティン・オルソンが口を開いた。「かけらの数がいくつくらいなのか訊いてもいいですか？」

「もちろんだ」ニエミは優しくうなずいた。「生きている大人には二百本程度の骨がある。動物に襲われていなければ彼女もそうだったはず。遺体をぐちゃぐちゃにしたのはキツネだろうな。あとはハツカネズミ、クマネズミやアナグマも多少はいたかもしれない。動物たちはわりとすぐに遺体をみつけたはずだ。それで三百以上の骨のかけらになった」

「あとは歯と髪も少々」ベックストレームが言い添えた。

「そう。いちばん小さな骨のかけらは数ミリ程度で、重さは一グラムもない。いちばん大きな骨は左の大腿骨。非常に良好な状態で、約四十センチで重さ一キロほど。これをリンショーピンに送って、骨髄からもＤＮＡを取り出せるか試してもらおうと思う」

「それは大腿骨が頭蓋骨と同じ人間のものかどうかを確かめるためにですか」オレシケーヴィ

ッチが訊いた。

「そのとおりだ」ニエミがうなずいた。

「それは素晴らしい」ベックストレームも同調した。

これでナディアもいくらか考えるネタができただろう。同じ遺体からもうひとつDNA型がとれれば。

「遺体以外にも色々あったんですよね？」アニカ・カールソンが話題を変えた。「リドルのビニール袋をみつけたと聞いたけれど」

「ああ、遺体と一緒に地下貯蔵庫からみつかった。リドルがスウェーデンで店舗をオープンしたのが二〇〇三年だから、いちばん早くてその頃だと考えられる」

「津波の一年半前か……」なぜかナディアがそうつぶやいた。

「それは被害者と関係のあるビニール袋なんですか？」クリスティン・オルソンが尋ねた。

「ああ、そうだと思う」ニエミが答えた。「かなり確信があるよ」

「なぜ？」

「彼女の頭を撃つときにかぶせたんだろう。血が周りに飛び散らないように。頭を撃つと相当激しく出血するからね。撃ったあと一秒から数秒は遅れて噴き出すわけだが。それに顔を見たくもなかったんだろう。なぜ犯人が被害者の顔を隠したのか、理由ならいくらでも思いつく」

「でも、なぜそんなに確信があるんです？」

「いい質問だ、アニカ」ピエテル・ニエミはレーザーポインターで袋の写真を指した。「袋の口から約十センチのところ、つまり持ち手が始まるところから測って十センチのあたりに紐の痕がみつかったんだ。犯人はまず彼女の頭に袋をかぶせ、その上から紐をかけた。おそらく首に。何度かぐるぐる巻いて、強く引いた。だからよく見るとビニール袋に紐の痕がついているんだ。写真では見えづらいが」

「その紐もみつけたんですね」

「紐の切れ端はね」ニエミが新しい写真を映し出すと、青い紐の切れ端が半ダースほど現れた。いちばん長いもので、横におかれた定規から察するに約三センチというところだ。

「これはどういう紐なんです？」ナディアが尋ねた。

「わりと太いタイプだ。材質はナイロンかビニールだろう。麻や綿だったら、ここまできれいに残っていなかったはずだから。これもリンショーピンに送っておいたので、メーカー名まで突き止められても驚かないよ」

「あそこには紐法医学を専門とする部署があるらしいからな」ベックストレームがあきれて天を仰いだ。

「ああ、そりゃああるだろう」ニエミも笑みを浮かべた。「さて、あとはなんだ……」

「ソーセージの缶だ」ベックストレームが言った。「誰かが、ソーセージの入った缶をみつけたと言っていた。ビニール袋に入っていたとか」

「ああ、それがこの写真だ」ニエミはソーセージの缶とそれが入っていたビニール袋の写真を映し出した。

「ブッレンじゃないか」ベックストレームは嬉しさを隠さずに言った。「ブッレンのピルスナーソーセージ。うちの殺人犯は実にグルメのようだな」

「がっかりさせたら申し訳ないが、事件とは関係がないと思う」

「なぜだ」

帰りに何缶か買って帰ろう——ベックストレームが最後にブッレンのソーセージを食べたのは子供の頃だった。

「この缶は八〇年代初頭に製造されたものだから、死体より二十年も前に地下貯蔵庫に入ったはずだ。キャンプでもするために島に上陸した人間が、食料の袋を地下貯蔵庫に入れた。当時は入口がまだ見えていたのかもしれない。その時点ですでに死体があったら、そんな場所に食料を保存しようとは思わないだろうから」

「ブッレンのピルスナーソーセージを食べれば、そんなことどうでもよくなる」アニカ・カールソンが言った。「冗談はさておき。ピエテル、わたしもそう思います」

「だがそれでもリンショーピンには送るんだろう?」ベックストレームが尋ねた。

「もちろんだ。すでに送ってある。缶も袋もね。なにしろリンショーピンにはソーセージ法医学に特化した部署があるらしいからな。紐法医学の部署と同じ階らしい」

「ブッレンのソーセージならきっとまだ食べられるはずだ」ベックストレームはなぜかそうつぶやいた。

「じゃあ、どうします?」アニカ・カールソンが言った。「ベックストレームがソーセージを味見する以外に」

「ちょっとは普通の殺人捜査をしないか？」ベックストレームが提案した。

「それならばトイヴォネンに伝えなければ。検察官を仲間に入れなきゃいけないんだから」

「ああ、困ったことにそうだな」ベックストレームはため息をついた。「アニカ、ベストを尽くしてくれ。少なくとも自分の靴紐くらいは結べるやつを担当にしてもらうんだ」

「ではそろそろ会議は終わりにする時間だが」ベックストレームは続けた。「皆、この事件についてどう思う？」まったく、ランチ前によく食欲を刺激してくれることだ。

「被害者の身元が不確かなのがどうにも厄介ですよね」アニカ・カールソンが答えた。「少なくとも、わたしはそこが気になる」

「当面その点は無視すれば？」ナディアが言う。

「じゃあいつものように、やったのは夫でしょう。そういう男どもは死体も隠すんだから。時間を稼ぐためなんかに」

「ともかく当面は無視するとしたら」ニエミがナディアに感謝のうなずきを返した。「おれもアニカと同じ方向性で考えている。それに固執してもいけないが、こういう殺人となると統計的には明らかだ。被害者が女性の場合、やったのは男。十年前にメーラレン湖でバカンスを楽しんでいるときだな」

「津波よりあとに」ベックストレームが堪えきれずに言った。

「島にも来てくれた法医学者によれば、ちなみに彼女は自分の専門分野に精通している医者だが、十年より最近でもおかしくないらしい。みつかった残骸によるとね」ニエミが説明した。

「五年から十年の間。遺体の発見場所と骨の状態から、彼女はそう判断した。しかも十年というよりは、五年のほうが近いかもと」

「だが、それよりも前ではないんだな?」ベックストレームが訊いた。

「ああ。ともかく法医学者はそういう意見だ。メーラレン湖のボートでバカンスを楽しんでいたカップルが――こういう場合、たいていは男女関係にあるから――口論になった。それが極端におかしな方向にいってしまって、男が女の頭を撃った。ボートにあった古い小口径ライフルでね。まあ、そんなところだ」ニエミがまとめた。

「でもなぜボートでのバカンスに小口径ライフルなんか担いできたんです?」クリスティン・オルソンが反論した。「ルアーロッドや普通の釣り竿ならわかる。だけどなぜライフル？　わたしは全然わかりません」

「デッキに糞《ふん》を落とすカモメを追い払うためとか」ニエミが優しく微笑んだ。

「今はこれ以上先に進めない気がするのはなぜだろうか」ベックストレームは立ち上がった。

「ランチのせいじゃないですか?」ナディアもそう言って、立ち上がった。

41

自分を待っているレストランへ向かう途中に、ベックストレームはアニカ・カールソンの部屋を覗いた。

ともかく多少アドバイスをしておくか。ベックストレームは何も言わずに部屋に入り、アニカのデスクの向かいの椅子に腰を下ろした。

「なぜナディアはあんなにイライラしているんだろうか」ベックストレームはきれいに磨かれた自分の爪を観察しながら言った。爪の中に筋状の汚れはない。シリア人の若い女がその点に対処してくれているからだ。さらには顔を温かいタオルで包み、角栓を押し出したりもしてくれる。

「おかしなことじゃないでしょう。身元確認の謎はわたしだって気になるし。非常にね」

「なぜなのかはわからないが、きみの言うとおりだ。誰かが失態を犯した。だがそういうことはいつでも起こりうる。なんとかなるだろう」

「どうでしょうね」アニカ・カールソンはあきれたように頭を振った。「資料を読んだからには、わたしはそこに書かれていることを信じるけれど。ジャイディー・クンチャイは津波で死亡したと」

「もちろんそうだ。それからスウェーデンに来て頭を撃たれ、メーラレン湖の島にある古い地下貯蔵庫に入れられた。非常に興味深い仮説だろう？　専門家の聴取には大祭司でも呼ぶか？」

「そんなこと言ってません。わたしが言いたいのは、みつかったのはまるっきり別の女性だということ。おそらくタイ出身ではあるんだろうけど」

「その女がたまたまジャイディーと同じＤＮＡだったってわけか？」ベックストレームは馬鹿にしたような笑みを浮かべた。「そっちの仮説のほうがわくわくするじゃないか。いや、まったく」

「じゃあ、あなたはどう思うの。教えてくださいよ」

「わからない。だがなんとかなるとは思う。それより別のことが気になっているんだ、非常にね」

「何？」

「ニエミがソーセージの缶を軽視していることだ。さっぱりわからない。なぜそんなに短絡的に手がかりから除外する？」

「あなたがブッレンのソーセージを愛しているのはよくわかる。あんなの豚の餌みたいなものなのに。ああいう食べ物を控えたほうがいい人間がいるとしたら、それはあなた。ベックストレーム。あなたのために言っておくと」

「ソーセージのことじゃない」

「じゃあ何?」

「缶自体だよ。それが事件を解決するんじゃないかと」

「ブッレンのピルスナーソーセージの缶が?　それが事件の解決になると?」

「ああ」ベックストレームは椅子から立ち上がった。

「あなたの予測を紙に書いて、テレビ番組『今週の犯罪』でやるように秘密の封筒に入れましょうか。あとで開けてみて、あなたがどれだけ正しかったのか見るから」

「勘弁してくれよ」ベックストレームはあきれたように頭を振った。「あのGW・ペーションとかいう犯罪専門家は完全にいかれている。答えがわかってからも、番組で秘密の封筒を開けないのはなぜか考えたことはないのか」

「いいえ、実は」

そう言われてみると、考えたことがなかった――。

「そうか。わたしに言わせれば、あの男は本物の山師だ。だが今きみに話したことは、わたしにはわかっていることなんだ。なぜかは訊かないでくれ。だがすでに目の前に見えている」

「具合が悪いんじゃないでしょうね?　それとも死を招く朝食のあとにちょっと強いのを飲みすぎたとか?」

「いいや、まったく。最高に元気だ。ただきみにはブッレンの缶のことを忘れないようにしてもらいたい」

「それはよかった。脳溢血でも起こしたのかと思ったから。でももちろん、あなたの大事なソーセージの缶のことは忘れないと約束する」

ああまたベックストレームがこのモードに入った――アニカ・カールソンはベックストレームが部屋から出ていくのを見つめながら思った。正直、ちょっと気味が悪いくらいだ。まるっきり意味不明なことばかり言っていると思ったのに、結局はそれが正しかったことが今までに何度もあったのだから。

42

ベックストレームは王立オペラ劇場のバーレストランに行き、ランチに牛のブリスケットの塩漬けを食べた。それから、急に思い出した子供の頃の記憶のせいで、いつもより長くレストランに座ったままになった。心地良い思い出に気分を良くし、お供として多めにコニャックをコーヒーに入れたが、思い出がよみがえったのはブッレンのピルスナーソーセージのせいだった。

しかしニエミがみつけたような小缶ではない。小缶には短めのソーセージが八本しか入っていないが、長いのが四十本入った大缶のことだ。おまけに大缶のソーセージのほうがずっと美味なのだ。美食家でブッレンのピルスナーソーセージの達人なら誰でも知っていることではあるが、小缶のソーセージよりも塩味のバランスが良く、ジューシーで、皮にも張りがある。おまけに言ったとおり、長さもずっと長くて、かといってそのせいで太さが犠牲になっているわけでもないから、値段に対して美味しすぎるソーセージなのだ。

ニエミと同じように、ベックストレームとてソーセージとそれが常に与えてくれた心地良い味覚体験にこだわっているわけではない。しかし殺人捜査の発見物は、それとは別の、より高尚で深遠な次元の記憶をよみがえらせた。ベックストレームの父親ヨハネス・ベックストレーム——重度のアルコール依存症でマリア署の巡査部長、署の留置施設の責任者でもあった父親との夕食の記憶だ。

一緒にブッレンのピルスナーソーセージを食べたときの記憶、それは父親にまつわる唯一の良い思い出だった。家でつくったマッシュポテトと、ソーセージの大缶。悪い食事ではなかった——ベックストレームは回想に耽《ふけ》りつつコニャックをすすった。ブッレンのピルスナーソーセージは世代と世代の架け橋でもあったようだ。当時ベックストレーム自身はまもなく十三歳になるところで、父親のほうはその年の秋に五十五歳になるところだった。そのわずか一カ月前に飲みすぎで死ななければ。

あの日父親は仕事から帰ってきて、ブッレンのピルスナーソーセージの大缶と一リットルもある昔の型のタッフェル・ブレンヴィーンの酒瓶を携えていた。ベックストレームのいかれた母親はまた留守だったので、父と息子は助け合って夕食を準備した。パパ・ベックストレームがネクタイを緩め、新聞を読み、テーブルに皿を並べ、〝手始めに〟飲み、それからやっとソーセージの缶をコンロに直接かけて温めた。その間に息子はポテトをゆでてマッシュにし、冷蔵庫でみつかった濃いクリームを全部かけて、食糧庫にあった卵の黄身で仕上げた。最後に塩コショウで味を調える。ナツメグなんてもってのほかだ。ああいうのはおばさんどもが好む味だということで父と息子は一致していた。

父親はまた〝手始めに〟を注ぎ、制服のシャツにしみをつくらないように古いキッチンタオルを首元に差した。それからやっと一杯目の食事酒を注ぎ、息子のマッシュポテトを試食した。

「やわらかくて噛みやすいし、味が濃くていいぞ」パパ・ベックストレームは機嫌良くうなずき、缶から半ダースほどのソーセージをすくい出した。「だが息子よ、よく聞け。料理人にだけはなるな。あの世界はあっち系の男が多いからな。実際、海軍くらいひどいんだ」警官になる前にスウェーデン歩兵連隊の隊長を務めていたパパ・ベックストレームはそう結論づけた。「ドナルドダックが水兵服のズボンをはかずにうろうろしているのには理由があるんだ。わかるな？」

「うん、パパ。ソーセージも美味しかった」

「まったくお前は……」ベックストレーム・シニアはうめいた。「ブッレンのピルスナーソーセージだぞ？　それより美味《うま》いソーセージがあるわけがない」

「イェート通りの店で買ったの？　大缶をおいてるとは知らなかった」

それにこんなに大きかったら万引きできないじゃないか。ジプシーみたいに挙動不審になってしまう。

「これは押収品だ」父親はいかめしくうなずいた。「ノルランド地方からやってきた酔っ払いから押収したんだ。クラムフォシュから来たやつで、おれの勤務時間が終わる直前に中央駅で捕まえた。小さなタッフェルとブッレンの大缶。あとは列車でほとんど飲み干してしまったレナートの瓶」

「その人、ストックホルムに何しに来たの？　列車を降りる前にもう酔っ払っていたなんて」

「ラップ野郎どもだよ」パパ・ベックストレームはため息をつき、あきれたように頭を振った。「いやはや、理解しかねるやつらだ。大叔母だか誰だかの九十歳の誕生日祝いだとぬかしていたが。一リットルのブレンヴィーンとソーセージの缶をプレゼントするのか？　まったく、お前も聞いてあきれるだろう。どのくらい信憑性がある？　おまけに何を言っているのかもろくにわからなかった」

「その人、嘘ついてるみたいだね」

「九十歳のばあさんは実際にはルーレオにでも住んでいるんだろう。あの野郎は間違えて反対方向の列車に乗ったんだよ。お前も警官になったらそのことを覚えておきなさい。警官は法的な根拠に基づいて行動できるんだ。だが押収したブレンヴィーンを捨てるなんて狂気の沙汰だろう。ロッカーに隠しておいて、翌朝署に行くときに馬鹿でかい書類鞄をもっていけばいい。そうすれば家にもち帰れる」

「もちろんわかったよ。でもその法的な根拠って？　どういう意味？」

「九十歳のばあさんにソーセージ缶と一リットルのブレンヴィーンを贈ると言うんだぞ？　そんな話、どのくらい信用できる？　典型的な押収のケースだ。それにブレンヴィーンとソーセージにも明確な関連性がある。今回の場合は」

「ソーセージも押収できるなんて知らなかった。ブレンヴィーンは知ってたけど」

「もちろんできるさ。このようにはっきりした関連性がある場合は。だってソーセージは酒のつまみに決まっている。意味がわかるか？　つまり泥酔という犯罪を喚起するんだ」

「そうか、そうだね。よくわかった」

「ソーセージが浸った汁のように澱《よど》みなくわかったのか？」パパ・ベックストレームは息子にうなずきかけ、げっぷをした。「そうだ、お前はまもなく十五になるんだったな？」

「うん」まあ、細かい話をするなら十三歳だけど、と思いながら。

「グラスをもってこい」パパ・ベックストレームは食糧庫のほうに手を振った。「お前もそろそろ酒を飲むべきだ」

父親は自分たち二人のために酒を注いだ。そして真剣な面持ちで息子を見つめると、襟のボタンの高さまでグラスを掲げた。

「将来ブレンヴィーンの問題を抱えたくなければ、まっとうな飲みかたを覚えるんだな。さあ、おれの目を見て正直に答えろ。エーヴェルト、これはお前が初めて飲む酒か？」

「うん」ベックストレームは嘘をついた。「本当だよ。名誉と良心に誓って。生まれてから一滴も飲んだことがない」

「ではこっそり酒を飲んでいるのはお前の母親なんだな。夫の酒をくすねるとは……。誕生日にはバナナリキュール、クリスマスにはポートワインをプレゼントしたというのに。だがそれはどうでもいい」

「うん、ママはいつも酔っ払っているね」ベックストレーム少年は額に心配そうな皺《しわ》を寄せた。

「それと、ひとつ質問があるんだけど」

「なんだ」

「なぜママは瓶に輪ゴムをかけるの？　飲み口のところに。誰かがこっそりママのリキュールを味見しないように？　輪ゴムを下にずらせばいいだけなのに」

「ああ。あの女は頭が弱いからな」パパ・ベックストレームはため息をついた。「おれ自身はラベルに線を引いている。これも重要なアドバイスだ」

「ありがとう、パパ」エーヴェルトはグラスを掲げた。「ぼくを信頼してくれて」

「息子よ、乾杯」パパ・ベックストレームは首をこきっといわせるとグラスに口をつけた。少年はその時点ですでに父親よりずっと狡猾《こうかつ》だった。まずは恐る恐る舐めてみて、信憑性を高めるために適度に苦い顔をしてみせた。

「すぐに慣れるさ、息子よ」父親はそう言って、息子を慰めるように腕を軽くたたいた。

父親とはあれ以上に親密になれることはなかった――あれから半世紀近く経った今、ベックストレームは革の安楽椅子に座り、深いため息をついている。父と息子が共にしたと言える唯一の食事――ブッレンのピルスナーソーセージにベックストレームが自分でつくったマッシュポテト。人生で一度だけ父親が注いでくれた酒。それは聖書に出てくる五つのパンと二匹の魚にも匹敵する食事だった。老いぼれた酔っ払いがボトルに引いた何本もの線。まともに数えることもできないから、最後に引いたのはどの線なのか、片目をつむって見なければいけないくらいだった。瓶の口に輪ゴムをかける、いかれた母親。ベックストレーム少年はその上から紐をぐるぐる巻いて、母親をさらに当惑させた。

少年時代の美しき思い出――ベックストレームはまたため息をついた。ところでアニカ・カールソンに吹きこんだ話、事件を解決するならソーセージの缶が決定的な手がかりになると言ったあれはまったくのでまかせで、ただ単にあの女を困惑させたかっただけだ。確かにこれまでに何度かベックストレームの推理が正しかったことがあり、その度に天才だと謳《うた》われ、感想を述べる者のセンスによっては透視ができると評されたこともあった。それ以外の場合は間違っていたのに、そのときは誰もベックストレームが言ったことなど覚えていなかったというだけの話で。

ニエミのようなフィンランド野郎でもたまには正しいこともあるのだから。しかし今回にかぎっては、ニエミがどれほど間違っているか、ベックストレームですら予測できなかった。

43

誰かが間違いを犯した。タイ、あるいはここスウェーデンで。ナディアがその点を明らかにするまで、アニカ・カールソンと三人の部下は何事もなかったかのように与えられた任務をこなすまでだった。ジャイディー・クンチャイと夫ダニエル・ヨンソンに関してわかるかぎりの情報をまとめる作業だ。そうやっておけば、不幸島で発見された遺体の身元確認に何かミスが生じたとしても、少なくともその二人は容疑者から排除できるように。

「賢明だな」この日は珍しく部下のチェックをアニカ・カールソンから始めていたベックストレームが評した。「他のことは無視しろ。なんとかなる」

「どうでしょう。今回はいつもの予感がしない」

「きみは悲しみに暮れるこの寡夫が失意の底にいるとでも思うのか?」ベックストレームは馬鹿にしたような笑みを浮かべた。

「ええ、それに他にも色々」アニカは雄弁に肩をすくめた。

「あの夫に他にどういう選択肢があったというんだ。そいつが津波を起こしたんだとしたら、国家犯罪捜査局の老いぼれでも気づいただろうよ」

「スティーグ・アンデションのことですか？　タイで夫を聴取した」

「そうだ。現地にいたそいつと他の馬鹿全員。説明してくれ。どうやってジャイディーがメーラレン湖の島に現れたのか。正確にいつかはわからないとはいえ、津波で死んだとされてから何年もあとにちがいない」

「彼女じゃないのかも。そうは思わなかった？」

「当然彼女に決まっている。それには簡単な説明がある」

「じゃあそれは紙に書いて、封筒に入れて。こっそり見ないと誓うから」

「ああ、あるいは自分で考えろ。ところで話は変わるが……」

「はい」

「検察官だ。その点についてはどうなった？」

アニカ・カールソンによればすでに決まったとのことだった。トイヴォネンに頼んで、トイヴォネンが検察庁と話して、捜査班の月曜の会議があった日の午後には検察官が割り当てられた。

「誰になったんだ」

「わたしは知らない人ですけど」アニカ・カールソンは頭を振った。「ハンナ・ヴァスという女性です。ちなみにヴァスのスペルはVassではなくHwass。副検事長で、経済犯罪局の出身らしい。電話で話したけれど、きっちりしてそうな感じだった」

「犯人のわからない殺人捜査について、経済犯罪局出身の検察官が何を知ってるんだ」

「おそらく何も。想像ですが」

「おやまあ、それはよかった。ちょっとツイてれば、ただの無能が常に口を挟んでくることはないかもしれない」

「そう祈りましょう。ともかくわたしは資料をすべて送っておいた。それに被害者の身元確認にまつわる特殊な問題についてもナディアから説明してあります」

「いつわれわれに会いたいと?」

「明日の午後二時です」

「なぜ午前中じゃいけない」ベックストレームはため息をついた。

まともなランチを食べたいんだが?

「予定があるそうです。午前中は裁判所で。一応訊いたんですよ、あなたが困らないように」

「その日ごとの辛苦が存在するな」ベックストレームはため息をつき、立ち上がった。

「先に進む前にひとつだけ。ジャイディーの夫のことで考えたんです」

「ああ、あいつがどうした」

「あなたの言うとおりだとしたら、本当に邪悪な人間ですよね。次はいったい何を思いつくのか……。津波も彼が計画をしたとは思いません?」

「いや、思わないね。それは考えたことがない」

「それはよかった」アニカ・カールソンは笑みを浮かべた。

「考えておいてくれ、アニカ」ベックストレームはドア口で立ち止まった。「むやみにややこしくせずに考えるんだ」

「賢明なあなたからの賢明な助言。ノートに書き留めてもかまわないですか?」

「子供っぽいことを言うな、アニカ」ベックストレームはあきれたように頭を振ると、立ち去った。いいから考えておけってんだ。

44

ハンナ・ヴァスはショートヘアをアッシュブラウンに染めた小柄ででっぷりとした女性で、中年だということ以外は年齢不詳だった。ブルーのジャケット、白いブラウス、ブルーのズボンにブルーのミドル丈のヒールのパンプス。ジャケットは腹部が非常にきつそうで、座ったとたんにブラウスのボタンとボタンの間に隙間ができて、ズボンは皺になった。

それに加えてステンレス製の眼鏡をかけ、いつも穏やかな笑みを浮かべている。ゆっくりはっきり話し、薄い唇の間から出す前に一語一語を吟味しているかのようだった。捜査班が八月三日水曜午後の会議で受けた第一印象を端的にまとめると、運命を決定づける会議だった。検察官の存在意義が捜査班の解釈と一致せず、摩擦なき緊密な協力関係が生死を賭けた闘いへと移行するのにそれ以上は必要なかった。検察官一人に対し、七人の警官と分析官を務める行政職員が一人。最初から勝負は見えていたのに、ほどなくして今回は事情がちがうことが判明する。

捜査班にとって、良い検察官というのは警官が言ったとおりにする検察官だ。捜査の実務的な部分には口を挟まない。どうせ検察官には理解できないのだから。ただ犯人を追い詰めるために必要な強制捜査さえ手配してくれればいいのだ。通話履歴、盗聴、家宅捜索、普通の拘束や押収、あるいはただ事前通告なしに誰かを取り調べるだけでもいい。それがベックストレームをはじめとする多くの警官の確固とした理解だった。しかしこのハンナ・ヴァスは捜査班がただの無能に期待していることをあっさり覆《くつがえ》してくれた。

ヴァス副検事長がそのことを捜査班に知らしめるのに、一回目の会議の冒頭五分しかかからなかった。自分は正式な捜査責任者であるだけでなく、捜査の実務においても責任者である。「名ばかりではなく、実際に役に立つように」ヴァスはそう言って、会議室に座る七人の警官と一人の分析官の行政職員に微笑みかけた。この流れにおいてそれが自分の役割だとみなしており、それは規定に準じてもいるし、検察官になってから十五年、ずっとそのように仕事を進めてきた。

おまけに作業の分担が整然としていて、捜査班からの情報が随時入ってくるような体制を好むと言う。だから毎週月曜と金曜の午後は捜査班会議。そこで状況を確認し合い、進めかたを相談する。なお、情報は「書面で残したいから」メールで送ってほしい。かといって、急を要する、あるいは当然そうすべき場合においては口頭による伝達を禁止するわけではない。

「いや、きみと一緒に捜査ができて非常に光栄だよ、ハンナ」ベックストレームは朗らかな笑みを浮かべ、検察官にうなずきかけた。「ここに座るわれわれはきみとは初対面なわけだが、ぜひ会いたかった相手でもある。評判は聞いているからね」

目を奪われるほど太っていて意地の悪そうなばあさんだな――ベックストレームは自分のほうが体重は倍で、十歳も上だということは棚に上げて思った。小さな隣人がメーラレン湖の島で頭蓋骨を発見したからだとはいえ、この検察官はベックストレームの人生を粉々にするばかりでなく、精神全般と消化活動にも悪影響を及ぼすほど不細工だった。この女は自らの手で縄を首にかけたも同然だ。

「温かい歓迎の言葉に礼を言うわ、ベックストレーム」ハンナ・ヴァスの口調は本心のようだった。「ナディアやアニカと電話で話したので、先に進む前に突き止めなければならない重大な問題があることはわかっています。被害者の身元が完全に明らかではない」

「そう、われわれでさえも当惑している」ベックストレームは今自分が言ったことを強調するためにため息をつき、さらには頭を振ってみせた。「この捜査上の混乱をあなたがどう思うか、ぜひ伺ってみたい」そこでベックストレームは念のため、もう一度ため息をついておいた。

ヴァスはまず全般的な所感を語り始めた。問題というのは解決するために存在し、彼女が生きる世界では、問題を常に刺激的な挑戦だと受け取ってきた。今回も、捜査班から送られていた捜査情報を読んで自分なりの理解を深めつつある。

津波の直後に行われた身元確認は、死亡したのがジャイディー・クンチャイ本人であることを強く示唆している。彼女が夫と借りていた小屋の中で発見され、身につけていた衣服とアクセサリーも一致する。遺族やホテルのスタッフも彼女の顔を知っていたし、最後とはいえいちばん重要なのは、タイで採取されたDNAは彼女のものだった。

その五日後には故郷のバンコクで火葬されたという状況を考えると、合理的な結論はすでに出ている。なお、その事実を裏づけるのは、書面で残っている死亡証明書、葬儀会社からの請求書や報告書などだ。葬儀会社が遺体の輸送と葬儀の手配を取り仕切っている。だからメーラレン湖の不幸島で発見された頭蓋骨がジャイディー・クンチャイのものだということはありえない。別の女性のはず。骨学の専門家が正しければ、同じ東アジア系の女性ではあるが。

「あなたの意見を伺えて安心しましたよ」ベックストレームは椅子の背にもたれ、天井に視線をやり、両手の指先をくっつけて橋のようにすると、考え深げにうなずいた。そろそろクリスチャンカードを出す頃合いか。

「わたしのような敬虔な人間にとっても、それ以外の理由は考えられないですからな」ベックストレームはそう言ってまたうなずいた。

「どういう意味です?」ヴァスはすぐに驚きを隠せない表情になった。

「誰も二度は死ねないのだ」ベックストレームは言い直した。「ともかく、わたしが信仰するキリスト教においては」

この馬鹿はまだ笑みを浮かべていやがる。が、さっきよりひどく硬い笑みだ。

「そうね」ヴァスも同意した。「ベックストレーム、あなたの信仰についてはよくわかりましたが、そのことを理解するには普通の理性さえあれば充分だと言わせてもらいましょう」

「では、これをどう解決するか。つまり、ここからどうする？　どうかわれわれを導いてくれたまえ」

「そうね、まずは新たなＤＮＡ分析を。それは第一の対策として絶対に必要。わたし自身は、単に送られてきたＤＮＡが間違っていたということがすぐに判明しても驚きませんよ」

「それは手配ずみです」ニエミが詳細には踏みこまずに言った。

ヴァスはこの捜査班という工具箱の中でもいちばん鋭いナイフというわけではなさそうだ——とニエミは思った。虚《うつ》ろな瞳からして、ナディアもおそらく同じ気づきを得たようだ。

「そうか、ではよかった」ベックストレームが言った。「あとはリンショーピンに急いでもらうだけだな」

「ええ、時間がかかるとは聞いています」ヴァスが言う。

「何カ月もだ」ベックストレームがため息をついた。「殺人だというのにね。気の毒な若い女性が殺されたんだぞ」

ヴァスは当然その憂《うれ》うべき状況についても把握していて、全体的な進展を早めるためにできることがあれば言ってほしい。ただし結果を待つ間にも、すぐに対処しなければいけない点がある、と続けた。

「対処しなければいけない点というのは？」

ますます笑顔が固まっていくようだ――とベックストレームは感じた。

「DNAを登録するさいにどこかで間違いが生じたはずでしょう。そういうことは残念ながらよく起きることで、今回が初めてではない。わたし自身、何度かそんな目に遭っています。指紋、DNA、おまけに普通の血液検査の結果までが他人と間違えられたり、取り違えられたりする。だから当然、DNA登録の担当者にも話を聞いてみるべきでしょう。それに警察、リンショーピンの国立法医学センター、移民局のほうにも。もちろん国家犯罪捜査局の担当者にもね。古いファイルに何十年も挟まれたままの書類に苦手意識はないし」

「それについても手配ずみです」今度はナディアが言った。

この人のどこがおかしいんだろうか――ナディアは考えていた。頭が悪い以外にも理由があるはずだ。

「じゃあ完璧じゃないの」ハンナ・ヴァスは決めつけるように言った。「それでは、やっつけてしまいましょう――あなたたち警官がよく言うように。そう、忘れる前にもうひとつだけ。次の会議は月曜です。今週金曜はわたしが出られないので。昔の上司が定年退職するから職場でお別れ会があって」

「それは残念だ。いや、退職するからではなくて、月曜まで会えないことが」

たまには些細なことにも感謝しなければな。

「よくわかります、ベックストレーム。ですが心配しないで。終わる前に質問は？」

誰も質問はないようだった。その部屋にいる残りの八人全員が首を横に振った。捜査班はこれで結束が強まった――ベックストレームは満足げに思った。担当検察官をエレベーターまで送り、彼女が建物を出ていくのを確認しながら。


「では」その二分後、ベックストレームは会議室に戻り、ドアを閉めた。「まったくもって何もわかっていない検察官をあてがわれたようだな。どうする。ニエミ？」

「遅かれ早かれこういうことも起きるさ。今回はうちがはずれを引いたわけだ。あれをやれこれをやれとうるさく言ってくるが、どれももうやってあることばかり。ともかく月曜までは平和だな。それに別件でトイヴォネンと会うから、この件についてもトイヴォネンに話しておくよ。二人きりでね」

「ありがたい」

ということはここにフィンランドの騎馬隊まで合流しそうな勢いだな。

「なぜ彼女があんな態度なのか、知りたいやつはいるか？　実はひとつ思いついたことがあるんだ」ニエミが言った。

「きみが精神科医だったとは知らなかった」

そもそもハパランダのような田舎には医学部自体ないはずだ。

「彼女が働いていた経済犯罪局では検察官と会計士と監査役が現場を率いている。それ以外は言われたことだけやる慎ましやかな人々だよ」

「全然ちがう職場文化ってわけですね」スティーグソンがにやりとした。

「まあそんなところだ」

「わたしはそろそろ仕事に戻ろうと思うのですが」ナディアは立ち上がり、自分の書類をかき集めた。

「ロシア的な癒《いや》しを求めに行くのか」ベックストレームが推測した。

「まあ、そんなところです。故郷のシラカバの森を思い出しながらね。永遠に続く大きな森」

「ねえ、ナディア」今度はアニカ・カールソンが口を開いた。「今回の事件では信じられないくらい頭の悪い検察官をあてがわれたけど、それはたいしたことじゃない。他に方法がなければ、わたしが自分であの女の耳をつまんで引きずり出すって約束するし。ただ好奇心で訊くんだけど、あの人のこと、今まで一度も話に聞いたことがなかった。誰か前から彼女のことを知っていた人はいる？」

「わたしは知っていました」オレシケーヴィッチが答えた。「大学で法律の講義をとっていたときの先生だったから」

「どんな人だったの？」クリスティン・オルソンが尋ねた。

「普通でしたけど……。生徒たちの評判では教えるのがうまい、説明がはっきりしているって」

「ほう、きみは法学を勉強したのか、オレ……」

「オズと呼んでください、ボス」オレシケーヴィッチが嬉しそうな笑みを浮かべた。「Zが二つのオズです」

「だが、ここで何をしているんだ。法学を勉強したんなら」

おれ専用のイスカリオテのユダか？　うちには七使徒しかいないが。

「警官になりたかったからここにいるんです。ヴァスについてもっと知りたければ言いますが、わたし自身は同級生の大半のようには彼女のことを好きではなかった」

「それはなぜなんだ？」

「理由は二つ。ひとつにはあまりに自信過剰だから。普通の謙虚さとか他人への敬意というものがないんですよ。アンテナが壊れているような人っているじゃないですか。それに問題は避けて通るタイプだという気がする。だけど世の中には複雑なこともあって、自分が理解できるところまで単純化すれば解決できるわけじゃない。そんなことをしたら核心を見失ってしまう」

ベックストレームはうなずいただけだった。

こいつもまるっきり見こみがないわけではなさそうだ、と思いながら。

45

　ナディアはロシアのシラカバの森に癒しを求めたわけでも、国のシンボルである飲み物に癒しを求めたわけでもなかった。自分の部屋に戻るやいなや、国家犯罪捜査局の知人に電話をかけ、タイのほうでやってもらわなければいけない事務作業があるので助けてもらえないかと頼んだ。どれだけ書類を集めてもスウェーデン側ではわからないようなことを。

「ほらいつもの、同僚のよしみのちょっとしたお手伝い」ナディアは説明した。「わたしみたいな分析官が正式な手続きを踏んでいたら永遠かと思われるほどの時間がかかるし、残念ながらそこまでする価値もないのは経験上知っているんです。おまけにタイに関しては、わたし自身は非公式な人脈すらない」

「だがわたしにはある」ナディアの知人は答えた。「だから心配しなくていい。しかしきみの言うとおりだ。組織間のやりとりがこれほど大変だというのは腹立たしく、嘆かわしいことだな」

「あなたにはこんなに助けてもらって、すごく申し訳ないと思っています」

「そんな必要はないよ。なんのために友達がいると思っているんだ？」

現場であれこれ確認してくれる人がほしいというナディアの要望については二つの可能性が存在するという。昔からタイのスウェーデン大使館の法務部にスウェーデン人警官が一人いて、タイやその周辺諸国の警察との折衝役を務めている。彼自身が六年そのポストに就いていて、二年前にスウェーデンに戻ってきた。後継者は優秀な警官で、個人的にも良く知っている。しかし問題はその警官の資質ではなかった。

「では何が問題なんです？」

結局、毎回毎回問題ばかり。

「彼とはちょうど昨日話したところなんだが、奥さんと二人でスウェーデンに帰ってきていてね。遅めの夏休みだよ。それにノルランド人だから、九月のヘラジカ狩りは神聖なんだ。つまりあと一カ月はスウェーデンにいる。だが、それよりも早く動きたいんだろう？」

「ええ。おかしな検察官をあてがわれてしまったことを考えてもね」

「その話は聞いているよ」ナディアの知人は苦笑した。「あの検察官は工具箱の中でいちばん鋭いナイフとは言い難い。きみにも経済犯罪局のやつらの感想を聞かせたいね。うちから貸し出されていた警官が何人もいたから、噂は色々と聞いている。あのバターナイフ……いや、それが皆がこっそりつけたあだ名らしいんだ。木製のバターナイフがあるだろう。必ず小学校の木工の授業でつくって、おばあちゃんとおじいちゃんにクリスマスプレゼントにあげるやつだ。そのバターナイフをやっと追い出せて、局じゅうが一週間喜びに沸いていたそうだ」

「想像がつきます」

　それでわたしの問題が解決するのかはわからないけれど。

「だから別の提案がある」

「ええ、この状況ではなんでもありがたいです。おわかりかと思いますが」

「アッカラー・ブンヤサーンだ。それ以上は望めない」

「アッカラー?」ナディアは思わず訊き返した。「すみません、わたし、タイ語はよくわからなくて。どういう意味です?」

　タイ語で〝幸運を祈る〟とか?

「彼の名前だよ。アッカラー・ブンヤサーン。バンコクのタイ国家警察で働いている警官だ。親しい友人でもある。わたしが折衝役として働いていた当時、盛んにやりとりしていたんだ。タイの犯罪捜査国家部の刑事局長《ディテクティブ・スーパーインテンデント》でね。身長は百六十五センチで若者のような見た目だが、非常に優秀な男だ」

「本当は何歳なんです?」

　他になんと言えばいいの?

「わたしと同じ五十代だ。話すならスカイプがいい、そうすれば彼の顔を見られるから。きみもきっとそう思うはずだ。よくて二十五歳くらいにしか見えない。それに英語も達者だ」

「つまりいい同僚なんですね」

「言ったとおり、あれよりいいのは望めない。第一、あいつはただの警官じゃない。スウェーデンの警視正に相当し、バンコクの国家犯罪捜査部にいるということはうちの国家犯罪捜査局のようなもので、国じゅうで活動できる」

「それは素晴らしいじゃないですか。彼が助けてくれるなら」

「そうだろう。わたしから頼んでおく。それにあいつは立派な人間だ。あのあたりでは全員がそうだというわけではないからね。残念ながらタイの警官の一部は腐敗している。生活安全部や田舎の警察では特に大きな問題でね。きみも知っておいたほうがいいから言うが」

「彼の連絡先をメールしてもらえますか」

「いや、こうしないかね。今バンコクはすでに夜遅いから、明日の朝、彼に電話をしてみるよ。この件について説明して、問題なければ、いや問題ないとは思うが、連絡先をきみに送る」

「ご親切にありがとうございます。アッカラー・ブンヤサーンでしたね？」

「アッカラー・ブンヤサーンだ。覚えておくに値する名前だ」

これからどうしよう。通話を終えるやいなや、ナディアは考えた。家に帰ろう——そう決めて自分にうなずきかけた。家に帰って、ロシア的な癒しを求めよう。一挙両得でシラカバの森とウォッカの両方を。それもシラカバの森のウォッカだ。そして眠ったらアッカラー・ブンヤサーンの素敵な夢を見よう。いつ何時でも頼りになる本物の男。身長は百六十五センチで青年に見えるのに。

46

エーヴェルト・ベックストレームは木曜朝の八時にはもう、腹心の部下だけを秘密の会議に招集した。彼の執務室で、ドアは閉めた状態で。選べればもっと人間らしい時間帯を選んだが、今回は状況が逼迫《ひっぱく》しており、頭のおかしな検察官ハンナ・ヴァスのせいで選択の余地がなかった。

ヘルメットを深くかぶり、シッゲ坊やを一発ぶちかます。そして警察スウェーデン語で言うところの〝厳戒態勢〟に入る。ベックストレームは早朝にはソルナの警察署へと自分を運ぶタクシーに乗りこみながら、そんなことを考えていた。

「ニエミもエルナンデスも来られません」ベックストレームの執務室のドアを閉じ、安全を確保すると、アニカ・カールソンが言った。

「それは残念だ」

「ええ、でも彼らに確認しましたが、わたしたちと完全に同意見です。ピエテルにいたっては、あのおばさんを殴り殺すと決めたさいには手伝うとまで言っていました」アニカはさらに補足した。「ほら、殺人の痕跡をすべて消したりとか」

「その必要はないだろう。代わりにこうしようと思う」

部屋に座る五人全員がうなずいた。即座に、同時に、一切の躊躇《ちゅうちょ》なく。

「ナディア、きみは……」ベックストレームは名を呼ぶに値する唯一の部下のほうを向いた。「申し訳ないが、この件になんとか秩序をもたらしてくれ。あのおばさんに、島でみつかったのは本当にジャイディー・クンチャイだとわからせるんだ」

「じゃあ、あなたは絶対にジャイディーだという自信があるんですね」

「ああ。きみも早く気づいてくれるとありがたいんだが」

「わたしもボスと同じように思います」訊かれてもいないのに、オズが答えた。

「それはどうでもいい」ベックストレームはいつもの調子で言った。「ナディア、実際にタイではどうだったのかを調べてくれ。なぜ津波のあとにみつかった死体がジャイディー・クンチャイだということになったのか。署内の平和のためにも、それにおめでたい検察官でも理解できるように」

「ひとつめについては問題もありません。あなたが正しければですが」ナディアが答えた。

「もうひとつについては保証する勇気はありませんが」

「ナディア以外のわたしたちは何をすれば?」クリスティン・オルソンが尋ねた。

「島でみつかった遺体はジャイディー・クンチャイのものだ。こういうのは必ず夫の仕業だから、すべてを知りたいね。被害者本人についても、彼女の頭を撃った悲しみに暮れる寡夫についても。言うまでもなくこれに関わっている可能性のある全員のこともだ」

「あきらめないんですね」アニカ・カールソンは笑みを浮かべた。

「ああ。わたしが間違っていることをナディアが証明するまではね。それにわたしは間違うのが大嫌いなんだ。とりわけうちの検察官、可愛いヴァスちゃんみたいなのが正しいということになるなんて……そんなら自分で自分の頭を撃ち抜いたほうがましだ。だが当然あの女が間違っているから心配するな。その点についてはしばらく様子を見て、あの女をぎゃふんと言わせられるような証拠が出るのを待ちたい。そうやって黙らせれば、こちらの言うとおりに動かせる」

「ご心配なく」ナディアが言う。「純粋に感情的な意味では、わたしも完全にあなたに同意しています」

「では何が問題なんだ。何を心配しろと？」

「彼女が正しくてあなたが間違っていた場合でしょうか」

「検察官にはなんと言えばいいですか？」スティーグソンが尋ねた。「何をしているのかと怪しまれたら」

「検察官に言われたとおりにしていると言えばいい。実際に何をやっているかはむろん一言も洩らしてはいけない」

このスティーグソンの頭が悪いのは前から知っていたが。こいつの唯一のとりえは、常に命じられたとおりにやることくらいだ。

「よかった」スティーグソンは急に、上司と同じくらい嬉しそうな表情になった。

「ああ。少なくともきみとは同意できていてほっとするよ」

47

ベックストレームの部屋を出るやいなや、アニカ・カールソンが実権を握り、皆に仕事を割り振った。スティーグソン、オルソンそしてオレシケーヴィッチはジャイディー・クンチャイの情報を集める。アニカ自身はダニエル・ヨンソンについてわかることを入手するつもりだった。なぜ人数が不均等なのかを不思議に思うなら、それはダニエル・ヨンソンよりもジャイディー・クンチャイの情報を集めるほうがずっと難しいと直感的に感じるからだ。

「情報を集めるのは、ジャイディーの人生の伝記的な内容でいいでしょうか」クリスティン・オルソンが訊いた。

「ええ、それに彼女の真の姿、あと他のことも何もかも。わたしたちは誰も彼女に会ったことがないけれど、それでも人物像を具体的に知りたい。前は大きな伝記か小さな伝記と呼んでいたけれど」アニカ・カールソンが言った。「まずは小さいほうから始めて。結果的に大きくなれば嬉しいけど」

「よくわかります。あとはこの事件に関係がありそうな他のこともすべてでしょう？　ボートや古い小口径ライフルなど」

「ええ。あるいはリドルのビニール袋やソーセージの缶。ほら、ベックストレームが騒いでいた、太った俳優の顔がラベルについた」スティーグソンが言った。

「そのとおり。だけどジャイディーの知人に話を聞くときは必ずまずわたしに確認をとって。その点に関してはスティーグソンもわたしと同じくらい詳しいけれど」

「眠っている熊を不用意に起こさないようにだ」スティーグソンが説明した。

「検察官に何をしているのかと訊かれたら、なんと言えばいいですか？」オレシケーヴィッチが尋ねた。

「彼女がご機嫌でいられるようなアリバイをつくって。それがあなたたちにジャイディーの情報集めを担当してほしいもうひとつの理由でもある。検察官に訊かれたら、調べているのは彼女の身元確認のさいにミスが起きたのかどうかを調べるためだと言えばいい。そうだ、移民局にも電話してみて。うまくいけばジャイディーに関する書類がたくさんある。人物像がわかるような情報がね。検察官が怪しむようなら、身元確認のどの段階で間違いが起きたのかを調べているだけだと言って。あるいはDNAが取り違えられたのか、他に何かしでかしたのか。まあ、言いたいことはわかるわね？」

「あなた自身は？　夫のことを調べているのはなぜかと検察官に訊かれたら、なんと答えるんです？」クリスティン・オルソンが尋ねた。

「どうやってそれを嗅ぎつけるっていうの?」アニカ・カールソンは肩をすくめた。

「でももしも嗅ぎつけられたら」オレシケーヴィッチがしつこく言った。「そういう意味では
あの人は馬鹿じゃないし」

「わたしは自分の仕事をまっとうしているだけだと言う。だから口を出すなとね」

アニカ・カールソンは実に正しかった。ジャイディー・クンチャイの情報を集めるのは簡単な作業ではなかった。移民局の職員に連絡がついても、何も提供してもらえなかった。貢献できそうな人間たちは現在夏休み中か、出張中か、カンファレンス、あるいは別の理由により連絡がつかなかった。ともかく職場にはいない。皆の期待は来週の金曜日に夏休みから戻ってくる資料係に集まった。

「全然意味がわからない」スティーグソンが頭を振った。「金曜日に休暇から戻る人間がいるなんて。一カ月も休んでおいて、急に金曜日にカムバック? なぜまともな人間のように月曜まで待てない?」

「さっぱりですね」オレシケーヴィッチも言う。「一週間後に戻ってきたときに本人に訊いてみるとか」

「住民登録情報やパソコンをたたけばすぐにわかるような普通の情報が半ページ」スティーグソンは相手の答えは聞いていない様子で言った。「三人の健康体の警官が丸二日働いて半ページ。アンカンに激怒される」

「まあそう言わないで」クリスティン・オルソンが異論を唱えた。「彼女のお兄さんについてはかなり色々わかったんだから」

「わかったからどうなんだよ」スティーグソンはため息をついた。「ホームページに自分のことを小説みたいにアップするおかしなやつだぞ。そもそも、書いている内容が本当かどうかもわからない。たとえ放蕩息子だったとしても、この件とは関係ない。葬式にも来なかったんだ。アンカンにはおれから伝えるか？　それともきみたちが？」

「今は地下のジムにいます」クリスティンが言う。「わたしが伝えましょう」

「ああ。そのごみをメールしておいてくれ」スティーグソンは勢いよく立ち上がった。「おれはもう週末に向けてウォームアップを始めようと思う。一応ジャイディーの兄のホームページのリンクも貼りつけておいてくれ。それでいくらかは読みものがある」

「もう送りました」オレシケーヴィッチはそう言って、ノートパソコンを閉じた。

48

アニカ・カールソンがジムから戻ってみると、他の皆は帰ったあとだった。ナディアですら姿を消していて、彼らの上司に至ってはいつもどおり昼前にはいなくなっていた。アニカ自身は家に帰る前にもう一度だけと受信箱を確認してみると、トレーニングをしている間に入ってきたメールは部下たちが被害者ジャイディー・クンチャイについてなんとかわかったことをかき集めた結果だった。いや、まだ被害者の可能性、か——アニカ・カールソンはそう思いながら、オレシケーヴィッチが送ってきたメールを開いた。

ジャイディーに関する情報はすでに知っているようなことばかりだった。ひとつだけちがうとすれば、彼女の個人情報が今では一カ所に集められ、警察の資料として見出しもついたことだった。あとは一九九九年の春にスウェーデンで免許証を取得していたことくらい。おそらく移民局にはもっと情報があるはずだ、とアニカは考えた。スウェーデン国民と結婚してスウェーデンに住むために居住許可を申請したときに、移民局が徹底的に彼女のバックグラウンドを調べたはずなのだから。死亡宣告が出たせいで、情報がすべて廃棄されていなければだが。

ジャイディー・クンチャイは一九七三年五月二日にタイのバンコクでタイ人の両親の元に誕生し、彼女自身もタイ国籍だった。一九九八年秋にスウェーデンにやってきたときには、ニューヨークのスウェーデン領事館で発行されたビザを使っていた。ビザの申請書類からその理由がわかる。その約三年前からアメリカに住み、シカゴ郊外のノースウェスタン大学で経済を専攻していたのだ。

スウェーデンに来て数カ月後、一九九九年の一月に、居住許可と労働許可を申請している。スウェーデン国民と結婚するからだった。婚姻届は同年の八月にバンコクのスウェーデン大使館に出され、二〇〇〇年の一月にはスウェーデンで暮らすために夫とともに戻ってきた。

そのタイミングでスウェーデンの国籍も申請している。スウェーデン人と結婚しているから、通常よりも手続きが早く進み、二〇〇四年春にはスウェーデン国籍を得ている。おそらく新しい国での生活も軌道に乗り始めた頃だったのだろう。その二年前に夫と二人でスウェーデンで会社を立ち上げていて、東南アジア専門のマーケティングを行う会社だった。ヨンソン&クンチャイ・サウスイーストアジア・トレーディング・アンド・ビジネス・マネージメント株式会社。

ジャイディーがスウェーデン国籍を得た一カ月後に、夫妻はタイに戻っている。夫のほうがスウェーデン大使館で商務参事官代理の職を得たのが理由で、妻のほうがどんな仕事をしていたのかは不明だ。おそらく津波で亡くなるまでは自分の会社を経営していたのだろう、とアニカ・カールソンは思う。会社の事業は二〇〇六年まで続いているようだから。そのあとは寡夫となったダニエル・ヨンソンが同じく東南アジアとビジネスをやっている大企業に会社を売却している。売却の時点でオーナーは彼だけだった。ジャイディーは死んでいたから。二〇〇五年に死亡宣告が出ている。それが公的な描写のすべてだった。様々なスウェーデンのデータベースから集められ、おまけにこれはすべて真実かもしれないのだから厄介だ。アニカ・カールソンはため息をつき、今読んだ書類を脇へやった。犯罪鑑識的に奇妙な点、それとは逆にベックストレームが自信満々なのはどうにも理解できないが――。

49

ピエテル・ニエミとその部下は最終的に、頭蓋骨ひとつと約三百個の完全な骨、骨の一部やかけらを発見した。下顎から外れた歯もいくつもあったし、頭髪も残っていた。

その一方で被害者の衣服や所持品はみつからなかった。どんな場合にも遺体そのものより多くのことを語る品々なのに。絶対に何かは身につけていただろうに——とニエミは思う。どんな場合でも少なくとも衣服は着ているし、あれこれ入ったハンドバッグのひとつくらいもっているものだ。運が良ければ、つまり遠方からやってきたのであれば、それよりもずっと荷物が多いはずだ。

それは合理的で行動力のある犯人の仕業だということを物語っている。遺体を隠した場所にも詳しかったのだろう。不幸島のことも、それを取り囲む湖のことも知っているのだ。

犯人はまず遺体を隠し、それから衣服その他を——とニエミは思う。遺体は陸に隠した。それは賢い選択だ。なぜなら水の中に遺棄された死体というのは、あとで浮かび上がってくるという能力を有している。腐敗が始まってガスが発生するせいだ。それはどれだけ石を重石につけても変わらない。それに遺体をもち上げることを考えると、重石の重さにも限界がある。

被害者の女性の衣服他の所持品がみつからなかったのは、メーラレン湖のどこかに棄てられたからだと考えるのが妥当だ。まずは死体を遺棄してから、所持品も始末した。どちらも同じタイミングで、地理的にも近い場所でやったのだろう。

合理的な犯人ならきっとそうしたはずだ。そしてたいていはその合理的な性格のせいで捕まる。どのように考えたのか、そこからどのように行動したのかが推測できてしまうからだ。思考に操られた行動、まともで賢明な人間が考えたような思考であれば、ニエミのような男が確認し、分析できる。純粋な狂気による思考のほうがずっと難しいのだ。

問題は別のところにある——とニエミは思った。それも悪くない問題だが。

メーラレン湖は面積でいうとスウェーデンで三番目に大きな湖だ。千百平方キロメートル以上に及ぶ湖面が東はストックホルムから西はショーピンまで百二十キロ続き、約八千の島、小島、岩島、岩礁が浮かんでいる。湖岸線の長さはスウェーデン最大の湖ヴェーネン湖とそれほど変わらない。ヴェーネン湖のほうが十倍も水量が多いのに。そんな中で唯一の癒しは、メーラレン湖が比較的浅く、平均水深十メートルで、もっとも深い地点でも七十メートル弱だということだ。その地点はストックホルムの中心部から西に十キロ、ヘッセルビィ沿いの入江ラムバルフィヤーデンの古い裂谷《さけだに》のあたりだった。十メートルになるか七十メートルになるか——

だがそんなこと、メーラレン湖の透明度を考えれば関係がない、とニエミは思う。職場で笑われたくなければ、そこでダイビングを始める前にもっと情報を蓄えなければ。

その点については同僚らにも説明したが、誰も、あのベックストレームでさえ、異論はなかった。アニカ・カールソンからは別の質問があったが、ニエミ自身も当初から同じ方向性で考えていたので、問題なく答えることができた。

「犯人のことなんだけど……」アニカ・カールソンは言った。「不幸島のあたりに土地勘があるんじゃないかと」

「おれもそう思うね」

「それで、エドヴィン坊やのことを思い出したの。ほら、ベックストレームと同じアパートに住む」

「だが、あの子は犯人ではないだろう？」ニエミは微笑んだ。

「ええ。エドヴィンはとてもいい子で、ミミズよりさして大きくもない。分厚い眼鏡で耳の尖った小さなミミズ。でもこれまでに存在したシースカウトはあの子だけじゃないはず。エーケレー島のスカウトのキャンプは五十年以上前からあるはずだし」

「そのことはおれも考えた。ただのボート所有者だとは思えない。地元の人間だともね。不幸島は地元の人々に好かれてはいないからな」

「犯人はどこの港に船を所有しているんだろう」

「おそらくメーラレン湖のどこかだろうな。そこを調べてもらえれば嬉しいが。そのあたりにダイバーを送ろうかと」

「どういうこと？」

「犯人はまず被害者を殺し、遺体を遺棄した。そのあとは真っすぐに家に帰りたかっただろう。数時間のうちに遺体を遺棄できたとしても、そいつにしてみれば一分一分が永遠のように長かったはずだ。だから家に帰りたい。すぐにでも。これ以上寄り道をするつもりはない。遺体以外の何もかも――つまり被害者の衣服などは、帰る途中で捨てたにちがいない」

「その男が青い水の上をぶらぶらうろついていないときに船を泊めている係留場所……。なるほど、不幸島からそこまで船舶地図に真っすぐな線を引きたいのね。」

「ああ。それができれば、そいつがいつもの桟橋まで帰る途中にあるいちばん良さそうな場所に遠隔操作型無人探査機とうちのダイバーを送るつもりだ。いちばん深くて、捨てたいものを沈めやすそうな場所にね。厄介な潮流もないようなところ。こういう犯人の特徴はそこなんだよ。いちばんいい場所を目指すし、それがどこなのかも正確に知っている」

「でも五年、ひょっとすると十年経っている。相当長い時間でしょう」アニカ・カールソンが反論した。「本当に何か残っていると思う?」

「ちゃんとパッキングされていればね。ほら、戦列艦ヴァーサ号のように。あの船は三百五十年近く湖底に沈んでいたが、考古学者が探しているようなものがいくらでもみつかった。服までみつかったんだ」

「まるでしょぼい詐欺師を捜しているみたい。だけど詐欺師になるにはちょっと賢すぎるような。わたし自身は船に乗ったこともあまりないけれど」

「きみはそんなことをする必要はないよ。優秀な警官なだけで充分だ」

50

土曜日、アニカ・カールソンは休みのはずなのにソルナの警察署にやってきた。まずは地下のジムで数時間汗を流し、それが終わるといつものように駐車場に下りて車に乗り、家に帰ってリラックスすればいいのに、そうはしなかった。普段の休みの日なら、仕事以外ならなんでもやるのに。

他にいい案もなかったし、ジャイディーにまつわる疑問符の数々が頭から離れなかったせいかもしれないが、アニカはエレベーターでジムから上の階に上がり、自分のオフィスでデスクに座り、パソコンの電源を入れ、オレシケーヴィッチからメールで送られてきたリンクを開いた。ジャイディーの十歳上の兄が、妹を取り巻く闇を多少は晴らしてくれるかもしれないと期待してのことだ。それはともかくホームページとしては秀逸だった。

ネッド・クンチャイは一九六三年にバンコクで生まれている。有能で、行動力もある青年だったようだ。高校を卒業してタイで兵役を終えると、アメリカの名門大学へ進学するための奨学金をもらった。シカゴの十数キロ北、イリノイ州エヴァンストン市にあるノースウェスタン大学だ。アニカはアメリカの大学に詳しいわけではなかったが、ネッドのホームページの文章の行間から読みとれたのは、ノースウェスタン大学はありふれた大学ではないということだった。ハーバードやプリンストン、イェールほどではないが、そのすぐ下くらい、しかも経済学部は非常に評判が高かった。

まずは兄がアメリカに渡り、その後妹を呼び寄せたと考えるのが妥当だろう――アニカは思った。

ネッド・クンチャイは簿記と監査の修士を取得し、最高の成績で学業を終えたため、卒業後はすぐに世界最大級の監査法人に雇われた。六年後にはそこのパートナー兼共同経営者になってニューヨーク本社に勤務し、同年、アメリカ国籍も得ている。それが一九九五年のことで、まだ三十二歳だった。

その後もネッドの人生は順調だったようだ。ホームページに掲載されている彼や家族の写真を見るかぎり、まさにアメリカンドリームを体現したようで、タイに生まれてもアメリカに行けば一代で夢を叶えられることがわかる。アメリカ人の妻はニューヨークの大手ラジオ局にジャーナリストとしてパートタイム勤務、二人は五人の子供に恵まれていた。

長男はすでにハーバード大学で経済を専攻しており、その下の四人もおそらく似たような選択をするのだろう。ブルックリンの高級住宅街にタウンハウスを所有し、ロングアイランドのモントークに別荘があり、複数の団体の理事をしていて、年収はドルで七桁、将来的には名誉博士号を取得したり、ロックフェラー財団の慈善事業の理事のポストに就いたりするのも夢ではない。数年前にすでにそういう団体の補欠監査役に選ばれているだろうからだ。

ネッド・クンチャイは順調な人生を歩み、そのことを語るのも得意だった。しかし彼を襲った最大の悲劇は、最愛の妹が二〇〇四年の津波で死亡したことだった。葬儀にも参列することができず、かといってそのせいで悲しみが軽減されたわけではない。しかも参列できなかったのはありえないくらい馬鹿げた理由だった。そのときコロラド州ボルダーでカンファレンスに参加中で、母親は葬儀に間に合うように息子と連絡をつけられなかったのだ。

しかし一週間後には、仏教の伝統に従い妹の遺灰をバンコクの北の国立公園で風に撒く儀式に参列した。今では元の家族で生きているのは彼だけだ。父親はタイの軍隊の高官だったが、ネッド自身が兵役に就いていた一九八三年には亡くなっており、二〇〇四年に妹が津波で死亡し、その七年後には母親も亡くなっている。二〇一一年の初夏に七十八歳で。

ジャイディーに養子に出された秘密の双子の姉妹がいたことは一言も書かれていないし、ネッドにとっては妹婿に当たるスウェーデン人男性の存在も見当たらない。このことは書き留めておいたほうがいいかも――とアニカは思った。念のために。

そこでパソコンを閉じると、これから何をしようかと考えた。土曜日の午後なのだ、自分の人生を取り戻さなければ……。そこまで考えたところで、ふとエドヴィン坊やのことを思い出した。また一緒に遊園地に行こうと約束したのだ。しかし問題は少年が電話に出ないことだった。おまけに留守番電話も切られている。

51

日曜の朝アニカはまず、再びエドヴィン坊やに連絡をとろうとしたが、とれなかった。電話に出てくれないのだ。仕方がないのでまた職場に行き、三日前から続けているダニエル・ヨンソンの情報収集を終わらせようとした。

部下たちにはすでに言ったように、ダニエル・ヨンソンについては情報がいくらでもあった。公的情報だけでなく、ネット検索をすると出てくるようなことも。たとえば、グーグルでは四百件のヒットがあった。

純粋に好奇心で、いちばんおもしろそうなところから始めてはみたが、手がかりになりそうなことは何もわからなかった。犯罪歴はなく、銃器登録にも船舶登録にも名前はない。それ以外のセーリング関係の情報もなく、ブッレンのピルスナーソーセージやリドルのビニール袋との関わりもみつからなかった。あとできるのは公的情報をまとめるくらいか——アニカ・カールソンはため息をついた。こういうことはこれまでにも数えきれないほどやってきたが、解答を手にしてみると、毎回結局なんの役にも立たなかったのだから。

ダニエル・ヨンソンは一九七〇年九月十日生まれで、父親のスヴェン＝エリック・ヨンソンは一九三五年生まれの高校教師だった。現在は年金生活者だ。母親も教師だったが一九八〇年の秋に没している。そして七歳と五歳上の姉がいた。今ではその全員が、アニカがまとめた捜査報告書に並んでいる。

ダニエルはブロンマで育ち、ブロンマ高校を一九八九年に卒業した。その後、ストックホルムの商科大学で経済を専攻し、同時に法学も勉強していた。一九九三年に経営管理学の学位をとって卒業しているが、法学のほうは学位はとっていないようだ。

だからどうってわけでもないけれど——アニカは思った。彼女自身の学歴に比べれば、ダニエル・ヨンソンの学歴のほうがハチの巣をつついたように賑やかだ。

その後は奨学金を得て、在アメリカのスウェーデン企業で研修生として一年間働き、一九九四年の秋には外務省の見習職員に採用された。その後の三年間、アフリカ、中東、東南アジアのスウェーデン在外公館各所で働いている。

一九九八年の秋にシカゴのスウェーデン領事館に期間限定で雇われていて、あるパーティーでジャイディー・クンチャイと知り合った。三年後には未来の妻と会社を立ち上げるために外務省に休職を申請し、申請は認められた。

休職は三年に及んだが、その後は外務省に戻り、バンコクのスウェーデン大使館で商務参事官代理を務めた。その頃にはタイ語も流暢《りゅうちょう》になっていて、それが任命につながったのだろう。

夫婦でカオラックに行き、海岸のバンガローでクリスマスと新年を祝うことにしたのは、バンコクの大使館で働き始めて数カ月のことだった。その前の二年はクリスマスをジャイディーの兄家族とニューヨークおよびロングアイランドで過ごし、その後もいつでも歓迎すると言われていた。

ニューヨークの冬が激しい雨と濡れた雪が交互に降りつけるような天気でなければ、きっとまた兄家族のところへ行ったのだろう。

なぜアニカにそこまでわかったかというと、津波の一カ月後にバンコクの大使館でスウェーデン警察の担当者が記述を残しているからだ。ダニエル・ヨンソンと妻の所持品を返却するにあたってのことだった。所持品というのは二人のスーツケースで、津波のあとでバンガローの瓦礫《がれき》をどけたときに出てきたものだ。ダニエル・ヨンソンはその時点でもまだ疾病休暇中で、精神的にもかなり参っていた。なにしろクリスマスと新年をカオラックで過ごそうというのは彼のアイデアだったのだ。警官はヨンソンの大使館の直属の上司とも話し、スウェーデンの国家犯罪捜査局に情報として書類のコピーを送っていた。

もういい加減にやめなさいよ——アニカ・カールソンが心の中で語りかけた相手はベックストレームだった。悲しみに暮れる寡夫への疑惑を口にするチャンスだけは逃さないのだから。

しかし二年半後、ダニエル・ヨンソンは悲しみを乗り越えたようだった。スウェーデンに戻り商務省の海外部門で働いていたときに新しい女性に出会い、再婚したのだ。女性の名前はソフィー・ダニエルソンで、十五歳下だった。しかし短い幸せだったようだ。一年後には離婚している。

これがベックストレームなら、妻が死ぬ前からソフィーと関係をもっていたというのが前提になるだろう。でもわたしはベックストレームではないから、彼は間違った方法で自分を慰めようとしただけだと思う。たいていの男がやるように。結局は元妻を忘れられないことに気づくのだが。

ともあれいったんここでダニエル・ヨンソンの調査を終わらせるために、アニカは彼の写真を見た。免許証やパスポートだけでなく、本人や知人がネットやSNSにアップした写真をだ。そのときにアニカはまた自信がなくなった。いちばん不審に思った写真や自己紹介文は、ヨンソン自身が出会い系サイト二つにアップしたものだった。どうやったのかは不明だが、クリスティン・オルソンがみつけてきたのだ。

いちばんいいのは二人目の妻ソフィーに話を聞くことね。職場のエレベーターに乗りこみ、家まで歩いて帰って途中で買い物もしようと思ったのは、簡単に答えの出ない問いを頭から振り払おうとしてのことだった。こうだから、そうじゃないから——なぜたまには単純で明白な答えが存在してくれないのか。

52

八月五日の金曜日、ベックストレームは普段のルーチンから逸脱し、グランドホテルのレストラン〈ヴェランダ〉でGギュッラと昼食をともにした。まあわずかな逸脱とはいえ、最悪の場合これが当面最後の平和な金曜日になることを考えると心中穏やかではなかった。ハンナ・ヴァス副検事長を無事追い出せるまでは、逃げながらも与えられた機会をつかむしかない。おまけにGギュッラとは重要で逼迫した案件を話し合うことになっている。すぐにも対処しなければならない案件だ。

それは十二月末にロシア連邦誕生二十五周年を祝うにあたり、サンクトペテルブルクで行われるあらゆる祝典や祭典に関してだった。そこでスウェーデンの犯罪捜査官エーヴェルト・ベックストレーム警部が重要な役割を果たすことになっているのだ。祝賀の初日にはもう——というのも普段ならもっとも盛大な祝賀でも三日なのに、今回はクリスマスから新年まで七日間にわたるのだが——ロシア大統領ウラジミール・プーチンがロシアの民にとって果てしない歴史的価値のある芸術品を取り戻したことを発表するのだ。

その芸術品は革命の十年ほど前にロシアを離れ、百年以上経った今、母なるロシアとロシア国民の元に返還された。その大きな節目に、ベックストレーム警部が計り知れない貢献を果たしたのだ。それにより史上初めて大統領自身の手から、ロシアが外国人に与える最高の栄誉プーシキン・メダルを受け取ることになる。こういう場合には常々そうなのだが、いたって事務的な性質の問題が多数あり、それを関係者内で解決しなければいけない。

夏らしい豪勢なスモーガスボード（スウェーデンの伝統的なビュッフェ）を楽しむ間にも、二人はGギュッラの主導のもと、Gギュッラのロシアの人脈が送ってきたリクエストや提案について話し合い、例によってGギュッラはいちばんいいニュースを最後にとっておいていた。

ロシアの国営テレビがストックホルムでベックストレームを取材したいという。数日間密着して、プライベートも含めてベックストレームの日々を追いたい。それは現在制作中の一時間のドキュメンタリー番組のためだった。他にも複数のロシアのメディアが、普通の新聞からラジオにテレビ、ネット上のSNSの代表者まで、長いインタビューや短いインタビューを申しこんでいる。

ストックホルム駐在のロシア大使もロシア大使館で行われる晩餐会の前に会いたがっている。ベックストレームのロシア訪問プログラムを細かくブリーフィングするために。おまけに大統領その人からの贈り物の包装を担当する著名なロシア人芸術家も、酒瓶が収まる木箱のことでベックストレームの意見を聞きたがっていた。

「ベックストレーム、きみとは長い付き合いだから、常々わたしがいちばん良いニュースを最後にとっておくのを知っているだろう？」Gギュッラはそう言いながら、テーブルに職人の手によるデザイン画を広げた。

時間をかけて育つロシアのシラカバという厳選された素材でつくられた木箱。果てしない森のどこかで切り倒されたそのシラカバ――白い幹と薄い緑の葉、それが遙かな空へと伸び、まさに麗しきロシアの魂そのものだ。蓋には新生ロシアのシンボルが黒瑪瑙《めのう》の羽目細工になっている。皇帝の時代から引き継がれし古きロシアの双頭の鷲、それが歴史の鉤括弧《かぎかっこ》の中で鎌と槌《つち》に差し換えられてしまったのだが。箱の辺や角は純金に縁取られ、蓋のかすがいや鍵穴、そこに差す鍵も当然純金だ。木箱の内側は青の絹が張られ、瓶がぴったり納まる形になっている。

蓋には双頭の鷲の下に金のプレートがはまり、このプレゼント用木箱の由来を簡潔にまとめた文が彫りこまれている。

「これはロシア語だよ、ベックストレーム。僭越《せんえつ》ながらわたしにスウェーデン語に訳させてもらいたい」Gギュッラはそう言うと、控えめな咳払いをしてから読み始めた。

「〝ロシアの民からエーヴェルト・ベックストレーム警部へ。貴殿の貢献に感謝を捧げ、永遠に記憶に留める〟あとは場所、年号、日付だ。〝二〇一六年十二月二十五日、サンクトペテルブルクにて〟最後にロシア大統領ウラジミール・プーチンの署名」

「酒屋で売られているようなありきたりの木箱とはちがうようだな」ベックストレームはそう言いながら、最新のグラスの中身を空けた。これで何杯目かはもう忘れてしまったが。

「ロシア芸術職人の最高傑作だ。木箱の底には職人のサインまで入っている。偉大なるゲンナジー・レンコだよ」Gギュッラは満足げにため息をつき、目の前のテーブルに広げられたデザイン画を長い指でそっと撫でた。

「だが、こういうのはいくらくらいするもんなんだ?」ベックストレームは空いた左手を振ってウエイターに合図し、もっと酒を注がせた。

「値段だって?」Gギュッラはあきれて頭を振り、天を仰いだ。「これは価値などつけられない芸術品だよ。親愛なるブラザー。値段なんかない」

「失礼ながら、金に換算するといくらだ?」

「もし売るつもりならば、わたしに売ってくれ」

「で?」

「悪くない一軒家くらいだな。悪くない郊外に」Gギュッラはそう言って、オーダーメイドのスーツを着た肩をすくめた。

やっとそれらしくなってきたぞ——ベックストレームは心の中でそうつぶやきながら、今日という日に敬意を表して選んだ金のロレックスをちらりと見た。

「なるほど、悪くない」ベックストレームはうなずいてみせた。「だがそろそろ失礼せねば。他にも色々と片づけなければいけないことがあってね」たとえばミス・フライデーのように。人生は結局金だけではないんだ。スーパーサラミだってごほうびをもらわなきゃいけない。

地上の饗宴のような料理と飲み物のせいだったのかもしれない。普段なら警戒心の強いベックストレームとGギュッラという二人の男が完全にそれを失っていたのは。約二時間もかけたランチの間じゅう、いちばん近くの席でいちゃつくカップルのことなどまるっきり目に入っていなかった。

そのカップルは互いの耳にささやき、指を絡ませ、足首とつま先でいちゃつき、それ以上のこともやっていたが、目の前のシャンパンには口もつけていない。今朝初めて職場で会ったばかりで、上司がそのテーブルを予約して二人をレストランに行かせただけなのに。お互いのファーストネームすら知らなかった。本当の名前は、という意味だ。

53

このカップルのためにベックストレームとGギュッラからいちばん近いテーブルを手配したのは、スウェーデン公安警察で防諜を担当する部署のボスだった。部下である捜査員が標的から数メートルのところでランチを食べている間、彼自身は別の会合に参加していた。グランドホテルの夏の〈ヴェランダ〉から直線距離にして約五キロ、会合の相手は公安警察の局長、つまりソルナのインゲンティングス通りに立つ大きくて地味な建物、スウェーデン公安警察の本部が入っている建物のいちばん偉いボスだった。

公安警察《G》局長《D》はリサ・マッテイという名前で、ほどなくしてその職を辞するところだったが、それについては防諜部のボスも建物内で働く職員たちもまだ知らなかった。知っていれば彼女と会うのはやめて、彼女の後任とこの件を話し合ったにちがいない。

「あなたが会いたいと頼んできたのだから、なぜだか教えてちょうだい」リサ・マッテイは客に対して優しく微笑んだ。

「どこから始めさせてもらえればいいでしょうか」防諜部のボスが尋ね、マッテイの大きなデスクの上で赤いファイルを開いた。

「最初から始めて。まずはバックグラウンドを知りたい。それから具体的にどういう件なのか。それからどうすべきなのかどうかを。細かいことはあとでいい」

バックグラウンドは単純だった。スウェーデンとロシアの政治的な関係が一九五二年以来これほど悪化したことはない。当時は六月十三日にソビエトが、バルト海の東部でシギント（主に傍受を利用した諜報）活動を終えてブロンマ空港へ戻る途中だったスウェーデンの軍用機ダグラスDC－3を一機撃ち落とした。そしてその三日後には、行方不明の乗組員を探していたスウェーデンのカタリナ機にも同じ行為を行った。

現在もその当時と同じくらい緊迫した状況にある。ロシアは連日のように、スウェーデン領海および領空に侵入してきている。一カ月前にはドロットニングホルム宮殿、すなわち国王陛下の住居からわずか数百メートルの海でロシアの特殊潜航艇が目撃されている。

じゃあスウェーデンのほうはどうなのよ——とマッテイは思ったが、どうせもう辞めるのだし、気にするつもりはなかった。社民党所属の首相がつい十四日前にメディアで、聞く気力のある人々に対して、スウェーデンのNATO加盟は政治的に必要なことだと明言したではないか。あとは正式に国会で投票をすればいいだけ。左党以外にその提案に反対する議員がいるわけがない。

考える気力のある人間なら誰でもわかるだろうが、政治的には当然のことだ。しかしマッテイは別の答えかたをした。

「合理的な人間のいいところは、考えたとおりに行動するところ」マッテイは言った。「あなたたちはプーチンやその取り巻きのことを好きなように思えばいいけれど、彼らにはひとつ共通点がある。自分のおかれた状況を合理的に考え、行動するという点」

「おっしゃるとおりです」防諜部のボスも同意した。「だからこそなぜ、やつらがスウェーデンやNATOがロシアを攻撃してくるなどというぬぼれた思い上がりをしているのかが不思議なんです」

「彼らの分析の原点を考えるとおかしなことでもないんじゃない？　今回の場合はロシア六百年の歴史であり、周辺諸国はどこも、スウェーデンを含めて、ずっとロシアを倒そうとしてきたんだから。それ以上に難しいことではない。それに誰が正しいか間違っているかに関係なく、われわれはそれとはちがった前提を踏まえて行動する。さあ、そろそろなぜわたしと会いたかったのか、本当の理由を教えてちょうだい。つまり具体的に」

具体的にはストックホルムの犯罪捜査官、エーヴェルト・ベックストレームという名前の警部の件だった。テレビ番組『スウェーデンの犯罪現場』に専門家として出演し、さらにはそれ以外のスウェーデンのメディアにも頻繁に登場しているせいで、遺憾《いかん》ながらこの国でもっとも有名な警官になってしまっている。向かうところ敵なしの人気を誇る警官で、国民から強く支持されている男だ。

「GDはおそらく、表向きの部門にいた時代に面識があると思いますが」

「ええ」マッテイも認めた。「ベックストレームにも会ったし、彼のような他の大勢の警官にも。ですがベックストレームは忘れられるような人間ではないので、もちろん覚えている。今回は何をしでかしたの？」

警官がやってはいけないことをほとんどすべて、というところでしょうか——。確かに普通の盗みや詐欺や暴力はやっていないにしても。初めから始め、証拠のあることだけに限定して話すのなら、ベックストレーム警部はたちの悪い買春者であり、賄賂《わいろ》も受け取っている。複数の売春婦の常連客で、メディアに機密情報を売るし、その情報に関わる人間にも売っている。最近ではアパートの玄関の外に不法に監視カメラを設置した。

ベックストレームの警官としての月給は、手取りで約三万クローネだ。どれだけ少なく見積もっても、彼が同じ一カ月の間に個人的に消費する金額の四分の一でしかない。

おまけにここ一年で同じアパートの隣の部屋を五百万クローネで購入し、境の壁を壊し、さらに数百万かけて改装もしている。おまけにソルナ警察の同じ部署の同僚に百万を貸している。

「アニカ・カールソンという名前の同僚です」防諜部のボスが言った。「その二人は性的関係にもあると思われます」

「まあ、他にも数えきれないほどの同僚が何をやっているかを考えると、そう聞いたからといって頭に血が上るわけでもないけど。あなたは一千万クローネもの額の話をしていて、たとえベックストレームが憲法に定められた情報源の秘匿を逆手にとったとしても、アフトンブラーデット紙やエクスプレッセン紙がそれほどの額を手渡すとは思えないし。法律の細かい話をするなら」

「その点についてはこれから話そうと……」

「それはよかった。あなたの話はここまでのところ、ただの腐敗した同僚の描写であって、それはぜひ規律の案件として検察庁の所定の部署に任せたい。うちでやるようなことじゃないでしょう」

「言ったとおり、その点については今……」防諜部のボスが繰り返した。「なぜベックストレームがうちの案件になるかという理由を話すところでした」

「そう。なぜなの？」

「彼がロシアの潜入エージェントだからです。一年前に懐柔されました」

「どのように？」

「ある犯罪捜査にさいして、ロシアにとって非常に大きな経済的価値そして歴史的価値もある美術品を手に入れたらしいんです。ロシア最後の皇帝が息子に贈り物としてつくらせたオルゴールで。ベックストレームは親友の手を借りて、グスタフ・Gソン・ヘニングという有名な美術商ですが、そのオルゴールを二億五千万でロシアに売った。ベックストレームが受け取ったコミッションは五千万近いようです」

「その話なら聞いているわ。色々なバージョンでね。わたしの理解ではそれは犯罪捜査における押収。それがスウェーデン人の所有者に返却され、さらにロシアに売られた。そのビジネスを仲介したのが、今あなたが名前を挙げた美術商」

それがピノキオの鼻の真実の物語――マッテイは心の中でつけ足した。

「五千万クローネの闇金。スウェーデン人警官が任務中に行った大規模な経済犯罪です」

「では、まさに経済犯罪局の案件ね。ともかくその話ならとっくに知っています。それに五千万もらったなんて思わない。よくてその半分、まあそれでも充分やばいけど、なぜうちが扱う案件なのかがわからない」

「大規模な経済犯罪です」防諜部のボスがまた繰り返した。「その大金をマネーロンダリングしているのがベックストレームと同じアパートに住む男なんです」

「名前は？」

「スロボダン・ミロセヴィッチ。セルビア人で、ユーゴスラヴィア紛争のときに家族でスウェーデンに難民としてやってきた」

「その男のことも知っています。スウェーデンに来た頃は十代だった」

「今ではユーゴスラビア系マフィアの重鎮ですよ。いくつもの事業をやっている。くじ屋、レストラン、レンタカー、日用品店。組織犯罪を担当する同僚によれば、天と地の間のあらゆることをね。だが基本的にはマネーロンダリングで、現金輸送車強盗や麻薬売買、それに普通の強盗なんかをやっている単純なやつらに各種サービスを提供している」

「で、ベックストレームは？」リサ・マッテイが思い出させた。「そのミロセヴィッチはどのようにしてベックストレームの金の色を変えているの？」

「たとえば大成功しているカジノ。ベックストレームはネットポーカーから競馬まで色々なところから大金を稼いでいるようだ。GDが知りたいなら言っておきますが、ベックストレームはどちらが馬の頭で馬の尻なのかもわからないはずなのに」

「わかりました。細かい点や大袈裟な表現を無視しても、やはりなぜうちで扱う件なのかがわからない。よくいる腐敗した警官なだけでしょう。しつこいと思われるのを承知で言うけれど、検察庁で警官を扱う部署に任せなさい」

「そうしたいのはやまやまなのですが……ベックストレームがロシアの潜入エージェントでさえなければ」

「話を聞くかぎり、あなたは一度も本人に会ったことがないようね。エーヴェルト・ベックストレーム警部は小さくて太っていて狡猾な男。人生において関心があるのは三つだけ。それは酒に女、そして職場に足を踏み入れることなく給料を上げて毎日楽しく暮らすこと。おまけに政治的にはおめでたい馬鹿で、愛国者で、外国人嫌いで、同性愛者嫌いで、その他のあらゆるヘイトの熱心なファンでもある。なぜロシアがそんな男をリクルートするの？　説明して」

「ではなぜ彼に五千万も渡すんです？　おまけにベックストレームはこの十二月にロシアの二

十五周年祝賀においてロシアの偉大な賞を受け取るらしい。その理由はひとつしかない。やつらはベックストレームを潜入エージェントにしようとしている。彼の国民的人気に金を払ったわけです。ロシアの目的はそこだ」

「あるいはロシアにとって大いなる価値のある古いオルゴールを取り返してくれたお礼をしたかっただけ」

「明らかにベックストレームにとっても高い価値があったようですね。ベックストレームは今となっては国いちばん金持ちの警官だ。自ら築き上げた犯罪ネットワークを活かして。わたしが言いたいのはただ……」

「好奇心で訊くけれど」マッテイが相手を遮った。「あなたたち、彼を偵察しているんでしょうね」

「ええ、もちろんです。今現在は良き友である美術商とグランドホテルのレストラン〈ヴェランダ〉で昼食を終えたところで、そのあといつもの金曜の午後のルーチンにそって行動するなら、そのまま北メーラルストランド通りにあるポーランド人売春婦のところに行って、いわゆるリラックスマッサージというのをやってもらうのでしょう」

「それはよかった。ならばストックホルムの売春グループに連絡をして、ズボンを下げたところを捕らえるように頼みなさい。そうすれば即座に任務から外します」

「つまりGDは偵察を中止しろと？」

「いいえ。これはわたしからの推奨です。ベックストレームのような警官にふさわしい部署に任せなさい。ですがあなたたちの仕事内容に細かく口出しをするつもりはない。ベックストレームに関しては完全に同意できていますね？　あんな男に警官をやらせておくべきではない」

「もう一度熟考してみます。その作戦の内容をということです」

「でも一点、あなたは間違っていた」

「なんでしょうか」

「ベックストレームが国いちばんの金持ち警官だということ。それはちがいます」

「じゃあ誰なんです？」

「あなたが話している相手よ」リサ・マッテイは笑みを浮かべた。「この話はあなたも署内の休憩室で聞いているはず。例のドイツ人薬屋の娘。それはわたし」

第三部　キツネの穴にはいくつも出口がある

54

八月八日月曜の午後、捜査班との二度目の会議で、新しく任命された検察官であり捜査責任者のハンナ・ヴァスは最初からひどい墓穴を掘った。彼女は捜査班の仕事ぶりに満足しておらず、とりわけ不満を抱いたのは鑑識の責任者ピエテル・ニエミ警部に対してだった。

捜査のスピードを上げるために、ヴァスは一回目の会議のあとには自ら国立法医学センター《NFC》と連絡をとった。その通話で驚くような事実が明るみに出たのだ。

その前の週にニエミに改めて頭蓋骨のＤＮＡの分析を指示したのは、これがもっとも単純なミスのせい、つまり取り違えなどにより、ＮＦＣの誰かが間違った結果を送ってきたわけではないという点を明らかにするためだったが、そのときのニエミの発言からヴァスは彼がすでに新たな分析をＮＦＣに要請したものと受け止めたのだ。

「わたしの驚きがわかる？」ハンナ・ヴァスはまだ笑みを浮かべている。「リンショーピンの担当者はわたしがなんの話をしているのかさっぱりわからなかった。まずは捜査班の要請で頭蓋骨からDNAを採取し、その分析結果をわたしたちに送った。結果というのはつまりNFC、あるいは警察や移民局のデータベースにあるDNA型とはどれも合致しなかったこと。そこまではわたしもわかっています」

「ああ、そのとおりだ」笑みを浮かべていないニエミが請け合った。

「じゃあ、わたしの驚きがわかる?」ヴァスが繰り返した。「NFCのほうではまったく知らなかったのよ。ここの捜査班の誰かが国家犯罪捜査局で埃をかぶっていたファイルの中にあったDNA型をみつけ、それがNFCからのDNA型と一致したことを。ともかくNFCのほうでDNA型の比較をやったんではないことくらいわたしでも理解できる。NFCの担当者はわたしがなんの話をしているのかさっぱりわからなかった」

「わたしが国家犯罪捜査局の知人から教えてもらったんです。資料が届いてからピエテルにも送って、確認してもらいました」ナディアが言った。「彼はわたしよりずっと、DNA型の比較に精通していますから」

「ありがとう、ナディア、ご親切に」ニエミがナディアに微笑《ほほえ》みかけた。それからヴァスにうなずいてみせたが、そのときにはもう微笑みは消えていた。

「確かにそのとおりだ。完全に合致した。NFCのほうで言う一プラス四というやつだ。それ以上に信憑性が高いことはありえない」

「へえ、そうなの? ということは頭蓋骨が二〇〇四年に津波で死んだジャイディー・クンチャイのものだと主張しているのはあなたなのね。NFCではなく」

「ええ。言ったとおり、その結果を出したのはわたしです」

「ですがあなたはNFCで働いていないわね?」

「ええ。勘弁してください、何度か誘われたが毎回断った。スポンガに住んでいるから、通勤するには遠すぎる。だがご心配なく。これは一プラス四の正確さで、原子物理学者を呼ぶまでもない。どうやってDNA型を比較するのか知りたければ、教えますが」

副検事長ハンナ・ヴァスは黙って書類をめくりながら、ニエミの提案を検討しているようだった。

このおばさんはエネルギーを蓄え直しているぞ――とベックストレームは思った。ラップ野郎も気をつけたほうがいい。

あるいはヴァスのほうが気をつけたほうがいいのか――とも考え直した。ニエミが急にブーツから小刀を取り出して、古き良きトルネダーレン地方の伝統にのっとって議論を終わらせるかもしれないのだから。

しかしハンナ・ヴァスは議論を終わらせるつもりはなかった。彼女にとってはまだ始まったばかりなのだ。

最初の会議で手違いの可能性を排除するために頭蓋骨の新たなDNA分析を捜査班に要求したのは単なる願望ではなく、捜査責任者から責任担当者、つまりニエミへの命令だった。それに彼女としては、発見した頭蓋骨からもう一度DNAを採取するように要求したつもりだった。

「そのとき、それもすでに手配ずみだと確実に聞いた覚えがあるけれど」

「ええ、そうです」ニエミが答えた。「彼らがDNAを採取するために必要な試料と書類はすべて、一週間ほど前にリンショーピンに送りました」

「でもNFCの話では、大腿骨《だいたいこつ》からDNAを採取することになっていると」

「大腿骨の骨髄からです。最悪の場合は骨から」ニエミが訂正した。

「だけどわたしは大腿骨の骨髄のDNAなど命じていない。頭蓋骨のDNAが新たにほしいの。最初の結果に間違いがなかったかどうかという可能性を完全に排除できるように」

「大腿骨というのは必ずやるものなんです。地下の貯蔵庫でみつかった骨が、そこから百メートル離れたところでみつかった頭蓋骨と同じ被害者のものなのかは当然知りたいでしょう」

「でもわたしは頭蓋骨の新たなDNA解析を命じたの」ヴァスがまた言った。身を乗り出し、肘をテーブルにつきながら。そこにはもう笑みの影もない。

「いや、むろんそうですな」ベックストレームは懸念したように頭を振りながら割って入った。「ハンナ、あなたが何を求めているのかはよくわかりますよ。複数の死体かもしれないと疑ったのでしょう。頭蓋骨はある人間だが、他の骨はまた別の人間。二人の人間の死体。最初思ったように一人ではなく。最悪の場合、もっと多いかもしれない。細かい話をすると、何百という骨のかけらがあるのだから」

「ええ、あなたの言うことはわかるし、言うまでもなくその点も捜査しなくてはいけない。でもわたしはまず頭蓋骨について確実な答えがほしいの」

「聞こえていますよ、ヴァス」ニエミは驚くほど目を細めて検察官を睨みつけた。「ですがわたしは大腿骨の結果を待つつもりだ。もしそれが、わたしはそうだとほぼ確信しているが、頭蓋骨と同じDNAならばその結果で充分でしょう。ただ、もし大腿骨のDNAが頭蓋骨とはちがったら、当然頭蓋骨も新たにDNAを調べよう」

「でもそれでは充分じゃない」ヴァスが頑なに言った。「言ったことをすぐに手配してちょうだい」

「いいや」ニエミは立ち上がり、自分の書類を集めると、フォルダを脇にかかえた。「やりたいならご自分でどうぞ。おれにも評判というものがありますから。そんなくだらないことでリンショーピンに負荷をかけるつもりはない。では失礼させてもらう」ニエミは捜査班の一人一人に優しくうなずきかけた。「他に大事な仕事があるんでね」

そして部屋から出ていってしまった。ハンナ・ヴァスはまず腕時計を見つめてから、自分のノートに何か書きつけた。

会議は始まったのと同じ状態で終わった。つまり約二時間、雰囲気が悪いままだった。警官が一人、立ち去ってしまった。同僚たちは黙ったまま様子を窺《うかが》いながら、口を開くのはヴァスが答えを求めるような質問をしたときだけだった。ベックストレームのほうは太陽のように顔を輝かせたかと思うと、懸念した顔つきでため息をつき、困ったように頭を振った。アンテナを完全に欠いた検察官が基本的には自分の驚きと〝捜査班の捜査のやりかた〟への落胆を口にしているだけの会議。そしてヴァスは、ニエミに至っては彼女に対して不完全あるいは誤解を招くような情報を与えてきたという点をまた口に出した。しかもそれ以外の確認業務に関しては具体的な成果は出ていない。

「口にするような価値のあるようなことは一切ないじゃない」ハンナ・ヴァスはそう言ってのけた。

「あなたに求められたことをそのとおりにやりましたが」ナディアが言った。「ＮＦＣにも、うちのデータベース責任者にも、移民局にも連絡をとりました。こちらの質問を送って、何か実のあることがわかり次第連絡すると言われています。他に何かやることはありますか？」

「もうちょっとくらいやる気を出すとか？　普通の警察スウェーデン語で言うとしたら」ヴァスの身体の動きからして、今回はこれが最後の言葉だというのがわかった。それに微笑みもまた戻ってきている。「では次は金曜日に。それまでに色々わかっているといいけれど」

「ええ、本当にそうですな」ベックストレームは善良な笑みを浮かべた。「われわれ全員が心からそう祈っていますよ」

検察官がまだ書類を自分の書類鞄に入れている最中に、アニカ・カールソンはもう立ち上がり、ドア口に立っていた。アニカは肩を震わせ、両手の指を絡ませ、それをベルトの上においてから、意味ありげな顔で上司を見つめた。

「ベックストレーム、他にやってほしいことはないんですか？」アニカ・カールソンは検察官を顎で指した。検察官のほうは自分のことで大忙しで、書類やノートを鞄に入れている。

「しばらく様子を見よう。果報は寝て待てと言うじゃないか」ベックストレームは満足げなため息をついた。

55

タイの同僚アッカラー・ブンヤサーンとはまだ連絡がつかなかった。月曜日に国家犯罪捜査局の知人がナディアに電話をしてきて、アッカラーは現在極秘任務のためにミャンマー、あるいはひょっとするとカンボジアにいて、秘書でさえいつ彼が戻るのかわからない、しかし戻ってくれば言うまでもなく真っ先にナディアに知らせる、と伝えてきた。

火曜日になっても、水曜日になっても何も連絡はなかった。木曜の朝には希望を失いかけ、バンコクのスウェーデン大使館にいる折衝役に助けを求めるための正式な要請文書を頭の中で考え始めていた。とはいえその男は今夏休み中でスウェーデンに戻ってきており、九月にノルランド地方のヘラジカ狩りのシーズンが終わってからでなければタイには戻らない。運が良ければ誰かに休暇中の代理を頼んでいるかもしれないが——ナディアはため息をついた。もらった情報が正しければ、ノルウェーとフィンランドとデンマークの同僚も現地にいるらしい。彼らもまた故郷で獲物を追っていなければだが。

しかし数時間後に国家犯罪捜査局の知人から連絡があった。旧知のアッカラーはバンコクの職場に戻ってきた。最高に元気で、いつものように親切に手助けをしてくれる。今日は職場で長い夜を過ごすつもりだから、ナディアがいつ電話をくれてもかまわない、という内容だった。

ナディアはすぐにスカイプで電話をかけた。嬉しいことに彼は聞いていた描写とたがわない男だということが判明した。漆黒《しっこく》の豊かな髪のこめかみに白髪がまじっていなければ、よく身体を鍛えた三十代にしか見えない。それに本当に流暢《りゅうちょう》な英語を話した。

ナディアは自分の捜査案件を説明した。あるかぎりの情報をメールで送るからと。まずは頼みたいことが四点ある。その上で何か忘れていることがあれば、ぜひ指摘してほしい。

第一にジャイディー・クンチャイの葬儀に関する書類を手に入れたい。特に彼女が火葬されたのかどうか、その場合どのようにされたのかに興味をもっている。

第二に、彼女に秘密の双子の姉妹がいないかどうかを知りたい。その場合、生まれてすぐに養女に出された一卵性双生児のはず。もらわれた先はおそらくスウェーデン。

第三に、カオラックやプーケットおよび周辺で、津波で行方不明になったタイ人女性らにも興味がある。これから情報を送るジャイディー・クンチャイと見た目が一致する女性たちだ。

最後に、カオラックでジャイディーの死体がみつかったとき、そしてプーケットで身元確認が行われたときの様子をもっと詳しく知りたい。

「これで全部です」ナディアは締めくくった。「まあ、とりあえず今のところは」念のためそうつけ加えた。

「あなたがたが何を考えているかはわかります」アッカラー・ブンヤサーンは穏やかな笑みを浮かべてうなずいた。

「ええ。本人なのかどうかという点に問題があって」

ともかく、われわれのうちの一人はまさにあなたと同じように考えている――とナディアは心の中でつぶやいた。

「タイでは津波のあと、まだ何百人という女性が行方不明のままです。そこにはジャイディー・クンチャイと容姿が似た女性も何人もいるでしょう」ブンヤサーンが言った。

「それはお気の毒です」

「タイはスウェーデンとはちがって」ブンヤサーンは悲しげに頭を振った。「こういうことになると、まるっきり別世界なんです。その養子の件も調べるのは非常に難しい。ご存じのように、一時期タイでは大規模な子供の人身売買が行われていた」

「病院に出生証明とか出産に関する書類はないかしら」

ブンヤサーンによれば、そこにもまた問題があった。自宅で生まれる子供もたくさんいる。豊かな家庭でも貧しい家庭でも。

でももちろん、運が良ければ情報が手に入るかもしれない。

「本当にありがたいです。お返しに何かできることがあれば、ぜひ教えてください」

「なんのために友達がいるんですか」アッカラー・ブンヤサーンは笑みを浮かべ、軽く頭を下げた。この会話への感謝を伝えるために。

それに、何かあればすぐに連絡するとも約束してくれた。時間のかかる調査もあるが、それはお互い承知の上だ。ともかく彼とその部下がすぐにナディアからもらった手がかりを追う。やっと有能な人間が現れた——ナディアは思った。それにいい人だった。ある種の人間とはちがって。

56

月曜の捜査班会議のあと、外部の人脈を使う必要性が劇的に高まったため、ベックストレームは自分の人脈をフルに活用した。その日の午後には国立法医学センター所属の女性に電話をかけた。半年前にカンファレンスで知り合った女性だ。ベックストレームはそのとき彼女を、彼女が存在すら知らなかった特別な場所へと連れていき、また一人女性の、いちばん秘密の夢に答えを与えたのだった。

「ベックストレーム、わたしでお役に立てるかしら?」女性はそう訊いた。

「実は、きみがどうしているか知りたくて」ベックストレームは嘘をついた。「それにもうしばらく会っていない。ストックホルムに来るようなことがあればぜひ知らせてくれ」

「ええ、もちろん。で、今回は何？」

「そうだな、二つあるかもしれない。たいしたことじゃないんだが」

弱めの七点。わざわざリンショーピンから呼び寄せるほどではない。南欧まで行くくらい遠いんだから。しかし彼女がストックホルムに寄る用事があるなら、止めはしない。

また一人——いやはや永遠に尽きることがない。五分後に通話を終えたとき、ベックストレームはため息をついた。


ベックストレームがリンショーピンの女性犯罪鑑識官と話していたのとだいたい同じ頃、副検事長のハンナ・ヴァスはベックストレームのいちばん上の上司に電話をかけていた。新しくソルナの警察署長に就任したカール・ボリィストレームだ。すぐに会いたい、できれば今すぐに。担当している捜査に関して重要なことを相談するために。

カール・ボリィストレームはすでになんのことだか察しがついていて、状況が許すかぎり礼儀正しい対応をとった。彼のドアはむろん常に開いているが、署内のレストランも悪くない、と。

副検事長ハンナ・ヴァスはそれでもあきらめなかった。ボリィストレームの開けっぱなしのドアの問題は、それが自分のオフィスとは別の建物についていることであって、ソルナの警察署全体がいまや敵の陣営となっている。まともな状況に戻るまで、しばらく署には近づかないつもりだ。捜査責任者としてどうしてもそこに行かなければならない場合を除いて。だから彼女には別の提案があった。新しい雇用主であるストックホルムの検察庁がまだ彼女に執務室を用意できていないせいで、現在でも経済犯罪局の建物に席がある。秘書から聞いたところによると、翌日ボリィストレームは警察庁のほうで会議があり、警察庁は彼女のオフィスのすぐそばにある。だからクングスホルメンにある小さなランチレストランでのランチを提案したい。警察庁と経済犯罪局のだいたい中間だから。

「十二時でどうでしょう」ハンナ・ヴァスが訊いた。

「非常に都合がいい」ボリィストレーム警察署長が答えた。「楽しみにしていますよ」

他にどうしろって言うんだ――受話器をおきながら署長は思った。そのときにアイデアが浮かんだのだ。ヴァスに会う前にベックストレームと話し、きっと彼女が切り出すはずの問題の準備をしておこうと。

「いやあ、きみと連絡がついてよかったよ、ベックストレーム」ボリィストレームは相手が受話器の中でうめくような声で返事するのを聞いてから言った。「運の良いことにまさにオフィスにいるのかな?」

「わたしは常に署にいますよ。いつでも働いている。ここにいなければ、警察組織の別の建物にいる」

「ああ、言うまでもなくそうだろうね。今、ちょっと会えないだろうか。ひとつきみと話したいことがあって」

「いや、残念だが」ベックストレームは独りたたずむ自分の執務室の中で首を横に振り、それをはっきりと声にも表した。「今車を待たせていてね。実行プロジェクトだ、ご存じかと思うが。そろそろ終結に近づいている」

「では明日は？　明日の午前中だ」最悪の場合、元々入っていた警察庁での会議を延期してもいいくらいだった。先にベックストレームで武装して、検察官のヴァスと対決する。それで完璧なはず。

「残念だが、無理だ。まるっきり不可能です」ベックストレームはため息をついた。「明日は一日じゅう予定が詰まっていて」

「ほんの短い間でも無理かい？　わたしの用件は長くても十五分で……」

「そうだな、十五分時間が空きそうなのは早くて木曜の午前中だ。十時」ベックストレームは自分のランチや昼寝をボリィストレームのために危機にさらすつもりはなかった。

「それは素晴らしい。では木曜の十時に」

「こちらこそ、ではお待ちしていますよ」ベックストレームはそう答え、ボリィストレームは受話器をおいてからやっと、自分がベックストレームの執務室に行くことに同意したことに気づいた。古き良き上下関係とはまったく逆だ。

なんと惨《みじ》めな日だ——ボリィストレームが深いため息をついた瞬間、トイヴォネン警部が彼の開いたドアからずかずかと入ってきて、デスクの前の椅子を顎で指すと、どかりと腰かけた。

「二分いいですか」トイヴォネンはすでに座っている。

「ああ、もちろんだ」ボリィストレームは本音を隠して言った。「きみに会えるのはいつでも嬉しいよ。何かあったのかい？」

「ええ。ともかくあのおかしな検察官を追い出してください。あの女は完全におかしい」

「なんだって？　問題はどこに？」

「まともじゃないんです。いや、それ自体は大きな問題ではないが、彼女を即座にここから追い出すという願いを聞いてくれないなら、あなたもわたしも大きな問題を抱えることになる」

「確かにピエテル・ニエミともめたという噂は聞いたが……」

「もめた……」トイヴォネンが鼻で笑った。「あのばあさんに理性のかけらもないことは我慢できる。そういう人間があそこから来たのは初めてではないしね。問題はあの女が何もわかっていないくせに何もかも管理したがることだ。ニエミとはもう話した。普段なら冷静で落ち着いた男だ。あの男を怒らせたのなら、本気で焦ったほうがいい。ついさっきＮＦＣのほうからも電話があり、最近のソルナ警察はストックホルム検察庁の下に属しているのかと嫌味を言われたよ。あのばあさんがどうやらしつこくＮＦＣのドアノブにぶら下がっているらしい。おまけにおかしな要求ばかり」

「ヴァスとは話してみるよ。すぐにね」

話の流れからして、それは真っ赤な嘘だろう——。

「素晴らしい」トイヴォネンは座ったのと同じくらい素早く立ち上がった。

「きっと何が誤解があったにちがいないよ。経済犯罪局から検察庁に来たときの推薦状を読んだが、あれほど素晴らしい推薦状は今まで見たことがない」

「警察隊の中で〝追い出し推薦状〟と呼ばれるやつですよ」トイヴォネンは皮肉っぽく笑った。

「あなたも知っておいたほうがいい」

「追い出し推薦状？」

「部下が言葉では言い表せないくらいだめなやつだったら、どうします？　なんとかして追い出すためなら何にでもサインするでしょう？」

「わかったと思う」

「よかった」


警察署長カール・ボリィストレームは指定されたレストランでハンナ・ヴァス副検事長と会った。十二分も早く約束のレストランに着いたが、ヴァスはすでに店内に座っていた。ヴァスはボリィストレームに軽くうなずきかけると、ちらりと時計を見た。

「ランチは割り勘でどうでしょう。この会議の性質を考えて、という意味です」

「ああ。でなければわたしが払ってもいいが」

「あなたの分はぜひ」ヴァスはそれからすぐに本日のパスタと水を頼んだ。無料の水道水だ。

「環境に配慮して」と言い、軽くウエイトレスにうなずきかけた。カール・ボリィストレームはニシンとじゃがいも、そして彼も水道水にした。普段なら炭酸入りのミネラルウォーターを注文するところなのに。

「環境に配慮して」ボリィストレームはウエイトレスに微笑みかけた。

料理を待つ間、ハンナ・ヴァスは自分の見解を示した。現在率いている捜査が殺人事件であることは確信している。被害者の頭蓋骨には銃弾の穴があり、被害者の残骸がみつかった状況も殺人であることを強く示していて、その点については捜査官たちとも齟齬はない。問題は別の点だった。もっと深刻な点だ。

「どんなことだい？」廊下や休憩室の噂で聞いたもめごと以外には何も知らないカール・ボリィストレームは訊いた。

「被害者の本人確認です。遺憾《いかん》ながら、うちの捜査班はDNA分析の結果を盾にして、ある一人の人間に固執して譲らない。わたしは絶対に別の人間だと思うのに」

「確かに不思議だね」ボリィストレームは同調した。「DNA分析のことだよ」

「残念ながらそういうことはよくあることです」ヴァスは雄弁に肩をすくめた。「誰かがミスを犯したにちがいない。書類がちゃんと整理されていなかったとかね。なのに捜査官らはそれを理解しようとしない。だって捜査班の誰か、あるいは同僚の誰かが非常に深刻なミスを犯したと認めることになるわけだから。まるっきり別の人間かもしれないのに何事もなかったかのように捜査を続けるなんて、法的な影響は大変なものになる」

「だが……」

「あなたはきっと、なぜわたしが正しくて彼らが間違っているという確信があるのか、知りたいんでしょう」ハンナ・ヴァスが相手を遮《さえぎ》った。

「まあ……」

「彼らが被害者だと主張している女性は十一年あまり前に死亡宣告が出ている。夫婦でクリスマスにカオラックに行ったさいに津波に巻きこまれたせいでね。津波のあと、夫婦が借りていたバンガローの中から発見されたんです。発見時には彼女のものである寝間着とアクセサリーをつけていた。その場でホテルの職員、夫、その後は母親によっても本人確認が行われた。つまり彼女の顔を知っている人たちによってね。その一昼夜後には、スウェーデン国民の身元確認をするためにやってきたスウェーデンの警察官にも。彼らも当然被害者のDNAを採取した。その結果が出て初めて、正式にそれがジャイディー・クンチャイだと確定した。あなたもご存じのとおり、スウェーデンがタイに送った警官はわが国のエリート犯罪鑑識官や捜査官です。だからその点は問題ありません」

「ああ、かなり確実なようだね。ではベックストレームほどの男がなぜ誤解したのか？ 彼はなにしろ、きみも知ってのとおり、この国で比類なき事件解決率を誇る男だ。犯人がわかっていなかった殺人事件についてはほぼ百パーセント」

「そんなことまるっきり知りませんでした」ヴァスは頭を振った。「わたしに言わせれば、常に酔っ払っているみたいだけど」

「酔っ払っている？」

「ええ、それにペンテコステ派だかワード・オブ・フェイス運動だかに関わっているみたい。牧師らが妻を殺したあのクヌートビィ教会の信者であってもおかしくないわね、あの男の奇怪な言動を考えると。誰も二度は死ねないだとか言っているし。イエスですら復活したあと地上に留まれなかった、三日目に死人のうちからよみがえり……とかなんとか。そんなことを殺人捜査の最中に言うんですよ。現代のスウェーデンで。もう頭を抱えるしかなかった」

「本当だね」カール・ボリィストレームは困ったように頭を振った。「ベックストレームがそんなに信心深いとは、実はまったく知らなかった」

「なんとかしてちょうだい。あんなニエミ警部みたいなやつに侮辱されるなんて耐えられない。わたしが命じたとおりにやればいい、それだけなのに。また同じことをやったら、すぐに職務上の過失で訴えます。昨日のことについては、このさい仕方がないから大目に見ますが」

カール・ボリィストレームはうなずくだけにしておいた。ときには小さなことに感謝するしかない。今回もだ――実際、喜ぶべきことなどほぼないに等しいのに。


その二日後、ボリィストレーム署長はベックストレーム警部と会うことになっていたが、結局会えなかった。そしてそれは完全にボリィストレーム自身のせいだった。約束の時間の十分前、ボリィストレームはそろそろ自分が指揮を取り戻し、腕を真っすぐに伸ばして相手に指令を与えるときだと考えた。だからベックストレームの執務室を訪れる代わりに、自分の部屋に残ることにした。そうすればベックストレームでも遅かれ早かれどういうことなのかに気づき、自らここにやってくるか、少なくとも電話をしてきて、何か誤解があったのか尋ねてくるはずだ。

孤独と静寂の中で十分間過ごしたあと、ベックストレームの電話にかけてみると、留守番電話につながる。ベックストレームはどうやらまるっきり気にしていないことが確実になった。現在は会議中、用があるならかけ直すように、というメッセージが流れた。仕方なくボリィストレームがベックストレームの執務室に駆けこんだとき、すでに十時を二十分も過ぎていた。しかしそこにベックストレームの姿はなく、彼の右腕アニカ・カールソンが自分の部屋から顔を覗かせた。

「あら、署長」アニカ・カールソンは嬉しそうな笑みを浮かべている。「うちのボスとの約束の時間に現れないから、心配していましたよ。あなたのところに行って様子を見てこいと言われたくらい」

「だが、ベックストレームはどこなんだ?」

「次の会議に行かなくてはいけなくて」

「待てなかったということか」

「え?　待っていましたよ。二十分近くもね」アニカ・カールソンは自分の腕時計を見つめた。

「重要な会議なんだろうね」

「ええ、ポルヘムス通りのほうで警察庁長官と会うんだとか」アニカ・カールソンは雄弁に肩をすくめた。「間に合うといいけれど。うちのいちばん上のボスは時間を守らない部下に厳しいから」

「そうなのか……」

それ以外にも惨めなことだらけなのに、いきなり部下が決定権をもちだした。慈悲も無慈悲もなく。いや、ベックストレームの慈悲と自分の無慈悲なのか？

「あの、大丈夫ですか？」アニカ・カールソンが尋ねた。

「訊いてくれてありがとう。ああ、まったく最高だよ」

いったい何が起きているんだ――。

57

ベックストレームの部下にとっては激しい労働に満ちた一週間となったが、ベックストレーム自身が何をしていたのかは不明だった。確実にわかっているのは、金曜の検察官および捜査班との会議には充分間に合う時間に出勤したことだ。コーヒーと実に美味しそうなナポレオンケーキを携えて。ソルナ・セントルムのほうの非常に評判の良いベーカリーで購入したものだ。

その一方、前日にクングスホルメンの警察庁で長官と本当に会議があったのかどうかについては定かではなかった。ダーゲンス・ニィヒエテル紙の報道によれば、警察庁長官はその日マルメにいて、もっとも犯罪率が高く移民の多い二地区を視察していたようだ。ベックストレームはダーゲンス・ニィヒエテル紙は読まないので、それについてはまるっきり関心がなかった。

捜査班が八人から四人に減ったという事実も特に彼を悩ませてはいなかった。むしろ逆で、最高のご機嫌で、天真爛漫《らんまん》で、善意に満ちていた。検察官のほうは人手が減ったことに気づき、それが彼女の最初の質問になった。

「若手はどこへ行ってしまったの？」ヴァスが尋ねた。

「お気持ちはわかりますよ」ベックストレームは彼女の皿にケーキの巨大な一切れを載せながら言った。「わたしの責任です。彼らをノルショーピンの移民局へ送ったもので。スティーグソンをリーダーにね。そうすれば移民局のデータベース担当者と一緒にその場でデータを確認できるでしょう。わたしにその判断を下させたのが誰かは説明する必要もないですね」

「やっとその手配をしてくれたのはありがたいわ」

この男はともかく命じたことはやるようだ。

「ええ」ベックストレームはヴァスのカップにコーヒーを注ぎながら言った。「その点については最近わたしもあなたと同じくらい懸念していたのでね。それと、ほんの数時間前に、要請しておいたDNAの結果が来ていた、それについてもあなたに感謝せねば。普段なら何カ月もかかるわけですから」

「ええ、確かに電話したわ。だけどまともに話せる相手をみつけるのさえまるっきり不可能で

「……」

「石の上にも三年、と言うでしょう」ベックストレームは太陽のように顔を輝かせた。「大事なのは結果だけ。だからこそこのケーキで皆と祝おうと思ったんです。乾杯ならぬ乾カップ」

ベックストレームは自分のカップを掲げてみせた。

ヴァス検察官は黙ってうなずいただけだった。そして大きなケーキの一片を口に運んだ。乾カップですって？　この男の宗派では祈禱のあとの集会でそう言って乾杯するのだろうか。

「喜ばしい知らせだ」ベックストレームは満足げなため息をついた。「わたしにしてみれば非常にね」

「どういう意味で？」

「第一にDNA分析の結果が手に入った。ニエミがなんとしてでもほしがっていた、大腿骨のDNAだ」

「で、その結果は？」

「頭蓋骨と同じDNAだったから、二重殺人やもっとひどい事件であることはもう心配しなくてもいい」

「わかったけれど、それを懸念していたわけではないんだけど」

「わかっています、わかっています。その点についてもわかりました。新しい分析をしたんです。今度は被害者の左の犬歯から。気の毒に、まもなく歯を使い切ってしまいそうだ」

「その結果は？」

「同じです」

「同じ?」

「ええ、同じ」ベックストレームが繰り返した。「三件とも同じDNA。右の犬歯の歯髄《しずい》、左の大腿骨の骨髄、それに左の犬歯の歯髄」

「NFCのほうはなんと言っているの? 移民局にあったDNA型と今回の結果を比較したのはNFCなのよね?」

「一プラス四だと。あなたもご存知のとおり、彼らの九段階のスケールでそれがいちばん上だ。それに誰も、ともかく生まれてきた人間は誰も二度は死なないから、うちの若手三人を、スティーグソンを筆頭に移民局へと送りこみ、その場でDNAデータベースを見て、どこで間違いが起きたのかを調べようと思ったわけです」

「それはとてもいい考えね、言ったとおり。あなたはどう思うの?」

「むろん解決できると思う」ベックストレームは驚きの表情になった。「言うまでもなく解決しますよ。遅かれ早かれ」ベックストレームはその視線を天井へとはわせ、両手を組んで腹においた。「父なる神は、地上のわれわれが真実の光を見るためにお導きになる」

そんな期待が口に出されたあとは短い会議になった。ケーキを食べ終わったとき——ヴァス副検事長は会議を早く終わらせるために自分がもう一切れとったが——出席者全員に礼を述べ、良い週末を願って、部屋を出ていった。

「どう思う?」検察官がいなくなるとベックストレームが尋ねた。

「うちの検察官の頭が悪いということ以外にですか?」エルナンデスがにやりとした。「ところでケーキをごちそうさまでした。普段は食べないようにしているんですが、これは本当に美味しかった」

「どういたしまして」ベックストレームは時計を見つめた。そろそろミス・フライデーの時間だ。

「確かにあの女の頭が悪いのも困ったものだけど、もうひとつのほうがもっと悪い」アニカが言った。

「なんです?」ナディアが尋ねた。

「あの女は、不幸島でみつけたのがジャイディー・クンチャイだとは絶対に認めないでしょう。彼女の辞書にはジャイディーはタイの津波で亡くなったという記述しかない。そこにタイに行っていた同僚たちの言葉や後ろ盾があるんだから。彼らはその貢献に対してなんだかすごいメダルまでもらったんだし。だからスウェーデンにいるわたしたちのほうが何か間違っているということになる。なぜそうなったのかわからないのは、わたしたちの問題ってこと」

「奇跡は信じないのか? ヴァス夫人でさえも真実の光を見ることがあるかもしれないぞ」ベックストレームが言った。

「わたしも信じませんけど」ナディアが言った。「時間の節約のために推測するとしたら、奇跡が起こるとしたら、いきなりジャイディーの当時の夫を署に連行して、何年も経ってから妻を殺したのは知っていると言ってやるくらいかしら。だけどあの女はそれすら拒否するでしょうよ。だって証拠はある？　ないでしょう」

「わたしも同意見よ、ナディア」アニカ・カールソンが言った。「今となってはうちの検察官にとって大切なのはプライドだけ。自分が間違っていて、わたしたちのような馬鹿な警官たちが正しかったなんて絶対に認めないでしょうね。ヨハン・エリクソンのような弁護士を相手に地方裁判所で闘うことになっても。ああ、新聞で読んだけれどエリクソンは三年連続でこの国最高の弁護人に選ばれたらしい。ならば津波の犠牲者の身元確認を行った昔の同僚たちにジャイディーが津波で死んだと証言させる？　ありえないでしょう、忘れて」

「なるほど。それにわたしもきみと同感だ」

「じゃあどうするんです」エルナンデスが言う。

「問題は解決するためにある」ベックストレームは肩をすくめた。「あの女はそればかり言っているだろう？　われわれ自身の罪のせいであてがわれたあのひどい人間」

タクシーに乗ってミス・フライデーを訪ねるために、自分の執務室に戻り、もち帰る必要のあるものを集めようとしたとき、部屋には驚いたことに歓迎しかねるゲストが座っていた。

「よかった、やっとだ」カール・ボリィストレームは今朝のダーゲンス・ニィヒエテル紙を読んで、やはり今度こそ自分が命令をする側だと感じたのだった。

「なんの用件かね？」

「いくつか質問があるだけだよ。ところで今朝のダーゲンス・ニィヒエテル紙で警察庁長官は昨日マルメにいたと読んだ。きみも一緒だったのかい？」

「いいや。わたしとの会議のすぐあとに出かけたんだろう。マルメに向かうとは知らなかった。なお、わたしが遅れたせいで、手がつけられないくらい不機嫌だったよ」

「それは……」

「事実を述べただけだ。なぜ嘘をつく必要がある？　ところで質問とは？」

「ああ、検察官と話したんだが、彼女は捜査に懸念を示していた」

なぜ何もかもが間違った方向にいってしまうのだろうか――ボリィストレームは考えた。わたしが何を言っても何をやっても、おかしくなってしまう。

「驚きだ。十五分前まで会っていて、非常にご機嫌だったが」

「ではきみは特に問題は感じないと？　つまり捜査に」

「まったく。わたしに言わせれば順調だ。他に何か？」

「いや」ボリィストレームは首を横に振った。「ひとつだけ好奇心で訊きたいことが」

「なんだ」

「彼女の話では、いや、あくまで推測するとだが、きみはいたって信仰心が篤いらしいね」

「信仰？　そうだな。だがそれは誰だってそうだろう。何かを信じていないやつなどいないに等しい」

「わたしが言いたいのはキリスト教の信仰のことだ」

「ああ、もちろん。何か問題でも？」

「いや、いや、まったく。ちょっと驚いただけだ。まあ言ってみれば、最近では珍しいから」

「残念ながらそのとおりだ。だがその点についてもわたしは強い信念をもっている。ほどなくして別の時代がやってきて、わたし以外にも多くの人が神の慈悲にすがることになるだろう。新しい時代がやってくるのだ――それはきみも聖書を読めばわかる」

「よければ、ぜひ……」

「もちろんだ」ベックストレームが遮った。「最初はただ子供の頃から素朴な信仰をもっていただけだ。しかし数年前に、神の啓示を受けた。そこから人生が変わったんだ」

「啓示？」

「そうだ」ベックストレームは深く息を吐き、自分の心の内を覗いた。「神が姿をお現しになったのだ。わたしの目の前に」

「そうなのか」

この男はとんでもなく頭がおかしいにちがいない――。

「そういうことだ」ベックストレームは神の慈悲を受けた者だけがもつ確信を全身から放った。「もしきみが、なぜわたしがスウェーデン犯罪史においてもっとも有能な殺人捜査官になったかを知りたいならば、それが単純な答えだ。神が姿を現し、この地上における僕《しもべ》にしたのだ」

なんてことだ――カール・ボリィストレームは思った。

「神がわたしを見守って下さる」

さて、この男はどこまでおれに耐えられるだろうか――ベックストレームはそう思いながら、署長のほうに身を乗り出した。

「ここだけの話にしてくれるなら、ひとつ教えよう。なぜそれがわかるのかを」

「もちろん、誓うよ」

いやはやこの男はとんでもなく頭がおかしいにちがいない――世間を危険に陥れる過激なタイプだろうか？　ボリィストレームは座っている椅子を念のため少し後ろにずらした。

「では話そう。実はもう二度も連絡が来ている。あの世からだ」

「で、神はなんと？」

「それは残念ながら教えられない。きみもわかってのとおり、担当事件の内容には守秘義務がある。だが心配するでない、ブラザー。ほどなくしてすべてが明らかになる。そうすればわれわれの捜査責任者となった愚かな乙女でさえも気づきを得るだろう。神の道はなんと測り知りがたいことか――十二使徒の一人パウロがローマ人への手紙第十一章三十三節にも書いているように」

わたしはここに何をしに来たんだろうか――五分後にカール・ボリィストレームは自分の執務室に向かって孤独な歩みを進めながら思った。なぜ完全に頭のおかしなキリスト教原理主義者を部下にもってしまったのか。しかも自分の執務室に足を踏み入れて初めて、もっと恐ろしい考えに襲われた。まさか彼の言うとおりだとしたら――わたしにはもう手の打ちようがない。

58

月曜にはアッカラー・ブンヤサーンがナディアに頼まれていた質問のうち二つについて回答を寄せた。

最初の質問にはメールで、前日に彼女の受信箱に入った。メールの中で彼は一般的なタイの埋葬について少し解説した上で、ジャイディー・クンチャイの場合がどうだったのかを詳細に説明してくれていた。都合の良いことに、家族が頼んだ葬儀会社がすべてビデオで記録していた。希望する遺族に撮影サービスを提供しているのだ。クンチャイの場合、二本の動画だった。まずは葬儀自体、そして一週間後にバンコクの郊外にある国立公園で遺灰を撒いたときの様子。葬儀会社とのやりとりを担当したのはジャイディーの母親で、前回それをやったのはその二十年前に夫が亡くなったときだった。

クンチャイ一家は仏教徒ではあったが、特に敬虔な信者というわけではなかった。そういう意味ではタイ国民の大多数がそうだ。ブンヤサーンの説明では、仏教式の葬儀は特に細かなしきたりのある儀式ではない。葬送には個人的な希望や好みも入れられる余地があり、そういう意味でキリスト教で言うとプロテスタントの中の改革派と似ていると言っていいだろう。仏陀の絵を飾り、香を焚き、仏教的な内容の文を読んだり歌ったりする。火葬あるいは棺に入れて土葬するにしても、仏教の伝統一般においても、タイの仏教の伝統においても厳しく決まったルールはない。

遺体の処理や葬儀のさいの別れの儀式についても同じことが言える。僧侶あるいは親族がお経を唱えるが、ジャイディーの場合にはバンコクの僧院の僧侶がその儀式を執り行った。約十人の参列者がいて、夫、母親、その他の親族、夫の大使館の同僚も一人来ていた。ジャイディーの兄は間に合わなかったが、その後遺灰を撒く儀式には参加した。

土葬もときには行われるが、火葬がもっとも一般的で、それは仏教の伝統とも矛盾をきたさない。遺灰はたいてい共同墓碑あるいは個人の希望によりその他の場所に撒かれる。ジャイディーの夫はどちらの儀式にも参加し、そのときに遺灰は散骨された。アッカラー・ブンヤサーンはナディアにリンクをつけて送った動画について、プロらしい所感を述べていた。ヨンソンが妻を殺したのだとしたら、オスカー像をあげてもいいと思う。いやオスカー像を二体あげてもいいかもしれない。〝茫然自失し、悲しみに暮れる〟寡夫役の演技に対して。その後、ナディアも同じ動画を観て、やはり同じ感想を抱いた。

これで頭のおかしな悪魔主義者やただの墓荒らしの説はさよならね。しかしそれだけではない。今わかったことを踏まえると、津波後十二年近く経ってから不幸島で発見された頭蓋骨を使ってジャイディー・クンチャイの元夫を起訴できたとしても、優秀な弁護人がどんなふうに応戦してくるのかは想像がついた。

弁護人は法廷で証拠としてこれらの動画を見せるだろう。中でも風に遺灰を撒くシーンは何度も再生させるはずだ。悲しみに暮れる夫が堪えきれずにしゃがみこみ、両手に顔をうずめ、肩を震わせながら泣き崩れる様子。そして大使館の同僚が慰めようと、肩を抱く。

その弁護人はまた、当時タイにいた国家犯罪捜査局の伝説的な警官らを法廷に呼ぶだろう。そして彼らは神の名と名誉と良心に誓って、ダニエル・ヨンソンに妻を殺せたわけがないと主張するだろう。すでに津波で死んでいたのだから。誰も二度は死ねない。だから起訴も無理ね――。

アッカラー・ブンヤサーンは仕事のパートナーとしてはちっとも悪くなかった。ナディアと同じように考え、同じ点を問題視し、同じ出口や隠し穴をみつける捜査官だった。

ナディアがパソコンを閉じて捜査班の会議に向かおうとしたとき、ベックストレームがナディアの部屋に入ってきて、検察官がたった今、今日の会議を中止したと語った。急に、もっと大事な用事ができたのだという。

「大事な用事って?」ナディアが尋ねた。

「それは言っていなかった。かといって彼女が理性を取り戻したとも思わないが。ただ、ひとつ提案があると」

「へえ?」

「捜査の状況を考えると、集まるのは週に一度で充分だそうだ」

「それであなたは今後は月曜にだけ集まろうと提案したんですね？」

「そのとおりだ、ナディア」ベックストレームは笑みを浮かべた。「きみは賢い」

賢い女にはともかく気をつけておいたほうがいいからな、とベックストレームは心の中でつぶやいた。

「狙いはなんでしょうか」

「初動捜査を中止する可能性を探っているんだと思う。わたしも異論はないよ。そうすれば普通の殺人捜査に切り替えて、まともな人間に書類のサインを頼めるんだから」

しかし実際には真逆だった。ハンナ・ヴァスは初動捜査を中止にするつもりなどなかった。ただ、つい二時間前に公安警察の防諜部に呼び出され、インゲンティングス通りの大きな正門をくぐってみると、捜査官二人と国家の安全に関する事案を取り扱う部署の検察官が待ちかまえていた。

彼らが話を聞きたいのはベックストレームが捜査主任官を務める捜査のことだった。正確に何もかも報告してくれ。彼女が捜査に対して守秘義務があることは公安警察では関係がない。知っていることをすべて話してくれ。内容を変えたり、つけ足したり、隠したりすることなしに。

彼女のほうもすぐに、彼らが捜査よりもベックストレーム本人に興味をもっていること、彼女自身に対してはなんの興味もないことに気づいた。ただし常に捜査の進展を報告するように命じられた。

「では、すべてあなたがたにメールするのがいちばんいいんでしょうね」ハンナ・ヴァスは口頭での報告を終えた瞬間にそう言った。

「それを今要請しようと思っていたんです」二人の取調官のうちの一人が言った。

「あとでわれわれのメールアドレスを教えます」もう一人も言った。

「他にわたしが知っておくべきことは？　ベックストレームに興味があることはわたしにもよくわかりました」

「コメントはできません」取調官は言い、笑顔でうなずくことでその発言を和らげた。

「ベックストレームは実は皆が思っているような人間ではない」もう一人も言った。「呑気で天真爛漫なチビのデブに見えるが。食べすぎて、飲みすぎて、女を追いかけ回しているだけではないんだ。あれより狡猾《こうかつ》な男はいない。あなたは普段どおりに接してください。怪しまれないように」

「でも、わたしの命が危ないなんてことはないですよね？」ハンナ・ヴァスも笑みを浮かべていた。

「ええ」検察官が首を横に振った。「ですが少しでも不安を感じて、降りたいということであればすぐに教えてください。その気持ちもよくわかります」

「いえ、一切問題ありません」

「ご協力に感謝します」

帰る前にヴァスは守秘義務の書類に署名させられた。彼女自身も検察官時代によく、これは単なる慣例だからと親密に軽く肩をたたくような感じで相手に書かせてきたものだ。

公安警察だなんて――ハンナ・ヴァスは職場に戻るためのタクシーに乗りこみながら思った。ベックストレームは裏で何をしているのだろうか。やはりキリスト教系テロリストなの？　自分たちが好まないもの、つまり普通の中絶クリニックや税務署やモスクなんかを爆破させるような組織――？

ナディアはまだパソコンに向かっていたが、そろそろ帰ろうかと思ったときに、ブンヤサーンからまた連絡があった。彼のいる場所ではもう夜の十一時を過ぎているはずなのに、ジャイディーの誕生に関する情報を文書にまとめ、各書類も添付されていた。今回ばかりは運が良かったようだ。ジャイディーはバンコクいちの病院の産婦人科で生まれていた。その十年前に兄が生まれたのと同じ病院だ。

兄を産んだとき、母親はすでに三十を過ぎていて、タイの産婦としては高齢だった。二人目の子供、つまりジャイディーは四十になった年に産んだ。その理由はブンヤサーンが手に入れた病院のカルテに書かれていた。クンチャイ夫妻は苦労の末やっと二人目の子供に恵まれたのだ。それまで何年も各種の専門家の支援を受けてきた。カルテには生まれてすぐ養子に出された双子の姉妹のことは書かれていなかった。両親の立場を考えると、ブンヤサーンもそれは非常に考えにくいとしている。父親はタイの軍隊の高官で、一年ほど国の副司令官を務めていたし、ジャイディーが生まれた時点で司令本部の大将だった。両親の経済状況もさることながら、切実に子供をほしがっていたことを考えると、ジャイディーの双子の姉か妹が里子に出されたという可能性はほぼありえない。

わたしもそう思う——ナディア自身は子供がいなかったが、そう思った。

そういうわけで、里子に出された一卵性双生児の仮説もバイバイ。ナディアはそう思いながら職場を出た。起訴できても結局どうなるかを考えると、それもどうでもいいことだけれど。こんな捜査を進めたい検察官がいるわけがない。

59

アニカ・カールソンはストレスを募らせていた。自分のオフィスでパソコンのキーボードをたたく日々。それもこっそり。おかしな検察官が湿った毛布のようにまとわりついているせいだ。アニカは人と話したり、取り調べをしたり、必要ならば監視したり、いざというときには自ら拘束に参加するのが好きだった。なにより外に出て身体を動かしたい。この警察署を出て。

いい加減に何かが起きるよう取り計らいたい。結局間違っていたとしても、捜査を終了して前に進めばいいだけのことだ。そろそろヨンソンの二人目の妻に話を聞きに行きたい。しかしその前にベックストレームに相談した。

「熊を早く起こしすぎるという懸念はないのか」ベックストレームが訊いた。

「いいえ。彼らが離婚したのは八年も前です。それ以来、一切連絡もとっていないみたいだし。今では新しい夫と二人の子供にも恵まれている。五歳の女の子と、数カ月前に生まれたばかりの男の子」

「じゃあ話してこい。これでやっと椅子から尻を上げられるな」

ソフィー・ダニエルソンは三十一歳だった。ダニエル・ヨンソンと出会ったときには二十二歳で、ヨンソンよりも十五歳若かった。二人は二〇〇七年の春に出会い、一緒に住み始め、その夏には結婚した。その一年後、別居して、離婚した。

アニカ・カールソンが電話をして警察だと名乗り、会って話せないかと訊いたとき、彼女はごく普通の人々がアニカ・カールソンから連絡を受けるときと同じ反応を示した。なぜ警察がわたしに？　何もしていないのに。

「あなたの元夫の話を聞きたいんです」

「なるほど……それならわかるわ。あの人、今度は何を？」

「それは会ったときに」アニカはそうあしらい、一時間後にはソフィーがヘーゲシュテイエンで夫と二人の子供と暮らすアパートのキッチンに座っていた。夫は職場で、娘は保育園。下の子は寝ている。ソフィー自身はひどく疲れていた。

「息子のイェスタは夜元気になるタイプでね」ソフィーは笑顔で客にコーヒーを注いだ。「今は寝ているけれど、わたしが寝ようとするとすぐに起きてきて、ママと遊びたがる」

「イェスタ。なんて可愛い名前なの。わたしは子供はいないけれど」

感じのいい女性だ。しかも美人。ダニエル・ヨンソンは女の好みがいいらしい。ジャイディーも写真で見るかぎり古典的なオリエンタル美女だった。そしてこのソフィー。赤毛でそばかすがあって、生き生きした瞳、美しい顔立ち、出産したばかりだというのに身体も引き締まっている。

「ベビーシッターをしたければいつでも言って。毎晩でもイェスタを貸してあげる」

「さっき電話したときにあなたが言ったことが気になっているんだけど。わたしがダニエル・ヨンソンの話が聞きたいと言ったときに」

「今度は何を、って言ったから？」

「そう。当ててみて。あなたはなんだと思う？」

「セックスでしょ」ソフィーはそう言ってうなずいた。「それ以外ないわ。ダニエルの話なら」

たまには聴取がこんなに簡単なこともある——特にがんばらなくても強制せずとも率直な会話ができることが。アニカがソフィーに行った聴取はそういう種類のものだった。ソフィーのキッチンに座ってコーヒーを飲みながら、ソフィーが前の夫について語るのを聞いた。知りたいことを知るために、たいして質問する必要もなかった。

二人が出会ったのは職場だった。十五歳年上で、津波で妻を失った男。だけど、どこでも誰でもナンパするような男。しかしソフィーがそれに気づいたのは結婚してしまったあとだった。それに気づいたとき、ソフィーは彼の元を去った。

「彼の見た目はご存じね？」ソフィーが言った。

「写真なら見ました。会ったことはないけれど」

「写真のとおりよ。男前で、身体も鍛えていて、チャーミングで——わたしは彼に夢中になった。簡単にね」

「他にも女がいることにはいつ気づいたの？」

「本人にそう言われたの。結婚したとたんに始まった」

「正直な裏切り者……」

「いや、彼はそういう男なの。たくさんの女と付き合いたい。できれば同時に、そう、行為の最中にもってこと」

「でもあなたは嫌だったんでしょう？」

「実は一度だけ承知したことがある。それもわたしの女友達とね。そのあと数カ月、ひどい精神状態だった。彼はそういうのが好きなんだろうけど、わたしはちがう。ただわたしが合意しなくても、彼はやったでしょうね。もちろん暴力的にってわけじゃないけれど。ああ、でもコントロールフリークでもあった。わたしのパソコンにログインしたり、別れたあともストーカーされたりしたし」

「被害届は出した？」

「いいえ」ソフィーは微笑んだ。「そんなことするわけないじゃない。警察に被害届って……テレビを観たり普通に新聞を読んだりしていれば、届を出したところでどうなるかはわかるでしょう。わたしは兄に相談した。うまくいったわ」

「お兄さんは何を？」

「兄貴は元フーリガンでね。それにザ・ファントムみたいな存在。優しい人には優しくて、悪いやつには手厳しいタイプ」

「それでダニエルと話をつけてもらったのね」

「ええ。ダニエルも機嫌の悪いときの兄のことを知ってるから、ストーカーも止んだわ。痛めつけたりしたわけじゃないのよ。兄は本当はすごく優しい人なの。でも兄の容姿を見れば、ダニエルみたいなのを痛い目に遭わせる必要もないってことがわかるはず」

「なるほどね。ところで話は変わるけれど……一人目の奥さんの話はよくしていた？」

「津波で亡くなった奥さんのこと？」

「ええ」

「いいえ、一度も。わたしが訊いても話さなかった。唯一口にしたのは、ケンカしたときだけかな」

「なんて言ってた？」

「彼女とのほうが一緒に暮らしやすかったって。だけど、なんて言い返せばいいの？　じゃあ彼女の元に戻ればとは言えないし」

その半時間後、アニカ・カールソンは最初の報告書をつくった。ダニエル・ヨンソンは魅力的で男前で有能で、どこでも誰でもナンパして、暴力的ではないがコントロールフリークでストーカー。最初の妻の話は、嫌がらせを言うとき以外はしなかった。前妻のことで悲しみに暮れたとしても、その部分はうまく隠していたわけだ。それ以外には？

「あの男が本物のプレイボーイかどうか知りたかった？」ソフィーはそう言って、笑みを浮かべた。

「まあそんなところ」

「もちろんそうだったわ。それに、わたしを捕まえてからは気にもしなくなったみたい。素の自分を出し始めたというか。彼は本当に感じが良くて社交的だから、疑う人もまずいないんじゃないかしら。上司とかそういう人たちは」

「ものすごくチャーミングなサイコパスみたいね」

「馬鹿言わないで」ソフィーがあきれたように天を仰いだ。「ダニエルなら、そんなの序の口」

「ダニエルと呼ぶのね。ダンネとかダンといったニックネームじゃなくて」アニカ・カールソンが指摘した。

「ええ、彼はそこにこだわった。名前はダニエル・ヨンソン。新しく人に会ったら名刺もしっかり渡して。自分が外交官だということを話すのも好きだった。商務省でただの秘書官として書類の山を積み直していただけの頃もね。結婚していた当時はそういう職務内容だったの。それにもうひとつ」

「何？」

「金遣いが荒かった。外食するのが好きで、付き合い始めた頃なんて、週に五日は彼に誘われて一緒に飲み歩いたものよ。結婚すると、結婚の贈り物だと言ってわたしに車をプレゼントしてくれた。それも安い車じゃなかったし」

「あら、やけに気前がいいのね」

「そこが問題なのよ。あの男はちっとも気前なんかよくない。必ず何か企んでいるの。車の場合はわたしが出ていくときに取り返された。あのときは本当に大変だったのよ。わたしは荷物を詰めて、地下のガレージに下りた。ヤーデットのほうにあるマンションだったんだけど、そうしたらもう車はそこになかった。返してもらおうとしたら、実はリースだったの。だからリース会社に返却されていた。わたし自身は車を借りるために月に何千クローネも払えるような状況じゃなかった。ちょうど仕事を辞めて大学で勉強を始めたところだったし、まだ二十三歳だった。何もかも理解できないことばかり。まったくひどい話でしょう？　夫を捨てて、大きな鞄を二つ抱えて地下鉄まで歩いて、ファーシュタの実家に戻って、昔の子供部屋で暮らすようになった。だってマンションも彼の名義だったし。分譲マンションだった。すごく素敵な3

DKだったのよ」

「彼はどこからそんな金を？　一人目の奥さんに保険金がかかっていたとか？」

「それはないと思う。まあ、ともかくわたしはそんな話は聞いたことがない。一人目の奥さんとは会社を経営していたんでしょう？　それで彼女が亡くなったときに会社を売却した。彼の話ではそれで何百万も入ってきたって」

「ええ。その会社なら知っている。ヨンソン＆クンチャイという名前の会社。ビジネス・マネージメントをやる株式会社だったみたいだけど」

「そう。ダニエルは経営管理の学士をもっているし、前の奥さんもそうだったみたい。会社は二人で五十パーセントずつ所有していた。アジアでビジネスをしたい人を手伝う会社」

「その点は確認できるはず。会社を売却したとき彼にいくら入ったか」

そんなに簡単な話ならいいけど。

「他に何か訊きたいことは？」ソフィーは好奇心を露わにしていた。

「これで充分だと思う。もし何か思い出したらまた連絡してもいい？」

「もちろん。ぜひ。ねえ、でも教えて。彼は何をしたの？」

「そこは複雑ね」アニカ・カールソンは微笑んだ。

「教えてよ。セックス絡みでしょう？　当然そうよね」

「それがちがうの」アニカ・カールソンは首を横に振った。

「ええ？　じゃあ、何？」

「実はよくわからない。もしかしたら何もしてないかもしれない。ただ、わたしみたいなのが知りたがっているだけで」

「やめてよ。あのダニエルよ。絶対に何かしたはず」


署に戻ると、アニカはまずナディアのところに向かった。

「ヨンソンが妻と経営していた会社があったじゃない?」

「ヨンソン&クンチャイ・サウス・イースト・アジア・トレーディング・アンド・ビジネス・マネージメント株式会社ね」

「そう」

この女は記憶に形を与える才能がある——。

「それが?」

「二人目の奥さんの話では、その会社を売ったときにヨンソンに何百万も入ったって」

「それは考えにくいわね。でももちろん、その点も確認事項のリストに入っています」

「よかった、わたしがやらずにすんで。数字は得意じゃないから」

「でも、そんなに単純な話じゃないと思う」ナディアは頭を振った。

「妻を殺して金を手に入れたんなら、どうやって津波を手配したのかって?」

「そんなところね」

自分のオフィスに戻ると、アニカ・カールソンはソフィー・ダニエルソンの兄の写真を検索した。アクセル・ダニエルソン、三十六歳。いちばんいい写真はハンマルビィのサポータークラブのホームページにみつかった。全身が写っている。元サッカー少年、現サポーター責任者。二メートルの身長に百キロの筋肉がついている。

ソフィー、あなたの言った意味がよくわかるわ――アニカはつぶやいた。

60

アニカ・カールソンが家に帰る前に、ナディアがやってきた。ヨンソン＆クンチャイ株式会社とその事業内容についてわかるかぎりのことを調べたという。

「会社を売って何百万も入ってきたという話、それは忘れていいと思う」ナディアが言った。

「じゃあ、いくら入ったの？」

「一クローネ。けれど買い手は数十万あった負債を引き受け、事業を清算するための費用も払った。この取引は二〇〇六年九月に行われていて、買い手がなぜそこまでしてその会社を買ったかというと、クライアントを引き継ぎたかったから。財務書類をメールで送りましょうか？会社の決算書、クライアントとの契約書、清算したときの書類なんか」

「いやだ、やめて。あなたを信じるから。わたしはそういう数字の書類が大嫌い。一クローネしか受け取らなかったなら、なぜ成金男みたいに振舞えたのかは謎ね。ストゥーレ広場周辺の高級レストランの空気を吸って生きていたみたいだけど」

「妻の生命保険は理由のひとつになる。雇用主が彼のために契約した保険は、彼が大使館で働いていた当時の妻であるジャイディーにもかかっていたから」

「いくらだったの？」

「二百万」

「まあ、じゃあそれか」

「いや、わたしはそれでも足りないと思う。スウェーデンに戻った夏、ヨンソンはすでに半年も疾病休暇をとっていた。その状態でヤーデットに分譲マンション？　エーレグルンズ通りの３ＤＫを四百万でよ」

「高給をもらっていたのかもよ？　外交官ってずいぶんもらえるんでしょう？」

「駐在中はまあ悪くないけれど、あとはたいした額じゃない。二〇〇五年はほぼずっと休職していたわけだし。それからストックホルムの商務省で貿易を担当する部署に配属された。役職もつかない秘書官として」

「そういう仕事だといくらもらえるの？」

「あなたのような犯罪捜査警部よりもたいして多くはない」ナディアは笑みを浮かべた。

「じゃあそんなにリッチだったはずがない」

「そう。普通の生活なら足りる額でしょうけれど」

「ソフィーの話からはすごく金遣いが荒い印象を受けた。その金がどこから来たのか……」

「わからない」ナディアは頭を振った。「調べてみるけれど。今のところ何もわかっていない」

「何もないのかもね」

「いや、何かあるはず。分譲マンションは二年半後にソフィー・ダニエルソンと結婚したときに買ったんだもの。四百万近くで」

「保険金を他にも妻にかけていたのかも」

「そうね、わたしはまだみつけられていないけれど」

61

アニカ・カールソンがソフィー・ダニエルソンと話していた頃、タイの警官が二人バンコクからプーケットへと飛んだ。タイ王国警察の国家犯罪捜査部所属のインスペクター、スーラー・コンパイサーンとその後輩のサブ・インスペクター、シュワン・ジェチラワで、彼らをプーケットに送ったのは上司でスーパーインテンデントのアッカラー・ブンヤサーンだった。アンポーン・メーサーンという名前の、現在カオラックの大型ホテルでレセプション長として働いている女性に話を聞くためだった。しかし現地に到着してみると、彼女の同僚にも聴取しなければいけないことが判明した。ウィナイ・パオソンという名前で、以前はホテルの管理人をしていた男性だ。

十二年近く前にプーケットを津波が襲ったとき、アンポーンはジャイディーと夫がバンガローを借りていたホテルの受付係だった。二人は十二月二十二日水曜日にチェックインをすませ、宿泊予定は一月一日までだった。しかし津波が彼らの予定を覆《くつがえ》し、十二月二十七日にはアンポーン・メーサーンとそのホテルで働いていた若い管理人ウィナイ・パオソンは、ダニエル・ヨンソンがジャイディー・クンチャイの遺体をバンガローから運び出すのを手伝うことになった。それはアンポーンが忘れたくても生涯忘れられない記憶だった。

コンパイサーンとジェチラワが八月十六日に行った聴取は二時間近くかかった。コンパイサーンが取調責任者、ジェチラワが補佐官だったが、二度にわたって中断せざるをえなかった。というのも、アンポーンが感情をたかぶらせてしまい、落ち着かせるための時間が必要だったからだ。それは会話形式の聴取で、まずはテープに録音され、それから英語に訳されてプリントアウトされた。三日後にはそれがナディアの受信箱に、録音したデータのリンクとともに送られてきた。

それに加えて、メールの送信者であるブンヤサーンからの親しみのこもった挨拶文。ナディアがタイ語を一言もわからないというのは承知の上で、それでも音声ファイルを送るのは〝のちのち弁護士の機嫌を損ねないための法的な配慮〟だと説明していた。それにスウェーデンの国家犯罪捜査局には素晴らしいタイ語翻訳者が複数いることを知っている。なお聴取の中で、三人が崩れかけたバンガローからジャイディーの遺体を運び出した様子が語られているが、そこに特に注目するようにとブンヤサーンは強調している。なお聴取を英語に訳したのはブンヤサーン本人で、ナディアはそれを読みながらスウェーデン語に訳していった。

「では、あなたはバンガローの中には入らずに、ヨンソン氏とウィナイが中でクンチャイ夫人を捜している間、外で待っていたんですね？」

「ええ、彼女の夫、つまりヨンソン氏から外で待つように言われたんです。小屋はいつ崩れてもおかしくないような状態だったし。助かりましたよ、すごく恐ろしかったんです。あの頃わたしはまだ二十歳で」

「そうね、十分か十五分かしら。ウィナイはどのくらい小屋の中にいました？」

「彼らが中にいるのは見えていました？」

「いいえ、でも声は聞こえていました。あれをどかしたり、これをどかしたりして。それからヨンソン氏の叫び声が聞こえた。絶望の叫びでした。ウィナイから聞いた話では、それが奥さんをみつけたときだったそうです。奥さんはベッドの下に挟まれていた。ヨンソン氏は彼女の名前を叫んでいました。ジャイディー、ジャイディーと。片足がベッドの下から出ているのが見えたそうです」

「でもあなたはその場面を見ていないんですね。妻をみつけて叫びだしたところも、ジャイディーがベッドの下に挟まれていたところも」

「ええ、すべてウィナイから聞いた話で」

「それから？」

「それからウィナイが出てきて、急いでホテルに戻って担架《たんか》とシーツをもってくるように言った。そのとき、彼女はまだ生きているのかと思ったのを覚えています」

「どのくらいかかりました？　また小屋に戻ってくるのに」

「必死で走ったのを覚えています。それに受付には担架もシーツもタオルもあった。そこにタオルやシーツを積み上げていました。だから担架とシーツを何枚かつかむと、また走って戻ったんです」

「それにどのくらい時間がかかりました？　五分？　十分？」

「長くて五分です。もっと早かったかも。戻ったとき、二人はまだ中にいた。バンガローは海岸に立っていて、ホテルの本館から五十メートルほどだったんです」

「では担架とシーツをもって戻るのに五分もかからなかったと？」

「二、三分でしょう、長くても。あんなに速く走ったのは人生最初で最後です。まだ彼女が生きていると思ったから……」

「それから？」

「それからヨンソン氏が奥さんを胸に抱いて出てきました。そのあとからウィナイが。覚えています。まずヨンソン氏が妻を抱いて出てきた、まるで赤ん坊を抱くように、彼は絶望しきっていました……すみません、だけど……（洟《はな》をすする音）」

「聴取を中断する。時間は十一時二十三分」

最初の中断は五分だった。再び聴取を始めたとき、コンパイサーンは慎重に言葉を選んでいた。

「それからどうなったか、話せそうですか？」

「ええ……大丈夫だと思います……（洟をすする音）」

「急ぎませんから、アンポーン。ご自分のペースで」

「まずは三人で彼女を担架に乗せました。そのときにわたしにも死んでいるのがわかった。触ってもわかるくらいだったんです。身体が完全に硬くなっていて。片腕を伸ばしていて、血だらけだった。顔がね。ウィナイがあとで話してくれたんですが、寝室の屋根が崩れ、太い梁《はり》が頭に落ちたそうです。天井から落ちてきたの」

「でも一目で彼女だとわかったんですね？　ヨンソン氏の妻だと」

「ええ、彼女でした。一週間近く毎日見かけていたんですから。日に何度もね。特にあのヒスイと金の首飾りが目を引きました。常につけていた。すごく特別で、すごくきれいな首飾り。相当高かったにちがいない。それからネグリジェも着ていた。ネグリジェにも見覚えがありました。とてもきれいなシルクで、色は紺でした」

「なぜそれが彼女のネグリジェだとわかったんです？　着ているところを見たことがあったんですか？」

「ええ、クリスマスイブの朝に彼女の夫、ヨンソン氏宛に長いメールがホテルのレセプションに送られてきたんです。バンコクのスウェーデン大使館からで、スウェーデン語でした。だからわたしたちには何が書いてあるのかわからなかったけれど、上司に二人のバンガローに渡しに行けと言われた。重要なメールかもしれないから。ヨンソン氏はスウェーデン大使館で働いていたでしょう。外交官だった。それでわたしがバンガローのドアをノックしたら、開けてくれたのは奥さんだった。ネグリジェを着ていました。だから……（洟をすする音）」

「アンポーン、ではいったん休憩にしよう。何か飲み物でも？」

（洟をすする音。何を言ったかは聞こえない）

二度目の中断は十五分間で、聴取を再開したとき、コンパイサーンは多少視点を変えた質問でアンポーンの苦痛を和らげようとした。

「ちょっと興味があるんだが、アンポーン。きみが渡しに行ったメールというのは、上司が思ったように重要な内容だったのかい？」

「それがちがったんです。実は訊いてみたんですよ、ヨンソン夫人に。そう、ジャイディー・クンチャイに。だって彼女が読みながら笑いだしたから。スウェーデン語はおできになったんです。ご主人とはいつもスウェーデン語で話していました。メールは大使からのクリスマスの挨拶だったそうです。大使館の職員全員にメリークリスマス、というような。夫を起こすほどの内容ではないと言っていたのを覚えています。だってひどい二日酔いで……二人は前の晩、遅くまで出かけていたから」

「なるほど。ではさっきの話に戻ると、あなたがたはヨンソン氏の奥さんを担架に乗せた。それから?」

「ええ、それからわたしがとってきたシーツで彼女をくるみ、ホテルまで運び、地下室に寝かせた。そこがいちばん涼しかったから。みつけた遺体は地下に集めていたんです」

その十五分後に聴取は終わったが、最後に話した内容から、スラー・コンパイサーンは元々の任務にはなかった聴取もしようと決めていた。

「ウィナイという同僚の話が出たね。どこに行けば会えるだろうか」

「電話して呼んでみますが」

「電話で呼べるのかい?」

「ええ、彼は津波のあとホテルを辞めたんです。あのときまだ十六歳だったから気持ちはわかる。今はタクシーを運転しています。自分で経営しているんですよ。いとこと一緒に。従業員もいて、三台タクシーを所有していると思う。よくここまでお客を乗せてきます」

「それはよかった。電話番号を教えてもらえないか」

「わたしが電話したほうがいいと思います。今も友達なので」

「ではそうしてもらえるとありがたい」

どうやらうまく連絡がとれたようで、その一時間後にはウィナイ・パオソンの聴取が始まった。

62

その前の週の金曜日、スティーグソンとオルソンとオレシケーヴィッチはノルショーピンにある移民局に赴き、やっと資料保管担当者と会えることになっていた。彼女の同僚によれば、捜査に有益な情報をもっているとしたら移民局では彼女しかいないという話だったのだ。ノルショーピンに向かう車の中で、スティーグソンは考えていた。最初からカジュアルに切り出して、かしこまらずに居心地良い雰囲気をつくろうか。別組織の人間と協力するときには、それで必ず雰囲気が和らいだ。まずはちょっとからかってもいいかもしれない。なぜあえて金曜日に休暇から戻ったのですか、なんて。しかし相手に会った瞬間にその計画は吹っ飛んだ。それに資料保管担当者のほうも話せることはたいしてなかった。

ジャイディーがスウェーデンに来て居住許可、労働許可そしてスウェーデン国籍を申請した当時は——どれもスウェーデン国民の男性と結婚するにあたってのことだったが——当然移民局には彼女に関する情報が多くあった。それまで彼女が生きてきた人生がわかるような情報だ。それだけでなく、彼女が将来をどう考えているのか、その中でもスウェーデンという国が関わってくる部分に関することが。

それは十五年あまり前の話で、当時なら移民局も警察の質問にあますことなく答えられただろう。警官が訊こうとは思いつかないような情報だってあったかもしれない。しかし現在では状況は変わっている。ジャイディーが夢を実現するにつれ、彼女の情報は消されていき、最後まで残っていた情報も死亡宣告を受けた時点で廃棄されてしまった。移民局が書類の海に沈んでしまわないようにするためには、そういった対処は当然かつ必要である。資料保管担当者はそう断言し、客たちを鋭い目つきで見つめ返した。

協力できるとすれば一般的な助言や、他にどこを探せばいいかという代替案くらいか。移民局の資料がときに国立公文書館、場合によっては各県の公文書館に行き着くこともある。そういう場所を探す価値はある。

移民局にあったDNA型については、もちろん移民局内で分析したわけではない。分析は警察が担当していて、移民局の担当部署にいちばん近い警察の部署に頼んでいる。結果は移民局のほうで保管され、警察では保管しないのも別におかしなことではない。これらのDNAは犯罪容疑のために採取されたわけではなく、スウェーデンで暮らしたい人の身元を確認するためなのだから。

最後に彼女はちょっとしたアドバイスをくれた。学術研究という分野も協力できるかもしれない。移民に関する研究は多くあり、彼女自身も移民局で資料を集めていた研究者を知っている。スウェーデンに来て結婚するタイ人女性に関する論文を書くためだった。ちょうど移民局がジャイディー・クンチャイの件を担当していた頃に。

「その論文、タイトルを覚えていたりしませんか？」オレシケーヴィッチが訊いた。三人の中でとりあえず自分がいちばん学歴が高いことを自負してのことだった。

この女は甘く見てはいけない——とも思いつつ。

「言うまでもなく覚えていますよ」資料保管担当者の女性はなぜかスティーグソンを鋭い目で睨みつけた。「英語ですけどね」そう言って、相手を挑発するような表情になった。

「ぜひ教えてください」オレシケーヴィッチは手にもったペンを握り直した。

「ニュー・ライフ、ニュー・カントリー、ニュー・ハズバンド。副題もついていたけれど、それは忘れてしまった。女性に対して男がどのように権力を振るうのかというテーマですよ」

「論文筆者の名前は覚えていますか？」

「ええ、書いたのはオーサ・レイヨンボリィ教授です。名前くらいご存じでしょう？　有名な社会学者でジェンダーの研究者。リンショーピン大学の教授でもある。わたしからよろしく言ってちょうだい。彼女が論文のためにここで資料を集めていたときに、個人的にも仲良くなったの」

「それはよかった」スティーグソンは言った。それ以外になんて言えばいいってんだ——。

「ええ、実に恐ろしい話ですよ」

「何がです？」クリスティン・オルソンが尋ねた。

「スウェーデン人の男たちが女性をタイから連れてきて、どんな仕打ちをしたのか。まるで奴隷売買よ。それで警察は何をしてくれた？　何もしていないでしょう」

「ベックストレームにそのレイヨンボリィ教授に会ってもらってはどうでしょう」ストックホルムに戻る車中でクリスティン・オルソンが言い出した。

「きみがベックストレームに訊いてみるといい」スティーグソンが答えた。「おれは訊くつもりはない。これでも養わなければいけない妻と子供がいるんだ」

月曜にはジェンダー研究の教授のオーサ・レイヨンボリィに会うためにリンショーピンに赴いた。今回はスティーグソンがストックホルムに残って、より逼迫《ひっぱく》した任務をこなすことになり、チームは縮小された。しかも検察官が月曜の会議を中止した。

レイヨンボリィは論文の中で、スウェーデン人と結婚するためにスウェーデンにやってきた十九人のタイ人女性に詳細なインタビューを行っていた。ジャイディー・クンチャイもインタビューされたうちの一人で、そのこと自体を人に教えても守秘義務には反さない。

「ジャイディーはその後、津波で亡くなった女性ね」レイヨンボリィの発言は質問ではなく、結論だった。

「ええ」クリスティン・オルソンもうなずいた。

この人は先日の資料保管担当者と親戚なのだろうか。

「彼女の同胞女性たちがどんな日に遭ったかを考えると、ジャイディーはましなほうだった」

レイヨンボリィはため息をつき、オレシケーヴィッチを睨みつけた。

「ジャイディー・クンチャイに関する情報をおもちなんですね?」クリスティン・オルソンが訊いた。

レイヨンボリィ教授はジャイディー・クンチャイの情報をいくらでももっていた。以前は移民局にあった資料すべて、それに自分で行った詳細なインタビューも。

「それを見せてもらうことはできますか」クリスティン・オルソンが尋ねた。「今担当している捜査で、必要な情報かもしれないんです。おそらく役に立ちます」

「だめです。見せられません。そのためにここまで来たんなら、無駄足でしたね」教授はそう言い切り、腕時計を見た。

「じゃあ、いくつか質問させてもらってもいいでしょうか」

「だめです」

「ご存じかどうかわかりませんが、これは警察の捜査なので、その資料の閲覧を裁判所に請求することもできるんですよ」がんばれ、おれ――オレシケーヴィッチは心の中で自分を激励した。これでも一応法学の学位はもっているんだから。

「では幸運を祈ります」レイヨンボリィは皮肉な笑みを浮かべ、真っ白な鋭い歯を全部見せて、限界まで目を細めた。「さて、わたしはもっと大事なことがあるんだから、このミーティングは終わりにさせてもらいます」

「どう思う？」ストックホルムに戻る車中で、クリスティン・オルソンが尋ねた。「裁判所に頼めば、本当に資料を見せてもらえると思う？」

「いいや。きみは？」

「あなたと同じ」

「やっぱりベックストレームに行ってもらったほうがよかったかな」

63

ダニエル・ヨンソンの死んだ妻をバンガローから運び出すのを手伝ったホテルの管理人ウィナイ・パオソンにも聴取を行ったところ、基本的には何もかもアンポーン・メーサーンの話と一致していた。二人が見聞きしたのは、同じ出来事だった。残るは、アンポーンが入らなかったバンガローの中で何が起きたのかを細かく聞き出すだけだった。

寝室は入口から見ていちばん奥にあって、ダニエル・ヨンソンは小屋の中では常にウィナイの先に立って歩いた。天井や壁から色々なものがが落ちてきていて、窓ガラスの破片も大量に散らばっていたし、家具は転がり、天井のランプも落ちていた。やっと寝室に入ったときにまず目にしたのは、ひっくり返った大きなベッドとその下から突き出ている裸の足だった。そのときにヨンソンが妻の名を叫び、ベッドから妻の身体を引き出そうとしたのだった。

「そのときあなたは何を？」コンパイサーンが尋ねた。

「わたしはベッドをもち上げようとしました。ヨンソン氏が妻を引き出せるようにね。床とベッドの間に挟まれていたんですから」

二人で協力して、まもなく彼女を引き出すことができた。ジャイディーの顔は血だらけだった。天井の梁が落ちてきて頭を直撃したのだ。青いネグリジェを着ていたが、身につけていたのはそれだけだった。

「パンティーもブラジャーも、靴下もなかったと？」

「ええ。ヨンソン氏がネグリジェを下げたのを覚えています。腰までめくれあがっていたから」

「なぜそんなことを？」

「別におかしなことはないでしょう。小屋の外にいたのはアンポーンだけじゃない。皆が走り回っていた。妻の身体を隠したいのは当然です」

「ああ、当然だな」コンパイサーンも同意した。「ネグリジェにも血がついていたかは覚えているか？」

「覚えていません。ついていなかったかも。そのときは顔じゅう血だらけだ、と思っただけで。それに髪も」

「彼女がつけていた首飾りは……」

「ええ、つけていました。ヨンソン氏を手伝ってベッドの下から引き出そうとしたときに。彼女は常にあの首飾りをつけていました。食事のときも、海で泳ぐときも」

「では、小屋から運び出したのがジャイディー・クンチャイだという確信があるんですね？」

「ええ、もちろん。他に誰だっていうんです」

「他に何か覚えていることは？」

「とにかく恐ろしかったことかな。ぼくはまだ十六歳だったんです。ヨンソン氏がずっと泣いていたのも覚えている。何かぶつぶつ言っていたけど、スウェーデン語だったんでしょう、ぼくにはさっぱりわからなかったから」

ジャイディー・クンチャイと夫はカオラックでの滞在費を支払わなくてよかった。ホテルの保険会社が支払ったからだ。夫が事前に電話をしてバンガローを予約したときにクレジットカードで払った前払い金も返金されている。ホテルには彼らが滞在したことを示す書類が残っていて、その中に二人が結局受け取ることのなかった請求書もあった。法的に定められた期間以上に経理書類を保管していたのは津波のことがあったからで、警察や省庁から連絡があった場合に備えてだった。ホテルが傷害賠償を請求されたときの証拠にもなる。これらの書類が生かし続けているのは、本当は忘れたい記憶なのに。

バンコク行きの最終便に乗りこむ前に、コンパイサーンとジェチラワはジャイディー・クンチャイが津波に命を奪われた日に夫と泊まっていたホテルにも立ち寄った。ホテルの施設内を歩き回ったが、津波の前と変わらぬ光景だった。水ぎわには今でもバンガローが並んでいて、唯一新しいものといえば、海岸ぞいに立つサイレン用のスピーカーだった。また同じことが起きるようなことがあれば、宿泊者に事前に警告できるようになっている。

ホテルを出る頃には、ジャイディー・クンチャイとダニエル・ヨンソンの滞在に関する書類をすべて手に入れていた。結果的に保険会社が支払った請求書、その内訳にはバンガローの宿泊料以外にも色々なものが記載されていた。ホテルのレストランでの飲食、ホテルの本館にある売店でのショッピング。そういったものが何もかも、夫妻が受け取ることのなかった請求書に記録されていた。当時ダニエル・ヨンソンが使っていたクレジットカードのコピーもあった。アメリカン・エキスプレスのプラチナカードだ。

新しい聴取が二件、タクシーの予約記録。誰かがタクシーを予約したが、来なかったようだ。それにアメリカン・エキスプレスのプラチナカードのコピー、夫妻が支払わなかった請求書に残った記録。

おれのような人間が殺人犯を捕まえるときに必要なものばかりだ——翌日、二人の部下がプーケットで手に入れた情報を把握したとき、アッカラー・ブンヤサーンは心の中でつぶやいた。当然そういうことだったのだ。なぜむやみにことをややこしくする？

64

スウェーデンの防諜部のボスはいちばん上の上司リサ・マッテイに新たにミーティングを申しこんだ。なるべく早く、できれば今すぐに。なぜならスウェーデン人の潜入エージェント、エーヴェルト・ベックストレームがロシアのために行っている行為が予想外の、そして非常に懸念すべき展開を見せたからだ。

マッテイはその二時間後には防諜部のボスと会った。マッテイの執務室の椅子に腰を下ろしたとき、彼は外務省の保安責任者で公安警察とのやりとりを担当している高官も引き連れていた。

「では教えてちょうだい。あの男、今度は何をしでかしたの？」マッテイは自分の紅茶をかき混ぜながら、デスク上にあるコーヒーの魔法瓶にもうなずきかけた。

「妻を殺した罪でスウェーデン人の外交官を捕らえようとしているんです」防諜部のボスが言った。

「そうなんです」外務省の高官も援護した。「外務省のほうで一カ月後にはヴィリニユスに大使として送ろうとしていた人物をです。政治的な状況を考えると、偶然とは考えづらい」

「で、本当にやったの？」マッテイは興味津々のまなざしで外務省からの客を見つめた。

「え？」

「だから、未来の大使よ。奥さんを殺したの？」

「いいえ、まさか」

「なぜ殺していないと断言できるの？　ベックストレームの私生活のことはなんとでも言えばいいけれど、殺人捜査官としては悪くないわよ」

「これは悲劇的な話なんですが……」高官が言う。「その女性はタイの津波で十二年近く前に亡くなっているんです。彼女の夫が当時バンコクの在外公館で働いていたときに。二人はクリスマス休暇でカオラックに来ていた。津波のあと、スウェーデンの国家犯罪捜査局の警官が彼女の身元確認を行った。だからそれが妻だというのは確実です。その後何年も経ってから殺せたはずがない。しかもここスウェーデンで」

「確かに驚くべき話ね。誰も二度は死ねない」マッテイが言った。「国家犯罪捜査局にはもう確認したの？」

「ええ」防諜部のボスが答えた。「彼らもその女性が二〇〇四年の津波で亡くなったことは確信していました」

「国家犯罪捜査局はベックストレームの行動をなんと？」

「完全におかしくなったにちがいないと。確かにあの生活ぶりを見ていればその可能性も……」

「しかし同時に、もっと合理的な説明もあります」外務省の高官が言葉を継いだ。

「何を考えているかはわかります」マッテイが言った。「スウェーデンはリトアニアに妻を殺した男を大使として送りこむ。スウェーデンがどんな国だかよくわかるわね」

「ええ、ロシアのプロパガンダにこれ以上のご馳走はない」防諜部のボスも言った。「ましてやスウェーデンのメディアを引用できるんですから。ベックストレームが普段どんなふうに捜査を進めるかはご存じでしょう。各新聞の見出しを見ていれば捜査の進展を追える」

「ベックストレームの捜査を担当している検察官には連絡をつけておきました」防諜部のボスが続けた。「彼女も捜査の進展に驚いていると言っていた。それに捜査官らが彼女の言うことをまるっきり聞こうとしないと」

「検察官と捜査班のソリが合わないのは初めてのことではないけれど」

「ええ、もちろんです。ですが今回の状況を全体的に考えると懸念しかありません。いや、実に不安だ」

「そうね、なるほど。わかりました。だけど二、三日はください。今聞いた話は初耳だから、決定を下すならばまずはよく調べないと」

当たりか外れか――どちらにしても何かすべきだ。

だからリサ・マッテイはすぐ向かいの部屋に座る秘書の元へ向かった。

「今帰った二人はちっとも嬉しそうな顔ではなかったですね」秘書が笑みを浮かべた。

「ええ。彼らがどう思っているのか、その気持ちは理解できる」

「どういたしましょうか」

「マルティネスとモトエレをお願い。わたしの部屋に、今すぐに」

「二つ質問があるの」マッテイが言った。「ひとつめはスウェーデンの9・11に関すること。爆弾職人のアブド・カリードとその恋人ヘレナ・パルムグリエン——警察に潜入していたスパイがハルプスンドでテロ攻撃を行い、二十人もの命を奪った。被害者には閣僚が複数が含まれ、わたしの前任者もいた。エーヴェルト・ベックストレームはその件についてどのくらい知っているの？」

「ベックストレームはわれわれの捜査を手伝ってくれました」モトエレが言う。「前のボスがパルムグリエンと性的関係にあったことを示す写真をくれたのはベックストレームですし。なお、写真はわたし自身が受け取りました」

「じゃあネガは？　ベックストレームがまだ持っているの？」

「ええ」今度はマルティネスが答えた。「当時もそこは確認したんですが……相手が誰なのかを考えると写真を押収したり守秘義務を強要したりするなんてまるっきり無意味ですよね。そんなことしようものなら、ベックストレームは前のGDをメディアでさらしたでしょう。それも世界じゅうに向けて。ただ単にわたしたちに嫌がらせをするためにね。ベックストレームはそういう男です。まるで大きな赤ん坊なんだから」

「じゃあ訊くけれど」マッテイが言った。「パルムグリエンがわたしの前任者から奪ったのはズボンだけじゃない。当然ベックストレームはそれも見抜いていたでしょう。なぜそれを新聞に売らなかったのかしら」

「あの男は極端な愛国主義者です」モトエレが言った。「政治的な状況を考えると、そんなことは絶対にしないでしょう。ロシアに利用されるだけだ」

「ベックストレームはまもなく非常に権威あるロシアの賞をもらうことになっている。なんらかの形でロシアを助けたからしい。それはハルプスンドのテロとは一切関係がないんだけど、そのときに……その写真を渡すことでロシアに謝意を示すということはありえると思う？」

「まさか」モトエレは頭を振った。「ロシアには渡さないでしょう」

「わたしもそうは思えません」マルティネスは嬉しそうな笑みを浮かべた。「あの男の頭にはスウェーデンの国旗が生えている。普通、わたしたちには脳みそが入っているあたりにね。そしてその旗を上げるチャンスを逃さない。ロシアはそれをわかっているんだろうか。かなりおもしろいことになりそうだけど」

「まあ、笑っている場合ではなくなるでしょうね。でも、もしわれわれがベックストレームに嫌がらせをしたらどうなる？　本当にうんざりするような嫌がらせを。そうしたら、あの男はどう出ると思う？」

「なぜそんなことをするんです」モトエレが訊いた。「ベックストレームより優秀な警官はいないのに」

あらまあ。よりによって、フランク・モトエレがそんなことを言うの。

「ですが当然、ベックストレームは黙っていないでしょうね。味方に背中を刺されたりしたら。そんなこと我慢できるやつなんかいます？」

「その流れで次の質問になるんだけれど」

「なんでしょうか」マルティネスが答えた。

「今担当している殺人捜査で、ベックストレームは殺された女性の夫が犯人だと思いこんでいる。なぜその件がうちに入ってきたかというと、その男がスウェーデンの外交官だから。それも、バルト海の隣人の元で大使になる予定の」

「ベックストレームがそう思うなら、そうなんじゃないですか」モトエレが言う。

「フランク、太陽にさえも黒点はある。わたしは何か判断を下す前に確実なことを知りたいの。どういうことなのか調べてちょうだい。ソルナ警察にいるうちのコンタクト経由で。彼女のことはわたしも信用しているから」

「いつまでにですか？」マルティネスが訊いた。

「今すぐ」

「リサ、やめてください」マルティネスがあきれて頭を振った。「そういうわけにはいきません。これは現実なんです。テレビドラマじゃなくて」

「わかったわよ。じゃあ明日。あるいはまあ、あさってでも。なんだかんだ言って、あなたとフランクですからね」

65

クリスティン・オルソンは寝ている熊を起こさないというテーマに合ったアイデアを思いついた。それに捜査がいっこうに進まないとも感じていたから、直属の上司ヤン・スティーグソンではなくアニカ・カールソンの元に向かった。

「ジャイディーの完璧な歯のことを話していた同僚のことを覚えています？」

「カロリーン・ホルムグリエンね」アニカ・カールソンが答えた。「彼女にジャイディーや当時の夫の話を聞こうとでも？」

「ええ。もうダニエル・ヨンソンとも接点がないようですし。今は企業から債権を買い取ったり、人にお金を貸したりする会社に勤めています。あとはクレジットカードの審査なんかも。セーデルテリエ署で働く同僚と結婚しているみたい。その点についてはネット上に情報があった。じゃあ、あなたも同じことを考えていたんですね？」

「ええ。やりなさい。一緒に行きたいところだけど、わたしはやらなければいけないことが色色あって」

「スティーグソンも連れていきますか?」

「いいえ。なぜその必要が?」

カロリーン・ホルムグリエンは警察が連絡してきて話を聞きたいと言われたときに普通の人が見せるのと同じ反応を見せなかった。驚きもしなかったし、好奇心をむき出しにもしなかった。ただどのくらい時間がかかるのか、急ぎなのか、ならばどこで会うのがいいかと訊いた。おそらく彼女の職務内容と夫の職業のコンビネーションのせいだろう、とクリスティンは思った。そして最長でも一時間、できればすぐに、自分が彼女の職場に行くのは問題ないと答えた。

「わかりました。ではわたしの職場で一時に。受付で名前を言ってもらえれば、迎えに行きます。二人きりで話せるよう、会議室を用意しておくから」

悪くないミーティングになった。そしてクリスティンがそこまで行くのを助けてくれた松葉杖が、会話にも貢献した。

「うちの夫も警官だから」カロリーンはまずそう言った。「警察は人手不足で大変なんでしょう? どこの部署も不満だらけ。だけど夫の愚痴よりあなたの怪我のほうが信憑性がある」

「これはサッカーなの」クリスティンは正直に答えた。「勢いよくタックルしすぎて。だから自分のせい」

「あら、そう」カロリーンは優しく微笑んだ。「そういうこともあるわね。さて、今回はどのクライアントが警察のお世話になっているの？」

「そういうんじゃないんです。あなたの昔の同僚ジャイディー・クンチャイと当時の夫ダニエル・ヨンソンのことを知りたくて。彼らの会社の経理責任者だったんでしょう？」

「へえ、ジャイディーとダニエルのことを聞きたいのね。ちょっと興味が湧く」

「ええ、それに二人が経営していた会社のことも」

「わかった」カロリーンは意を決したような顔つきになった。「話すのは問題ないわ。すでに会社は売却されているし、その後清算されたとも聞いているし」

「二〇〇六年にね」

「わたしが働いていたときはうまくいっていたのよ。起業当初から参加していたけれど、最初からすごく順調だった。二〇〇二年の春ね。わたしはそこから二年くらいいた。二人が二〇〇四年にタイに引っ越してしまうまで。ダニエルがバンコクの大使館に仕事を得て、それでストックホルムのオフィスは閉めたの。でもそういうことはもう知っているんでしょうね」

「ええ、知っています。あなたはどういう経緯でその会社に？　なぜ彼らのところで働き始めたの？」

「共通の知り合いに紹介されたの。その子がジャイディーと同じジムに通っていて。わたしたちは経済学部の同級生で、二人ともちょうど卒業したところだった。ジャイディーは初め彼女に打診したんだけど、彼女はもう仕事が決まっていたから、わたしのことを紹介してくれた」

「だから起業当初から参加していたのね」

「ええ、そう。セーデル地区に小さなオフィスを借りて、ジャイディーと二人でリノベーションしたわ。ペンキを塗ったり、壁紙を貼ったりね。大きな会社じゃなかった。スタッフはいちばん多いときで六人くらい」

「手際のいい女性みたいね？　ジャイディーは」

「手際がいいだけじゃない。ジャイディーは爪の先までビジネスウーマンだった。おまけにすごい人脈をもっていた。タイだけにとどまらず、あのあたり全体にね。ベトナム、ミャンマー、ラオス、カンボジアなんかにも」

「なぜそんな人脈を？　まだ若かったでしょう」

「父親よ。相当前に亡くなっていたけれど、生きていたときはかなりの高官だったみたい。軍隊の大将だったと思う。ジャイディーは子供の頃から父親の友達を知っていた。古い写真をたくさん見せてくれたけれど、最高司令官の膝にも座っていたのよ。知っているかもしれないけれど、タイを牛耳っているのは軍隊。王様なんか表向きの顔であって、本当は軍事政権なの」

「ジャイディーは父親を通じてそういうおじさんたちと知り合いだったのね」

「ええ。わたしも何人か会ったことあるけれど、パパの友人たちはみんなジャイディーのことが大好きだった。彼女は本当にすごい美人だったの。古典的なオリエンタル美女というのかしら。彼女の母親のラジーニにも会ったことがあるけれど、母親もやはり美人だった。当時もう七十近かったけれど、あなたが見ても四十くらいだとしか思わなかったでしょうね。まだ生きているのかしら。知ってる？」

「数年前に亡くなりました。確か二〇一一年に」

「興味をかきたてられる女性だった。高貴なご婦人で。非常に高い地位にいた軍人の寡婦で、そのへんの女とはちがう。それは本人もわかっていた」

「じゃあ、あなたも行ったんですね。タイに」

「二十回は行ったわね。ジャイディーと働いた二年の間に。毎回ビジネス。バカンスではなかった」

「ダニエルは？　彼も毎回ついてきた？」

「来たときもあったけれど。だいたいスウェーデンにいたかな」

「どんな男？」

「今はどうだかわからない。会社を辞めてから一度も会ってないし。もう十二年前のことよ。ジャイディーが津波で死んだと聞いて、当然ダニエルには連絡をとろうとした。手紙を書いたし、メールもしたし、電話もした。大使館にも連絡してみた。でも人に会える状態ではなかったみたい。起きたことを考えると、おかしくもないけれど」

「あなたが知っていたときはどんな男だった？」

「ダニエルはね……」カロリーンは無関心な調子で肩をすくめた。「イケメンでチャーミングで、ってやつ。でも本物のダメ男だった。ジャイディーが二人の関係をすべてフォローしていて、ダニエルのほうはそれに気づいてもいなかった。でも、彼女が死んだときには完全に打ちのめされた。やっと妻がどれだけ重要な存在だったかわかったのかも」

「でもビジネスはうまくいっていたの？　彼がダメ男でも」

ビジネスは最高に順調だった、とカロリーンは言う。それはひとえにジャイディーの人脈によるものだった。会社の事業内容はビジネスの仲介で、タイでは人脈が何よりものを言う。その人脈がジャイディーにはあった。父親の古い友人らはまだタイで生きていて、彼らが国を仕切っていたのだ。

「あの会社はビジネスやビジネスパートナーを仲介することでコミッションをもらっていた。スウェーデンとタイへの双方向の事業だったけど、スウェーデン人や北欧人をサポートすることが多かったかな。大半が観光産業だった。たとえばスウェーデンの投資家がタイにホテルを建てたければ、事務的なことを何もかも手伝う。土地を買い、建設会社と契約し、優秀な弁護士やスタッフも紹介した。通訳なんかも。スウェーデン人のおじさん十人が、自分たちの金が何に使われているのかを視察に行くときなんかね」

「女は？」クリスティン・オルソンが訊いた。「売春婦も手配しろとか言われなかった？」

「あなた、タイに行ったことがないのね」カロリーンが悪く受け取る様子はなかった。

「ないわ。女友達にしつこく誘われているけど」

「セックスはあの国でもっとも発達した産業。売春婦を用意するのに人脈は要らない。わたしたちは本物のビジネスだけを手がけていて、最初からすごい案件を扱っていた」

「どんな？」

「たとえばノルウェー人が大型リゾートをつくるための土地を買うのを仲介したり。それだけで二千万もコミッションが入ってきたんだから。もちろん税金を払う前の額だけれど、それでもすごいでしょう」

クリスティン・オルソンはうなずくだけにしておいた。何かがおかしい。それだけで二千万。しかし四年後にダニエル・ヨンソンが会社を売ったとき、妻は死んでいて彼一人がオーナーだったというのに、ナディアによれば一クローネしか受け取っていない。どれだけダメ男だったの？

聴取は約束どおり一時間以内に終わった。それだけではない。カロリーン・ホルムグリエンが語った内容は、この捜査において突出して有益な情報だった。早くアニカに伝えなければ——クリスティンは職場に戻る地下鉄の中で考えていた。

アニカ・カールソンは自分のデスクにいた。デスク上には書類の山が積み上がり、パソコンの電源もついていたが、あまり嬉しそうな表情ではない。

「カロリーン・ホルムグリエンの聴取の報告を聞く時間はあります？」

「ふざけてるの？　書類仕事をやらずにすむなら何でもする」アニカはパソコンの電源を切った。

「さて」アニカはそう言って、クリスティンのほうに身を乗り出した。「あなたが張り切っているところを見ると、おもしろい話が聞けたようね」

「まずはこれを聴いてください」クリスティンは小さなテープレコーダーをアニカのデスクにおいた。「ほんの四十分だし、悪くない内容です」

「大事な点だけ教えてくれない？」アニカはそう言いながら、意味ありげにデスク上の書類にうなずいてみせた。

「まずは聴いてもらって、それから話しましょう」

「ええ、聴くと約束するから。でもまずポイントだけかいつまんで教えて」

「わかりました。ジャイディー・クンチャイは優秀なビジネスウーマンだったようです。自分と夫のためにかなりの金を稼いでいた。すごい人脈をもっていて。ただ夫のほうは当時からハンサムでチャーミングなダメ男だった。それに、人が言ったりやったりしたことにいちいち反応する男だったらしい。そういうときは本当にしつこかったみたい。かといってそれで何か困るわけでもなかった。重要な決定を下していたのはジャイディーで、夫のほうはそれに気づいてもいなかったそうです」

「なるほど。あなたの言うとおりなんでしょう。でも二人目の妻によればヨンソンは相当女癖が悪かったみたい。それはさすがにジャイディーも気に入らなかったのでは？」

「いいえ」クリスティンは首を横に振った。「全然。むしろ逆だったみたい」

一時間後、アニカ・カールソンはクリスティン・オルソンがカロリーン・ホルムグリエンに対して行った聴取をちゃんと聴いたようだ。

「あなたが言った意味がよくわかった。ジャイディーは優秀なビジネスウーマンでもあり、自由な感覚の持ち主でもあった」

「ええ、そういうこと。少なくともカロリーンはそう確信していた。確かに大っぴらに同性と付き合ったことはなかったみたいだけれど」

「カロリーンを口説こうとしたことは？」

「ないです。それも訊いたんですが……録音が残っていないなら、うっかり消しちゃったのかも」

「そういうこともある。わたしもやったことがあるし。でもなぜカロリーンは口説かれなかったの？」

「本人曰く、自分はジャイディーのタイプではなかったと。カロリーンもそっちのほうは興味がなかったし。だから彼女のほうから追いかけたわけでもなかった」

「なるほど。じゃあもうひとつの点については？」

「ジャイディーが出していた大きな利益のことを言っているなら、ナディアの担当のような気が」

「あなたを気に入ったわ、オルソン」アニカ・カールソンが言った。「ナディアに伝えます。それがいちばんいい。最近ちょっとイライラしているみたいだし」

「よかった。他には何か？」

「警官になるつもりなら教えて。本物の警官にという意味よ。あなたとならオフィスをシェアしてもいい」

66

マルティネスとモトエレに会って数日後、マッテイはまた二人をミーティングに呼んだ。これが現実世界だということを考えると、すごい展開の速さだ。同じ理由により、マルティネスとモトエレは未来の大使が本当に妻を殺したかどうかという点について確実な報告ができなかった。

「誰かがミスを犯したわけです」マルティネスがまとめた。「タイで身元確認が行われたときか、メーラレン湖で発見された遺体のほうでか」

「ちょっと待って」マッテイが言う。「わたしが間違っていたら教えて。でも二体の遺体があったということ？　二人別の女性、しかも同じDNAをもつ？」

「ええ」モトエレが答えた。「そのようです。ジャイディー・クンチャイは津波で死亡し、その後タイで火葬された。なのにメーラレン湖の島で遺体が発見された。骨、歯、髪など、だから火葬はされていない。津波のずっとあとに殺された人間がジャイディー・クンチャイと同じDNAだった」

「どちらにしても信じられないけれど、一卵性双生児だという可能性は捨てていいわよね」

「ええ、それはかなり確かです。うちの専門家とも話しましたが、一卵性双生児が生まれる確率は約〇・四パーセント。どちらも女の子だという確率はもう少し低くて〇・三九九％」

「あら残念」

「でしょう?」マルティネスが言った。「でも、それだけじゃありません。ジャイディーの誕生に関して手に入った書類はどれも、ジャイディー一人しか産まれていないことを示している。それが確実かどうかは——まあ、その場で見ていたなら確実だけど、そうじゃないなら確実だとは言えない。バンコクで最高の病院で生まれ、母親のカルテにはジャイディー一人が生まれたと書かれていてもね」

「でも、その可能性は捨ててもいいわけね」

「ええ、わたしなら捨てます。そういうことを担当している同僚に聞いたんですから。ちなみに彼女はすごいんですよ。彼女に比べたら『ビッグバン☆セオリー』のギークなやつらなんてごく普通に見える」

「その彼女とは会ったことがないし、ドラマも観ていないけど」

「じゃあ観たほうがいいですよ、特にドラマのほうは。ここで働いている彼女のほうがすごいけど」

「それがこの件とどう関係が?」

「いや、ありません」マルティネスは肩をすくめた。「でも彼女にこの件のことを話したら……まあ控えめに言っても相当興奮させてしまって。なにしろ最新の研究では、一卵性双生児でもDNAがちがうことがわかったらしい。現在のところ相違点が二点発見されている。一点は昔から知られていて、もう一点はなんと今年に入ってから」

「それが今回のことにどう影響があるの？」

「何も、と同僚は言っていました。最新の相違点は警察が使っているDNA型には出てこないそうです」

「それはよかった」

「でしょう？」マルティネスは嬉しそうな笑みを浮かべた。「あとは二つの可能性が残る。ちなみにそれを思いついたのもわたしではなく、うちのギークですが。まだ聞く気力があれば話しますけど」

「もちろん。どんどんおもしろくなってくるじゃない」

「ギークによれば、まず考えられるのは、ジャイディーの遺体が火葬されることなく、メーラレン湖の島に隠された可能性。ただ状況を考えると、これはあまり信憑性がない。まあわたしの意見ですが、念のため言った本人にも確認してみて、彼女も同意見でした」

「あとはもうひとつ考えられる可能性が」マルティネスが続けた。「バンコクで火葬された遺体がジャイディー・クンチャイのものではなかった。捜査で集めた資料では、誰かが火葬されたことは間違いないようですが、ジャイディー・クンチャイ以外の人間だったのかもしれない。ジャイディーのDNA型だったし、家族などの彼女を知る人たちによっても本人と確認されていたのに」

「本部内の専門家はどういう結論なの？」

「それでもやはり、タイで身元確認を行ったときにミスが生じたんじゃないかと。それはジャイディーの遺体ではなく、誰か別の人間だった。その後スウェーデンで殺されてみつかったのなら、そうとしか考えられない。その説ならわたしも買います。ジャイディーは殺された。自殺とかではなくて」

「わたしもそう思う」マッテイが言った。「じゃあ問題は解決ね」

「ええ、あなたにとってはね。だからあなたのことがいつも心配になるんです」

「まあご親切に」マッテイは笑みを浮かべた。「思いやりを感じるわ。わたしのこと心配してくれるなんて」

「心配して当然でしょう。あなたみたいな人は知的なレベルで解決したとたんに問題が解決したと思う。でもわたしたちは？　普通の感じの良いまともな人々は、どこかでミスが起きたのはわかっても、それがどういうミスなのかがさっぱりわからない。誰かが大失態を犯した。それだけです」

「ベックストレームはどう思っているの？」

「あなたとまったく同じです。だけど彼にとっては一度も問題ではなかった。ジャイディー・クンチャイは津波では死んでいない。スウェーデンで殺され、当然それは夫の仕業。悲しみに暮れる夫がやったこと。ベックストレームみたいな男にとっては、それでなんの問題もない。

でもわたしたちは――ねえ、フランク、あなたはあのチビのデブを気に入っているけれど、それでもベックストレームがその結論にたどり着いたのが正しい知的洞察によってではないことは認めるでしょう?」

「だけど、わたしもベックストレームと同じように思うわ」マッテイが嬉しそうな笑みを浮かべた。

「わたしもです」フランク・モトエレも言った。「ベックストレームには天賦の才がある。それ以外の全員が欠いているような才がね」

「あなたは、リンダ。どう思う?」

「あなたたちと同じように思いますよ。ただ、わたしの問題は別のところにある。目の前にあって、あまりに大きすぎて他をすべて隠してしまうような現実的な問題が。リサの知的な分析からベックストレームの動物的直感までね。あなたの昔のボスで人生を導く星、ラーシュ・マッティン・ヨハンソン、角の向こうを見通せる男、彼ならその問題についてなんと言ったでしょうね」

「その日、その悲しみ」マッテイが答えた。「彼ならそう言ったでしょうね」

マルティネスとモトエレが出ていくと、リサ・マッテイは秘書に防諜部のボスに電話するよう頼んだ。可能なかぎり早く会いたい。しかし今すぐにではない。その前に何本か電話をかけなければいけないから。

「ＧＤは決断を下されたんですね」一時間後にリサ・マッテイのデスクの前の椅子に腰をかけたとき、防諜部のボスが言った。

「ええ、それも複数ね」

「教えてください」

「第一に、エーヴェルト・ベックストレームに関してこの建物内で行われている捜査は即中止する。なぜか知りたければ、残念ですがそれを話すことはできません」

「それは残念です。いつだって理由は知っておいたほうがいいものですから」

「わたしを信じて。今回ばかりはそうじゃないから」

「つまり今回の捜査資料を規律の案件を扱う所定の部署に引き継ぐということでよかったでしょうか？」

「いいえ。そちらのほうから質問が来たら、われわれは何も知らないと言いなさい。ベックストレームに対する捜査は存在しなかったと」

「外務省のほうにはなんと言えば？」

「アドバイスするとしたら、ダニエル・ヨンソンの大使任命は保留することとね。ゴミ箱に棄てろとまでは言わないけど、はっきりとした結果を連絡するまでは」

「すみません……しつこく訊いて申し訳ないのですが、こちらが捜査を中止するなら、どうやって結果を連絡できるんです？」

「謝る必要はないわ。わたしだって同じことを訊いたでしょうね。ではこう言いましょうか。きっとうまくいくと思うからよ」

「はあ、そうですか……それは良かった」

「いいえ、良くはない。かといって悪い結果に終わるというわけでもないけれど。ともかく、わたしはうまくいくと思っています。少なくともうちにとっては」

「では、そういうことで」防諜部のボスは立ち上がるそぶりを見せた。

「ああ、あとひとつだけ、知っておいてもらいたいことが。明日には政府からも発表があるけれど、わたしは今月末で退職するの。後任者もすでに決まっている。その公表がいつになるのかは知らないけど。でも、近々でしょうね」

「それは残念です」防諜部のボスが言った。「GDがお辞めになるとは。きっとわたし以外にも……」

「もうひとつ」マッティは相手を遮った。「この件については後任者にも相談し、現段階で後任者もわたしの結論に同意している。そのことはあなたも知っておいたほうがいいと思って。後任者に改めてこの件をもちかけるつもりならばという意味です」

「教えていただけて感謝します。GDから要求された対処についてはすぐに実行いたします。ただ、ひとつだけ好奇心で訊きますが」

「何？」

「GDは局をお辞めになったら、何をなさるおつもりで？」

「娘と過ごそうと思って。もうすぐ学校に上がるから、今じゃなくちゃね。それ以外、特に計画はないわ」

67

日曜日。第七日目の安息日。平日のあらゆる雑事や苦難から距離をおくための日。それは殺人犯を追っているわずかな者にも言えることだ。この物語の中でもしかり。しかしひとつだけ例外があった。ナディア・ヘーグベリだ。彼女を弁護しておくと、安息日に安息しなかったのは他にやることがなかったからだ。それがおそらくもっとも一般的な言い訳だろう。彼女やわれわれが生きる時代において。

彼女の上司、犯罪捜査官エーヴェルト・ベックストレーム警部は当然のことながら安息日をしかるべき形で過ごしていた。それは別に強いキリスト教の信仰によるものではなく、土曜の夜の成り行きを考えると他に選択肢がなかったからだ。ベックストレームは日曜の昼の十二時にやっと布団から這い出した。ひどい二日酔いの状態で。普段のルーチンから外れるような失態は犯していないのになぜこうなったのかはまるっきり理解不能だった。まずはいつもの角の酒場で静かなディナー。酒場には彼の白い竜巻が戻ってきていた。ベックストレームの砦《とりで》でもある自宅の大掃除を担当し、それに対してたっぷりと報酬を受け取っている女だ。ベックストレーム自身、何度彼女をサラミエレベーターに乗せてやったかは忘れてしまった。もう四十の山を越しているというのに。

彼女は夫と一カ月スペインでバカンスを過ごして帰ってきたところだった。日常と酒場での仕事に戻ったので、ベックストレームが家を片づけてほしければ言ってくれればいいだけ。それ以外にも彼女に叶えられるような希望があれば言ってくれればいい、とのことだった。

皆、おれに夢中なんだから——それよりましな宵《よい》のスタートはありえなかった。ほどなくしてベックストレームはタクシーでストゥーレ広場に向かい、老舗高級レストラン〈ストゥーレホフ〉で飲みすぎている田舎者を見物してから、例によって〈リッシェ〉の離婚沼を訪れた。そこはしごく賑わっていて、ベックストレームは飲み干せる以上の酒の誘いを断らなくてはならなかった。おまけに閉店直前にある女性から電話がかかってきた。一カ月前に同沼で出会った女性だ。

彼女は残念なことに風邪を引いてしまい、今夜は家で養生していると言う。他にやることがなければ、寄ってくれてもいい。

悪くないアイデアかもしれない——ベックストレームは思った。彼女はなんといっても十段階の八点なのだ。それも強めの八。それに住んでいるのは南メーラルストランド通りだから、帰り道にすませられる。なお、風邪については心配していなかった。ベックストレームは風邪など引くような男ではない。そんなことは他のやつらに任せておけばいい。ゲイだとかアレルギーのあるやつだとか、仕事をサボるためならなんでも思いつくようなやつらに。

しかし何かが起きたようだ。何かやばいものをうつされた。フェルネットと頭痛薬を倍量飲んだにもかかわらず、頭も腹もまだ痛かった。他にいい案もなく、ベックストレームは自宅の薬箱を開けた。やばいときには選択の余地がないのだ。ベックストレームは赤いのを一錠と青いのを一錠飲んで、ベッドに戻った。

八時間後に再び目を開くと、いつものように最高の気分だった。狼のように腹を空かせている。そろそろ腹に何か収めねば――ベックストレームはシャワーの下に立ち、昨夜の記憶と労苦を洗い流した。

クリスティン・オルソンは女友達とロックコンサートに行った。ガールズバンドでベースを弾いている子だ。コンサートのあとは共通の女友達が打ち上げをしている家に向かった。オレシケーヴィッチは男友達三人でサッカーを観に行った。なお、三人とも警官だ。試合後はいつものパブに向かい、いつもの数のビールを消費した。スティーグソンの週末もいつもどおりだった。妻と二人の子供を連れてダーラナ地方の実家に帰り、自分や妻の両親と過ごした。キノコを狩りベリーを摘み、森を長いこと散歩して、最愛の家族とだけできるような過ごしかたをした。彼や妻のようなダーラナ男とダーラナ女らしく。そして自分たちの人生の礎を再確認した。

アンカン・カールソンはエドヴィンと遊園地に行った。土曜日になってやっとエドヴィンが電話に出てくれたのだ。エドヴィンは両親と旅に出て、北はルーレオから南はヘルシンボリまでスウェーデンを縦断して大勢の親戚を訪ねていたという。電話に出なかったのはほとんどずっと電源を切っていたからで、大勢のいとこやはとこからひっきりなしに電話がかかってくるせいだった。今はストックホルムに戻っていて、月曜には学校の新年度が始まる。

「でも、楽しい夏休みだったんでしょう?」アニカ・カールソンが訊いた。

「まあね。でもまた学校が始まるほうがいいや。楽しみなんだ。クラスに探偵クラブがあるから」

「まあ楽しそう。クラブの名前は?」

「名探偵カッレ・ブロムクヴィスト株式会社」

「株式会社なの?」

「うん。パパから教わったんだ。何かやるならちゃんと株式会社にしろって」

「あなたのパパはとても賢いみたいね」

「うん。ビジネスのことになると抜け目がないんだ」

「シースカウトはどうだった? 成績はもらえたの?」

そう、エドヴィンは成績をもらえていた。セーリングとシーマンシップに関しては最高の成績ではなかったが、まあ悪くはなかったし、筆記科目は今年の参加者の中でいちばん良かった。それに〝海のいたずらっ子〟や〝メーラレン湖の海賊〟といった普通のアドベンチャー班ではなく、〝ティンギー〟と呼ばれるディスカバリー班に属せたことにも満足していた。

「だから満足だよ」エドヴィンはそうまとめた。

「ママとパパは遊園地に行くことには反対じゃないでしょう？」

「うん。日曜はいつもハントヴェルカル通りの中華レストランで夕食を食べてから、ソファでのんびりするんだ」

「よかった。じゃあ何をする？　どれから乗る？」

「ジェットコースター。あれは悪くない」

「それは最後にしよう」できれば乗りたくないアニカ・カールソンが言った。「とっておきは最後に残しておきたいでしょう？」

「それは警部さんも常に言うね。とっておきを最後にって」

「じゃあ、そうしましょう」アニカが決めた。「なんといってもベックストレームがボスなんだから」

「そうだね」エドヴィンも答えた。

エドヴィンを両親の元に返したのは夜の九時だった。少年は帰りの車の中で眠ってしまい、アニカは彼を肩に担いでアパートの階段を上がった。

「パパの可愛い坊や……」スロボダンは息子を抱きかかえた。愛情のこもった仕草だった。

「ママにとっても目に入れても痛くないほど可愛い息子でしょうね」アニカ・カールソンが言

った。

「そうなんですよ。何かできることがあれば、言ってください」

「ありがとう」

「何か飲んでいきませんか?」

「ありがとう、でも大丈夫。帰って寝るつもりです。明日は普通の仕事日だし」

それに胸の詰まりをなんとかしなきゃいけないし。


ハンナ・ヴァスは大親友と日曜のランチを食べていた。TV4の報道局のレポーターをしている親友だ。二人はユールゴーデン島でのんびり長いランチをとった。夏は終わりかけているが、最後にとっておきの陽気を残しておいてくれたようだ。二人はまずワインを飲みすぎ、それから信頼に満ちた会話を続けた。そのせいでヴァスはどうにもしゃべりすぎた。そういう場合は毎回そうだが、まるっきり悪気なく始まった会話だった。

「新しい仕事はどう?」親友が訊いた。

「経験としては興味深いわね。経済犯罪局を辞める前に、マネージャー講座というやつを受講したんだけど、ほら、部下をどう扱えばうまくいくかっていう。当然そういう言いかたではなかったけれど、要はそういう内容の」

「意味はよくわかるわ」

「で、新しい部下なんだけど……」

「プロとしての新しい挑戦なんでしょう?」女友達はおもしろそうにくすくす笑った。

「ええ、でもちょっとあまりにもね」

「ロッタから聞いたけど、殺人捜査を担当しているんですって?」女友達はグラスを掲げ、それから身を乗り出して声を落とした。

「そう。でもわたし驚いたんだけど、殺人捜査官っていうのがあんなにおかしな人たちだなんて知らなかった。経済犯罪局にいた警官も特に頭が切れるようなタイプじゃなかったけど、ともかく言ったとおりにはしてくれたし」

「聞いたわ。それもロッタから。ベックストレーム警部、うちの局の『スウェーデンの犯罪現場』に犯罪専門家として出てるデブのおっさんでしょう。彼、あなたの下で働いているんですって?」

「ええ、そうよ」

「どんなやつなの?」

「わかったわよ。これはオフレコよ。本当に」

「ひどい。わたしが今までに……」

「もちろんないわ。わかってる。あなたのことは百パーセント信用しているから」

「で、どんな男なのよ」女友達がまた訊いた。

「ベックストレームがどんな男かって? まるっきりまともじゃないわ」

そしてヴァスはベックストレームと彼が率いる捜査のことをすべて話した。最後にベックストレームはただのおかしなペンテコステ派の信者というだけではない、という点にまで言及した。

「もっとひどいって何？ 説明してよ。殺人捜査官が、神さまがあれこれ自分に教えてくれると言うだけでも充分やばいのに」

「わかったわ。でも今から話すことは絶対に人には言わないでね。じゃなきゃわたしが塀の中に放りこまれてしまう。オフ・オフ・オフ・オフレコよ」

「誓うってば。百パーセント」

「でもまずはお手洗いに行ってくる。じゃなきゃ話せそうにない。話してる間におもらししそうな内容だし」

「行きなさいよ。もっとワインを注文しておくから。同じのでいい？」

「ええ、同じので」

「わたしもそうする」女友達はヴァスが姿を消すやいなや、携帯の録音機能をオンにした。そして隣の席においたハンドバッグの中に入れた。

五分後にハンナが戻ってくると、もう新しいワインの瓶がテーブルにあった。

「さあ、話してよ。好奇心で爆発しそう」

「ベックストレームはどうも、過激派テロリストらしいの。キリスト教の」ヴァスは念のため身を乗り出しながら、小声でささやいた。

「キリスト教の過激派？」

「そう。中絶クリニックとかモスクを爆破するやつらよ」

「ええっ、すごいわね、それ」

「そうでしょう? それに、訊かれた質問からわかったんだけど、ロシアのエージェントでもあるらしくって……」

「どんな質問? 誰から?」

「公安警察よ」ヴァスが小声で答えた。「信じられないかもしれないけど、本当なの。公安警察からベックストレームを見張れという秘密の任務を与えられた。自分が捜査責任者をしている殺人捜査の捜査主任官を見張れって言うのよ。彼のやることなすことすべて報告することになっている」

「あなたに頼んできたのは公安警察のどこの部署なのかは知っている?」

「防諜部よ」

された質問の内容からして誰でも想像がついただろうけど、と彼女は思った。

「すごい話ね」大親友は言った。

これ、どうしよう。局のお偉いさんに伝えなきゃ。

この話が自分の勤める報道局に知れたらすごい騒ぎになる。ましてや朝のニュースの司会者はなんと言うだろうか。彼は犯罪番組にベックストレームと一緒に出ているのだから。

二人はユールゴーデン島のマナーハウスのレストランで、それからさらに一時間、夏の太陽の中に座っていた。ハンナ・ヴァスはその間、地道に縄をなっていた。その縄を彼女の首にかけて強く引くことを躊躇《ちゅうちょ》しない人間はいるはずだ。

別れぎわ、女友達はヴァスに忠告をした。もちろん心からの善意で言ったのだが、それでヴァスの心が安らぐことはなかった。

「わたしがあなたなら、そのベックストレームにはすごく気をつけるわ」

「どういう意味？　彼は危険なの？　確かに頭のほうは相当おかしくなってしまっているけれど。彼が話すのを聞かせたいくらい。だけど危険だとは思わなかった。あなたも見ればわかる。ただの小さなデブよ。それにもう六十近いんじゃないかしら」

「ベックストレームは本当に超危険みたいよ。数年前の事件のこと、知らないの？」

「知らないわ。何？」

「ベックストレームはストックホルムでも最悪な部類の悪党とつるんでいたの。ある晩、ベックストレームの家で取引の話をしていたんだけど、最終的にベックストレームが一人を素手で殴り殺し、もう一人を銃で撃った。もう粉々にね。その男も数日後に病院で死んだ。カロリンスカ大学病院で」

「素手で殺したって？」

「ええ。しかもその男はストックホルムでもっとも恐れられている殺し屋だった。ベックストレームはなんとそいつの頭蓋骨を割ったの。ガツンと一発ね。それからもう一人を銃で狙って撃った」

「なんて恐ろしい……」

「そうよ、とんでもない話でしょう。だから、ね、わたしがあなたなら、あの男にはこれ以上ないくらいに警戒する」

ナディアは日曜の午前中を、ニシンをロシア風の酢漬けにしたり、ビーツのスープを煮こんだり、ピローグ（東スラヴで食されるパイ）を焼いたりして過ごした。しかし週の後半まで客が来る予定はないし、数日寝かせたほうが味が引き立つ料理なので、ほとんどが冷蔵庫にしまわれた。ナディアはランチにちょうどいい量だけ試食し、それから長い散歩がてら職場に向かい、金曜に帰宅したあとにデスクに届いたものやメールをチェックした。

デスクの上には、色々な書類が入っていてアニカ・カールソンからのリクエストが残されたビニールフォルダがひとつあった。実に不思議な同僚だ——おそらく大方の男よりも強い肉体をもっているのに、数字となるとそこまで強くはないらしい。でもこれは月曜まで待とう。理解不能な部分もあるが、直接彼女と話せばわかる可能性があると期待して。

メール受信箱にはアッカラー・ブンヤサーンからのメッセージも届いていた。いつものように明快で明瞭だが、そんな彼がこのメールに関しては送る価値があるのかどうかわからないと書いている。しかし部下が情報を手に入れたので、一応ナディアにも送っておく。同僚の捜査の相談に乗る場合はそのように仕事を進めるものだからだ。

Ａ４用紙の半分に、ブンヤサーンはジャイディー・クンチャイの母親ラジーニ・クンチャイの残りの人生をまとめていた。二〇〇五年の正月に娘を葬ってから、彼女自身が七十八歳で二〇一一年の六月に亡くなるまでのことを。

母親はその後もバンコクの高級住宅街にある一軒家に住み続けていた。軍の高官やタイの官僚が多く住む住宅街にある家だった。

娘が亡くなった年の夏にラジーニ・クンチャイはアメリカに渡り、ニューヨークで息子家族と暮らすようになった。しかし明らかにニューヨークを気に入らなかったようだ。翌年の冬にはバンコクに戻っているから。警察が話を聞いた家政婦によれば、ニューヨークの気候に耐えられなかったらしい。

その後はバンコクの家に暮らし続けた。息子家族が年に数回は訪ねてきて、娘を失った悲しみが癒《い》えることはないとはいえ現実を受け入れたようだ。歳のわりには健康でもあった。しかし二〇一一年の六月に脳溢血を起こし、数日後に病院で亡くなっている。

彼女の死後は息子が事務的な面を取り仕切った。まずは葬儀、それから家の売却。ブンヤサーンが目を留めたのはその埋葬の仕方だった。ラジーニの遺体は火葬され、その遺灰が入った壺はバンコクの軍墓地にある家族の墓に入れられた。二十八年前に夫が入ったのと同じ墓だ。それは仏教の伝統にのっとってのことだった。それ自体に何もおかしな点はない。しかし、ということは娘の遺灰を風に撒いたときはあえて一族の伝統に従わなかったわけだ。ブンヤサーンの部下が、家族がいつも使っている葬儀会社にその点を問い合わせた。すると、母親ラジーニの希望でそのように取り計らったという。娘がそう願っていたから。一族のしきたりに反することだが、母親には特に異存はなかったという。

〝わたしの職業病なのか、それとも……？〟

〝ナディア、きみはどう思う？〟ブンヤサーンは送ってきたメールをそう締めくくっていた。

ジャイディー・クンチャイが遺した遺言状からその答えはわからない。遺言状は非常に簡潔で、夫ダニエル・ヨンソンがバンコクの大使館で勤務を始めたときに作成されたものだった。もしどちらかが亡くなった場合、もう一方がすべてを相続する。二人とも同時に亡くなった場合は、彼女と彼の家族が半分ずつ相続する。しかしどのように葬られたいかについては何も書かれていなかった。

あなたと同じように感じる――ナディアはすでに、実際はどうだったのかという確信があった。どうしてそうなったのかはわからないものの。

68

月曜の朝、ハンナ・ヴァスはやっと――何度も何度も電話をかけてやっと――公安警察の検察官と話すことができた。ベックストレームを見張るという任務を頼んできたくせに、ベックストレームの真の姿を話してくれていなかった検察官だ。

「きみが怒るのは無理もない、ハンナ。だがこれは電話ではできない話だから、実際に会って静かなところで話そうじゃないか」

「ならばこっちでお願いしますよ。わたしのオフィスで」

「もちろんだ。一時間後はどうだ？　きみもわたしも、この件をさっさと終わらせてしまいたいだろう？」

だからそうなった。珍しいほど聞きわけのいい公安警察の検察官は、もう彼女の手助けは要らないと切り出した。

「あの男の捜査を終了させようとは思っていませんよね？」

「このように言わせてもらおう。今、任務を再配分しているところなんだ。きみがソルナ署での捜査の担当をやめたければ、もちろんそうなるように取り計らおう。後任の検察官を任命して、きみには一切迷惑がかからないようにするから」

「それは忘れてください。頭のおかしなベックストレームとその一味がこれ以上罪のない人間を傷つけることはわたしが断じて許しません。あいつらが気の毒なダニエル・ヨンソンを追いつめようとしていることは、天才じゃなくてもわかります」

「きみがそうしたいのなら、もちろん続けてくれ。邪魔をするつもりはないよ。するわけがないだろう」

「ですが、わたしに警護をつけてもらいたい。あのベックストレームは危険な男だというじゃありませんか。あなたたちはそれをあえて隠した上で、わたしに彼を見張るよう頼んだのですね」

「どういう意味でベックストレームが危険なんだ?」

「なんでも二人殺したとか」

「ああ、そのことか。しかしそれについては安心したまえ。きみが噂で聞いたことは実際にはそうじゃなかったんだ」

「じゃあ実際はどうだったんです」

「ベックストレームとは知り合いではない二人の人間が、どちらも極めて凶悪な犯罪者だったんだが、彼のアパートに侵入したんだ。おそらくベックストレームを傷つける、あるいは殺すつもりだったのだろう。だからベックストレームがやったのは正当防衛だ。武器は使わずに一人を倒し、それからもう一人の膝より下を撃った。その男がナイフで襲いかかってきたからだ。それにそいつが死んだのは、数日後に病院の窓から降りて逃げようとしたときに落ちたからだ。ベックストレームが素手で倒した男のほうは、不運な転びかたをして、テーブルに頭をぶつけた。そのせいで脳出血し、彼も病院で死んだ」

「なんてこと。すごいじゃないですか。わたしが聞いた話とは全然ちがう」

「その後、大規模な内部捜査も行われたが、ベックストレームはあらゆる点で無実になった。わたしも覚えているが、当時の警察署長が直々に彼に謝辞を述べていたよ。記念品までもらったはずだ」

「だけど、あなたがなんと言おうと関係がない。ともかく警護をつけてちょうだい」

「ボディーガードということか？」

「ええ、あの男と関係が切れるまでは」

「最善を尽くすと約束しよう。だが手配するのに少なくとも一日かかる」

「あと数時間で会うんです。ソルナで捜査班会議があって」

「なるほど。それなら警察署ということか。そこなら何も悪さはできないだろう」

「あの男が何をしでかすか……」

「その場合は通報番号にかけるまでだな。わたしからもすぐに連絡するよ。何か決まったら」

ハンナ・ヴァスから安全な距離まで離れるとすぐに、検察官は旧知の友人、防諜部のボスに電話をかけた。

「よかった、連絡がついて。残念だが問題が起きた。ハンナ・ヴァスが神経をやられかけている」

「連絡をくれて助かったよ」防諜部のボスが答えた。「申し訳ないが、それよりずっと悪いことがある。すぐここに来られるか？」

「十五分で」これより悪いことが――タクシーに乗りこみ、インゲンティングス通りの大きな建物へ向かいながら検察官は思った。あの女、今度は何を思いついた？

十五分ではなかったが、二十分後に到着した。クララストランド幹線道路の混み具合を考えるとそれでも悪くはなかったが。

「ハンナ・ヴァスは精神を病みかけている。だがそれよりひどいニュースがあると？」

「ああ、残念だが。今朝TV４の人脈から連絡があってね。ヴァスは昨日、TV４の報道局のレポーターでもある大親友とランチをしたらしい。悪くない食事だったようだ。送られてきた勘定書きのコピーを見ると」

「まさかついでに心の重圧を軽くしたなんてことは……」

「遺憾ながらそういうことだ」

「なんて馬鹿なことを。自分がどういう書類にサインしたのかを覚えていないのか」

「実はそれよりもっと悪いんだ」防諜部のボスが言った。「彼女の告白は録音されていた」

「では即座に彼女を拘束して、誰とも話せないような場所にぶちこもう」

「その考えはわたしの頭にもよぎったが」

「本人はボディーガードをつけろと」

「それはよかった。そういう選択肢もあると考えていたところだ。何人か信用できる者を監視につけよう。うまくいけばそれで彼女は落ち着くだろうし、最悪の場合には精神科病院に連れていき、閉じこめておくために必要なサインも全部揃えよう。その頃にはTV４も録音データをゴミ箱に捨てるだろう」

「悪くないアイデアだな。ついでに秘密の住所にかくまうのはどうだ。誰も連絡がとれないように」

「素晴らしいアイデアだ。これは彼女を慮《おもんぱか》ってのことだ。たった今、脅威分析の結果、非公開の住所に移動させるしかないことになった」

「では残る問題はひとつだけだ」

「親愛なるGDのことか？　今週の金曜には辞めてしまう」

「そのとおり。GDにどう報告するか」

「何も。彼女の精神の平安を考えて、黙っておくことにしよう。いつもGD自身が、何も答えたくないときにわれわれに言うのと同じことだろう？　聞かなくてすんでありがたく思えと」

「ブラザー」検察官は右手で見えないグラスを掲げた。「われわれが良き友人なのは偶然ではない」

「魂の同志よ」防諜部のボスも言った。「それが本物の友情の唯一の基礎だ」

「とりわけこういう職場で働いているとね」検察官も同意した。「頭がおかしくなるリスクを避けたければ」

69

月曜の朝、アニカ・カールソンはシャワーを浴びる前にベッドの中でちょっとストレッチをしていて、素晴らしいアイデアを思いついた。眠っている間にその考えが芽生えたのは、彼女を取り巻く二つの状況のおかげだった。アニカがその青い目を開いた瞬間に、花弁が開くかのようにアイデアが芽生えたのだ。

ひとつはエドヴィンが話していたシースカウトのキャンプだ。それと一週間ほど前にピエテル・ニエミと、犯人は殺した人間をどこに隠すだろうかということを話していたときに、ニエミはそいつだけが知っている場所だろうと言ったこと。じゃあ子供の頃にみつけた秘密の場所かもしれない、とアニカは思った。

シースカウトのキャンプは五十年以上前からエーケレー島にある。おそらくスカウトのほぼ全員が、不幸島という行き先を知っていることだろう。長年の間にそのうちの誰かが、草に覆われた地下貯蔵庫をみつけていてもおかしくはない。

人生のずっとあとになって、その男は恋人と一緒にメーラレン湖でセーリングをしていた。子供の頃大好きだった場所を彼女に見せようとしたのかもしれない。しかし二人は口論になり、それがエスカレートして、結果的には最悪なことが起きた。男にとってこの惨劇における唯一の癒《いや》しは、死体を隠せる確実な場所を知っていることだった。

きっとそうだったはず――〝そなえよつねに〟な男たち、そんな男の一人がやったのだ。今度ばかりは便利なことに、アニカは最高の情報提供者を知っていた。起きた事件に一切関係していなくても、いくらでもそのあたりのことを語ってくれる人間。直感にすぎないが、アニカの全身が指先まで確信していた。グスタフ・ハクヴィン・フールイェルム――彼ならばどんな疑いも寄せつけないし。

今回は彼のオフィスで会うことになった。エステルマルム地区のストール通り、彼の自宅からほんの数街区のところだ。ハクヴィン坊やは金には困ってなさそうね——アニカは古い大広間をオフィスに改装した建物に入りながら思った。

「アニカ、またきみに会えて光栄ですよ」ハクヴィンが言った。「ぼくの部屋で話しましょう。そこなら他に誰もいないから」

「急なお願いなのに会ってもらえてありがたいです。てっきりまた青い海に出てしまったかと」

「今週は仕事三昧ですよ。だが週末にはまた舵《かじ》を握ろうかと。さあ、座ってください」ハクヴィンは自分のデスクの前にある肘かけ椅子にうなずきかけた。「どんなご用件です？」

「あなたの椅子のほうが大きいんですね」アニカ・カールソンは笑みを浮かべ、相手にうなずいてみせた。

「これは父のせいなんです。そういうことにこだわる人で。同時に、大きさに差がありすぎてもいけないと。お客さんの気に障らないようにね」

「いくつか教えてもらいたいことがあって。そのためには秘密を話さなければいけないんですが」

「それを他言してはいけないと」

「ええ」

「その心配はありません。すでに言ったつもりでしたが、ぼくは噂話をするタイプじゃないので」

そう、ちがうわね——。そしてアニカは不幸島で女性の遺体がみつかったことを話した。状況からして殺されたようだ。しかしどのように殺されたかは言えない。不幸島で殺されたのかどうかもわからないが、ともかく犯人は島に死体を隠した。正確にいつなのかもわからないが、状況からしてここ五年から十年というところ。

「その期間にわたしは一度しかあの島に上陸していないな」ハクヴィンが言った。「一カ月前のことです。エドヴィンを迎えに行ったときに」

「七月十九日火曜日ですね」

「おそらくそうだと思います」

「その前は？」

「そうだな、子供の頃は毎夏エーケレー島のキャンプにいて、その頃はしょっちゅう行っていた。友達とね」

「でもそのあとは？　大人になってから」

「まあ行ったこともあったが、自分がキャンプのリーダーをしていたときです。そのあとも行ったかもしれない……だがここ十年は行っていなかった」

「あの島でバーベキューをしたり泳いだりといったことは？」

「いや。それならもっといい場所がいくらでもある」

「でも死体を隠すなら？」

「それならあそこよりいい場所はない。死体を隠すなら不幸島はメーラレン湖で最高の場所だ。おまけに二十年ほど前からイノシシもいる。あなたも知っているでしょうが、イノシシは死肉を平気で食べるから」

「あなたが考えていることはわかりますよ」ハクヴィンが続けた。「死体を不幸島に隠した人間は、前にも島に行ったことがあったはず。あの島を知っている人間」

「そういう人が何人くらいいると思います？」

「そうだな、まずはあのあたりに住んでいる人たち、それがおそらく数百人。それにメーラレン湖でセーリングをしていて、あの島に上陸する理由があった人たち。それも数百人程度かな。特に人気のある島ではないにしても」

「あなたみたいな人を含めたら？　昔シースカウトだった人。でも年をとりすぎていてもいけない。あなたくらいの年齢の」

「おやおや、かなり狭まってきたな」ハクヴィンは笑みを浮かべ、頭を振った。「それも百人くらいはいるだろうな。いや、むしろ千人か？　三、四十年前まで遡るとしたら。ところでひとつ質問してもいいですか？」

「まあ訊くだけなら」

「ぼくは遺体がみつかったことのほうが不思議なんです。あなたが言ったようにそこに十年もあったのなら。だってあの島にはイノシシやキツネがいるんですよ。今ではまるでジャングルだ。ぼくが子供の頃もそうだったけれど、あの頃は少なくともイノシシはいなかった。だがキツネやアナグマはいたし、死体を食べるような猛禽類《もうきんるい》もたくさんいた。オジロワシなんかね。まあカラスやカササギ、カモメなんかも死肉は食べるが」

「あなたは動物事典みたいな人ですね」

「いやあ、そうでもないが……。実は一度だけ海から死体を引き揚げたことがあるんです。ストックホルムの群島内ではなくてバルト海のほうで。トローサ地方の群島の沖でした。死体はちょうど水に浮いていて、みつけられたのはカモメの群がたかっていたから。死体を食べていたんです」

「それはあまり見たくない光景ですね」

「ええ。でもやらなければいけないこともある。見たくはなくても」

そう、あなたはそういう人。礼儀正しく、育ちが良く、言ったことを守り、義務感が強く、噂話などしない。そして〝そなえよつねに〟がモットー。

「不幸島に話を戻すと……」アニカ・カールソンは島の地図を自分たちの間のデスクに広げた。

「ええ」ハクヴィンは地図をよく見ようと身を乗り出した。

「この係留所から上陸したとして」アニカ・カールソンは地図の一点を指した。

「ええ」

「岸から五十メートルほど斜面を上がったあたりの右のほうで、木の上に古い物見台がみつかった」

「ああ」ハクヴィンが笑顔になった。「それはぼくたちがつくったんです。ぼくたちだけの物見台だ。もうひとつつくったけれど、それは岬の反対側の湾のほうで、数百メートル離れている」

「知っています。それもみつけました」

「立派な作品でしょう?」ハクヴィンは嬉しそうに言った。「ぼくの父は建築家で大工の棟梁《とうりょう》でもあった。だからまあぼくも多少はそういうのが好きで」

「その物見台から五十メートル、いや六十メートルほど離れたところ、場所としては係留所の近く、その斜面がちょうど始まるあたりに古い地下貯蔵庫があるんです」アニカ・カールソンはそう言いながら、地図にバツ印を入れた。

「いや、そんなものないよ。もっと島の奥に古い小屋の基礎があるのは知っているが。そのあたりに地下貯蔵庫があるならわかるが、係留所の近くにはない」

「あるんです。この印の場所に古い地下貯蔵庫が」

「そんなこと考えられないな」ハクヴィンは断固として頭を振った。「友達とそこへ百回は行ったんだ。泊まったこともあるんです。地下貯蔵庫があれば絶対に気づいている」

「このあと写真も見せますが」アニカはデスク上のファイルにうなずきかけてみせた。「十九世紀の中ごろにつくられた貯蔵庫のようです。低木やベリーに覆われているのをうちの同僚がみつけた」

「当てさせてください。そこで女性の死体がみつかったんでしょう」

「そう、同僚たちがみつけたんです。警察犬も連れていって」

「草木に覆われてしまっていたと？」

「ええ。あなたはどう思います？」アニカは同僚たちが掘り出す前の地下貯蔵庫の写真を見せた。そして次の写真も渡した。「掘り出したあとがこれ」

「不思議だなあ……」ハクヴィンは二枚の写真を見比べながら頭を振った。「ここでいつもバーベキューをしていたんだ。他にも色々やった。湖で泳いだり、船を泊めた湾で海戦ごっこをしたり。テントもそこに張ったし。それに話したでしょう、ロープのことを。ロープにぶら下がって湖に飛びこんだ。そのロープはこのあたりのアカマツの枝に張ったはずだ。この写真のすぐ上あたり。でもこの写真を見て、なぜみつからなかったのかがわかった」

「鑑識官の話では、この地下貯蔵庫に隠されていたからこそ、死体を発見できた。まあ骨の残骸がほとんどですが、うまく隠されていたからイノシシや鷲の手に落ちなかった」

「じゃあぼくのことは容疑者から外してください」ハクヴィンは笑みを浮かべた。「そこに地下貯蔵庫があるなんて知らなかったんだから」

「あなたの友達も？」

「ええ、もちろん知らないですよ。誰かがみつけていたら、全員が知っていたはずだ。だからぼくたち全員、容疑者から外していいですよ」

「あなたのことはとっくに外しました。じゃなきゃここには来ていません」

「じゃあぼくの友達も外していいですよ」ハクヴィンがまた言った。「一人が知っていたら、全員が知っているはずなんだから」

「その島に行くときはたくさん食べ物をもっていくと言っていましたね？」

「ええ、みんな馬のようによく食べたからね。食べ物にジュースにバーベキュー用の炭に、簡易グリルは二台も。テントや空気を入れて使うマットレス。泊まる許可をもらえた場合はね」

「どんなものを食べていたのか、具体的に教えてもらえますか？」

「そうだね、あの年ごろの子供が食べるものだよ。ソーセージに冷凍のハンバーグのパテ、パン、多いのは長いパンをスライスしたもの。言うまでもなくカッレのキャヴィアやチューブ状のチーズも。健康的とは言えないが、簡単に調理できて、少年が好むようなものです」

「これはどうですか」アニカ・カールソンは古くなって錆びたブッレンのピルスナーソーセージの缶の写真を見せた。

「やあ、ブッレンのピルスナーソーセージじゃないか！」ハクヴィンは笑顔になった。嬉しそうでもあり、驚いてもいる。

「そうです。知っています？」

「もちろんだ。これは必ずもっていったね。何度缶ごと温めたことか。直接バーベキューの火にかければいいだけなんだ。鍋なんか要らないし、温まったら缶の中からソーセージをすくい上げるだけ。そのへんで拾った小枝を刺してね。ケチャップとマスタードをかければすぐに食べられる」

「じゃあこのソーセージは人気だったんですね」

「ああ。手錠をかけられるのを覚悟で自白すると、ハクヴィン少年は優しいママの食糧庫からこの缶をくすねた可能性もある。船でスタッラルホルメンの屋敷まで行って、食料を備蓄したんです。ああ、うちの一族の屋敷ですよ。行くとママがシナモンロールとサフトを出してくれた。そして島に戻る前に食糧庫を襲撃」

「なぜかこの缶が死体がみつかった地下貯蔵庫にあったんです」

「そんなわけがない。なぜそんなところに……」

「それはわたしにはわかりませんが。あなたが説明してくれるのを期待してここに来たんです」

「いや、ぼくもさっぱりわからない。さっぱりだ」

「その一方で、この缶は死体よりずっと前から貯蔵庫にあったことがわかっています。八〇年代――おそらく八二年か八三年あたり。それより前ということはない。それよりあとかもしれないけれど」

「それはまさにぼくたちがあの島に住んでいたような時代の話だな」

「だからこの缶がママの食糧庫から来たという可能性は排除できませんよね」

「まあ、確かにそうだ。だがやはりわからない。なぜ地下貯蔵庫にあったのか」

「ちなみに、この缶はこのビニール袋に入っていました」アニカ・カールソンは次の写真を見せた。「普通の十リットルのビニール袋です」

「そうか、そういうことだ！」ハクヴィンは思わず右手で自分の額をたたいた。

「あら、急に謎が解けたみたい」アニカ・カールソンは笑顔になった。

「そうだったのか……」ハクヴィンはため息をつき、あきれたように頭を振った。「ぼくの空っぽの頭にチャリンと音がしたのが聞こえたでしょう。三十年経って……アニカ、きみのおかげだ」

「それはよかった。さあ、説明してください」

「警泥だ」

「え？」

「警泥ですよ。確かに八二年か八三年のこと。もう三十年も前になる。だけど今やっと、あいつが何をしていたのかがわかった！」

「あいつ？」アニカ・カールソンが訊き返した。「あいつって誰？」

「キツネ氏ですよ」ハクヴィンは急に非常に満足そうな顔になっていた。

70

月曜の朝、ナディアは新たに二百万をみつけたが、特に苦労して探したわけでもなかった。

ジャイディー・クンチャイとダニエル・ヨンソンのことを調べ始めたとき、スウェーデンの保険会社各社にジャイディー・クンチャイに保険がかかっていなかったかという質問を送っておいたのだ。夫の雇用主が夫妻にかけた保険はすでに捜査資料に入っているが、そこに新たに一件加わった。ジャイディーが加盟していた経営管理士組合ユセックを通じて契約されていた団体生命保険。夫と二〇〇二年に会社を立ち上げる半年前に加入している。保険額は二百万クローネで、受取人は夫。保険金は二〇〇五年の夏に支払われている。ジャイディー・クンチャイが死亡宣告を受けた数カ月後だ。

総額四百万クローネ。これでまあ、ヤーデットのマンションくらいは買えるわね——とナディアは思った。

オレシケーヴィッチも捜査に貢献できそうな発見をした。まあ少なくとも、今の職場の雰囲気を和ませられるくらいは。だから上司エーヴェルト・ベックストレームの執務室に行き、二人だけでちょっと話せないかと尋ねた。

「どのくらいかかるんだ」ベックストレームが尋ねた。

「二分です」

「では教えてくれ」

「ひとつ考えていたことがあるんです。なぜヴァスはわれわれがダニエル・ヨンソンに目を向けたとたんに捜査を続けることを拒否したんでしょうか。つまり、この場合、調べて当たり前のことなのに。女性が殺されたら当然夫を調べるものです。少なくとも学校ではそう習いました」

「それでヴァスには別の動機があるのかもと思いついたのか？　二人は知り合いだったとか。ひょっとすると付き合っていた？」

この子は意外と、箸にも棒にもかからないわけではなさそうだ。

「ええ。二人は同年代だし、同じ街に住んでいるわけだし」

「で、付き合っていたのか？」

「その可能性も否めません。同時期に刑法を勉強していたのがわかりました。一九九二年の秋学期にここストックホルムの大学で同じ講座を受講していたんです。ヨンソンのほうは結局法学の学位は取得していないが。同時進行で経済学も学んでいたから、両方は手に負えなくなったんでしょう。経済学のほうは学位をとっています。商科大学で経営管理の学士号を」

「そうか、二人は法学部の同級生だった……」

「言うまでもなく同級生は他にも大勢います。わたしが講座をとっていたときにも百人以上いた。だけどゼミやグループ課題では小さなグループに分けられる。二十人とか、多くても三十人くらいの」

「ではよく調べてみろ。これでやっとあのおばさんを追い出せるかもしれない」

ベックストレーム自身はこの朝、もっと重要な任務があった。被害者の顔を復元しようと思いついたのだ。発見した頭蓋骨を基に胸像をつくる。ベックストレームはそのことでわざわざニエミに電話をかけた。

「やめておいたほうがいい。第一そんなの不可能だ。完全な頭蓋骨じゃないんだから。それにこういうことは何カ月もかかるうえに、びっくりするくらい金がかかる。今までにもやってみたことがあるが、すでにわかっていたこと以外には何もわからなかった」

「ニエミ。わたしはそこまで馬鹿じゃない。今回はちょっとちがった方法を試すつもりなんだ。ほら、あの赤毛の画家の女、いつも犯人の似顔絵を描いてくれる……」

「ああ」ニエミが遮った。「ノラ・ヴィストレームのことか」

「そうだ。あの子は絵も描くし彫刻もつくるだろう？」

「ああ。鉛筆画だけじゃなく、絵具を使った絵も描く。非常に優秀な画家だよ。警察の依頼で似顔絵をつくるときはコンピューター技術も駆使している」

「彼女にジャイディー・クンチャイのいい写真を何枚か渡すとする。それならいくらでもあるだろう？　それに加えて今みつかっている頭蓋骨の写真も。そしてこの女性の彫刻をつくってくれと頼むんだ。つまり写真と頭蓋骨を基に」

「まるで証拠捏造のお手本みたいな話だな。ノラがジャイディーに会ったことがないならば、普通の似顔絵作製だとみなすこともできるが。ノラがその人間を見た目撃者として絵を描いたと考えれば」

「会ったことあるわけがないだろう。ノラは一度もジャイディーには会っていない。しかしヴァスを縮み上がらせるのは楽しいじゃないか。あの女はこういう捜査がどういう手順で行われるか知りもしないんだから。どうせパソコンをたたいて一時間もあればつくれると思っているんだ。それからその写真をテレビ番組『スウェーデンの犯罪現場』で公開して、視聴者から情報が寄せられないかやってみよう」

「で、なぜおれに教えるんだ」ニエミはため息をついた。

「わたしがその芸術作品をうちの親愛なる検察官に見せるときに黙っていてほしいからだ」

「よくわかったよ」

「それはよかった」

「何がいいんだ。おれはまだ懐疑的だぞ」

「同意に達したんだから」

確かにこいつはラップ野郎だが、それも自分で選んだわけじゃないんだし——ベックストレームは受話器をおきながら思った。

71

プーケット警察の人脈を使って、アッカラー・ブンヤサーンはジャイディーの本人確認が行われたさいにどのような経過をたどったのかを詳細に突き止めようとした。十二月二十六日の午後には、タイ警察もスウェーデン警察もジャイディー・ヨンソン・クンチャイが行方不明者の一人であることを把握していた。スウェーデン国内の警察は行方不明届が出たスウェーデン人に関してあるかぎりの情報を即座に集めたし、タイの同僚のほうも行方不明者のリストにジャイディーの名前を入れた。

しかしジャイディーの身元確認は、津波で行方不明になった他のスウェーデン国民とは同じ経過をたどらなかった。カオラックで発見されたスウェーデン人犠牲者のほとんどは近郊にある二カ所の仏教寺院のどちらかに送られ、ジャイディーのようにプーケットに立ち上げた大規模な身元確認センターに送られたスウェーデン人はわずかだった。

ブンヤサーンによればその理由はおそらく、ジャイディーをスウェーデン人としてではなくタイ人として扱ったことと、夫がジャイディーの遺体の移送を手配し、カオラックのホテルからプーケットの身元確認センターまで付き添ったからだ。夫がジャイディーの遺体と同じ車に乗っていたことはブンヤサーンも確認している。車は十二月二十九日の昼ごろにプーケットに到着し、そこでは数時間前からジャイディーの母親が待ちかまえていた。翌日にはプーケットで身元確認が終わり、さらにその翌日に葬儀会社が引き継いでジャイディーを車で移送し、夜にはバンコクに到着した。そして元日に遺体が火葬された。

こういったことはどれも書類が存在する。プーケットの警察、バンコクの国家警察の担当部署、そしてスウェーデン警察にも。しかしこのように複数の組織が関わった場合はよくあることだが、誰が何をやったのかが不明瞭な部分がある。ブンヤサーンは部分的に矛盾した情報になんとか秩序を与えようとした。

スウェーデンから最初の警官たち、つまり犯罪鑑識官や捜査官がタイに到着したのは大晦日だったが、現場であるカオラック東の二カ所の寺院とプーケットの身元確認センターで作業を開始できたのは元日の午後になってからだった。同じ頃ジャイディーはすでにバンコクの葬儀会社で火葬されていた。そこから引き出せる唯一の合理的な結論は、スウェーデン警察は彼女の遺体の身元確認には関わっていないということだ。

それを裏づける書類もある。プーケット警察が作成した報告書にはジャイディーがいつどこで発見されたか、まずはホテルのスタッフと夫、のちに母親によって身元確認が行われたことが書かれている。なぜそうなったのかという簡潔な説明もあった。おまけに二〇〇五年一月二日にプーケット警察によって作成された書類には、現地にいたスウェーデン警察にジャイディーの所持品だった首飾りと化粧ポーチを引き渡したことも書かれている。さらには〝別送〟された〝DNAエビデンス・マテリアル〟があったことも。

首飾りと化粧ポーチは夫の職場であるバンコクの大使館で夫に返却された。津波から十四日間経過していて、スウェーデン警察の折衝役が事務を担当した。ダニエル・ヨンソンはそれらの品、首飾りおよび化粧ポーチの中身を受け取ったという署名をしている。

返された化粧ポーチの中には普通入っているようなものが入っていた。マスカラに口紅、アイシャドウ、マニキュア、それに歯磨き粉まで。

その一方で歯ブラシやヘアブラシはなかった。櫛さえなかった。その点をアッカラー・ブンヤサーンとナディア・ヘーグベリは気に入らなかった。

「〝DNAエビデンス・マテリアル〟」ブンヤサーンは地球の反対側からスカイプ越しに雄弁に肩をすくめ、ナディアに自分の感情を伝えた。「彼女の遺体から採取したのは血液なのか組織なのか、骨髄なのか。それとも別のもの？　あるいはどれも？」

「プーケットの現場にいたタイの同僚とも話したんですか？」ナディアが尋ねた。

「ああ。いい同僚だ。そこが問題ではない」

「彼はなんと？」

「覚えていないと。おかしなことではないだろう。一カ月の間に何百人もの自国民の身元確認をしたんだ。ジャイディーはその中の一人でしかなかった」

「こちらスウェーデンで何かわかるかやってみます。ともかく、プーケットでスウェーデン警察に渡してくださったそのDNAエビデンス・マテリアルとやらは、スウェーデン国内で分析されたことまではわかった。ここの犯罪鑑識ラボでね。そこで彼女のDNA型を出し、それと同じ型がDNAデータベースにみつかった」

「グッド・ラック、ナディア」ブンヤサーンはまた笑顔になった。「そのDNAが歯ブラシから採取されたことを願おう」

72

ハンナ・ヴァスと捜査班の四回目の会議は八月二十二日月曜日の十三時に開始されたが、捜査班は四人の警官と一人の行政職員に縮小したままだった。ベックストレーム、スティーグソン、オルソン、オレシケーヴィッチ、それにナディア・ヘーグベリだ。

ヴァスは十分遅れてきたうえに、驚くほどイライラしていた。そして不明な理由により、テーブルの反対側の端を選んだ。ベックストレームからいちばん遠い席だ。遅れたことを謝りもせず、アニカ・カールソンの不在には目を留めた。

「カールソン警部は？」ヴァスが訊いた。「どこにいるの」

「メーラレン湖の島でのおかしな発見のことで誰かを聴取しに行きました。スカウト運動の有名人らしい。だが時間がかかっているようだな」ベックストレームが説明した。

「もう少し具体的には？　なぜスカウト運動関係者に捜査のことを話す必要があるの？」

「実はよくわかりません」ベックストレームはため息をついた。「いちばんいいのは彼女が現れたらご自分で訊くことですな」

「で、何かわかったことは？」ヴァスが訊いた。

残念ながらあまり、とベックストレームは答えた。移民局を訪問しても何も得られなかった。かつてジャイディーに関する書類があったとしても、今は一切ない。片や彼女がインタビューされた研究調査には様々な情報が残っているようだ。問題はその研究を行った教授が情報を渡してくれないこと。

「つまりその男は研究資料を公開したくないと？」ヴァスが言った。「どういう理由なのか聞かせてもらいましょうか」

「女性です」クリスティン・オルソンが答えた。「オーサ・レイヨンボリィといって、リンショーピン大学でジェンダー研究をしている教授。スウェーデン人男性と結婚しているタイ人女性に関する調査で、論文としても発表された。読みたければここに一部あります。英語ですけど」

「どうも、でも結構です」ヴァスは口を尖らせた。「で、なぜ彼女は資料を渡してくれないの」

「それはほら、研究上における守秘義務とか匿名性ってやつですよ」スティーグソンの表情は発言内容と同じくらい曖昧《あいまい》だった。

「リンショーピン大学の事務局には訊いてみた？」

「いいえ」スティーグソンが答え、オルソンとオレシケーヴィッチも首を横に振ってみせた。

「じゃあ訊いてみなさいよ。それでも拒否するならば、わたしが正式に開示請求をするから」

「おお、そうしてくれるかね」ベックストレームは笑顔になった。

これはますますおもしろくなるぞ——。

「でもまずは事務局に問い合わせてみて」ヴァスが言った。「これは殺人事件の捜査だということを強調してね。それ以外にわかったことは?」

いやいや、残念ながら——というのがベックストレームの答えだった。警察のデータベースを検索しても何もわからなかった。ジャイディー・クンチャイが二度死んだのはなぜなのか、小さな手がかりひとつない。リンショーピンのNFCのほうも同じくらい状況が悪かった。なにしろそこには何も情報がない。おまけにそこで働くやつらとは連絡がつきづらい。

「研修、カンファレンスに内部研修……」ベックストレームはため息をついてみせた。「まあ、あなたもご存じでしょう」そう言ってヴァスにうなずきかけた。「彼らと話そうとしても悲惨なことになると言っていたのを覚えていますよ」

「覚えているどころか……。ところで、あの当時は津波のためにタイにはスウェーデンの警官が大量にいたはず。そのうちの誰かと話せたの?」

「ええ、だが現在では大半が定年退職している。すでに亡くなった人も。一人などボケてしまったから、近寄らないほうがいい」

「その男も退職しているのね」ヴァスの発言は質問というよりは結論だった。

「いや、そいつは実はまだ働いています。ハーフタイムでね。ストックホルムの落とし物係で」

「物品捜査課のこと?」

「ええ、あるいはわれわれお巡りさんが言うところの落とし物係。名前はヴィンブラード、犯罪捜査官です。昔からいるやつで。八〇年代からの付き合いですよ」

「その彼がボケたと?」

「ええ、残念ながら」ベックストレームはまたため息をついた。

「でもちょっと待って」ヴァスはもう自分の苛立ちを隠せていなかった。「タイにいた警官のうちの一人くらいは話を聞けるはずでしょう」

「ええ、そのとおり。スティーグソンにタイに行っていた同僚のリストをつくらせています。だからみつかるはず」

「心から祈っていますよ」ハンナ・ヴァスは腕時計を見た。「次の会議には全員が出席するように。少なくとも今わかっていることを確認し合うためにね。他になければ、この会議は終わりです」

「実はひとつあなたに訊きたいことがあるんだが、それは二人きりでお願いしたい」ベックストレームが言った。

「わたしはそういう秘密めかしたことに一切興味がないの。ここで言えないのなら、聞かないことにしておきます」

「そうですか、あなたに対する気遣いのつもりだったんだが……」ベックストレームはため息をついてみせた。「だがまあいい」

「気遣いですって?」ハンナ・ヴァスは鼻で笑い、書類を書類鞄に戻しながら立ち上がった。「今まで聞いた中でいちばん馬鹿げた話だわ。この捜査班の中であってもね」

ベックストレームが自分の執務室に戻るか戻らないかのうちに、もう電話が鳴った。かけてきたのが誰かはわかっていたから、ベックストレームはすぐに出た。

「ベックストレームだ」ベックストレームは彼のような男だけが出せる慈悲深い声色で答えた。

「連絡がついてよかった、ベックストレーム」電話の主は新しい署長だった。「申し訳ないが、ちょっと心配でね」

「何かわたしにできることがあれば、言うまでもなくお手伝いしよう。逆境に立つ兄弟に救いの手を差し伸べないなんて、人間の所業ではない」

「ありがとう、ベックストレーム。感謝するよ。だがわたしの印象ではきみの捜査班が検察官に対して全面戦争を仕掛けているようなのだが」

「さっぱり意味が解らないね。ちょうど今、週例会議を終えたところで、捜査の進捗状況を確認し合ったが、なんの問題もなかった。捜査は順調に進んでいるし、検察官について言えば、まるっきりいつもどおりだったが。きっちりしているし、捜査に興味を示してくれている」

「では、攻撃的な感じではないんだね?」

「いいや、いつもと同じ調子だ」

「そうかそれはよかった。だが彼女はわたしに文句を言ってきたんだ。わかるだろう? それも一度じゃない。いちばん最近はたった今きみに電話をかける直前のことで、実際ちょっと彼女のことが心配になった」

「わたしは何も気づかなかった。それでよかったとは思うが。なにゆえに人は争うのか。なにゆえに血が流され、数多の人間が苦しむのか。わずかな人間の傲慢《ごうまん》さゆえに。ボリィストレーム、覚えておくに値する言葉だろう？　聖なる讃美歌だ」

「ああ、そうだね。だが彼女がわたしに文句を言う前に――いやまったく、完全に理性を失ってしまったようにも思えたんだが――わたしの上司が下の受付から電話をしてきて、ヴァスには現在公安警察のボディーガードが二人ついていると伝えてきた。ボディーガードは下で彼女を待っていると」

「それで意味が通じるじゃないか。彼女は何か別のことで悩んでいるんだ。きっと脅迫を受けているんだろう。経済犯罪局時代に付き合いのあったおかしな銀行の頭取なんかから」

「そう思うか」

「ああ、それ以外になんだと？　うちは平和なかぎりだよ」

さあその言葉を嚙みしめるがいい――通話を終えるとベックストレームはそう思った。

また一人――カール・ボリィストレームは思った。どう考えても頭がおかしいとしか思えない女が一人。文句を言い、大騒ぎして、自分が脅迫されていると思いこんでいる。そのうえ直属の部下は、いかれたキリスト教狂信者ときた。

73

三十年以上前の夏、ハクヴィンとその友達はいつも警泥をして遊んでいたが、スリルを増すために特別なバージョンを考え出した。夕食の数時間前に泥棒がグループの食材をもって逃げる。二時間以上隠れ通せたら、食材はその子のもの。他の子は金を払って食べ物をわけてもらわなければいけない。不幸島では隠れておくのに特別な才能は要らないので、エリアは物見台周辺に限定した。泥棒はそのエリアの外に出てはいけない。隠れるための時間は五分で、途中で隠れ場所を変えてもいけない。二時間後に狩りは終了になり、メンバーは木の上の物見台に集まって、泥棒が戻るのを待つ。これは次回も同じ隠れ場所を使えるようにするためだった。

しかし泥棒は必ず捕まった。ハクヴィンでも捕まった。湾の中で葦をストロー代わりにして息を吸いながら隠れていても。

「あれはわれながら大失敗だった」ハクヴィンは三十年後に認めた。

「じゃあ、みつかってしまったんですね」アニカ・カールソンが言う。

「ああ。溺れかけてね。息をするために顔を出したところを見られてしまった」

「じゃあ泥棒は必ずみつかったのね」

「ええ、ほぼ必ず」

「誰もずるはせずに？」

「しないですよ。スカウトのプライドがあるんだから。それを捨てたらもう仲間に戻れない」

「じゃあ全員みつかったということ？」

「ええ、一人を除いて。彼だけは絶対にみつからなかった」

「ずるもせずに？」

「ええ。その当時もずるをしているとは思わなかったし。だけど今やっとあいつがどこに隠れていたのかわかったよ。あいつは本当に珍しいくらい狡猾だった。キツネというあだ名で呼ばれていたくらいなんだから。キツネはずるがしこいでしょう」

「本名は覚えています？」

「そうだな……いつもあだ名で呼び合っていたんだ。たとえば、ぼくはハクヴィンだからハッケと呼ばれていた。ハッケ・ハックスペット。キツネはキツネかキツネのイェルカって」

「イェルカ？」

「ああ、エリックはスラングでイェルカだから。ぼくだって誰にもハクヴィンとは呼ばれていなかった。両親以外にはね。皆がハッケと呼んだ」

「その子の名前はエリック以外にも覚えています？」

「ええと、そうだな……」ハクヴィン・フールイェルムは自分の金髪を掻いた。「だけど本当はエリックという名前じゃなくて……」

「エリックなのにエリックじゃないの？」

この男はロケット設計者というわけじゃなさそうね。

「つまりぼくみたいだったんです。ぼくのファーストネームはグスタフ・ハクヴィン。ハクヴィンは実際にはミドルネームだが、通称ハクヴィンと呼ばれている」

「エリックは？」

「ダニエルだ！　ダニエル・エリック・ヨンソン、そういう名前だった」

「ダニエル・エリック・ヨンソン、通称エリック……」アニカ・カールソンがつぶやいた。

世間は狭い――。

「そのとおり。あいつもキツネと呼ばれることに異論はなかった。だけど本名がダニエルだからって、ダンネなんて呼んだりしたら機嫌を損ねたよ」

「ダニエル・エリック・ヨンソン、彼とはその後も連絡をとっています？」

「いいや、一度も。スカウトのキャンプで数年一緒になっただけだと思う。三年かな。一九八一年、一九八二年、一九八三年。知りたければ調べられますが」

「でもそのあとは一度も会っていない？」

「ええ」

「なぜです？　同じシースカウトで、同い年で、ボートやセーリングが好きだったのに。ケンカしたとか？」

「いいや、そういうわけじゃない。ただ住む世界がちがったんですよ」

「彼はどういう世界に？」

「確か父親は何かの先生だったと思う。厳しいおじさんだったのを覚えている」

「会ったことがあるんですね」

「ええ、夏のキャンプにも何度か来ていた。ヨットでね。乗せてもらったこともある」

「ダニエルの父親もヨットをもっていたのね」

「ええ、ヴェガ（アルビン・マリン社のヨットで、スウェーデンで三番目に多く製造された）でしたよ。目を見張るような高級ヨットではなかったが、悪くもなかった。スウェーデン製で、全長約八メートル、当時新品だったのを覚えている」

「ねえ、ハクヴィン」

「なんでしょう」

「あなたには心から感謝します。小さなメダルをあげたいところだけれど、今はもっていないからまたあとで」

「なるほど。でもヨットで一緒にセーリングをする話、ぜひ考えてみて」

74

警察署に戻るとアニカ・カールソンはそのままベックストレームの執務室に向かった。

「検察官との会議はどうでした？」アニカはまず訊いた。

「非常にうまくいったよ。あのおばさんはすでに輪縄に首を突っこんでいるが、今週中はまだ生かしておくつもりだ。で、どうした？」

「殺《や》ったのはダニエル・ヨンソンです」

「もちろんだ。それ以外に誰だと？」ベックストレームは肩をすくめた。「誰だってわかることだろう」

「わたしはわからなかった。でも今はわかりました」

「なぜ考えを変えたんだ？」

「遺体発見現場との関連をみつけたから」

「いかにして？」

「あなたがうるさく言っていたソーセージの缶のおかげです」

「いやはや、まったく」

「世間は狭いな……」アニカがフールイェルムの話を伝えると、ベックストレームはそう感想を述べた。

「実はもっと狭いんです。わたしが帰ろうとしたら、フールイェルムが古いアルバムを取り出して、スカウトの夏のキャンプの写真を見せてくれた」

「それはもって帰ってきたんだろうな？」

「ええ、ご安心を。ダニエル・ヨンソンの写真なら十枚くらいいいのがありますよ。半ズボンのスカウトの制服。当時からすでに可愛い少年だった。でもわたしが言いたいのは別の写真のこと。これです」アニカはその写真をベックストレームに渡した。

「三人の小さなスカウトの少年。その一人は骨折したようだな。おやおや、敬礼までしている」

まさにおれのスカウト時代と同じだ――ベックストレームは懐かしく思い返した。短い時代ではあったが、何度かは敬礼をする暇くらいはあった。

「この三人、誰だと思います？」アニカ・カールソンが訊いた。

「右にいるこの金髪の少年がフールイェルムだろう？　左側の茶色い髪の子がダニエル・ヨンソンにちがいない。だがこの真ん中の、足にギプスをはめているのは？　さっぱりわからない」

「ヒントをあげましょう。少年たちはみんなお互いにあだ名をつけていた。ハクヴィン・フールイェルムはハッケかハッケ・ハックスペット、ヨンソンはずるがしこいからキツネと呼ばれていた。この真ん中の子はカール・ベッティル・ヨンソン。とても優しいから」

「カール・ベッティル・ヨンソンとは？」

「ほら、ターゲ・ダニエルソンのアニメのクリスマス物語ですよ。心優しいカール・ベッティル・ヨンソンはクリスマスに郵便局でアルバイトをするんだけど、優しすぎてクリスマスプレゼントを盗み、貧しい人たちに配って回った」

「知らんな。それは観ていない」

いやはや本物の馬鹿にちがいない。貧しいやつにクリスマスプレゼントなどやってどうする？

「この子は実際にはカール・ベッティルという名前だった。カールはKではなくてC」

「そのあとは？ つまり苗字は」

「ボリィストレームです。カール・ベッティル・ボリィストレーム」

「うちの署長か」

「まさにその人です」

「おいおい、これはどういうことだ。まさかやつは今でもダニエル・ヨンソンと友達なんだろうか」

「さあ。でも確認するつもりです」

「なぜギプスを？ 誰かにお仕置きでもされたのか？」

「いえ。木の上に物見台をつくっているときに、落ちたらしいです」

「それなら確実にうちのボリィストレームだな。木から落ちるなんてあいつしかいない……」

75

捜査班四度目の会議の翌日は火曜日で、ナディアにとっては良き日となった。色々なことを進められたからだ。今では何がどうなっていたのか確信していたが、なんとその動機までみつけることができたのだから。ほぼ必ず入ってくる二つの動機のうち、二つめのほうだ。

ナディアは朝からアニカ・カールソンにリクエストされていたとおり、ジャイディー・クンチャイとダニエル・ヨンソンの会社の調査を続けていた。アニカ・カールソンが当時の経理責任者から聞いた話によると、その会社には多額の資産があった。しかしヨンソンがのちに会社を売り、その後会社が清算されたときの書類からはさっぱりそんなふうには見えなかった。ナディアはさらに情報を請求し、そこで会社が創立一年目の二〇〇二年に契約した資本償還がみつかった。

それはおもしろい仕組みで、オーナーがリターンを担保に、会社の法人所得を保険に投資できるようになっていた。そこにはオーナー二人、つまりダニエル・ヨンソンとジャイディー・

クンチャイの生命保険も含まれていた。万が一どちらかが死亡した場合に備えてのことだ。保険金の受取人は生き残ったほうのオーナーで、そのせいでその額の資産が会社が売却される前年に貸借対照表から消えていたのだ。税制という観点からは法律にのっとっており、ダニエル・ヨンソンは税引き後の会社の資産を受け取ることができた。あとに残ったのは数十万クローネの負債で、それが動産のあれこれや、クライアントを引き継ぐ権利と相殺された。株式会社の売却にさいして作成された契約書では、ダニエル・ヨンソンは一クローネの支払いを受けることになっているが、その金額を本当に受け取ったかどうかは、保険金の額を考えると些細なことだ。ナディアはベックストレームに自分の発見を伝えようと電話をかけながら思った。

「金か」ベックストレームの声はまるでその言葉を味わっているかのようだった。「それは誰でもわかる。あの男と最愛の妻は降って湧いたチャンスをつかんだわけだ」

「ええ」ナディアも同意した。「津波を計画することはできませんし」

「そしてなるようになった。金のことでもめて、ヨンソンが妻の頭に一発撃ちこみ、メーラレン湖の島に隠した。子供の頃、夏に訪れた島に。あの悪魔もシースカウトだったんだ」

「〝そなえよつねに〟はスカウトの標語ですしね」

「金額はいくらぐらいなんだ?」

「二〇〇五年には受け取っていた三つの保険金だけで合計二千五百万クローネ。いやそれ以上です」

「二千五百万か……けっこうな額だな」
「ええ。わたしに言わせれば、二人の人間に充分な額のはず」
「だが、たくさんもらうともっとほしくなる」ベックストレームはわかると言わんばかりの口調だった。

ベックストレームと話したあと、ナディアは昼食をとった。署内に二つある職員食堂ではなく、凶悪犯罪課の休憩室で。お弁当にもってきたのは自家製のビーツのスープにピローグ。ピローグには粗挽きの豚肉と玉ねぎがたっぷり入っていて、レンジで温めた。ベックストレームが一緒だったらお供にウォッカを一杯、といきたかったけれど。彼女の故国ならどの警察署でも行われているように。

昼食後、ナディアは現在は国立法医学センターになった当時の国立科学捜査研究所《SKL》で、津波後にジャイディー・クンチャイのＤＮＡ型をつくったときに、ＤＮＡを何から採取したのかを再度調べようとした。確かに十二年も前だが、ナディアのような女が常に使っているあらゆるデータベースを考えると、記録が残っていてもいいはずなのだ。あるいは非常にツイていて、リンショーピンのほうにもまさにナディアのような女がいて、そのことを今でも覚えているとか。

今回ばかりは本当にそうなった。始まりはいつもと同じだったのに。まずは何もわかっていないがともかく他の人を紹介はしてくれる人々の間をたらいまわしにされ、そうやって半ダースほどの人間と話してから、最後に女性のDNA専門家につながったが、即座にあなたは間違った場所に回されたと断言された。おまけにその声は嬉しそうでも親切そうでもあった。

「資料室の人と話すべきなんじゃない？　わたしは生物学者よ。来る日来る日も地下の実験室で試験管をカチャカチャやってる」

「知っています。わたしも同じようなものだし。わたしの場合は紙とペンだけど。数学と応用物理学」

「あなたの同僚はきっとあなたの職務内容が大好きよね」生物学者は嬉しそうにくすくす笑った。

「もちろん。私がいれば自分で計算しなくてすむし」

そのほうがこっちも助かるし――。

「十二年ほど前の件って言った？　二〇〇五年に死亡宣告。犯罪ではない」

「ええ」

「それってタイの津波の話みたい。あのときはここも大忙しだった」

「その被害者は津波で死亡したんです。それにタイ人だったけれど、スウェーデン人男性と結婚していて、スウェーデンにも長く住んでいた。スウェーデン国籍ももっていて。死んだとき三十一歳だった」

「当てさせて。名前はジャイディー・クンチャイじゃない？　ヨンソンとかいう男性と結婚していた。彼のほうは生きていたと記憶しているけれど」

「そう。まさに彼女」

奇跡はまだ終わっていなかったのか――。

「彼女のことならなんでも知っている。わたしがDNA型を取り出したのよ。完璧な型だった、記憶が正しければ。あれよりいいのはなかなかない。そうだ、彼女のことならデータベースで探す必要もないわよ。だって死亡宣告が下りた瞬間にすべて削除された確信があるから。そうしなかったら法に反するし、当時のデータベース責任者はすごく厳しい男だった。法学者でね」

「じゃあ彼女に関する情報はすべて削除されたの？」

やっぱり――われわれが生きる時代に奇跡が起きるなんて、誰が信じる？

「それは絶対にそのはず。だからここで彼女のことを知っている人間がいるとしたらそれはわたしだけ。だって、わたしの博士論文に入っているんだから。なぜ彼女を覚えているかというと、わたしが資料として使った中で唯一のタイ人だったから。津波が起きた場所を考えると、タイ人はもっと多くてもいいはずだったけど。だってスウェーデンには当時スウェーデン男と暮らしているタイ人が千人以上いたんだし、おかしなことじゃないでしょう」

「カオラックに行くような人たちじゃなかったのかも」ナディアが言った。

「わたしもそう思った」

「でもジャイディーの書類はすべて廃棄されたのね？」

「資料室にあったものはね。データベースから消されると同時にシュレッダーにもかけられたはず。でもわたしの手元には当然残っている。わたしの論文の資料だし、そういうのは捨てないもの。研究資料は保管するという決まりがあるんだから」

「それを見せてもらうことはできます?」

「もちろん。言うまでもないわ　あなたやわたしみたいな女は協力し合わなければ。半時間だけちょうだい。箱を探してくるから」

「電話番号を教えるわ」

言うまでもないわ――あなたやわたしみたいな女は。

ナディアの新しい心の親友は二十分後にはもう電話をしてきて、目の前の箱にジャイディーの情報が入っていると宣言した。津波が起きたとき、彼女は博士論文を書きながらSKLでハーフタイムで働いていた。論文は特殊な専門分野で、ちょっと珍しい素材からDNA型を取り出すときに起きうる問題を扱ったものだった。リンゴの芯、吐いた唾、服、洟水のついたハンカチ、タバコの吸い殻からイヤリング、歯ブラシ、櫛、ブラシまで。

「わくわくするわ」生物学者が言った。「ところで、わたしは今、何を研究していると思う?」

「わからない、でもぜひ教えて」

「あなたが吐き出す息よ。適切な面に吐き出された場合なら、ほどなくしてDNAを取り出せるようになると思う。問題は時間ね。吐き出した息というのは揮発性の高い素材。その場の温度にもよるし」

「すごいじゃない」ナディアは本気でそう言った。

「ジャイディーの場合、三種類の素材をもらっていた。ヘアブラシ、櫛、そして歯ブラシ。わたしの書類にはそう書かれている。それを見てどんなブラシと櫛だったかまで思い出したわ」

「そうなの？」

「ええ、ブラシはすごく高級そうだった。黒い木で、おそらく黒檀《こくたん》だったんでしょうね。銀の部材がついていた。櫛も黒檀でできていた。ほら、今は禁止されている種類の木。典型的なオリエンタルの品。骨董品でしょうね。歯ブラシがどんなだったかを覚えていないのに不思議はない。ただのプラスチックの歯ブラシだったんでしょう。使用者の性別を考えると赤かピンク。ヘアブラシと櫛は使い終わったら依頼者、つまり国家犯罪捜査局にすぐに返したわ。そのあとは夫に返されたんだと思う。犯罪とは無関係だったし、価値のある品々だったから」

「歯ブラシは？　それも返したの？」

「ただの平凡な歯ブラシだとしたら返していないはず。遺族も普通それは求めない。誰がそんなもの返してほしい？　でもヘアブラシと櫛は、絶対に返している」

「わたしもそう思う」

まあじゃあ、あとはわたしが自分で古いファイルや箱の中を探せばいいだけか。

「わたしが自分で書いたメモによれば、頭髪を何本も採取した。毛包がついた頭髪も、ついていないものも。どれも櫛とブラシに残っていた頭髪よ。それに身体――具体的には頭皮、そして口内の細胞も採取した。それは櫛と歯ブラシからね。分析後、わたしが出したDNA型を国家犯罪捜査局から送られてきたものと比較した。移民局にあったやつ」

「それで一プラス四になったわけね」

「ええ、そういうこと」生物学者は感情をこめて答えた。「それ以外の結果になったら恥でしかない。与えられた素材を考えるとね。頭髪、それに頭皮と口内の細胞はジャイディー・クンチャイからきたもの。それ以外の人間だという可能性は忘れていい。あるとしたら一億分の一の確率ね」

「なぜわたしがこんなに興味を示すのか不思議でしょうね」

「いいえ。なぜこれに興味があるのかはよくわかる。ちゃんとした管理下で本人の身体から直接採取された素材かどうかを知りたいんでしょう？　口内から綿棒で採取したり、血液検査、骨髄や歯髄、組織、内臓といったその人にしかない素材——なぜあなたが困っているのかははっきりわかる」

「よかった」

「そう。それに話そうと思っていたの。これは非常に重要な点だから。同僚の誰かがジャイディーの遺体からそういう素材を採取していてもおかしくない。彼女の遺体は収容されたわけだから、それはありえると思う。ただ、あそこで死んだ人たちは高い外気温や強い太陽光線や海水にさらされ、それはDNAを採取するのに適してはいない。現地で作業をしていた鑑識官は当然それを知っていた。だから手に入るかぎりの素材を採取した」

「ねえ、ひょっとして……」

「いいえ」生物学者がナディアを遮った。「ジャイディーの遺体が収容されていたときに誰かが論文を書いていたってことはない。それなら彼女から採取した素材に関する書類が残っていたでしょうけれど、それは忘れていい。その一方で警察には書類が残っているかもしれない。依頼してきたのは警察だし。ここに素材を送ってきたのも」

「最善を祈りましょう」ナディアは最悪を想定しつつそう言った。「ところで話は変わるけど」

「はい？」

「ロシア料理が好きだったりしない？　ピローグやビーツのスープ、チョウザメのポシェ、キュウリのピクルスにサワークリームなんか」

「好きよ。それにわたし、本物のロシアのウォッカに目がないの。つい先月サンクトペテルブルクに旅行に行ったところ。本当に素晴らしい街よね」

「よかった。じゃあストックホルムに来ることがあったら電話して」

「まあ嬉しい。ねえ、バラライカはもっていたりしない？」

「ええ。しかも二台。あなた弾けるの？」

「いいえ、でも教えてくれれば。それで『カリンカ』を歌って、乾杯しましょう」

「いいわね」

まるでガマズミの花のように素敵な人——。

帰る前に、国家犯罪捜査局の知人から電話があった。ナディアがほんの数時間前に送ったメールで頼んだことをもうやってくれたのだ。二〇〇五年の秋にヘアブラシと櫛はダニエル・ヨンソンに返却されている。しかしそこに歯ブラシはなかった。なお、ヨンソン自身がストックホルムの警察署に櫛とヘアブラシを引き取りに来た。

「彼のサインが入った受領書をメールするよ。スキャンしたらすぐにね。歯ブラシのほうは別におかしなことではない。誰がそんなもの返してほしい？　わたしの予想ではDNAを採取したあとはSKLのほうですぐに廃棄した」

「でも他に、DNAを採取する素材としてリンショーピンに送ったものの情報はありませんか」

「いや。そういう情報は残っていない。だけどそれを担当した同僚の名前はわかるから、誰かが何か覚えているかもしれない」

「ありがとうございます。彼らと話してみるしかなさそうね」

76

ナディアがソルナの警察署で悪くない一日を過ごしていたとき、スーラー・コンパイイサーンとシュワン・ジェチラワはバンコクからソルナの一万キロ南東にあるプーケットへと飛び、前回の訪問のさいにカオラックのホテルで得た手がかりをさらに追おうとした。誰かあるいは何かを捜すのなら、現地で捜すのがいちばんだ。本物の警官ならそんなことは誰でも知っている。ホテルで入手した勘定書きによれば、ヨンソン・クンチャイ夫妻は津波の前夜にホテルでディナーを食べている。それからホテルのリムジンサービスで車を一台頼み、プーケットにあるナイトクラブ、ゴールデン・フラミンゴへと向かった。街の高級なエリアの繁華街にある店だ。

運転手がつけた運転記録によれば、夜の十時半にホテルで彼らを乗せ、その三十分後にゴールデン・フラミンゴで降ろしている。

その数時間後、朝の三時過ぎに、同じ運転手がナイトクラブの前で彼らを乗せ、ホテルまで送り届けた。車を呼んだのはダニエル・ヨンソンで、おそらく携帯電話で呼んだのだろうが、帰りは合計七人が乗っていた。それが誰だったのかは判明しない。ヨンソンが車を呼んで、支払いはホテルにつけたからだ。乗客の一人はおそらく彼の妻だろうが、あとの五人についてはわかっていない。

その答えをくれる可能性があるのはリムジンの運転手だろう。しかし問題は彼が津波で亡くなっていることだ。その日は仕事が休みで、朝からホテルの職員住宅の前の海岸で泳いでいた。津波が彼をのみこみ、五十メートル上の陸地まで押し上げた。残ったのは彼がいつも運転していた車と、どこを走ったかを記録した運転記録だけだった。

「きみはどう思う？」ジェチラワが尋ねた。「ダニエル・ヨンソン以外に六人がホテルに戻った。誰だったと思う？」

「妻はいただろうな」コンパイサーンが言う。「写真は見ただろう？　おれならゴールデン・フラミンゴのような場所に一人で残しはしない」

「おれもだ。ではそれ以外の五人は？」

「同じホテルに泊まっていた人たちか？　それ以外に夜中に何をしにホテルに行く？　着いた頃には朝の四時で、ホテルのバーはどちらも閉まっていた。寝に帰っただけだろう」

「おれもそう思う。だが人数が気に食わない。一人余分だ」

「確かに。あのホテルに泊まっていたのはカップルばかり。まあ子連れも数組はいたが、小さい子供が多かった。ゴールデン・フラミンゴみたいな場所に連れていくわけがない。そもそも入場させてもらえない」

「十代の子供がいる人もいたようだが」ジェチラワが反論した。「でもそれもちがう気がする……。誰かがクラブでナンパして、ホテルに連れ帰ったのだろう」

「普通のスワッピング・パーティーってことか」コンパイサーンがにやりとした。

「ああ、そのために警察がいるんだろう？　そういうことをやっているやつらが多すぎるんだよ」

津波によりカオラック周辺だけで五千人以上が死亡した。その多くがタイ人で、今でも何百人も行方不明のままだが、海が彼らを奪ったことはわかっているから、捜すのはもうずっと前にやめてしまった。残ったのは失踪のさいに警察がつくった書類だけで、その中にプーケットに一人、ブンヤサーンとその部下たちの興味を引いた人間がいた。

彼らの警官としての直感を目覚めさせたのはそこから一万キロ離れたソルナの警察署で働くスウェーデン人同僚のナディア・ヘーグベリ、旧姓イワノヴァだった。その人間というのは具体的にはジャイディー・クンチャイと同年代の若い女性で、おまけにタイ警察の書類にあった人相書きによれば容姿もよく似ている。彼女は津波の数日後に、雇用主によって行方不明届が出された。職場に現れなかったからだ。その後警察が得た情報では、自主的に姿を隠したわけではなさそうだった。彼女が借りているプーケットの小さなアパートには持ち物がすべて残されていたし、最後に携帯電話を使ったのは津波が襲ってくる十時間前だった。

それ以外にはあまり情報がなく、コンパイサーンとジェチラワがプーケットを再訪した主な理由は、彼女の行方不明届を出し、あわよくばそれ以上のことも知っている雇用主に話を聞くためだった。現在では年金生活者になり、プーケット郊外の海で釣りをするのが趣味だった。彼と同じ種類の人生を歩んできた旧友らと一緒に。津波があった当時、彼はゴールデン・フラミンゴの店長で、失踪した女性はそのクラブで接客長をしていた。プーケットの同僚からもらった写真から察するに、ジャイディー・クンチャイの妹であってもおかしくないような女性だ。

「ヤーダー・イン・ソン。典型的なタイの名前だな」コンパイサーンが皮肉な笑みを浮かべてナイトクラブの元店長を見つめた。「ともかく行方不明届にはそう書かれているが、本当の名前は教えてもらえないのか？」

「もちろん通り名ですよ。ヤーダーかイン、イン・ソン、ヤーダー・ソン。わたしにはそれで充分。おまけに彼女にとっても都合が良かった。きみらみたいなのに目をつけられるリスクを減らせる。わたしが働いていた業界は匿名性を大事にしていた。客にかぎらず従業員も」

「では本名は知らないと」コンパイサーンが訊いた。

「知っていれば失踪したときに言いましたよ。わたしは彼女をヤーダーと呼んでいた。有能な若い女性だった。美しく、感じがよくて、客からも好かれていた。ドラッグなどの問題もなかったし。戻ってきてほしいよ」

「そうだろうとも。お前のところで売春婦として働いていて、お前は何も払う必要がなかった。その彼女の名前を教えるのがそんなに嫌か？」

「今言ったとおり、うちでは接客長として働いていた。客たちを楽しませ、必要なら給仕も手伝い、特に重要な客の対応もした。クラブを出て家に帰ってから何をしていたかに口を挟むつもりはない」

「だろうね。お前の客について帰るのも問題ないんだろう？」

「あんたがたのほうがよく知っているようだ」ナイトクラブの元店長はため息をついた。「わたしが彼女と寝ていたかって？　いいや、寝たことはない。他の男と寝ていたか？　それは知らないね。あんたがたがクラブに来ていたらあの子はついて帰ったと思うか？　それは非常に疑わしいね。それにあんたがたみたいなのはあの店には絶対に入れなかった。入れた警官は賄《わい》賂《ろ》を受け取りに来たやつらだけだ」

「この男に見覚えは？」ジェチラワがダニエル・ヨンソンのパスポート写真を拡大したものを手渡した。

「ないね」店長は首を横に振った。「感じの良い若い男のようだが、なぜ見覚えがなくちゃいけないんだ？」

「津波の前夜にお前のクラブを訪れていたと考える理由があるからだ」

「この男と、他にも千人くらい」店長は笑みを浮かべた。「あんたがたの脳みそが心配だ」

「ならば店に行って古いレシートをすべて押収するまでだ。客はカードで支払ったはずだから」

「ご足労だな。フラミンゴは現金主義だった。だから角に二つもＡＴＭを設置してもらったんだ」

「お前は協力的ではないな。豚箱に連れていってやるから、そこでちょっと頭を冷やすか？」

「それは困るね。明日の朝はいつも一緒に行く親友と釣りをする予定なんだ。ここプーケットの犯罪警察のトップだよ。残念だがそれでもっと思い出せるとは思えない。むしろあんたがたのほうが豚箱で夜を過ごすはめになりそうだ。わたしを引っ張っていこうものなら」

「そうか」コンパイサーンが言った。「お前の言いたいことはわかった。われわれが来た理由は、あんたの昔の接客長を捜しているからだ。ヤーダー、あるいはヤーダー・イン。好きに呼べばいいが」

「それはよかった。彼女をみつけてくれたら、あんたがたを釣りに連れていってやるよ」

「彼女の失踪を、お前はどう考えているんだ？」ジェチラワが訊いた。

「海が彼女を奪った」年老いたナイトクラブの元店長は言った。「バンコクから来た二人のお巡りさんにその点を変えられるとは思えないがね」


ダニエル・ヨンソンとジャイディー・クンチャイが宿泊していたホテルに津波が押し寄せる三十分前、ホテルのレセプション係がダニエル・ヨンソンの依頼でホテルにタクシーを呼んでいる。こういった場合の手がかりの典型的な例だ。調べたからといってなんの意味もない。コンパイサーンとその同僚ジェチラワはタクシーを呼んだスタッフもタクシー運転手もみつけられなかった。車すら。あとはヨンソン本人に話を聞くしかない。

「なあ、スーラー」バンコクに戻る飛行機の中でシュワン・ジェチラワが言った。スウェーデンに行ってそいつを聴取させてもらえるようボスに頼むか。スウェーデンはいい女だらけらしいからな」

「タイほどじゃないさ。それにもう雪が降っているはずだ。だから無理だろう？　それにその部分はあのスウェーデンの同僚でもできるはず。そろそろ彼女もうちのために働いてくれていい頃だ」

ジャイディーの妹であってもおかしくない――翌日、ブンヤサーンがメールで送ってきたヤーダー・イン・ソンの写真を見ながらナディアは思った。そうではないことを心から祈るが。ともかく秘密の一卵性双生児ではないことを。

77

ベックストレームはちょうどいつもの午睡《ごすい》から目覚めたところだった。この健康法はより多くの賢明な人々にも導入してほしい。ただやみくもに人生をがんばるのではなくて。

ベックストレームはベッドに横たわったまま、伸びをした。適度な運動も忘れてはいけないからだ。それから一日の残りをどのようにスタートさせるかを熟考した。冷えたビールで始めるか、あるいはむしろ軽いジン・トニックで？　たっぷりの氷とレモンのスライスを添えて。

人生とは選択の連続――ベックストレームはそう思いながら、バスローブをまとった。その瞬間、玄関の呼び鈴が鳴った。控えめながらも、多少相手をせかすような呼び鈴の音、それにエドヴィン坊やは新年度が始まってストックホルムに戻ってきていることは知っていたから、ベックストレームは監視カメラで訪問者の身元を確認することもなくドアを開けた。するとそこに立っていたのは、やはり例の愛すべき少年だった。おまけにエドヴィンは警戒した顔つきで、いくぶん心配そうな様子でもあった。

「会えて嬉しいよ、エドヴィン。どうしたんだい？」

「警部さん、やばいことになったと思います」エドヴィンは今言ったことを請け合うようにうなずいた。「入ってもいいですか？」

「もちろんだ。名探偵エドヴィン・ミロセビッチくん。さあ、入りたまえ」

五分後、少年はベックストレームのソファに座っていた。ベックストレームは自分に冷えたピルスナーを注ぎ、エドヴィン坊やには少年の母親からあげないでと言われている各種の炭酸飲料水のひとつを渡した。今回はファンタだ。本当はたっぷり氷を入れてウォッカをたらすと最高なのだが、エドヴィンに教えるのはあと一年くらい待たなければいけない。

「どくろの殺人犯が……」エドヴィンが口を開いた。「ぼくのことも殺そうとしているみたいなんです」

「なあ、エドヴィン。こういう事態においては慌ててはいけない。きみやわたしのような本物の探偵ならね。まずはなぜどくろ殺人犯がきみを殺そうとしていると思うのかを説明してくれないか」

「警部さん、どこから始めればいいですか？」

「初めから始めたまえ。最初に怪しいと思ったのは？」

「今朝です。学校に行くときに」

「続けてくれ」

学校は八時半に始まる。ピーペシュ通りにあって、古くからストックホルムの裁判所が入っている建物から百メートルの場所だ。エドヴィンが住んでいるアパートからはいちばん近道を選べば一キロもない。エドヴィンによれば普段なら十分から十五分くらいで到着するが、かかる時間は道中におもしろいものがあるかどうかにもよる。それに時間ぎりぎりに到着したくはなかった。先生が人生に乱入してくる前に、友達と話す時間がほしいからだ。

住んでいるアパートを出たとき、時刻は朝の八時一分だった。エドヴィンは道に出る前にベックストレームから教わったいつもの確認作業を行った。付近に見える人間や車両を確認してみると、何もかも普段どおりで異常な点は何もなかった。

唯一少年の目を引いたのは、今までに見たことのない車だった。小さな赤のアウディ。運転席には男が座っていたが、車のウインドウが暗い色だったためそれ以上はわからなかった。エドヴィンはアパートに住む誰かを迎えに来て待っているという印象を受けた。しかしフレミング通りの交差点まで来たとき念のため、これもベックストレームに教わったとおりに再度確認を行った。立ち止まり、携帯電話を取り出し、誰かと話しているふりをしながら、赤いアウディの運転手が何をしているのかを見ようとした。

車はそのとき駐車スペースから出てきたが、車内に座っているのは運転手だけだった。男のほうも携帯電話で話しているのか、車をゆっくりゆっくり進めている。エドヴィンは携帯電話をしまうと、フレミング通りを左に曲がり、ポルヘムス通りに入るために右に曲がり、大きな警察の建物を通り過ぎて、かなり回り道をしてから学校に着いた。時間にして十分余分にかかり、赤のアウディはその間ずっとエドヴィンをつけてきた。学校の門をくぐったとき時刻は八時二十分で、その二十秒後には車が校門の前を通り過ぎた。そのあとは見かけていない。授業中も、一時間前に家に帰ったときも。

エドヴィンの見解では、赤のアウディは今朝自分が学校に行くときにあとをつけていた。でなければなぜ自分がわざと遠回りをする間もずっとついてきたのだ？

「素晴らしいぞ、エドヴィン」ベックストレームが好意的にうなずいた。「教科書どおりの対応だ。時間も記録しているし、とりわけその男を警察本部周辺にいくつもある監視カメラの前を通らせたという点が気に入った」

「警部さん、ありがとうございます」エドヴィンはうなずいた。いたって満足そうだ。

「怪しい男が警察のカメラに映った時刻は０８０８。捜査手帳に細かく記録してあります」エドヴィンは小さな黒い手帳を掲げてみせた。ベックストレームが前年のクリスマスにプレゼントしたものだ。

「だが、携帯のカメラでそいつの写真を撮ったりはしなかったのか？」

「残念ながら」エドヴィンは首を横に振った。「不用意に怪しまれたくなかったので」

「賢明だな」

「でも車のナンバーは当然わかりますよ。アパートから出るときに覚えたんです。ＸＰＷ３０２。赤のアウディのＲＳＱ３です。アウディのスポーツタイプではいちばん小さいモデルだけど、値段はかなり高い。まあ六十万クローネくらい。安い車じゃありません」

「いいぞ、エドヴィン。きっちり調べたんだな」

「ええ。車両登録データベースを検索しました」

「所有者については何かわかったか？」

「あんまり。ストックホルム在住、ヤーデットのエーレグルンズ通りです。一九七〇年生まれ、独身、子供はいない。スウェーデン中央政府で働いている。最後の点は非常に怪しいですよね。パパがそう言っていた」

「ほう、そうなのか。パパはなんて？」

「そこで働いているやつは全員悪者で、国民からお金を巻き上げて生活しているって」

「きみのパパは賢い人間だ。その車を運転していた男、名前はあるのか？」

「ダニエル・ヨンソンという人みたいです」

あの野郎、殺してやる――しかしベックストレームは微笑み、うなずいただけだった。

「どういうやつだと思う？」

「どくろ殺人犯でしょう」エドヴィンはびっくりした顔になった。「じゃなきゃなぜぼくをつけるの？　それにやばい職場で働いているし」

その十五分後、帰りぎわにベックストレームは良きアドバイスを与えた。パパとママには何も言ってはいけない。しかし明日学校に行く前にベックストレームの部屋の呼び鈴を鳴らすこと。運が良ければどくろ殺人犯を現行犯逮捕できるから——ベックストレームはそう説明した。そしてちょっとでも不安になったらすぐに電話するようにと約束させた。

それからベックストレームはアニカ・カールソンに電話をかけた。

「あらボス、どうしたんですか？」

お前が思っているようなことじゃない。

「SとZのオルソン、それにあのダーラナ男を連れてうちに来るんだ。すぐに」

「何か動きだしたんですね？」

くそ、まったく——。

「その話はあとだ」

78

客をむやみに気まずくさせないよう、ベックストレームはバスローブからバミューダパンツとアロハシャツに着替えた。それに彼の留守番電話の応答メッセージでは、今日は家で働いていることになっているのだ。制服姿で働かないことは、特に誰も驚かないだろう。服装などなんの関係もない——だって上司はおれなのだから。

頭をはっきりさせるためにもう一本ビールが必要だったから、部下全員にもビールを勧めなければいけなくなった。おまけに全員が育ちの悪さを証明するかのように、断らなかったのだ。いつも車を運転しているアンカン・カールソンでさえ。

「冷蔵庫に何本かあるはずだ。わたしにも一本もってきてくれ」ベックストレームが言った。それからアニカ・カールソンのほうにうなずいてみせた。「きみは運転するんじゃないのか?」

「ちょっとくらいビールを飲んだからってどうだって言うんです」アニカ・カールソンは肩をすくめた。「それにもっと飲むなら、今夜は車をおいて帰ればいいだけだし」

アニカ・カールソンは全員にピルスナーをもってきた。ビール五本とベックストレームにはグラスも。しかしベックストレームの大切なグルメおつまみには手を出さないくらいの良識はあったようだ。

ベックストレームはいつもの冷静で効率的なやりかたで、エドヴィンから聞いた話を報告した。話している間に、アニカ・カールソンの目が心配になるほど細まるのが見えた。

「あの野郎、殺してやる」ベックストレームが話し終わったとたんに、アニカは言った。

「それは少々待ってもらおうか」ベックストレームが言った。「ダニエル・ヨンソンが逃げ出すことはないだろうし。他に提案は？」

「少年の思いこみだということはないんですね？」スティーグソンが口を出した。「あるいは単なる偶然とか。その話からは運転していたのがヨンソンだという確証はない。だって、知人に車を貸しただけかもしれない」

「街をうろついて、小さい男の子を追い回すために？」クリスティン・オルソンが鼻で笑った。

「もちろん。でもどのくらい可能性がありますかね」

「わたしも偶然だとは思わない」ベックストレームも頭を振った。

「わたしも」アニカ・カールソンもそう言い、オルソンとオレシケーヴィッチが同意のうなずきを返した。

「ダニエル・ヨンソンが典型的なコントロールフリークだというのはわかっているでしょう」アンカンが続けた。「じっとしていられないのよ。本当は姿を隠してなきゃいけないのは自分でもわかっているのに」

「わたしもそう思う」クリスティン・オルソンが言った。「ヨンソンの会社で働いていたカロリーンに話を聞いたときもそういう印象を受けた。本物のダメ男。だけど他人のことになると普通はこだわらないような点にいくらでもこだわった。どうしてもやめようとしない」

「わたしが話を聞いた二人目の妻のこともつけ回したでしょう」アニカ・カールソンが言った。

「兄に脅してもらわなきゃいけなかったくらい」

「よし」ベックストレームが言った。「ではここで興味深い問いは、われわれのうちの誰がまっとうな良識を捨てて、うっかり口を滑らせたかだ。なぜダニエル・ヨンソンはわれわれがやっていることを知っている？　新聞には一行も、ネットにも一言も載っていないのに。なおネットについては今調べたところだ。それでもやつはわれわれの捜査のことを知っているようじゃないか」

「おまけにエドヴィン坊やのことも知っているなんて」アニカ・カールソンが指摘した。「あの子の名前は捜査資料にも載っていないのに。未成年なんだから、証人として特別な守秘義務に守られている。それはわたしがきちんと手配した」

「では誰が口を滑らせた？」

「ここにいるメンバーではないでしょう」アニカが言った。「ナディアやニエミ、エルナンデスも忘れていい。海上警察や警察犬の警官？　そういう可能性もあるけれど。エドヴィンとは会っているし。だけどあの子の名前や住所までは知らないし、そもそもダニエル・ヨンソンの存在を知らない」

「他にいいアイデアはないのか？」

「ボスには報告した点を、あれからさらに調べてみたんです」オレシケーヴィッチが言った。「ヴァスとヨンソンはストックホルム大学で同じ時期に刑法を学んでいた。一九九二年の秋です。まあいたって弱いつながりだが、それでも多少はわかったことが」

「なんだ？」

「二人は同じ日に重要な試験を受けていた。だからといってどうってわけでもないが、普通ならそういう試験のあとは打ち上げがあり、色々起きたりもする。祝いたい学生もいれば、悲しみを癒したいやつも」

「そのテストの成績は？」

「ヴァスは合格、ですが特に目を見張るような成績ではない。ヨンソンのほうは素晴らしい成績で合格。いちばんいい成績」

おやおや、そんなことが。

「他には？」

「ええ、長めの講座ではだいたい小論文を書かされるのですが。実際の訴訟を分析したりして、発表するんです。ゼミのグループ内で反論者を立てて」

「で、ヴァスはヨンソンと同じゼミだったんだな」

「ええ。しかもおもしろいのは、ヨンソンの論文にヴァスが反論者になっていたこと」

「そうなのか。その論文は手に入らないか？」

「もうボスの受信ボックスにあります。最高裁判所での判決に関してで、三〇年代にヘルシングランド地方で起きた殺人事件ですが、最高裁判所では無罪判決が出た。検察官が被害者の身元を確定できていないという理由でね。男は妻を殺したとして、地方裁判所と高等裁判所に起訴されたが、高等裁判所で陪審員の投票評決になり、不思議なことに最高裁までいくことになった。論点は証拠だったのに。そして男は無罪になった。全員一致で。発見された女性が彼の妻だとは証明できない。野外に一年間放置されていた。当時はＤＮＡなどの技術はなかったし」

「そうなのか」ベックストレームは繰り返した。「そうなのか……」

これはより一層おもしろくなってきたぞ。

「わたしが間違えていたら教えてください」スティーグソンが言う。「ヴァスばあさんがヨンソンと知り合いだったとしたら、しかも最悪なことに付き合っていたりしたら、忌避の対象になるのでは？　誰が捜査対象になっているのかわかった瞬間に、彼女は担当を辞退しなければいけなかったはず」

「本当にそう思っているならね」オレシケーヴィッチが言う。「第一に、ダニエル・ヨンソンが殺人に関わっている可能性をどうしても受け入れられないみたいですし。最初の妻ジャイディー・クンチャイは津波で死んだはずなのだから、という調子でね。何年もしてから殺されてメーラレン湖の島に遺棄されるわけがないと」

「第二には？」スティーグソンが訊いた。

「あるいは彼のことは忘れてしまったか。大学に通っていたといってももう二十年も前のことだし」

「単刀直入に訊くが」ベックストレームが口を開いた。「うちの親愛なる検察官はエドヴィン坊やのことをどこまで知っている？」

「彼女が知っているのは頭蓋骨をみつけたのがシースカウトのキャンプでエーケレー島に来ていた子供で、不幸島でキノコ狩りをしていたということだけ」アニカ・カールソンが答えた。

「だがエドヴィンの名前や、わたしと同じアパートに住んでいるということは知らないんだな？」

「ええ」アニカは首を横に振った。「それは絶対にありえないと思う。発見者の名前や住所も訊いてこなかったし。だってもし訊いてきたら、教えましたよ。知る権利のある立場にいるから」

「もうひとつ可能性がある」ベックストレームが言った。

「新しい署長のこと？」アニカが答えた。「ちなみに、わたしもそれを考えていました」

「ちょっと待ってください」スティーグソンが言う。「二人がシースカウトだったのは三十年も前のことだ。少年時代の友達何人と今でも連絡をとっています？　それになぜボリィストレームがうちの捜査のことを知っている？　メーラレン湖の島で頭蓋骨をみつけたことを。自分が木から落ちて足を折ったのと同じ島で、シースカウトの少年が発見者だということを署長が知りえたなら、今では署の全員がそのことを知っているはずだ」

「わたしも同感だ」ベックストレームがうなずいた。「ボリィストレームは確かに余計な口ばかりきくやつだし、あの小さな脳みそには舌くらいしか入らないんだろう。だがこのことは知らないはずだ」

三十年後に子供の頃の友達何人と付き合いがあるって？　ベックストレーム自身は一度も友達がいなかった。当時もその後も。だからおれは関係ないな。

あとは事務的なことを色々と割り振るという作業が残っていた。そのせいでベックストレームはもう一本ビールを皆に振舞わなければいけなかった。

スティーグソンがヨンソンの車が映った監視カメラの映像入手を担当することになった。車がポルヘムス通りの大きな警察庁の建物の周りを走ったときに映ったはずだからだ。エドヴィン坊やが記録した時間が正しければ、簡単な作業だ。それにスティーグソンは警察大学時代の友達が担当部署にいた。

「エドヴィンはどうしましょう」アニカが訊いた。「両親には伝える？　護衛をつける？　やばそうならわたしが毎朝学校に送りますが」

「それはやめておこう」ベックストレームが言った。「両親のこともあの子のこともむやみに怖がらせたくはない。それにヨンソンがあの子を襲うとも思わない」

「そのとおりですね」アニカが言った。「じゃあこうしてはどうでしょう。わたしがヨンソン坊やの家に行ってじっくり問いただす。今朝なぜあそこで待っていた？　なぜ学校に行く男の子のあとをつけた？　急に小児性愛者の疑いをかけられたら、普通は誰だって焦りまくる。とりわけ職場の同僚たちにアリバイを確認しなければいけないなんて言われたら」

「なるほど。わたし自身はそれに異論はないんだが……」

「じゃあ何が問題なんです」

「きみがそう考えるのには、相手がその後どういう行動に出るかを見たいというのもあるはずだ。だがわれわれにそれはできない。現段階ではダニエル・ヨンソンの行動を監視することは一切できないんだ。これもまともな検察官さえつけてもらえれば、すぐに解決できることなんだがね。そうすればやつのトイレにマイクを仕込んで、一日何度用を足すのかまでわかるんだが」

「ひとつアイデアがあります」クリスティン・オルソンが言った。

「聞こうじゃないか」ベックストレームは三杯目のピルスナーを自分のグラスに注ぎながら言った。それは自ら冷蔵庫に取りに行ったものだ。これ以上皆に無料でビールを飲ませるつもりはなかった。

「わたしはさっきまでエドヴィンが誰なのかまるっきり知りませんでした。あなたと同じアパートに住むシースカウトの少年が頭蓋骨をみつけたということ以外は」

「それで？」

「だけどそれが誰なのかを突き止めるのにかかった時間はたったの五分。このアパートに住む子供はエドヴィンだけみたいだし。本人の名前、両親の名前、友達、どの小学校に通っているか。写真。趣味。ネットでそういうことが簡単に出てきます」

「だからヨンソンも同じことをやったと思うのか」

「ええ。その点は調べられると思います。検察官に許可をもらわなくても」

「よし、わかった。では明日署で会おう。早いぞ。八時にわたしの部屋で緊急会議だ」

「十時ではどうでしょう」アニカが無邪気な表情で訊いた。「わたしは十時までは忙しくて」

「わかったよ。だが今日はこれで解散だ。今から重要な会議があるのでね」

そしてベックストレームは彼らを玄関先で見送った。最後に玄関を出たのはアニカ・カールソンで、その直前に急にベックストレームのほうに身を屈めたかと思うと、濡れた舌を彼の耳に突っこみ、こうささやいた。

「気が変わったら電話して」

幸いなことにそのまま彼女を追い出すことができたし、誰にも気づかれなかったようだ。ベックストレームはドアに二重に錠をかけると、早鐘のように打つ心臓を落ち着けるためにたっぷりコニャックを注いだ。

79

アニカ・カールソンはエドヴィンを一人で学校に行かせるつもりはなかった。ベックストレームが朝八時に付き添っていくとは思えなかったし、どうせ昨晩おいてきた車を取りに行かなくてはいけなかった。車のところまで行くと、その通りの先のほうに停め直した。ベックストレームとエドヴィンが住んでいるアパートの入口から百メートルほどのところだ。

八時一分前にベックストレームが入口から顔を覗かせた。丈の長い赤いシルクのスモーキングジャケットと黒いスリッパ姿で歩道に出ると、戦場の司令官のような表情で何もかもが正常かどうかを確認した。そのあとにエドヴィンが入口から出てきた。ベックストレームは少年の頭を撫でると、何か話しかけ、それからアパートの中に戻っていった。

エドヴィンは小さなインディアンのように警戒しながら、道を歩き始めた。常に四方八方に気を配りながら。少年を怖がらせないように、アニカは車のウインドウを下げ、名前を呼んだ。

「エドヴィン、おはよう！　学校に行くの？」アニカは手を振った。あなたが無事でなにより――急に胸にこみ上げてくるものがなければ、少年をぎゅっと抱きしめていただろう。

エドヴィンはアニカを見てほっとすると同時に、嬉しそうだった。

「アニカ！　こんなところで何を？」

「昨日ここに車を停めて帰ったから」アニカはエドヴィンに恥をかかせないように言った。「学校まで送ろうか？」

「ぜひ。そうしたら昨日どくろ殺人犯がついてきた道を教えるよ」

アニカ・カールソンがエドヴィンを学校に送っていたのと同じ頃、ヤン・スティーグソンと大学時代の同級生は合計八台の監視カメラの録画映像を確認していた。ポルヘムス通りの警察庁の入口を映しているカメラだ。

エドヴィンは八台すべてに道を歩く姿が映っており、その十秒後に赤のアウディが通り過ぎた。運転手はまるで駐車スペースを探しているみたいにゆっくりと車を進めている。黒いウインドウとサングラス姿ではあるが、ハンドルを握る男のいい写真がいくつか入手できた。

「写真の分析が必要なら言ってくれ」スティーグソンの同僚が言った。

「どちらにしても連絡するよ。本当に助かった」

「どういたしまして。そいつを捕まえたら、おれからもよろしく伝えてくれ」


学校の前でエドヴィンを降ろしたあと、アニカ・カールソンはそのままソルナの警察署に向かった。赤い車がエドヴィンを家から学校までつけていたのは確信している。それを運転していたのがダニエル・ヨンソンであることも。残る問題は基本的にひとつだけだ。なぜヨンソンがエドヴィンのことを知っているのか。彼らの検察官も新しい署長も知らないはずなのに。二人がヨンソンと知り合いで、今でも連絡をとっている可能性があるとしても。

誰かが何かを言って、間違った相手に伝わってしまった。ソルナの警察署に出入りする何百という警察官――アニカ・カールソンは考えた。そろそろトイヴォネンに相談しなくては。ソルナの犯罪捜査部全体のボスだし、部下全員が何を考えているのかをいちばんよく知っている人物なのだから。


「どう思います？」アニカは三十分後にトイヴォネンの部屋で心の重圧を緩めてから訊いた。

「きみたちが捜している人間はきみの目の前に座っている」トイヴォネンはため息をつき、困ったように頭を振った。

「えっ？」

いったいこの人は何を――自分自身とすらほとんど口をきかないようなトイヴォネンが？

「その事件が入ってきた日、きみは夜にはもうわたしにメールしてくれただろう」

「七月十九日ですね、火曜日でした」

「その数日後、その週の終わりだったと思うが、ボリィストレームとソルナ・セントルムでばったり会ったんだ。お茶でも飲もうと誘われて、ボリィストレームが何か事件があったのかと訊いてきた。だから先日銃で撃たれた痕のある頭蓋骨が発見されたと言ったんだ。メーラレン湖の島で、とも言ったと思う。するとうるさく詮索された。自分たちでみつけたのか、とか。だからわたしは子供がみつけたと言った。それがなぜうちに来たかというと、ベックストレームと同じアパートに住んでいる子だったから、と」

「だけど、その子の名前までは訊かれなかったんですね?」

「ああ。だが調べるのは簡単だろう。ベックストレームと同じアパートに住む子供。あのアパートは子供だらけってわけじゃないからな」

「どうしましょうか」

「いちばん簡単なのはボリィストレーム本人に訊くことだな。ヨンソンとは今でも連絡をとっているのかどうか」

「いつやりましょう」

「今だ。どうせ他の惨めなことを相談するために署長に会わなければいけなかった。ヨンソンの写真はあるか?」

「いくつでも。あなたのパソコンをお借りできますか?」

「やあ、嬉しいな」五分後にトイヴォネンとアニカ・カールソンが執務室に腰をかけると、新しい警察署長はそう言った。「どういう用件かな？」

「この男を知っていますか？」トイヴォネンが微笑みを浮かべたダニエル・ヨンソンの写真を手渡した。

「ああ、知っているよ」ボリィストレームは笑顔になった。「幼馴染でね。今は外務省で働いている。非常に出世した男だよ。外務省の廊下でささやかれる話では、ほどなくして近隣国の大使に任命されるとか」

「まだ連絡はとっているんですか？」アニカが尋ねた。

「毎日というわけではないが、時々会うよ。いちばん最近は一カ月くらい前、結社のディナーでね。ああ、子供の頃の秘密結社だよ。彼もわたしもメンバーで、その日のディナーを開催したのは長年海外で働いていてスウェーデンに戻ってきたメンバーだった。しかしなぜそんなことを訊くんだい？」

「ひょっとしてヨンソンにメーラレン湖の島で頭蓋骨がみつかったという話をしませんでした？」トイヴォネンが訊いた。

「まあ、いつも皆、仕事でどんなことがあったかという話はするだろう？ああ、確かにその話はしたはずだ。なぜかというと、わたしたちはメーラレン湖の夏のキャンプに行っていたんだから。言ったかどうか忘れたが、ダニエルもわたしもシースカウトでね。そのキャンプがエーケレー島にあった」

「それ以上のことを話したりしませんでしたか」トイヴォネンがたたみかけた。

「なるほど、そういうことか……」ボリィストレームの顔からにわかに笑顔が消えた。

「ベックストレームと同じアパートに住む少年がみつけたとは言いませんでした？」

「ああ、どうやってみつけたのかと訊かれたから、そう言ったと思う。なぜうちで扱うことになったかというと、スウェーデンいち有名な警官と同じアパートに住む少年が発見者だからだと」

「馬鹿なことを」

「え？」

「あなたは非常に馬鹿なことをしました」トイヴォネンが繰り返した。

「内容から考えて、たいしたことでもないし無害だと思ったのだが……」

「ではなぜそれが大変なことで無害でもないのかを説明させてもらいましょうか」

「なんてことだ……」五分後にボリィストレームはつぶやいた。「わたしはなんてことをしてしまったんだ。恐ろしい話じゃないか。どうすればいいんだ」

「第一に、これからは口を閉じていてください」トイヴォネンが言った。

「ああ、もちろんだ。だが届を出さなくてはいけないだろう？　わたしは守秘義務を破ってしまった」

カール・ベッティル・ヨンソンが慌てている――アニカ・カールソンはうなずくだけにしておいた。だけど悪い人間ではない。

「言ったとおり」トイヴォネンが言う。「今後は口を閉じていると約束するなら、なんとかしましょう。もっとひどいことも経験してきた」

「きみたちは本当に優しいんだな。わたしはこんなことをしてしまったのに……」

十時にはベックストレームの執務室で緊急会議が開かれ、アニカ・カールソンは誰が捜査の内容を洩らしたのかを皆に説明した。

「まあ、いつものおしゃべりですよ。特に悪気はない」アニカ・カールソンは言った。「署長を弁護しておくと、何がどうなったかを理解したとき相当焦っていました」

「ではヴァスも忘れていいと？」オレシケーヴィッチが言う。

「いいや、なぜだ」ベックストレームが訊き返した。「あの女もうっかり口を滑らせたのなら、見逃がすつもりはない。はっきり訊くまでだ」

「ではひとつアイデアがあります」アニカ・カールソンが言った。

「なんだ」

「トイヴォネンからヴァスに質問させましょう。そうすればわたしたち以外にも知っている人がいるというのも伝わる」

「ああ、いいじゃないか」ベックストレームの顔が明るくなった。

この奇特な人間も、意外とわかってるじゃないか。

「ヨンソンと車の写真なら、すでにニエミに渡しました」スティーグソンが言った。「すぐに見てくれると」

「よし」

「じゃあどうします？」クリスティン・オルソンが訊いた。

「会議だ。全員で」ベックストレームが言った。「集まって状況を確認し、この事件にかたをつけようじゃないか」

「検察官はどうします？」ナディアが訊いた。

「むろん同席してもらうよ。わたしから話すつもりだ。では一時に」

執務室に一人になるとすぐにベックストレームはヴァスに電話をかけ、臨時に捜査班会議を招集しなくてはいけないことを伝えた。

「わたしに相談もなしに？」ヴァスが言った。「それは馬鹿なことをしたわね、ベックストレーム。この捜査を率いているのはわたしよ」

「だから今電話しているんですよ。どうしても集まらなければいけない状況になってね。では、一時にいつもの部屋で」

「残念だけど午後は予定が入っていて。月曜なら……」

「色々起きたんですよ」ベックストレームが相手を遮った。「月曜まで待っていられない。いらっしゃれないなら残念だが、それならあなたなしでやるしかない」

「いったい何が起きたの？　そんなに重要なことって」

「電話で話せることではない」

「連絡します」ヴァスはそう言って、通話を切ってしまった。

「じゃあ、あのおばさんは来るつもりはないと」アニカ・カールソンが言った。

「むろん来るさ」ベックストレームが言う。「来たくて来るわけじゃないが、自分がいない間に何が起きるか心配なんだ。外務省の小さなヨンソンみたいにコントロールフリークなんだから」

「確かにそうね」アニカ・カールソンもうなずいた。

「それからひとつ頼みがある」

「やっと？」アニカは嬉しそうな笑みを浮かべた。「でもまずドアを閉めて、ゆっくり話しましょ」

80

ベックストレームが予期したとおり、ハンナ・ヴァスは会議に出席した。おまけに始まる五分前には到着していた。トイヴォネンも彼女に連絡を入れ、自分も会議には出るつもりだと伝えた。捜査の状況を把握するために。それにひとつ話したいことがある。二人だけで。

「なんなんです？」ハンナ・ヴァスが訊いた。

「署内ではきみとダニエル・ヨンソンが知り合いだという噂が広まっている。同じ法学ゼミで、彼が書いた小論文の反論者も務めたと」

ハンナ・ヴァスはその名誉棄損のような噂に驚いただけでなく、捜査官らが口にするあらゆる戯言《たわごと》の中でも金賞を与えたいとまで言った。言うまでもなくヨンソンとは知り合いなんかではない。もしそうだったら捜査を率いることは辞退していた。ヨンソンなど誰だかも知らない。二十五年も前に彼が書いた論文の反論者になったことは無関係だ。反論者なら数えきれないほど何度もなったし、執筆者のことなど覚えていない。

「捜査班にもそう伝えて」ハンナ・ヴァスは言った。

「ご自分で言ってもらってもいいんですよ」トイヴォネンは雄弁に肩をすくめた。

「わたしの言ったとおりにしていればいいだけなのに。自分たちの捜査責任者を調査するなんて非常識なことをせずに」

「そんなことはしていないと思う。あなたがヨンソンと関係があったという情報はどちらにしても入ってくるものだ」

「まったくあきれた……」ヴァスはなぜかそこで時計を見つめた。

「捜査に問題が起きているのは知っている」

「問題なんてありません。あなたの部下がわたしが頼んだことをしないという以外には」

「彼らのほうは、あなたはさっぱりわかっていないのに口出しばかりしてくると主張しているが」

「それならば、あなたがたが自分で捜査を率いることができるように法律を変えることね。変わるのを待つ間、わたしみたいな人間は自分の任務を全うします。うちの新しいボスが月曜に着任する。ここの捜査官たちがやったことを考えると、残念ですが彼女にも相談しなくては」

「もちろんだ。それに言っておくと、署長にはもう話した」

「それはよかった」ヴァスは勢いよく立ち上がった。「ではこの話は終了します」

　勝負が始まった——全員が位置についている。今日はニエミとエルナンデスも来ている。それにトイヴォネンまで。ハンナ・ヴァスがこのドラマの主人公だが、本人はまるっきり気づいていない。念のため、なるべくベックストレームから離れた席に座っているが、その表情からして戦わずして降参するつもりはなさそうだ。

「ベックストレーム、わたしの好奇心を鎮めてください」ヴァスが言った。「今日の予定をすべて変更してこの会議に駆けつけなければいけなかったほど、恐ろしく重要なことが起きたんですって？」

「来てもらえて本当によかったですよ。これで最新の状況をお知らせできる」

「だからなんなの」

「不幸島でみつかった被害者はジャイディー・クンチャイで間違いないことがわかりましてね」

「まあ、おもしろい」ヴァスは嫌味たっぷりの声で言った。「わたし自身はジャイディー・クンチャイは十二年前にタイの津波で死亡したということで間違いないと思っているけれど？

そして今のところその認識を変える理由はない」

「現地でDNAの採取において深刻なミスが起きたんです。スウェーデンの警官たちが渡されたのは、ジャイディー・クンチャイの持ち物でしかなかった。歯ブラシやなんかだ。彼女の遺体から採取されたわけじゃない」

「つまり、亡くなったのはジャイディーの歯ブラシを使っていた別の女性だと言いたいの？」

「いいえ、そうではないでしょうね。その女性はもう死んでいたから、歯を磨く必要はなかった。ましてや別の人間の歯ブラシで磨くなんて。ジャイディーの夫がプーケットの地元警察を騙そうとしたんです。妻の化粧ポーチを渡して、これが遺体の人間の持ち物だと言った。しかしその遺体は妻ではなかった」

「まあ！　じゃあ、夫も、ホテルのスタッフもまるっきり別の女性をジャイディー・クンチャイと見間違えたということ？　おまけに夫妻が宿泊していた小屋からみつかった遺体なのに？」

「ヨンソンは間違えてはいない。彼はそれが自分の妻ではないことはわかっていた。その一方で、スタッフ二人はジャイディーだと思いこんだのだろう。女性の遺体、特に首から上はひどい状態で、彼らもじっと見たりはしなかったのだろうし。それにクンチャイのネグリジェとアクセサリーをつけていた。その点はヨンソンが取り計らったわけだ」

「その別の女性というのは……いったいどこから降って湧いたの」

「津波の前夜にプーケットのナイトクラブでナンパしたんだろうと思う。売春婦だ。彼らが泊まっているホテルに連れ帰った」

「彼ら？　ヨンソン夫妻のこと？　まるで妻のほうもその女性を連れ帰ることに合意していたように聞こえるけれど」

「それがそうなんです」ナディアが言った。「ダニエル・ヨンソンとその妻は共謀して保険金詐欺を働いた。合計二千五百万クローネを騙し取ったんです」

「あら、じゃあその女性を殺さずにすんでラッキーだったわね。津波がやってくれたんですもの。で、どうやって津波を手配したの？」

「そう言われてもわたしは怯《ひる》みませんよ。わたしもここに座っている他の全員もね。二人は降って湧いたチャンスを利用しただけ。ホテルに連れ帰った女性が津波で死んだ。ダニエル・ヨンソンとジャイディー・クンチャイは生き残った。そしてどちらか、あるいは二人ともが、この詐欺のアイデアを思いついた」

「今まで一切存在を知られていなかった女性だけど、何かわかっているの？」

「タイの同僚たちが調べてくれているので、わかると思います。ホテルで彼女を見た人間がいるのかどうかですが、目撃した人間はみつかっていない。ヨンソン、ジャイディー、その女性そして他の宿泊客をホテルに送った運転手は津波で死んでしまった。それでもこれから何かわかってくると思います」

「ジャイディー・クンチャイはともかく生きていたと」

「まあ、夫に撃ち殺されるまではね」ベックストレームが言った。「今から五年、十年くらい前に。少なくとも津波のあとも何年かは生きていた」

「なぜ妻を殺したの」

「いつもの理由ですよ」ベックストレームは雄弁に肩をすくめた。「金のことでもめた」

「まあ、なんという素晴らしい話。他には？　つまり、具体的な証拠は？」

「実は二つ、かなり固い手がかりが」ベックストレームがパソコンを開いた。「たとえば不幸島でみつかった被害者が生きていたときにどんな顔だったのかを復元したデータがある。そういうのを担当する専門家がいて、島でみつけた頭蓋骨を基に作製してもらった。この写真を見てもらうとわかりますが」ベックストレームはキーボードをたたいて、頭蓋骨と下顎の一部を合わせた正面からの写真を出した。

「それで？」ヴァスがあきれたように頭を振った。「これをどう解釈しろと？」

「ちょっと待ってください」ベックストレームは次の写真を立ち上げた。「ジャイディー・クンチャイの顔を前から撮影して、同じサイズにした写真だ」

「それでもわからないけれど」

「これならどうですか」ベックストレームはジャイディー・クンチャイの顔の写真を頭蓋骨の写真に重ねた。

「ジャイディー・クンチャイの写真が一枚見えるだけだけど」

「われわれにはもっと多くのことが見える。彼女と頭蓋骨の写真は完璧に一致しているんです。歯なんかもね。これがジャイディー以外の人間の頭蓋骨だという可能性は非常に低い。うちの専門家は他のタイ人女性の写真とも多数比較を行ったが、どれも合致するには程遠かった」

「こんなのコンピューターのイメージ画像でしょう。他には?」ヴァスはうとましげに頭を振った。

「ああ、じゃあわたしから」アニカ・カールソンが言った。「食べながらで申し訳ありません。今日は朝から何も食べていなくて」

「ええ、かまいませんよ。それほど決定的なことがわかったの?」

「ダニエル・ヨンソンが頭蓋骨をみつけた少年のあとをつけたんです。ベックストレーム、その子とヨンソンが映っている監視カメラの映像を再生してもらえますか?」

「いいとも」ベックストレームがキーボードをたたいている間、アニカ・カールソンはありふれた木製のバターナイフで黒パンのスライスに刻み野菜の入ったカッテージチーズを塗り始めた。

「ほら、ここに小さな目撃者が」ベックストレームはエドヴィンが大きな警察の建物の前を通り過ぎる様子を見せた。しかしヴァス検察官はそれよりもアニカ・カールソンがパンにカッテージチーズを塗る姿のほうに興味があるようだった。

「ああ、美味しい」アニカ・カールソンは大きく一口かぶりついた。「あら、すみません。でもほら、誰が現れたと思います？　少年の背後に、車に乗って」

「この赤のアウディ」ベックストレームも言った。「これはヨンソンの車です」

「この車と運転手は」今度はスティーグソンが口を開いた。「ポルヘムス通りの警察庁の入口側についている合計八台のカメラに映っていました。昨日の朝八時八分です。ダニエル・ヨンソンの車だということに間違いありません。ナンバーもわかっているし、ヨンソンはどのカメラにも映っていた。周辺街区の防犯カメラにももっと映っているのではないかと」

「運転手についてわかっていることは？」ベックストレームが無邪気な表情で訊いた。

「ダニエル・ヨンソンです」スティーグソンが答えた。「それはほぼ確実です。もっといい写真もまもなく手に入る」

「まったくなんてこと」ヴァスが声を上げた。「単なる偶然じゃないの？」

「一瞬たりともそうは思いませんね」アニカ・カールソンは目を極限まで細めてヴァスを睨みつけた。「少年がアパートを出たとき、ヨンソンの車はもう門の前で待っていました。それから学校までずっとつけてきたんです。二キロの道のりを。少年はずっと彼に気づいていました。

やっと学校にたどり着けたときは精神状態をやられていた。検察官殿はどう思われます？　これってものすごい偶然ですよね」アニカ・カールソンはそう言い終わると、野菜の入ったカッテージチーズの瓶に乱暴にバターナイフを突っこんだ。

「いや、でもこれは偶然だという……」

「あらあ！」アニカ・カールソンの手の中でバターナイフが折れていた。「甥っ子からもらったのに。学校の木工の授業でつくったんですって。でもまたつくってって頼めばいいだけか」アニカは真っ二つに折れたバターナイフを目の前においた。「あら、失礼しました。なんでしたっけ？」

「言いたかったのは、それでも偶然じゃないかってこと。朝はあのあたりは渋滞しているでしょう」

「ええ、わかります」アニカは食べたものの残りをビニール袋に戻しながら言った。「でもそうは思わない。わたしは目撃者をつけていたんだと思う。おそらく少年を脅す目的で。なぜダニエル・ヨンソンはそんなことを？　うちの捜査や発見者が誰なのかを知るはずもないのに。だって奥さんは津波で死んだんでしょう？　何を心配しているの？　どう思います、ヴァス？」

「失礼」ハンナ・ヴァスはうとましげに頭を振り、手で口を押えた。それから立ち上がり、書類を鞄に戻すと、部屋から出ていってしまった。

81

「オーケー」アニカ・カールソンはその三十分後、ベックストレームの執務室にやってきた。

「わたしは警官であって、女優ではない。あなたに渡されて、折るように言われたバターナイフ。あれはいったいなんだったの？」

「あのおばさんに目を覚ましてほしかったのさ。いや、きみには礼を言うよ、おかげで彼女の額に銃を当てて試し撃ちをせずにすんだ」

「わかりました。確かにキッチンの引き出し中でいちばん鋭いナイフではないけれど」

「だろう？　木のバターナイフというものは鋭いナイフではない。それがヴァスの秘密のあだ名だというのもきみのせいじゃない。知らなかったんだから」

「だけど本人は知っていたみたい」

「ああ、そういう印象を受けたね」ベックストレームは満足そうな笑みを浮かべた。

「ねえ、ベックストレーム」

「なんだ」

「第一にわたしはあなたに利用されたと感じている。それに時々あなたはめちゃくちゃ悪い人間だと思う」

「素晴らしい貢献をありがとう。だがそろそろ失礼させてもらおうか」

「出ていけと頼む必要もないわ。今はあなたのことが心底嫌だから」

その五分後、ベックストレームの執務室のドアに今度はナディアが立っていた。

ベックストレームが来客用椅子にうなずいてみせたのに、ナディアは部屋に入ってこようともしなかった。

「検察官の秘密のあだ名をあなたに話したこと後悔しています。アニカとも話したけれど、彼女のことも利用したのね」

「まったく……」ベックストレームはため息をついた。「もう話し合ったのか。わたし自身は非常に首尾よくいったと思っている」

「時々あなたのことが本気で心配になるが？」ナディアはそう言って立ち去った。

ハンナ・ヴァスは会議室から走って受付に下り、二人のボディーガードはそれを見て即座に何か深刻なことが起きたことを悟った。ヴァスに確認してみると、確かに深刻なことが起きたらしい。たった今、捜査班会議の最中に命を脅かされたというのだ。

「会議中に？」ボディーガードの一人が訊いた。「どうやってです」

「バターナイフを折ったのよ。わたしの目の前で！　ボディービルダーみたいな恐ろしいあの女が」

「アニカ・カールソンですか」

「ええ、アニカ・カールソン。本当に危険そうな女よ。すぐに重大な脅迫罪で逮捕してちょうだい。今すぐにやって。これは命令よ」

「ちょっと待ってください。落ち着いて。ヤンネがすぐに車を取ってくるから、落ち着いて話しましょう」警官は同僚に意味ありげな視線を送りながら言った。

公安警察要人警護課のヤン・ペーション警部補は外に出るとすぐに上司に電話をかけた。

「困ったことにヴァスがおかしくなってしまいました」

「どのくらいおかしくなった？」

「めちゃくちゃおかしいです」

「具体的に教えてくれ」

「アンカン・カールソンが……ほら、あのアンカンに脅されたと」

「ああ、知っている」上司が言った。「なるほど、確かにアンカンは怖い」

「ええ、ですがすごい美女だ」

「それも知っている。で、今回彼女は何を？」

「パンにチーズを塗るためのバターナイフを折ってしまったらしい」

「ほう、おもしろいな。で、警護対象の希望は？」

「まずなによりアンカン・カールソンを捕らえろと。グスタフもわたしもそれはできれば特殊部隊に任せたいです。それからすぐに家に送れと。こちらで用意した隠れ家には戻りたくない。どうやら自分が捕らえられていることに気づいたようです。そうしないならTV4で働く友達に電話するとか……」

「きみとグスタフ……グスタフ・オーケルマンが担当しているんだな?」

「ええ」

「グスタフはなんと?」

「彼もわたしと同意見です。ヴァスは完全におかしくなってしまった。数日前からわれわれが危惧していたとおりです」

「わかった。じゃあフッディンゲの病院に連れていけ。いつものところだ。わたしから検察官に電話して、事務的な処理はしておく」

82

「これでご満足?」アニカ・カールソンは金曜の朝ベックストレームが職場にやってきたとたんに訊いた。

「何が起きたかによるな。だが、ああ、人生でもっと悪い日もあった。なんだ？」

「うちの親愛なる検察官が疾病休暇に入りました。精神障害を起こしてね。現在、フッディンゲの特別精神科病棟で治療を受けている」

「大変だな」ベックストレームは自らの経験から感想を述べた。「あそこは楽しい場所じゃない」

「ええ、らしいですね」

「で、きみは皆から寄付を募って、花束とチョコレートの箱を送ろうとしているのか？」

「いいえ。ですがヴァスの新しい上司が電話してきて、自分がこの捜査を引き継ぐと。月曜の九時には捜査班の全員に会いたいそうです」

「誰なんだ？」

「あなたのお気に入りの一人ですよ。あなたの昔の同僚ロッレ・ストールハンマルともみあったときにうっかり心臓発作を起こして死んだ悪党弁護士の事件を担当していた」

「リサ・ラムか」

「リサ・ラムです」

「これ以上いい結果は望めんな」

やっと言うとおりに動くやつが来てくれる――。

「他には？」ベックストレームがつけ足した。

「もうひとつ。あなた、本気で心を入れ替えてまともな人間のように振舞わなければ、最悪なことになるわよ。もう時間の問題」

「配慮に感謝するよ。本気で心配してくれる相手がいるなんて感動だ」

輝ける時代、素敵な時代――やっとタクシーに座り、いつもの金曜のレストランに向かいながらベックストレームは考えていた。

それから昼食を食べ、理学療法士を訪ね、今宵のあらゆる快楽を楽しむ前に、ちょっと午睡をとろうと家に戻ったとき、携帯電話が鳴った。

それはヴァス検察官を担当するフッディンゲ病院の医師で、ベックストレームに電話をかけたのは、患者が〝急性精神性機能不全〟に見舞われる前の数週間、もっとも近いところで働いていたからだった。

「ええ、そのことなら聞いています」ベックストレームは言った。「実に恐ろしい話だ。ハンナには職場の皆からお大事にと伝えてください。どうか早く元気になってほしい」

「ええ、もちろんです。きっと喜びますよ。電話したのは、あなたあるいは同僚の方々が何か気づかなかったかどうかを伺いたくて。最近態度が変わったとか、そういったことはありませんでしたか」

「言われてみればここ数日、いや数週間かもしれない、急に魂が抜けたみたいになるときがあった。時々、ほんの短い間ですが。そうなったりまた元に戻ったりで」

「というと?」

「いや、まるでそこにいないかのような様子だった。それ以外はいつもどおりだったと思いますよ」

「他にも何かありませんか」医師はがぜん興味を示し始めた。

「どうですかね……そういう話はあまりしたくないもので」

「ご心配なく」医師は請け合った。「わたしには守秘義務がありますし、これは彼女のためでもあるんです。これまでの病歴を知ることは」

「そうか、では……。数日前にちょっと心配になるようなことがありましてね」

「どんなことです？」

「職場でエレベーターを待っていたときのことです。急にわたしの上着をつかんで、怒鳴りだした。本気で怒り狂った顔で、いや実際、わたしはちょっとショックを受けましたよ」

「彼女がなんと叫んだのか覚えていますか？」

「わたしが陰で彼女の悪口を言っている、パラノイアだ、と」

「それから？」

「そこからがまた不思議だった。次の瞬間、また魂が抜けたようになって。わたしの上着からも手を離し、何も言わずに行ってしまった」

「それはあなたにとっても気分の良くない出来事だったでしょうね」

「ええ、ですが深刻な病気ではないことを祈りますよ。ちょっと燃え尽きたくらいだといいのですが」

「ええ、本当にそうですね」医師はため息をついた。「ご協力に感謝いたします。非常に重要な情報をいただきました」

「どうぞよろしく伝えてください」

さあこれで小さな精神科医《シュリンク》もしわくちゃにするネタができたな——。

第四部　確かにキツネの穴にはいくつも出口があるが、いくつかは塞ぐこともできる

83

八月二十九日月曜日、新たに任命された検察官、つまりリサ・ラム検事は捜査班と初めての会議を行った。週末じゅうかけて捜査資料を読みこみ、アニカ・カールソンやナディアにも話を聞いたが、ここまでの残念な経過を考えると自分自身で担当するしかないことがわかった。次長検事に昇格して、事務仕事が増えたタイミングではあるが。それにまた皆に会えて嬉しく思う。新しい顔ぶれがいくらか増えているが、あとはすでに知り合いなのだから。

「では」リサ・ラムは笑顔になり、なぜかベックストレームを見つめた。「わたしもあなたがたと同じように思っています。これはジャイディー・クンチャイとダニエル・ヨンソンが共謀した保険金詐欺。降って湧いたチャンスを利用したんでしょうね。しかしのちにもめて、おそらく金の分配のことでしょうけれど、ダニエル・ヨンソンが妻を銃で撃ち、不幸島に死体を隠した。あとはそれを証明するだけ。今回ばかりは細かい点まで突き止めなければいけない」

ベックストレームは黙って同意のうなずきを返した。

ほら、一瞬で問題解決だ。やっと完全に機能している検察官がやってきた。女なのに。それになかなかいい女だ。少々痩せすぎだとはいえ。

最終的にリサ・ラムが確信したのは、ダニエル・ヨンソンが幼い発見者を尾行したからだった。尾行した唯一の理由は、ヨンソンが不幸島での件に関与していたからであって、それ以外に判明している事実を考えると、かなり高い可能性でこの事件の犯人である。これより説得力のある説明は思いつかない。おまけにエドヴィンをつけたことは司法妨害という法的かつ具体的な根拠だ。それが、この捜査が本来目指しているところにいきつくための唯一の突破口になる。

「その点で起訴するとしても、実際には殺人でも起訴できるようにしておきたい」リサ・ラムが言い放った。「知ってのとおり、重大な司法妨害なら最長で八年の禁固刑が言い渡される。わたし自身はそんな重い判決は現実には聞いたことがないけれどね。でもこれは殺人、そして目撃者が十歳の少年ということで、本気でかかろうと思います」

「わたしも完全に同意です」アニカ・カールソンが言う。「尾行の件についてはスティーグソンが特別に請け負っている。それに明日になればさらに応援が入る。うちの課のフェリシア・ペッテションが夏休みから戻ってくるので」

「ナディア、あなたは？」リサ・ラムが訊いた。

「わたしはまだ、人は本当に二度死ねるのかという古典的な問いに取り組んでいます」

「どのように?」

「カオラックで実際に死んだ女性の身元を判明させることで。今のところ通り名しかわかっていないけれど。あとはわたしの確信だけね。死んだのは彼女だという」

「それに、埋めなければいけない穴がいくつもある」リサ・ラムが言った。「わたしは、たとえばタイのほうで身元確認を行った警官への聴取が足りていないと思う」

「それはわたしもです」ナディアが言う。「今手配しています。トイヴォネンが少なくとも一人取調官を貸してくれると。もっと捜査官が必要ならそれも手配してくれるそうです」

「素晴らしい」リサ・ラムがうなずいた。

「こいつらが何を知っているって言うんだ——そろそろおれが指令を出すときだ。おれがボスなのだから。

「全体的な進めかたについては、このように考えている」ベックストレームも口を開いた。「答えが必要な問いが六つ。ひとつめは被害者が誰なのか。普段ならなんの問題もない点だが、今回はそういうわけにはいかない。それがジャイディー・クンチャイだというのはここにいる皆はわかっていることだが、あとは他のやつらにも理解させること。そしていつものやつだ。いつ、どこで、なぜ、どうやって彼女は殺されたのか。それさえわかれば、六つめの問いの答えが勝手に出る。やったのは彼女の夫なのかどうか」

「ご心配なく、ベックストレーム。最善を尽くして進めると約束します」アニカ・カールソンが言った。

「同時に、ダニエル・ヨンソンの弁護を難しくするような証拠を思いつくかぎり集めること。優先順位と合理的な経過を重視しろ。言うまでもなく熊をむやみに起こすな」

「わかっています」

「強制捜査が必要なことはあります？」リサ・ラムが尋ねた。

「ヨンソンのパソコンの中身を覗きたい。わたしや発見者のことを検索したのかどうか」

「それはできるはずです。司法妨害だけでも」

「よし。では何を待っている？　外に出て働け。そして金曜日にはヨンソン坊やを独房に入れておけ。これまであまりに長いこと自由に外をうろうろさせすぎたからな」

84

寝ている熊を起こすな――そして熊を起こさなそうなのはダニエル・ヨンソンの七歳年上の姉、サラ・ヨンソン、一九六三年生まれだった。

少なくともクリスティン・オルソンはそう確信していた。姉を聴取するかどうかをアニカ・カールソンに決めてもらうための材料として、姉弟の生い立ちを調べたのだ。

「メールで送りました」クリスティン・オルソンが言った。

「口頭でも簡単に説明してもらえないかな」アニカ・カールソンはため息をつき、疲れた顔で今閉じたばかりのパソコンにうなずいてみせた。

「仕方ないですね」

「じゃあ、さっそく」アニカは微笑《ほほえ》むと、椅子の背にもたれた。

サラ・ヨンソンの父親はスヴェン＝エリック・ヨンソンといって、一九三五年生まれ、ブロンマ高校で理系の科目を教えてきた教師だった。サラ・ヨンソンの母親はマルガリエータ、一九三六年生まれ。両親は一九六二年に結婚している。その翌年にサラが生まれ、二年後には妹のエヴァも生まれている。しかし母親は一九七〇年に癌《がん》で亡くなり、そのときサラは七歳、妹のエヴァは五歳だった。数年後、父親は独身の同僚と付き合い始めた。マリア・スヴェディンという一九四〇年生まれの女性には、一九七〇年生まれの父親不明の息子ダニエル・スヴェディンがいた。

スヴェン＝エリック・ヨンソンとマリア・スヴェディンは一九七五年に結婚し、その後ほどなくしてスヴェン＝エリック・ヨンソンは当時五歳だったダニエルを養子に迎えた。婚姻および養子縁組により、マリア・スヴェディンとその息子は苗字をヨンソンに変更した。ヨンソン一家——父親のスヴェン＝エリック、新しい母親マリア、サラとエヴァの姉妹、そして養子になった弟ダニエルは翌年ストックホルムの郊外ブロンマのオールスティエン地区にあるテラスハウスに移り住んだ。

その五年後、一九八〇年にスヴェン＝エリック・ヨンソンの二人目の妻も、一人目の妻と同じ病気で亡くなった。サラは十七歳、エヴァは十五歳、養子にきた弟は十歳になったばかりのことだった。

「ここまでは大丈夫ですか？」

「ええ、クリスタルのようにクリアよ」アニカが言った。「素晴らしい講義ね。それからどうなるの？」

「一家はそのままオールスティエンのテラスハウスに住んでいました。スヴェン＝エリックはその後再婚することはなかった。最初に家を出ていったのは次女のエヴァ・ヨンソン。高校を卒業すると同時にね。一九八三年のことです。十八歳でした」

「その後は？」

「ロンドンに行き、セラピストになる勉強をして、長年ヨガの先生をしています。今でもロンドンに住んでいて、イギリス国籍も取得した。イギリス人男性と結婚と離婚をして、成人した息子が二人いる。人生うまくいったみたいですよ。ネット上にいくらでも情報があった。自分のヨガスタジオをもっているし、ヨガの本を書いたり、コースやセミナーを開催したり。今現在は北インドにいるみたい。毎年何度かは行くみたいです」

「そこで何をやっているの？」

「さあ？　わたし、ヨガには詳しくなくて。心の平安を得られないからかな」

「弟とは連絡をとっていそう？」

「ネット上には弟のことは一言も書かれていないです」

「姉のサラのほうは？　わかっていることはある？」

「それがおもしろいんですよ。二人目の奥さんが死んだとき、サラは十七歳だった。だけどそのあとも十年間、実家に住み続けている。一九九〇年まで。弟が実家を出た年です。弟は商科大学に入学し、セーデル地区の学生アパートに住み始めた。だからサラは弟が家を出るまで実家に残っていたという印象を受ける」

「母親代わりみたいな感じ？」

「ええ、あるいは父親を手伝うために。パパの自慢の娘だという印象を受けたから」

「やばい関係ってわけじゃないわよね？」アニカは思わせぶりに右手を振ってみせた。

「いいえ」クリスティンは首を横に振った。「それはちがうと思う。だけど父親を崇拝していた。本当に好きみたい。それに敬愛された人物のようですよ。ネット上で昔の生徒たちのコメントを見かけたけれど、本当にいい先生だったみたい」

「娘が父親を慕っていたというのは、それもネット上に書かれていたの？」

「いいえ。ただ、彼女の博士論文の序文に書かれていた」

「論文？　あらまあ。何を研究しているの？」

「癌の専門家です。教授で、カロリンスカ研究所で研究をしている。独身。子供はいない。経済的にも豊か。警察のデータベースにもなんの注記もない。ハチのように働き者で、あちこちの医学ジャーナルに寄稿している」

「あなたが考えていることはわかった。冒険好きな妹は成人すると同時に家を出たが、優等生の姉は実家に残り、父親を支えた。弟の世話や他の家事なんかね」

「そんなところです。なお、弟と連絡をとっている気配はありません」

「父親のスヴェン＝エリックは？　まだ生きているの？」

「ええ。でももう人生最後の時を過ごしているみたい。半年前からブロンマの介護ホームに入っていて、そこは死ぬとわかっている人が入るような施設です。オールスティエンのテラスハウスは一年前に売却されている。それまでは父親の住所登録はそこだった」

「今いくつ？　何年生まれだと言ったっけ」

「一九三五年だから、あとちょっとで八十一歳」

「サラをどうしようか……。パパの自慢の娘」

「話を聞いてみませんか。善人だという印象を受けました。写真も見てみたんです。いい人そうでしたよ。賢い目をしていて」

「それに白衣も着ているんでしょう」アニカ・カールソンが笑みを浮かべた。

「ええ、そういう写真もありました。雑誌に職場でインタビューされている写真にね。パパの自慢の娘――父親はきっと誇りに思っているんでしょうね」

「よし、じゃあそうしよう」

「誰がやります？」

「あなたとわたしで」アニカ・カールソンは笑顔で言った。「あたりまえでしょ。ベックストレームに頼むとでも？」

「いいえ。じゃあわたしが電話してみます。向こうに行くか、こちらに来てもらうかはどうします？」

「彼女に決めてもらって。教授なんだし。それにカロリンスカなら歩いていける距離だから」

85

翌日、アニカ・カールソンとクリスティン・オルソンはサラ・ヨンソンの職場であるカロリンスカ研究所で話を聞いた。サラ・ヨンソンは白衣を着て、賢い目をしていて、まずは感謝の言葉を述べた。

「弟のことでしょう。養子の弟ダニエルのことを聞きたいのね」

「ええ」アニカ・カールソンはうなずいた。

「父ではなくてわたしに連絡をくれて感謝しています」

「ご病気なんですよね？　ブロンマの介護ホームに入られているようだから」

「ええ、もう余命いくばくもないんです。母を奪ったのと同じ病気で。でもそれ以外は昔と変わらず、頭ははっきりしている。悲しいことにそれは今なんの助けにもならないけれど」

「本当にお気の毒です」

「仕方ないですね。父は今ではもうあまりいない種類の人間。高潔で、善良で、常に正しくて、いつも人のために動く。それに素晴らしく有能な人だった。父が死んだら恋しくなるわ。でも今は父じゃなくてダニエルの話ね」

「ええ」

「今度は何をしでかしたの？」

「今進めている捜査の件で伺いたいんですが、現在のところはわたしたちが間違っている可能性もある。捜査を終了させる可能性もあるんです」

「でも、それ以上は説明できないと？」

「ええ。してはいけないし、それにまだわからないことが多すぎて」

「でも、もしあなたたちが正しければ？」

「その場合はかなり深刻です」

「残念ながら弟は父とはまるっきり似ていない」サラ・ヨンソンはそう言ってうなずいた。「不思議なんだけれど、母親のマリアとも似ていないのよね。マリアは明るくて魅力的な女性だった。わたしが十歳か十一歳の頃に家族になったけれど、意地悪な継母とは程遠かったわ。わたしの母親ともちがったタイプだったけれど、彼女が亡くなったとき父はやはりとても落ちこんだ。父は辛い人生を歩んだ人だったけれど、そのせいで子供に悪影響を与えるような人ではなかった」

「ダニエルは？」クリスティンが訊いた。「どんな人間か教えてもらえませんか」

「ダニエルは常にダメ男だったわ。小さい頃は可愛い可愛いダメ男。大学に入って家を出てからは魅力的なダメ男」

「でも今でも連絡はとっているんですよね？」アニカ・カールソンが訊いた。

「最初の妻が津波で死んでからは――ああ、そのことはもうご存じでしょう？」

「ええ」アニカはうなずいた。

「それ以来、十回くらいは話したかしら。メールも何度かやりとりした。最後に会ったのは五、六年前で、夏至祭の連休の前日だった。父のヨットを借りるために鍵を取りに来たの。そのとき父は入院していた。最初の癌の手術でね。ここカロリンスカの大学病院で受けたんだけど、かなり状態が悪かった」

「お父さまは？　ダニエルとは連絡を？」

「いいえ。だけどそれはダニエルのほうが父と連絡をとりたくないという単純な理由でね。それがいちばん腹が立つの。ダニエルを育てるのに父がどれだけ苦労してきたか。ダニエルが何かやらかすたびに謝りに行って。まあたいしたことじゃなかったんだけど、学校をサボったり、女の子に手を出したり、アルコールや大麻も何度か。父は喜ばなかったわね。だけどダニエルは毎回うまく切り抜けた。どうやったのかは誰にもわからない」

「なるほど、わかる気がします」アニカ・カールソンは言った。

「ダニエルは本当にただ自分のことにしか興味がないの。そう、それと最初の妻ね。ジャイディー。あの二人は愛し合っていた。それは確実にそう。だけどそれは二人が似た者同士だったから」

「会ったことがあるんですね」

「何度かね。特に二人が会社を立ち上げた頃。ジャイディーがわたしにタイでの病院プロジェクトを手伝えと言ってきた。無料のコンサルタントみたいな感じで。だけど結婚式には招待もされなかった。わたしだけじゃなくて、エヴァも父も。ダニエルと最初の妻はそういう人たちだったの。人に何かを与えるタイプではない。要求するばかりで」

「妹さんとは連絡は？」

「ええ、妹とは仲がいいですよ。エヴァはちょっと変わっているけど、善良な人間。二人息子がいてね。もうとっくに大人になって、結婚して子供もいる。二人ともいい人生を送っている。自慢の甥たちよ」

「妹さんとその息子さんたちは今でもお父さまに会われています？」

「ええ、機会さえあれば。エヴァは数カ月前にもブロンマのホームに来たわ。毎年行くインド旅行の前にね」

「あなたは医師ですよね」今度はクリスティン・オルソンが口を開いた。「あなたの弟さんは昔から色々問題を起こしていたようですが、その理由はわかりますか？」

「わたしの専門は腫瘍《しゅよう》学で、精神科医ではない。妹のほうがセラピストの資格をもっているし、深い洞察ができる人間だけど、彼女にもわたしにも他の人を分析できるような知見はない。弟に関してもね」

「でも、妹さんはなんて？」アニカ・カールソンが食い下がった。「ダニエルのことを」

「確実にサイコパスだって。妹が言うには、何かはっきりした原因がなくてもそうなる人はいる。とにかく父のせいではないし、わたしたちのせいでもない。彼の母親のせいでもないわ」

「ジャイディーは？　妹さんも彼女に会いました？」

「ええ、それほど回数は多くはないけれど、感想を言えるくらいにはね。ダニエルとジャイディーのことは〝地獄のカップル〟って呼んでいた。意地悪な表現かもしれないけれど、あの二人は本当に自分たちのことしか考えていなかったから。残念だけど妹は正しかったと思う。死んだ人の悪口は言いたくないけど」

「お父さまはヨットをもっているという話でしたけれど。セーリングが趣味だったんですよね？」

「ええ、だけど病気になってからは海にも出られなくなった。その前には趣味を満喫していましたよ。定年退職してから病気が悪化するまでは、セーリングばかりだった。あれが父の人生でいちばん幸せな時期だったんじゃないかしら。常に人のことを考え、尽くしていたけれど、孤独を好んでもいたから。そういう話をしたことがあるんです」

「お父さまはなんて？」

「考えがまとまりやすいんだって。邪魔が入らずに最後まで考え抜けるから。わたしも実はちょっとそういうところがあって」

「あなたもセーリングが趣味なんですか?」クリスティンが訊いた。

「それはもう、そうよ」サラ・ヨンソンは会話が始まってから初めて笑顔を見せた。「わたしたち姉妹は救命胴衣のサイズがないくらい小さい頃からヨットに乗っていた。それにあのヨットは今はわたしのものなんです。オールスティエンの家を売ったときに父から譲り受けた」

「弟さんは? セーリングはするんですか?」

「ええ、できることはできる。子供の頃はシースカウトに入っていて、夏はキャンプにも行っていたし。大きくなってからも海には出ていた。高校時代も、大学に入ってからも。そうやって友達をつくっていたみたい。もちろん女の子とも出会えるし。女遊びが趣味みたいなもので」

「五、六年前に」アニカ・カールソンが言った。「ヨットの鍵を取りに来たと言いましたね? 誰とセーリングに出るつもりだったんでしょうか」

「それは知らないわ。訊かなかったし。どうせまた女だろうと思っただけで、あのときわたしは父のことで頭がいっぱいだったから」

「手術で入院していて、具合も悪かった」

「ええ、ダニエルにも訊いたのを覚えている。いつお見舞いに行くのと」

「ダニエルはなんて?」

「セーリングから戻った週明けには必ずと」

「で、来たんですか?」

「いいえ」サラ・ヨンソンはきっぱりと首を横に振った。「でも週明けに出勤したら、ヨットの鍵はここの職場のわたしの郵便受けに入っていた」

「あなたの弟さんはあまりいい人間ではないみたいですね……」クリスティン・オルソンが言った。

「ええ。でも、だからここに来たんでしょう?」

「そのヨットを」アニカ・カールソンがまた口を開いた。「見せてもらうことはできますか?」

「ええ、喜んで。実は数週間前に泥棒に入られたの。ボートクラブのメンバーが気づいてくれて、わたしももちろん確認しに行ったけど、キャビンのドアがこじ開けられていた。なくなったものはないみたいだったけれど」

「警察には届けました?」

「ええ。警察にも保険会社にも届けた。保険会社からはまだ連絡がないけれど、あなたがたの同僚は実はもう返事をくれたのよ。たった一週間でね。信じられないほど早くない?」

「へえ、返事の内容は?」アニカ・カールソンは笑みを浮かべた。

「捜査は終了しましたと。遺留物なし、と書いてあったと思うわ」

「たまには早いこともありますね」

「ええ」サラ・ヨンソンもまた笑みを浮かべた。「でもどうぞ、ヨットを見てちょうだい。今鍵を渡しますから。鍵束につけているの」

「助かります。お礼に最善を尽くしますよ。ほら、指紋とか」

「父のヨットは年代物のヴェガ。七〇年代の終わりに買ったものだけれど、今でも新品同様に手入れされている」

「名前はあるんですか？」

「もちろん。アニアーラ。Nが二つのね。昔からの伝統で、ヨットには女性名をつける。そして最初と最後のアルファベットはAで、七文字。父はそういうことにもちゃんとこだわった」

「どこに係留しているんですか？」クリスティン・オルソンが訊いた。

「道順を検索して送るわ」サラ・ヨンソンはデスク上のパソコンのほうにうなずいてみせた。

「昔からずっと同じ場所に泊まっている。ヘッセルビィ・ストランドのボートクラブ。ラムバルフィヤーデンぞいです。知っていると思うけれどメーラレン湖の一部よ」

「話は変わりますが……」アニカ・カールソンが言った。「あなたやお父さまがリドルで買い物をすることはありますか？　セーリングに出る前に」

「ええ。ブロンマに大きな店舗があるから。なぜ？」

「リドルのビニール袋をみつけたので」

「じゃあうちのヨットにあったものでもおかしくない」

「ご協力、本当にありがとうございました」クリスティン・オルソンが言った。

「ええ。ただ、ひとつお願いしたいことが」

「お父さまに話を聞く場合はまずあなたに相談してから？」アニカ・カールソンが言った。

「そう。まさにそうお願いするつもりでした」

「約束します。その場合は必ずあなたに許可をもらってからにします」

「じゃあ合意できたわね」サラ・ヨンソンはうなずいた。「電話番号が書かれた名刺を渡します。仕事柄、いつでも連絡がとれる人間だから。一日のうちどんな時間帯でも」

「小口径ライフルのことは訊かなかったんですね」ソルナの警察署に戻る車の中でクリスティン・オルソンが訊いた。

「ええ。でも忘れたわけじゃなくて、今はやめておこうと思っただけ」

「ヨットに泥棒が入ったと聞いたとき、その質問はしないでおこうと決めたんですね」

「まあそんなところ。ともかく当面は」

「五、六年前の夏至祭の話。父親が初めて癌の手術を受けた。場所はカロリンスカらしい。何年の話だったか調べられますよね」

「ええ、もちろん。それを今あなたに頼もうと思ったところ。でもまずはリサに相談して、正式な手順を踏んでもらいなさい。病院はそういうことにうるさいから」

「やっておきます。いやあ、すごくどきどきする。わたしにとってはかなりスリリングですよ。人生初の殺人事件の捜査。それが急にどんどん進んで……。サラが最後に言っていたこと、それについてはどう思います？」

「何が起きたのか推測がついているんでしょうね」

「弟が話したんでしょうか」

「まさか」アニカ・カールソンは首を横に振った。「それは絶対ない」

「それでも推測できたと」

「ええ。推測したんだと思うわ。だから父親には話さないでくれと頼んだんでしょう」

「わたしもそう思います」

86

アニアーラは湖に出ていないときにいつもいる場所にいた。ヘッセルビィ・ストランドのボートクラブが所有する桟橋で、ストックホルムの中心部からは十キロほど西だった。ニエミとエルナンデスは早朝にそこへやってきた。捜査のために必要な装備すべてと、前日にアニカ・カールソンから渡された桟橋に入る門やヨットのキャビンの鍵を携えて。

ニエミは桟橋に足を踏み入れる前に、今日ひとつめの感想を口にした。桟橋には十八艇の船が並んでいて、そのうちの十艇がクルーザーで八艇がヨットだ。ヴェガはいちばん奥から二艇目だった。よく手入れされているが、周りの船より年上で小ぶりだった。

「もしおれが盗みに入るためにこの桟橋に来たとしたら、アニアーラを選ぶことはしないな」

「ええ」エルナンデスも言う。「他の船のほうが色々戦利品がありそうですよね」

「おれもそう思う。何か特定のものを取りに来たわけじゃなければ」

「古い小口径ライフルとか？」

「あるいは他にも何か忘れていないかどうか確認しに来た」

「キャビンのドアが壊されていることを、他のボート所有者はいつ気づいたんです？」

「被害届によれば、七月二十五日の月曜の早朝だ。気づいたのは隣の船の所有者らしい。夫婦で週末セーリングに出ていて、朝ここに戻ってきて気づいたと。金曜の午後に湖に出たときには何も不審点はなかった。だから週末の間だな」

「ちょっと待ってください。トイヴォネンが言っていたディナー、うちの新しい警察署長が幼馴染のヨンソンに会ってうっかり口を滑らせた日は……」

「七月二十二日の金曜日だったな」

「ここは防犯カメラはないのかな。見かけました？」

「いや、見かけていない。だがその理由はカメラが存在しないからだろう。発見者の男性にも訊いたんだが。だから小さなことに感謝しなくては」

「なんです？」

「犯人が本物のコントロールフリークだってことだ。おれはそういうやつが大好きなんだよ。常にあちこち走り回って、間違った場所をほうきで掃いていくんだから」

アニアーラの捜査には丸一日かかった。きちんとメンテナンスされた美しいヨット、それを船首から船尾までくまなく調べ、言うまでもなく竜骨の上の床板も外してみたし、収納スペース、箱やロッカーはどれも開けてみた。その結果、ヨットにあるべきものは何もかもあった。コンロの下のガスボンベから、救命胴衣、防舷材《フェンダー》、ロープ、火箭（打ち上げ式の遭難信号）、ボートフック、工具箱、それに青い紐が一巻。小さなトイレには救急箱とトイレットペーパーのロールが数個あった。食材、未開封のウイスキー、ミネラルウォーター六本パック、それに小さな冷蔵庫にビールが二缶。

　クローゼットにはセーリング用の上下、オイルドコートそして長靴が二足。それにスピニングロッド、ルアーの入ったプラスチックケース、普通の釣り竿や魚とりの網もあった。しかし小口径ライフルや銃弾はみつからなかった。

　あってしかるべきものもすべてあった。古い雑誌、海図、茶色いプラスチックの表紙がついたアルバムにはアニアーラで旅をしたさいに撮影された写真が入っていた。写っているのはたいていスヴェン＝エリック・ヨンソンと様々な年齢の二人の娘で、養子に迎えた息子ダニエルが写っているものはわずかだった。

　ニエミやエルナンデスのような鑑識官があるはずだと睨んだ箇所に一ダースほどの指紋がみつかったし、キャビンの床板を外すと血痕が現れた。船体の左側にそって流れたようだ。こういった痕跡はニエミやエルナンデスのような人間にだけみつけられるもので、他の人間がどれほど丁寧《ていねい》に見ても無理なものだ。

「誰かがこのソファで寝たとしよう。船内で寝るならばぼくもここを選ぶな。床に血が流れたほうを頭にして」エルナンデスが言った。

「船体の左側。足を船首に向けて」ニエミも言った。「きみたちカップルはいつも家でそんなふうに寝ているのか？」

「ええ。だけどうちはダブルベッドだから、血はマットレスに流れることになる。そのほうがぼくたちにとっては都合がいいですけどね」

「ああ」ニエミがうなずいた。「ここからはＤＮＡは採取できそうにないな」

　夜になって署に戻ったとき、ニエミとエルナンデスはアニアーラでの捜査を記録した大量の写真、それに船の所有者スヴェン＝エリック・ヨンソンらが撮った百枚もの写真が入ったアルバムなどをもち帰った。青い紐や船上で発見した指紋や血痕もだ。

「だが小口径ライフルはなかった」エルナンデスは駐車場に車を入れながら言った。

「まあ何もかも手に入るわけじゃないさ。今はともかく濃いコーヒーが飲みたい」

87

事務的そして警察的な意味で水も洩らさぬ起訴を実現するには、無罪放免になるような穴がひとつもない犯行の経緯を確立するしかない。リサ・ラムが捜査責任者になって以来、捜査班は一気に強化され、八月末には十五人に達した。凶悪犯罪課所属の犯罪捜査官フェリシア・ペッテション警部補が一カ月の夏休みから戻ったのと、トイヴォネンが半ダースほどの捜査官を貸してくれたからだ。今では全員が同じことをやっていた。ダニエル・ヨンソンに対して、崩せない起訴を固めること。片や捜査指揮官であるエーヴェルト・ベックストレーム警部が何をしていたかは不明瞭だった。本人に尋ねれば、捜査を最善の形で進められるように捜査班を率い、任務を振り分けていたと言うだろう。

フェリシア・ペッテションとヤン・スティーグソンはダニエル・ヨンソンがエドヴィンをアパートから学校まで車であとをつけた道路ぞいにもっと防犯カメラがないかどうかを調べていた。すると道路ぞいのカメラ三台に例の車と運転手が映っていた。スティーグソンはその結果に満足していた。これであの朝のヨンソンの移動経路が完全に判明したからだ。しかしフェリシア・ペッテションはそれでは満足しなかった。

「ちょっと待ってよ。ヨンソンはこのあとどうしたと思う？」

「仕事に行ったんだろう」スティーグソンは質問の意味がわからないという表情だった。

「彼の職場は外務省でしょう。グスタフ・アドルフ広場にある」

「ああ」

「じゃあ職場には八時半過ぎに現れたはずよね」

「そうだろうな」
「そこで車をどうしたんだろう。あのあたりは道路脇の駐車スペースがいくらでもあるとは言い難いから、車を職場近くに停めたとは思えない」
「いいぞ、フェリシア。なるほど、そういうことか」

翌日にはもう、ダニエル・ヨンソンのいちばんいい写真が手に入った。ヨンソンの職場近くにあるマルムシルナズ通りの屋内駐車場の防犯カメラに映っていたのだ。ヨンソンは約二年前からそこに駐車スペースを借りていた。クングスホルメンのピーペシュ通りにあるエドヴィンの小学校を通り過ぎた十五分後には、その駐車スペースに車を停め、車を降りて屋内駐車場の出口へと向かった。写真は朝八時三十六分から三十七分の間に撮影され、それより秀逸なダニエル・ヨンソンと車の写真はありえなかった。

アニカ・カールソンは古い小口径ライフルをみつけられていなかった。スヴェン＝エリック・ヨンソンも彼の娘二人も、養子にとった息子も銃の免許はもっていない。いちばん簡単な説明は、ダニエル・ヨンソンは無免許で、五年前のあの夏至祭の連休に最初の妻とメーラレン湖でセーリングをしていたときに小口径ライフルを所持していたということだ。それはヨンソンをソルナの警察署の独房に閉じこめるにふさわしい理由にもなる。

別の可能性としては、銃が年代物だということを考えると、それが代々一族に伝わる銃で、スヴェン＝エリック・ヨンソンのヨットにおかれていた。甲板に糞《ふん》を落とすカモメを追い払うためだったのかもしれない、とピエテル・ニエミは自分の推測を語った。ダニエル・ヨンソンが使ったのがその銃ならば、今から一カ月前に養父のヨットに強盗に入る理由があったわけだ。

アニカ・カールソンはさらにその点を捜査し続けた。ニエミとエルナンデスがヨットからも ち帰ったアルバムもめくってみた。その二人には今もっと大事な仕事があり、アルバムに貼られた昔のバカンス写真は鑑識官の元から逃げ出すわけでもない。アルバムの真ん中あたりまできたところで、アニカはくだんの銃をみつけた。十五歳くらいの少女が嬉しそうな顔で銃を構えている、よく日に焼けた妹のエヴァだ。何を狙っているのかは不明だが、カメラを向けた人間ではないだろう。この写真を撮ったのはおそらく父親のスヴェン＝エリックで、あの父親なら絶対に銃口を人間に向けてはいけないことを娘たちに教えこんだだろうから。アニカはそんなことを考えながら、姉のサラに電話をかけた。

「ひとつ訊きたいことがあって」

「なんでしょう」

「お父さまはヨットに古い小口径ライフルをおいていたようですね」

「ああ、あれね。ヨットにあった古いアルバムを見たのね」

「そうなんです。でもヨットを捜索した同僚は銃をみつけられなかった。どこにいってしまったかご存じではないですか」

「ええ、知っているわ。一年前に父の具合が悪くなったときに、まず片づけたのはあれよ。あれは父がその父親、つまりわたしのおじいちゃんから譲り受けたもので、銃弾の入った小箱もいくつかあった。ほとんど使われていないし、ヨットにあるだけ邪魔だと思って」

「今、それがどこにあるかわかります？」

「ええと、そうね……。最後に見たのはうちの玄関のクローゼットの中。今わたしはそのアパートのベッドにいて、一時間後には出勤する。よかったら寄ってちょうだい。住所はご存じ？」

「ええ。じゃあ三十分後に」

ジャイディー・クンチャイが死亡宣告を受け、ダニエル・ヨンソンは二千五百万クローネの保険金を手に入れた。四百万は分譲マンションを買うのに使い、約六十万は新しい車に消えた。月々の出費は税引き後の給与よりも多かったはずだから、ここ十二年でさらに数百万は減っただろう、とナディア・ヘーグベリは推測した。

それでも一千五百万以上は残った——今興味深いのはその金がどこにあるかだ。ナディアは金の行き先についてはすでにひとつ推測があったが、それが正しいかどうかを確かめるには、リサ・ラムにダニエル・ヨンソンの経済状況を把握するのを手伝ってもらわなくてはいけない。

クリスティン・オルソンはカロリンスカ大学病院に連絡をとり、スヴェン＝エリック・ヨンソンが最初に癌の手術を受けたのが何年だったのかという情報を得た。それは二〇一一年六月二十二日のことで、夏至祭の連休の二日前だった。その翌日にダニエル・ヨンソンは姉の家に現れ、ヨットの鍵を借り、鍵は週明けに姉の職場の郵便受けに返されている。遅くとも六月二十七日月曜日に――とクリスティン・オルソンは考えた。

ジャイディーはいつ死んだのだろうか。〝おそらく六月二十四日金曜日から六月二十六日日曜日の夜のどこかで殺された〟メールにそう書いて、上司のアニカ・カールソンへ送った。

アニカ・カールソンはすぐにクリスティンのメールを読んだ。ただ、ひとつ気に入らないことがある。ダニエル・ヨンソンもジャイディー・クンチャイも、古いヨットで自炊したり、狭苦しいキャビンの小さな寝台で寝たりして夏至祭を祝うタイプだとは思えないのだ。ましてや二〇一一年の夏至祭の連休のストックホルム地方の天気を考えると。警察の捜査では当然調べる天気という側面も、クリスティン・オルソンのメールにあった。その年、夏至祭の連休前日、木曜の天気は悲惨極まりなかった。一日じゅう雨で、夜遅くまで降っていた。ただし夏至祭前夜に当たる金曜の朝は雨が上がり、メイポールの周りで踊ったり、『キツネが氷の上を走る』を歌ったり、じゃがいもをのせたスプーンを口にくわえて袋跳びをしたりするにはうってつけの天気だった。しかし夕方からまた曇り始め、土曜は雨が降ったり止んだりの一日。日曜になってやっと太陽が本格的に顔を出し、雲ひとつない青空で昼間は二十五度近い陽気だった。

つまり夏至祭の連休は、あえてヨットでセーリングに出たいような天気ではなかったわけだ。事前に天気を把握していればなおさらだ。二人は当然どんな天気になるのかは知っていただろう。ヨンソン・クンチャイ夫妻は人生への要求が非常に高いタイプの人間たちだ。だから田舎にあるロマンチックな隠れ家的マナーハウスのほうが好みなはず。他の人間の手によって調理され、給仕される美味な夕食。いいワインも選べて、大きなベッドには糊《のり》のきいたシーツがかかっている。それらがすべて手に入る場所、かつダニエル・ヨンソンと六年半前に死んだはずの妻だと誰かが気づくリスクは最小限の場所。そんな場所を知っているのは誰だろうか――アニカ・カールソンは考えた。そう、ハクヴィンしかいない。

「やあ、いつ湖に飛び出す?」ハクヴィンは電話をかけてきたのがアニカだと気づくと、そう言った。「チョーチョーサンはいつものユールゴーデン島の桟橋でぼくたちを待っているよ。一時間後には出発できる。きみさえよければ」

「あなたに電話したのは、捜査のことでいくつか質問があるからです。ハクヴィン、あなた時時すごく子供っぽいわよ。自分でわかっているといいけど?」

わたしったら何を言っているの――。

「ああ、わかっている。失礼、何を訊きたいって?」

「あなたが好きな人と夏至祭の連休にメーラレン湖でセーリングをするとする。だけど天気が悪い。雨で最悪。だからどこかに宿をとることにした。素敵な宿に泊まって美味しい料理を食べようと」

「どのくらいの価格帯?」

「最高級。お金は問題じゃない。あなたもお相手の女性もそういう人生に慣れている。だけど人には見られたくはない。隠れ家的な場所がいい」

「火遊びってことかな」

「そう」

死んでいる相手とだけどね。

「ぼくたちはどこから出発したのかな？」

「ストックホルム」

「それはわかっているが、ヨットはどこに係留していた？　湖に飛び出す前は」

「ヘッセルビィ・ストランド、ラムバルフィヤーデンのあたりね。夏至祭前日の朝に出発し、今言った場所でランチを食べる予定」

「いつごろのこと？　つまり何年前？」

「二〇一一年の夏至、五年前ね」

「じゃあ、ぼくたちがどこにたどり着いたかはわかるよ。ただし、それがぼくじゃなければの話だけど。ぼくはあのあたりではある意味有名人だから。一族がスタッラルホルメンに屋敷をもっているせいで」

「どこにたどり着いたんです？　もしあなたじゃなければ」

「メーラレン湖全域でその当時最高のホテルだよ。朝ヘッセルビィを出て、いい時間にランチを食べたければ。マリエフリエドの港にある、グリープスホルムのマナーハウスだ。五つ星ホテルで、金に困っていないストックホルム人が夏至祭前日に邪魔されずに火遊びをするのにぴったりだ」

「助かったわ、ハクヴィン」

チョーチョーサン――電話を切ったときにアニカ・カールソンは思い出した。どうやら彼のヨットはチョーチョーサンという名前らしい。まるでタイ人の名前みたいじゃない。アニカはグーグルで検索をかけてみた。

「チョーチョーサン」アニカは読みあげた。「直訳すると日本語で〝小さな蝶〟、プッチーニの歌劇『マダム・バタフライ』の女性主人公」

そうよね、ハクヴィンはまさにエドヴィン坊やみたい。見た目は全然ちがうけど、セーリングおたくと探偵おたく。これは胸の奥の話なんだから見た目は関係ない。わたしは二人のロマンチストから好かれているわけね。

それからやっとグリープスホルムのマナーハウスに電話をかけた。親切な女性の受付係につながると、アニカは自分が何者かを説明し、これは警察の捜査だと告げ、不審に思うなら警察署にかけ直してくれてもいいと言った。

「じゃあ、ぜひそうさせてもらいます」受付係は言った。「たまに名乗った身元とはちがう場合があるから」

一分後、受付係は警察署の代表番号経由でアニカ・カールソンの電話に戻ってきた。

「かけ直してくれて助かります」

「どんなご用件でしょう」

「二〇一一年の夏至祭の連休にそちらに宿泊した人を捜しているんです。おそらく金曜にチェックインして、いつチェックアウトをしたのかはわからないけれど、名前はダニエル・ヨンソン。一九七〇年生まれのスウェーデン人です」

「それなら問題ありません。うちはちょっと昔風で、チェックイン時に記入してもらう用紙以外にも、昔風の帳簿をつけているんです。三十年以上前にオープンして以来ずっと」

「それはよかった。どうするのがいちばん簡単ですか?」

「わたしはこれから遅いランチを食べるけれど、そのあとに帳簿を取り出して、その男性が宿泊したかどうかを調べてみます。返事はメールと電話とどちらがいいですか?」

「あなたが便利なほうで」

「じゃあメールになりますね」

一時間後、アニカ・カールソンの受信箱にメールが届いた。ダニエル・ヨンソンは金曜から二日後の日曜までダブルルームを予約していた。彼と、いたかもしれない連れは金曜にホテルでランチとディナーを楽しみ、翌日は部屋で朝食をとった。日曜は食堂で朝食を食べてから、クレジットカードで会計をすませた。請求金額は合計一万クローネほどで、その大部分は部屋代と夕食時に注文したシャンパンや高級ワインだった。請求書、クレジットカード、チェックイン時に記入した用紙、それに帳簿にあったサインも添付されていた。それ以外には特に提供できる情報はないという。ダニエル・ヨンソンのことは知らない。それ以外の情報もない。何かありましたらまたご連絡ください。

くそっ、わたしったらまるで蒸気機関車のように湯気を立てているじゃないの――あっという間にことが進んでいく。いったいどうしちゃったの？

88

リサ・ラムが捜査責任者に就任した週、タイでスウェーデン人の津波犠牲者の身元確認を行った三人の警官の聴取が行われた。一人は実動指揮官で、二人目は捜査官、三人目は犯罪鑑識官だった。三人とも現在は年金生活者だが、心は今でも立派な警官で、彼らがそういう気分になると、取調官にとっては災難だった。

そのうちの一人など二度も聴取を行うはめになり、おまけに電話で補足聴取もしなければならなかった。別の一人はヴェルムランド地方まで日帰りで訪ねてくるよう要求してきた。定年退職後は故郷のフィリープスタッドに移り住み、ストックホルムに出てゆくつもりはないと言って。話を聞きたいなら電話かフィリープスタッドで。三人目、つまり犯罪鑑識官は比較的意思の疎通がしやすかったが、そんなことはたいしたちがいは生まなかった。というのも事実関係については他の二人の老警官と何もかも同意見だったからだ。

スウェーデンの警官がタイで行った任務は、自然災害の犠牲者の身元確認の中でも突出したケースだった。完全無欠の素晴らしい貢献——しかも他に類を見ないほど完全無欠だった。暑さ、強い太陽光、塩水、そしてほとんどの遺体がひどい状態だったという極めて困難な現実にもかかわらず、発見されたスウェーデン人五百四十三人全員の身元を割り出したのだ。

その理由は、他国の警官との協力がうまくいったからだった。スウェーデン警官がスウェーデン以外の国民の身元確認を手伝うこともあったし、タイ警察がスウェーデン人犠牲者の身元確認を手伝ったケースもある。ジャイディーがスウェーデンとタイの二重国籍だったという状況を考えても、それが自然な流れだったし、任務上なんの弊害もないことだった。タイの犯罪捜査官たちは高い能力を有し、どんな問題を解決すべきなのかもわかっていた。だからこそこの任務に従事していた全員が、どこの国から来たかは関係なく、身元確認のためになるべく幅広い試料を採取するよう心がけていた。

それはジャイディー・クンチャイに関しても同様だった。だから当然、遺体から試料を採取したものとみなされた。分析後に試料が廃棄されたことも、ルールとルーチンにのっとってのこと。その後情報がすべて警察のデータベースから削除されたのは、守秘義務の法律に従っただけだ。ジャイディー・クンチャイは死亡宣告が出て十一年以上になろうとしている。一度も犯罪を疑われてはいないし、DNA型がスウェーデン側のデータベースにあったのはあくまで移民局のルールによるものだ。それと同じルールにより、彼女の情報はもう移民局に存在しない。

「わたしが彼女のことを覚えていないのも、別におかしなことではない」実動指揮官は言った。「何人の身元確認を手がけたかを考えるとね。五百五十人近く発見して、十五人はいまだに行方不明だ。大変な作業だった」

「よくわかります」取調責任者も言った。

聴取を担当したのはトイヴォネンが貸してくれた二人のベテラン、犯罪捜査官ピエテル・ブラード警部補とヨハン・イエク警部補だった。ピエテル・ブラードは経験豊かな書類めくり屋で、滅多なことでは動揺しなかったし、ヨハン・イエクはその比類なき記憶力とマルチタスク能力で知られていた。口に出した言葉を聞きながらも、話している相手のボディーランゲージをつぶさに観察している。この二人がチームを組めば、もっとも厄介な部類の聴取相手にとっても手強い敵になった。もっとも厄介な部類の相手というのは、たとえばずっとそれと同じことをやってきた昔の同僚なんかだ。

タイにいたスウェーデンの警官三人の聴取には一週間かかった。すべて終わって記録にも残されたのは金曜の午後で、二人はいつもの店に行ってビールを頼んだ。

「今回の件、どう思う?」ブラードが訊いた。

「おれは彼らが言うとおりなんじゃないかと思う」イエクが答えた。

「ああ、自分たちの功績を誇りにしているからな」

「それで誰かが二度死んでしまったとしてもだ」イエクは笑みを浮かべた。

「いや」ブラードはため息をついて頭を振った。「誰かがどこかで間違えた、あるいはおれたちも気づいていない理由が……だがおれに訊かないでくれ。さっぱりわからないから」

「乾杯」イエクがグラスを掲げた。「ところでもう一杯ピルスナーはどうだ」

「今日は金曜で仕事のあとだというのに、それ以外どうする」

89

週の半ばまで過ぎた頃、ナディアの元にNFC所属の心の親友から連絡があった。ストックホルムに寄る予定があるから、ロシア料理を堪能したり、バラライカ演奏の基礎を学んだりしたい、というわけではなく、自分がなんというおめでたい馬鹿だったのかを告白するためだった。

「わたしったら、ひとつ言い忘れてしまって。隠していたわけじゃないの。単に忘れていただけ。こういう仕事ってそうでしょう？　ひとつ問題を解決したら、すぐ忘れようとする」

「ええ」ナディアも同意した。「しょっちゅうあるわね。だから今話しましょう」

「ええ、ぜひ」NFC所属の心の親友が言った。

ジャイディー・クンチャイのDNAを採取したときに、実は別の女性のDNAもみつかっていた。それはジャイディーのヘアブラシについていた三本の毛髪から採取されたものだった。型からしてジャイディーと同じタイの出身だが、二人の間に血縁関係はない。どこからそのDNAがきたかを考えると不思議なことではないが。それにこれは例外というよりはルールブックどおりだ。同じ服を着たり、同じタバコを吸ったり、あるいはピアスを貸し借りすると、最悪の場合二人あるいはもっと多くの人間のDNAが交ざってくる。今回の場合はそれは免れた。三本の毛髪を除いてはどれもジャイディーのDNAだったのだ。別の女性がおそらく一度だけジャイディーのブラシを使って自分の髪をといた。というのも何度も使ったとは考えにくいからだ。単純な例としてはカオラックのホテルで彼らのバンガローを掃除したスタッフが使ったとか、ジャイディーの知り合いなど一緒にいた女性がジャイディーのバスルームを借り、ついでに髪を直した。

その身元不明の女性のDNA型も当然残してある。最終的にこの試料がジャイディー・クンチャイのものだということを確定するためには、彼女の存在を排除しなければいけなかったからだ。ブラシを借りた人間はしっかり髪にブラシを通したようで、三本とも毛包がついた状態で、完璧なDNA型を出すことができた。ナディアには当然そのコピーを送る。

ナディアは感激した。これは補足情報として非常に興味深く、突き詰める価値がある。それにロシア料理ディナーとバラライカの演奏への招待は言うまでもなく引き続き有効だから、次にストックホルムに来るときにはぜひ連絡してほしい。

翌日、ナディアはこれまでにわかったことを箇条書きにした。大切な部分は英訳し、ブンヤサーンにメールをした。ジャイディーのブラシを使った謎の女性のDNA型も添付して、ナディアはこのようにメールに書いた。

〝当て推量ではありますが、ひょっとすると、そちらのデータベースにこの女性がいるかもしれないと思い〟

アッカラー・ブンヤサーンはその一昼夜後には連絡をしてきた。ナディアからもらったDNA型がタイ警察の捜査データベースにあったのだ。それは女性に犯罪歴があるからではなく、タイ警察のウィッシュリストの上位に入っている複数の男と付き合いがあったからだ。DNAは一九七四年バンコク生まれのタイ人女性のものだった。名前はヤーダー・ソンプラワティー。タイ警察がこれまでに把握している情報では、津波があった頃にはプーケットのゴールデン・フラミンゴで働いていて、これまでヤーダー・イン・ソンという通り名でしか知られていなかった行方不明女性と同一人物ということになる。

不思議なのは、彼女がいまだに生きているらしいことだ。二〇〇六年春には新しいパスポートを取得し、そこから五年の間に何度か観光ビザでスウェーデンやアメリカを訪れている。つまりこの女性についてはさらなる調査が必要で、アッカラー・ブンヤサーンは何かわかったらすぐに連絡をすると約束してくれた。

ジャイディー自身のパスポートはどうなったのだろう。パスポートを確認はこういう捜査においても必ずやることだし、どこかでその記述を見かけたかすかな記憶もあった。だから捜査資料を長いこと探さずとも答えはみつかった。ジャイディー・クンチャイはパスポートを二種類もっていた。タイのパスポートとスウェーデンのパスポートだ。彼女と夫がクリスマスと正月を過ごすためにカオラックに行ったときには、バンコクの家においていった。

一月末にはジャイディーの死亡は事実となり、パスポートは二通とも夫の職場でもあるスウェーデン大使館に返却され、両方とも無効処理がなされた。ジャイディー・クンチャイはもうパスポートを必要としないからだ。

そう、だって何に使うの——とナディアは思った。死人のパスポートを使って旅をするような危険を冒すような人間はいない。ましてやビザの申請に使うなんてありえない。逆に、ジャイディーは自分によく似ていてまだ生きている人間のパスポートが必要だった。

90

色々と起きたことを踏まえると、リサ・ラムは新たに捜査班に招集をかけるべきだと考えた。だから警察署の廊下でベックストレームと鉢合わせたとき、そのことを相談した。

「明日はどうかな」ベックストレームが言った。そして念のためつけ足した。「明日の朝だ」

「ええ、もちろんです。誰が金曜の午後に職場に残って仕事をしたいものですか」

「では十時でどうだい。朝いちばんはすでにやることがあって」せっかくだしな。

「いいですね。それなら真夜中に起きなくてすむし」

というわけで彼らは今、会議室に座っている。しかも大きな会議室だ。捜査班の規模が以前の倍になったのだから。

「よし、では改めて現状を確認しよう」ベックストレームが言った。「無駄なおしゃべりはせずに」念のためそうつけ加えてから、壁に自分たちの六つの質問を映し出した。

「不幸島でみつかった被害者。それがジャイディー・クンチャイだということはまだ合意できているな？」全員がうなずいた。そしてナディアがプーケットでジャイディーと間違われて確認された女性のことを語った。

「ヤーダー・イン・ソンという通り名を名乗っていました。皆さん、津波で行方不明になったナイトクラブの接客長を覚えていますね？」

「それが今はなんという名前になったんだ？」ピエテル・ブラードが尋ねた。

「一九七四年バンコク生まれのヤーダー・ソンプラワティーという女性と同一人物だろうと思われます」ナディアは詳細には踏みこまずに言った。「何かわかれば連絡をくれるとタイの同僚たちも言ってくれています」

「いいぞ」ヨハン・イエクがなぜかピエテル・ブラードと視線を交わしながら言った。「これでやっと老いぼれ同僚たちに電話をかけて、残念ながらあなたがたの報告書に小さな穴がみつかったと言ってやれる」

「わたしからもよろしく伝えてくれ」ベックストレームが言った。「いつものいつ、どこで、どのようにして、についてはどう思う？」

「ジャイディー・クンチャイは銃で撃たれた」ニエミが言う。「右のこめかみを、小口径ライフル。エルナンデスとわたしはその銃をみつけたようだ。ダニエル・ヨンソンの養父の所有物で、普段からヨットにおかれていた。その銃、そして古い銃弾の箱も押収した。二二口径ロングライフル弾。すでにリンショーピンに送ってある。優先してやってくれるそうだ。かなり期待がもてそうな感触だが」

「送る前にちょっと試し撃ちしてみたってことか」ベックストレームが指摘した。

「まあそんなところです」エルナンデスはなんの悪気もなさそうだった。

「犯行現場は？」

「ヨンソンが父親から借りたヨットだと思う」ニエミが言った。「血痕もみつかったし。人間の血液ではあるが、残念ながらDNAは期待できないな。竜骨のところでたっぷり水がかかったから。念のためNFCには送ったが」

「指紋もみつけたんだろう?」ベックストレームは報告書をきちんと読んでいた。

「ああ。だがまだダニエル・ヨンソンの指紋を待っている。比較のために」

「それは手配できるだろう」ベックストレームは満足げな笑みを浮かべた。

「時間については」アニカ・カールソンが口を開いた。「ヨンソンが六月二十六日日曜の午前中にホテルをチェックアウトしたのはかなり確実です。その後、姉にヨットの鍵を返した。二〇一一年の六月二十六日の夜から二十七日の朝のどこかで」

「ちょっとせわしないな」ニエミが言う。

「ええ、わたしもそこが気になります。でももうひとつの可能性のほうが気に入らない。殺したのは金曜より前、つまりマリエフリエドのマナーハウスに泊まる前だったということは」

「もめ始めるとあっという間ということもあるからな」ベックストレームが言った。「ここまでにどういう動機が挙がっている?」

「保険金詐欺。それも三種類、合計二千五百万」ナディアが言う。「少なくとも二人の人間が共謀していた。ダニエル・ヨンソンとジャイディー・クンチャイ」

「しかし残念ながらどれも時効を迎えてしまっている」リサ・ラムが言った。「これが一カ月前なら、ともかく最後の企業保険約二千百万を受け取った件では起訴できたのに」

「ヨンソンはきみの前任者に花束を贈るべきだな」ベックストレームが言った。「ところで彼女の具合は?」

「変わりありません。昨日主治医と話したけれど」

「最善を祈ろう」ベックストレームは何が最善なのかには踏みこまずに言った。

「ヨンソンが今現在何をしているかはわかっているんですか？」リサ・ラムが言った。

「どういう意味かね」ベックストレームが訊いた。

この女は今日にでもヨンソンを捕らえようとしているのか？　そんなことしたらせっかくの金曜が台無しに――。

「ヨンソンは今ブリュッセルです」フェリシア・ペッテションが答えた。「かなり上の上司、外務省長官と一緒に。バルト海の状況に関するＥＵ会議らしいです」

「なるほど。いつ戻る予定だ？」ベックストレームが訊いた。

助かった――。

「ストックホルムの職場には月曜の朝だそうです」

「わかりました」リサ・ラムがうなずいた。「みつかった銃が犯行に使われたものだということが判明したら、即刻拘束します」

「事前の逮捕状なしの拘束か」

耳に心地良いメロディーのごとし――。

「いいえ」リサ・ラムが言った。「殺人、死体遺棄、重大な司法妨害、重大な窃盗の疑いのある容疑での拘束。最後のはヨットへの侵入窃盗のことです。残念ですが重大な詐欺罪の疑いはかけられない。だから改めて、部下が引き起こした問題について謝罪します」

リサ・ラムは本当にただの馬鹿ではないな——とベックストレームは思った。女のくせに、それにおれの好みからすると痩せすぎているくせに。

91

月曜にはもう、ピエテル・ニエミがNFCに送っておいた試料に関する報告があった。電話での口頭の報告ではあるが、結果ははっきりしていて、同じ週の後半には書面でも送られてくるわけだから、ニエミはすぐにリサ・ラムに電話をかけた。

「ヨットでみつけた血痕についてはやはり懸念したとおりだった。人間の血ではある。だがそれ以上のことはわからない。おれ自身は相当量の血だったとみているが、NFCではそこまでは断言したくないらしい」

「なんとかなるでしょう。他に何かわかったことは?」

「不幸島の発見現場でみつかった青い紐の切れ端については、ヨンソン家のヨットからロールでみつかったものと同じ種類の紐だということがわかった。おまけに珍しい品らしい。ドイツ製で、スウェーデンでは売られていない」

「現場でみつかった切れ端は、ヨットにあったロールからきたものなの?」

「そこまではわからない。同じ種類の紐で、珍しいということ以外は」

「まあそれでも悪くないわね。他には?」

「それからもっといいニュースがある。姉のサラから預かった銃弾は非常に珍しい種類のものだった。レミントン社は五〇年代の初めに製造を中止したが、頭蓋骨の中からみつかった銃弾はそれだった。その点はリンショーピンのやつらも確実だと。冶金学的になんとかかんとかで」

「姉からはいくつ銃弾を預かったの?」

「五十個入り二箱。それぞれ二十弾と三十二弾ずつ残っていた」

「ということは長年の間にけっこう使ったわけね」

「ああ、ヨットにあったアルバムの写真を見ていてもわかる。的を狙って遊んだんだろう。缶や紙皿なんかをね。人間じゃない」

「それはよかった」

「ああ、だが一度は人を撃ったようだな」

「頭蓋骨にあった銃弾と発射された銃は一致したの?」

「ああ、そのようだ。NFCによれば一プラス二だと。だがそれ以上確かではないのは、銃弾が鉛弾で、被害者の頭蓋骨を貫通したときに激しく潰れたせいだ。とはいえ一プラス二も悪くはない」

「知っています。それにあなたの話を正しく理解できたとしたら、全体像としてはちっとも悪くないんじゃない？　銃、銃弾、紐、それにヨットの血痕は人間のものだった」

「ああ、文句を言うつもりはないよ。おれは満足だ」

「わたしもよ。だから明日の朝にはヨンソンを拘束しましょう。フェリシアの話では今週は毎日出勤するらしいから、自宅に行くのがよさそうね」

「よければ家宅捜索もやるが」

「ええ、ぜひ。人手は足りている？」

「なんとかなる。何かご希望は？」

「言うまでもなくパソコンよね。それにスマホをもっているならそれも。あとはあなたに任せる。あなたのほうがずっとよくわかっているんだから」

「あとひとつ、考えていたことがある」ニエミが言った。「ヨンソンを聴取する警官に伝えてほしい。小屋の中でみつかった遺体は紺のネグリジェを着ていた。ジャイディー・クンチャイのものだったが、遺体はジャイディーではなかった」

「ええ。覚えています。それで？」

「そのネグリジェがどこにいったかだ。それくらいはヨンソンにも答えられるだろう」

「意味はわかります。温かい気候で身につけて眠ったネグリジェにはDNAがたっぷりつくはず」

「それに血だらけの人間から脱がせたのだとしたら、その人間のDNAもついている。同じ寝間着に二人の人間のDNA。その場合、二種類のDNA型とも、すでにこちらでもっている気がする」

「ジャイディー・クンチャイとヤーダー・ソンプラワティーね」

「あのヘアブラシと同じようにね」

「ヨンソンに訊くように計らいます」

ニエミは優秀だ——受話器をおいたとき、リサ・ラムは思った。なぜ誰もネグリジェのことを考えなかったのか。まあおそらく忘れてしまったのだろう。

あのラムって子は、気持ちのいい女性だ——ニエミは通話を終えながら思った。美人で身体も鍛えているし。自分のことも他の人間のこともしっかり目をかけているようだ。

92

朝の八時前に、アニカ・カールソンとヤン・スティーグソンがヤーデットにあるマンションにダニエル・ヨンソンを拘束しに向かった。アニカが呼び鈴を鳴らすと、ヨンソンは不思議そうな笑顔で玄関を開けた。

アニカ・カールソンは自分が何者かを説明し、警察証も呈示したが、返ってきたのはやはり不思議そうな笑顔だった。

「ええと、それでわたしになんの用かな？」

「あなたに訊きたいことがいくつかあるので、ソルナの警察署までご同行願います」

「いったい何があったんです？」ヨンソンは変わらず感じの良い態度のまま、興味をそそられた表情になった。

「残念ですがここでは話せません。ですが検察官から説明があるはず。すでに署であなたのことを待っています」

「おやまあ。検察官に会うのならば、弁護士も一緒がいいな」

「もちろんです。名前は？」

「ヨハン・エリクソンだ。知り合いではないが、噂では敏腕らしいので」

ヨンソンがマンションを出ると、ニエミとエルナンデスが中に入った。家宅捜索をして、携帯電話とパソコンも押収したが、特に証拠になるようなものはみつからなかった。

ダニエル・ヨンソンはこの３ＤＫの分譲マンションに独りで暮らしているようで、定期的に訪れる客がいる痕跡はなかった。インテリアは保守的なセンスでまとめられ、きちんと掃除がされている。みつかった領収書から察するに、清掃会社に任せているようだ。パソコンは新品で、一カ月前に購入したばかりだった。ほどなくしてその点を追及されたとき、古いパソコンはもう五年以上使っていたし買い替え時だったと説明した。もっと前に買い替えるつもりが、今になってしまったと。前にパソコンを買ったのと同じ会社に頼み、古いほうのパソコンがその後どうなったかは知らないが、おそらく廃棄されたのではないか。その会社に訊いてみるのがいちばんいい。領収書も残っていて、そういうものを集めてあるフォルダに入っているから。

興味深いものは何もみつからなかった。目を引くようなものも何も――あるひとつのものを除いては。ベッドサイドテーブルに、最初の妻ジャイディー・クンチャイの写真が額に入って飾られていたのだ。

ニエミとエルナンデスはその写真のことを話し合った。五年前に殺したんだとしたら、普通なら忘れたいことを毎日自分に思い出させるのは奇妙だ。遅かれ早かれニエミとエルナンデスのようなやつが自宅にやってくることを予期して、わざとおいたのでなければ。たとえばアニカ・カールソンが呼び鈴を押してから玄関を開けるまでの間に。

「あるいはぼくもあなたも職業病ってとこですかね」エルナンデスは肩をすくめた。

「まあそうだが、それでもやっぱりおかしい気がする」

そのことを問われたヨンソンは意味がわからないといった様子だった。死んだ妻の写真ならいくらでもある。ベッドの脇に飾っている写真は初めて一緒に旅行したときのもので、それが何かおかしいですか？　自分にとっては、他の全員を足したよりも大切な存在だった。今でも毎日考えるし、常に恋しい。

警察はダニエル・ヨンソンの取り調べを四度行った。そのあとヨンソンはだんまりを決めこんだ。言うべきことはもうすべて言ったからと。つけ足すことは何もない――四度目の取り調べが終わったさいに、取調責任者である犯罪捜査官ヨハン・イエク警部補にそう伝えた。念のため五度目の取り調べも行われたが、ダニエル・ヨンソンは一度も口を開くことはなく、弁護士が代わりに答えた。クライアントは言いたいことはすべて言いました。クライアントとは詳細に話し合い、その点でも合意しています。五度目は五分もかからない、非常に短い取り調べになった。

ダニエル・ヨンソンの態度は最初から一貫していた。警察の話はさっぱり意味がわからない。自分の妻ジャイディーは津波で死亡した。自分もその場にいたのだ。この目で見た。津波が襲ってきた瞬間から、バンコクの北の山に遺灰を撒くところまで。

ダニエル・ヨンソンは自分たち夫婦を襲った悲劇について警察から受けた質問すべてにちゃんと答えた。取り調べの内容をプリントアウトした書類は二百ページに及び、その半分がヨンソンの答えで、どれも同一の事実が起点になっていて、パターンも同じだった。妻のジャイディー・クンチャイは津波で十二年近く前に亡くなった。それ以外にはありえない。

それを裏づけるためにはいくつか具体的なエピソードを語るだけでよかった。ホテルのスタッフの手を借りてバンガローから妻を運び出したが、それをやるまでに一昼夜もかかったのは、ホテル周辺が大混乱に陥っていたせいだった。彼自身はすぐにでも妻を運び出したかったが、警察にもホテルの警備スタッフにも止められていた。小屋がいつ何時崩れるかわからなかったからだ。翌日になってやっと中に入って彼女を探すことができた。

一回目の取り調べは犯罪捜査官エーヴェルト・ベックストレーム警部によって行われた。そのあとの三回、いや正式には四回の聴取はベックストレームの同僚のヨハン・イエク警部補とピエテル・ブラード警部補が担当した。イエクが取調責任者で、ブラードが副責任者だ。弁護士のエリクソンは五回とも同席し、検察官リサ・ラムも最初の一度は同席した。

残りの四回に比べると、一回目は場当たり的な様相を呈していた。取調責任者は話題を次々と変え、おおまかな容疑をひとつひとつ確認し、そこに社交的なコメントや一般的な類の疑問を挟んだ。

「始める前に、ひとつ訊いておきたいことがあるんですよ」ベックストレームはため息をつき、頭を掻きながら言った。「あなたをなんと呼べばよいかな？　ヨンソン、あるいは高官どの。それともダニエルと呼ばせてもらってもいいのか」

「あなたはどれがお好みですか」

「ダニエルかな。あなたさえよければ。時間の節約にもなる」

「ではそうしましょう」

「よかった。ではダニエル、ひとつ質問させてもらおう。小屋から運び出したとき、奥さんは紺のネグリジェを着ていましたね」

「ええ、そうです」

「それからどうしました？」

「え？」

「実はタイの同僚たちがあなたを手伝ったホテルのスタッフに話を聞いたんですが、その紺のネグリジェはその後行方不明になったようだ。警察が作成した彼女の所持品リストにもなかった」

「それは別におかしなことじゃない」

「どういうことでしょう」

「ジャイディーをプーケットの身元確認の場所に運ぶ前に、ホテルのシーツで彼女の身体を包んだんです。わたしとホテルのスタッフでね。そのときにネグリジェは脱がせました。血だらけだったし」

「なるほど」

「そしてホテルのスタッフに渡しました」

「その後どうなったかはご存じかな？」

「捨てたと思いますよ。だって血だらけの寝間着なんて……誰もとっておかないでしょう」

「そうだな。意味はよくわかる」

「それはよかった。ですがわたしがどんな気持ちだったかはわからないでしょうね」

「そのとおり。わかるわけがない。ですがあなたの言うことはよくわかりました。ところでまるっきり話は変わるのですが」

「はい」

「奥さんが亡くなったあと、かなりの金が入りましたね。計算が正しければ二千五百万スウェーデンクローネ、三種類の保険から」

「ええ、正しいです」

「その金の一部でマンションを買った」

「分譲マンションです。今朝あなたがたが現れた」

「いくら払いました?」

「四百万です。あんなことがなければ、あと一年はバンコクに住むつもりだったんです。しかしわたしは働けなくなって疾病休暇に入り、駐在先からストックホルムに戻された。前のアパートはタイに行く前に売ってしまったから、住む場所が必要だったんです」

「当然ですな。誰だって住む場所は必要だ。おかしなことではない」

「では何を訊きたいんです?」

「残りの金です。それはどこへ?」

「ジャイディーの家族にあげましたよ。母親と兄に。保険金が支払われてすぐにタイに送金した。わたし自身はお金のことなど考える気力もなくて」

「ええ、よくわかります。だが事務的なことは? 誰がやったんです?」

「ジャイディーのお兄さんが手伝ってくれました。アメリカで会計士をしているんですが、勤務先が世界最大の会計監査事務所だからストックホルムにもオフィスがあって。そこが手伝ってくれた。言うまでもなく銀行もね。SE銀行ですよ。何もかも書類が残っている。一クローネに至るまで。書斎のファイルにありますよ」

「あなたを信じますよ。わたしも同じようにしたでしょう。あんなことがあって、誰が金のことなど気にする？」


ベックストレームの最初の取り調べは約一時間続いた。そのあとリサ・ラムが交代して、四種類の犯罪の容疑がかかっていることをダニエル・ヨンソンに伝えた。妻ジャイディー殺害、死体遺棄、重大な窃盗あるいは証拠隠滅のための重大な窃盗、そして証人に対する司法妨害。それからダニエル・ヨンソンにコメントを求めたところ、彼はただ頭を振って、弁護士と視線を交わした。

「意味が全然わかりません。十二年前に津波で死んだ妻をわたしが殺したって言うんですか？なんのことだかさっぱり……」

「つまりすべての点において否認するということですね」

「ええ、あなたの話もさっぱり意味がわからないんだから、それ以外にどうしろっていうんです」

「それでもあなたの身柄を一時拘束するつもりです」

「そう言われてもなぜか驚きませんよ。ですが代理人と話したい。二人きりで」

「もちろんです。彼があなたにかかっている各容疑の根拠を教えてくれるはずですし。詳しい背景をね」

「それはよかった。だってあなたもあなたの部下も、ちっとも説明がうまくないから」

「どう思います？」ベックストレームと二人きりになると、リサ・ラムが尋ねた。

「ヨンソンは馬鹿ではない。こちらがガツンとやってやろうと思っている点はどれも協力的に認めてくるだろう。だが、それ以外は否定してくる。最初の妻のことはもちろんだ。どうやったら彼女を殺せた？　すでに津波で死んでいたのに。それについてはうちの同僚たちが署名した死亡証明書まであるんだ」

「他には？」

「いくらでもある。あの夏至祭の連休について言えば、マリエフリエドのマナーハウスで過ごしたのは認めるが、言うまでもなく独りで泊まった」

「ダブルルームを予約していたけれど」

「広々としたベッドで眠るのが好きなだけだろう。あるいはナンパに成功したときのためにスペースを確保しておいた」

「食堂でランチとディナーを食べていますが」

「ああ、わたしもその勘定書きは見たが、あの品数ならわたしなら独りでも平らげられた。ヨンソンあるいはヨンソンらに給仕をしたスタッフをみつけられるだろうか。五年前の夏至祭の連休に？　忘れろ。証言できると言いだすやつがいれば、むしろ嘘をついていると疑うね」

「ええ。わたしもジャイディーの名前が書類のどこにも載っていないことには気づきました」

「それにヨンソンはメーラレン湖でセーリングをしていたんだろう？　当然独りでだよ。独りになりたくてセーリングをするやつは多い」

「じゃあどうします？」

「いつもどおりにやるまでだ。やったのはあいつか？　むろんそうだ。だから遅かれ早かれ口を滑らせるはずだ。ああいう男はしばらく拘置所に入れておけばそうなるから」

93

ダニエル・ヨンソンが身柄を拘束されてから一昼夜経つと、リサ・ラムは勾留請求を行った。その請求は受理され、ダニエル・ヨンソンは合理的な疑いのある殺人等の容疑で勾留された。そして次の勾留質問は十四日後に行われることになった。

リンショーピンのＮＦＣには今ではヨンソンの指紋もＤＮＡもあり、ヨンソンが勾留された翌日にＮＦＣからピエテル・ニエミに連絡が入ったのはその指紋の件でだった。ヨンソンの指紋が現在では姉所有のヨットの三カ所から採取された。おまけに普通なら指を触れないような場所にもついていた。竜骨の床板の裏などだ。

その翌日には姉のサラがアニカ・カールソンに電話をかけてきた。父親と話したときに、息子の犯罪容疑を捜査している警官と話したいという希望を口にしたという。

「おわかりのとおり、新聞で読んだみたいで」サラ・ヨンソンは言った。「父はそういう人だから、あなたがたと直接話したいらしいの」

「どんなことを話したいかわかりますか？」アニカ・カールソンは尋ねた。

「おそらく古い小口径ライフルのことじゃないかしら。あとはわからない。ともかくこの事件のことを非常に懸念していて」

「ぜひお話ししたいです。いつがいいですか？」

「なるべく早く。父の状態を考えると、あまり時間は残されていないと思うので」

「今日の午後は？」

「ちょうどいいわ。ついさっき話したところだけれど、今日は痛みを我慢できる日みたい。わたしも同席してもいいですか？」

「ええ、もちろん。それに迎えに行きますよ。今職場ですか？」

「ええ」

「一時間後くらい？」

「ええ、下に着いたら電話をください」

スヴェン＝エリック・ヨンソンとの面会は、入居しているブロンマのホームの病室で行われた。背が高くて痩《や》せた老人。白いシャツを着て、きちんとプレスされたグレーのズボン、足には黒いスリッパを履いている。長女と同じ賢い青い目をしていた。しかし顔にははっきりと死相が浮かんでいる。ほとんどの時間を過ごすベッドの脇で死が待ちかまえているのだ。

「警部さん、お時間をつくっていただき感謝します」スヴェン＝エリック・ヨンソンは優しい笑顔でアニカ・カールソンにうなずきかけた。

「アニカと呼んでください」アニカも微笑んだ。

「では、わたしのことはスヴェン＝エリックと」

「ぜひ。まずは言っておきたいのですが、われわれがやっている捜査のことは、できればあなたには知ってほしくなかった」

「あなたがたを責める理由は何もありません。ときにはやらねばならないこともある。どれほど辛くてもね。文句を言う相手がいるとすれば、それはわたしの息子に他ならない」

「ええ。でも彼がいなければあなたとお会いすることはなかった。サラともね」

「ダニエルは妻を殺したのか？」

「そうだと考える強い根拠があります。わたし自身はやったと確信していますが」

「では、ジャイディーは津波で死んだわけではなかったのか」

「ええ。その点は捜査班の全員が確信しています。死んだ女性はジャイディーと間違えられた。ジャイディーとダニエルが前の晩に知り合い、ホテルに連れ帰った女性です」

「そしてこれはあの二人が一緒に煮詰めた計画だと」

「そのようです」

「なぜそんなことを……」

「保険金詐欺です。ダニエルはジャイディーの生命保険金として二千五百万クローネを手に入れた」

「そして何年かあとに仲たがいをして、ダニエルが彼女を殺した」

「ええ、残念ですがそういうことのようです」

「ジャイディーとダニエルはお互いに悪い影響を与えていた。似すぎていたんだ。お互いのいちばん悪い面を引き出していた」

「そのようですね」

「遺体は不幸島でみつけたんでしょう。ダニエルはあの島をよく知っている。小さい頃からね。だから不思議はない」

「まあ、偶然ではないですね」

「そしてわたしがヨットを貸したあの夏至祭の連休に起きたのか」

「慰めになるかどうかはわかりませんが、計画的な犯行ではなさそうです。つまりヨットを借りたときには……」

「そうか」

「ええ、わたしはそう思っています」アニカ・カールソンは頭を振った。「わたしはダニエルが事前に計画していたとは思わない。ただ口論になって、殺してしまった」

「おかしいかもしれないが、実際、それは慰めになるよ」

「起きたことはけっしてあなたのせいではありません」

「わかっている」スヴェン＝エリック・ヨンソンは頭を振った。「それでも、何が起きたかを考えると、父から譲り受けたあの古い小口径ライフルは鍵をかけて保管しておくべきだった。今ではああいうものに免許がいるとは知らなかったんだ。父からもらったのは戦後すぐのことだったが、そういう制度はなかった」

「ええ、知っています」

「娘たちはあれで的を撃っていたんだよ」スヴェン＝エリック・ヨンソンは長女に笑顔を向けた。「まあサラはそれほどでもなかったかもしれないが、エヴァは夢中だった。一度などカモメを撃とうとして、そのときはきつく叱ったのを覚えている。もう二度としないと約束するまでは鍵をかけてしまっておいた。だがダニエルは……あの子が銃を握った記憶すらないが」

「おかしなことではないでしょう」サラが口を挟んだ。「パパがヴェガを買ったときあの子は何歳だった？ 九歳か十歳くらいよ。そんな小さな子にもたせるようなものではないんだから。それにあの子はセーリングにもあまり一緒に来なかった。友達と遊んでいたほうが楽しかったのよ」

「確かにそうだな。わたしがダニエルと話してみようか。ここ十年ほどほとんど話していないし、最後に会ったのも六、七年前だが、それでもわたしの息子なんだ」

「会いたければそのように手配しますよ」アニカ・カールソンが言った。「だけどまともに話そうとしても難しいかも」

「わたしは少しばかり古臭い人間で、自分の行動には責任をとるべきだと考えている」

「残念ですが、ダニエルはそうは思っていないと思います」

「放蕩息子か……なぜそうなったのかはわからないが」

「あなたのせいではないですよ。それでも起きてしまうこと。つまり誰のせいでもないのに」

「わたしもそう思うよ、だがもし選べるのならね」

「それでも会いたければ、もちろん手配はします」

「いいや」スヴェン＝エリック・ヨンソンは首を横に振った。「残念だがもう遅すぎるだろう。あの子がわたしに会いたくないのは悲しいが、それも誰かがどうにかできる問題ではない」

「もうひとつ質問があるんです。あなたのヨットに青い紐がありましたが、あれはどこで買ったのか覚えていますか？」

「ああ、あれは独りでドイツのキールまで長いセーリングをしたときに買ったものだ。癌になる前の年、二〇一〇年にね。なぜ覚えているかというと、キールまで行ったのはその一度きりだからだ」

「覚えてくれていて助かりました。何かわたしにできることがあれば……」

「きみはすでにやってくれたよ、アニカ。感謝する。帰る前に評価がほしければ……これでも元教師なのでね」

「ええ、ぜひ」アニカ・カールソンは微笑んだ。

「よし」スヴェン＝エリック・ヨンソンも笑みを浮かべた。「きみはうちの娘たちのように善良な人間のようだね。ダニエルがやったことについては永遠に理解できないが」

「ありがとうございます。そんな評価をいただけるなんて。学校ではあまり成績がよくなかったから」

「そうだろうとも。体育はきっと問題なかったんだろうが、先生たちと馬が合わなかったからってたいしたことじゃない。だがせっかく来てくれたのだから、ひとつダニエルに訊いてほしいことがある」

「なんでしょう？」

「わたしの大切なダッフルバッグ。あれをどうしてしまったのか」

「ヨットを貸したときになくなったんですか？」

「ああ、最後に電話で話したとき、すぐに返すと約束してくれたんだ。荷物を運ぶためにちょっと借りただけだと」

「しかし返ってきていないんですね？」

「ああ」

「なぜもっと早く言わなかったの」サラ・ヨンソンが言った。「それってわたしとエヴァが、パパが病気になる前の年のクリスマスプレゼントにあげたものでしょう」

「そうだよ。今後もう使うことはないとはいえ、まあお前が使えばいいだろう。ヨットはもうもっているんだし」

「そのダッフルバッグ」アニカ・カールソンは三十分後にそれぞれの職場に戻るために車に乗っているときに言った。「どういうものなんです？　ダッフルバッグが何かは知っていますから、そういう意味じゃなくて」

「ええ、エヴァとわたしで父にクリスマスに贈ったの。父が病気になる前の年のクリスマスにね。だから六年前になるわ」

「どんな形状ですか」

「家のアルバムに写真もあるけど、妹がロンドンで買ってきてくれたの。ほら、妹はロンドンに住んでいるでしょう。すごく大きなバッグでね。古いカンバス地を含浸《がんしん》加工した素材で、革の補強と革の取っ手がついている。高かったのよ。そこにわたしが父のイニシャルを刺繍した。常にヨットにおいている青い紐でね。父のイニシャルを大文字で、ＳＥＪ。それに昔のラテン語の引用句から単語の頭文字を採ってＮＮＥ、つまりNavigare necesse est」

「どういう意味？」

「航海はしなければならない」サラはいくぶん微笑んだ。「父のいちばん好きな言葉だった。Navigare necesse est, vivere non est necesse」

「続きの部分の意味は？」

「それが悲しいんだけど……父の状態を考えるとね。〝航海は必要だ。生きることは必要ではない〟」

「お父さまはその言葉を癒《いや》しだと考えているかも」

「わたしはどうしてもあのバッグをとり戻したい。ダニエルの家を家宅捜索してみつけたら、ぜひわたしに返してちょうだい」

「同僚にしっかり伝えておきます」

「ねえ、わたしのアパートに寄ってもらえたら、写真も渡すわ」


その三十分後、アニカ・カールソンはピエテル・ニエミの部屋に入った。

「ちょっといいかしら?」

「もちろんだ」ピエテル・ニエミはめくっていたファイルを閉じた。

「これ、なんだと思います?」アニカはサラ・ヨンソンから借りた写真を手渡した。

「背景に見えているクリスマスツリーと、合計五人写った人間たちの楽しそうな表情からして、これはおそらくスウェーデンの普通のクリスマスパーティーだな。さらにひとつ手がかりとなるのは、写真の裏に書かれた〝二〇一〇年クリスマス、オールスティエンにて〟という手書きの文字。他に何か手伝えることは?」

「わたしをからかうのをやめてくれるなら、教えてあげる。この写真の中央にあるグレーのバッグ、それをヨンソンのマンションを家宅捜索したときに見かけなかった?」

「いいや」ピエテル・ニエミは首を横に振った。「どうやら英国風の古いダッフルバッグだな。含浸加工を施したカンバス地で、革の補強と取っ手がついている」

のらしいの」

「ダニエル・ヨンソンの父親がクリスマスプレゼントに娘たち、サラとエヴァからもらったも

「うーん」ピエテル・ニエミはまた首を横に振った。「これは見ていない」

「じゃあ今はどこにあるのか……」

「息子がヨットを借りたときに船上にあったものなら、今ごろはメーラレン湖の底だろうな」

「みつけられると思う？」

「難しいな。メーラレン湖はこの国最大の湖のひとつだ。そんなコストのかかることを申請しても、お偉いさんがたから無視されるだけなのはわかっている。当然の判断だから、おれも悪く受け取ったりはしない」

「わかったけど」

「考えてみるよ」ピエテル・ニエミはため息をついた。「だけど期待はしないでくれ」

94

メディアでは〝中央政府の高官が妻を殺した容疑で逮捕された〟ことについて驚くほど少ししか報道されなかった。津波のことも、他の詳細や動機なども言及されていない。その一方で

メーラレン湖の島に遺体を隠していたという点は書かれていた。

ベックストレームはどうしてしまったのだろう、とアニカ・カールソンは思った。お気に入りの記者とは関係を絶ったのだろうか。この種の臨時収入を見過ごすような男ではないのに。

確かに今回も見過ごしたわけではなかったのだが、急に予期せぬ問題が発生したのだ。お気に入りの記者に電話をかけて大きな事件が起きようとしていると伝えた当初は、いつもどおり期待がもてそうだったのに。

二人はいつもの店で会って食事をしたが、今まで会ったときとはちがって記者は驚くほど無関心な様子だった。ベックストレームの解釈とは一致しない別の情報源もあるから、このニュースをベックストレームスタイルで出すにはもうちょっと肉づけがほしい。

「ベックストレームスタイルってなんだ」ベックストレームは尋ねた。

「いや、単なる内輪での言い回しだよ」

「ほう、取材源の秘匿はどこへいった?」ベックストレームは不機嫌に訊いた。「おれの話が気に入らないなら、他に興味のあるやつはいくらでもいるんだぞ」

家に帰るとすぐに、二番目にお気に入りの記者に電話をかけた。二番目に大きなタブロイド紙で働いていて、それゆえ一番目ほどは小口現金も潤ってはいないが、与えられたものは必ず受け取るタイプだ。しかし今回はよそよそしく、失礼とも言える態度だった。確かな筋によれば、競合紙もすでに同じ情報を得ていて、なのに掲載を渋っている。当該の男が何者かを考えると、全体的に政治的な懸念もある。

「どういう意味だ」ベックストレームが訊いた。

「スウェーデンの外交官で、それもリトアニアの大使に任命されようとしているんだろう？　そいつが妻を殺したとしたら、ロシアにとってはクリスマスのようなお祭りだ。そしてうちの新聞社がロシアをどう思っているかを考えると、そこが気にならないわけはない」

「それは知らなかった」

「それはよかった。ではこの話はきみのロシアの人脈から聞いたわけではなかったんだな？」

「なんだ、ロシアの人脈って。おれにはロシアの人脈なんかない」

「それはよかった」記者はまた言った。「だがともかくうちの編集部では興味がない」

いったい何が起きている——普段なら今ごろ、少なくとも五桁は確保できていたのに。おまけに政治的な陰謀説をこんなに聞かされるなんて。

95

今度ばかりは普段よりずっと早かった。ダニエル・ヨンソンの裁判はストックホルム地方裁判所において十月中旬には始まった。リサ・ラムはヨンソンを謀殺あるいは故殺、死体遺棄、重大な窃盗未遂、司法妨害で起訴した。

裁判所の事務局はこの件が複雑な様相を呈することを予測していたようで、合計五日間を予定した。念のために予備日も二日。合議体は職業裁判官が二人、参審員が四人に強化された。しかし裁判は普段より滑らかに進んだ。結局予備日は使わずにすみ、最終日も最終弁論やあらゆる事務的なことが昼には終わっていた。

ダニエル・ヨンソンは以前と変わらぬ話を貫いた。妻は十二年前に津波で死亡した。自分の理解を超えた悲劇であり、人に起こりえる最悪のことだ。今現在さらされている状況でさえ、それには及ばない。今はひたすら意味がわからないだけで。「まるでフランツ・カフカの小説だ」すでに死亡している妻を自分が七年後に殺し、遺体をメーラレン湖の島に隠したと言われるなんて。どう決着がつくにしても、これ以上悪くはならない。すでに他の人間を全員足したよりも大切だった人を失ったのだから。

彼の弁護人は期待以上の働きをした。クライアントの指紋が父親のヨットの竜骨でみつかったという事実については、ヨットを借りてメーラレン湖をセーリングした五年前の夏至の連休よりももっと前の時点でついた可能性があるとした。ヨンソンが証拠隠滅のためにヨットに侵入したことはない。指紋に日付がついているわけではないことはたいがいの人間が知るところであり、弁護人自身の経験から言っても、他人の所有物に侵入するようなやつらというのは通常手袋をはめているものだ。

検察官によれば司法妨害に関しても同様だった。警察本部周辺の監視カメラにとらえられた映像は、まさにヨンソンの弁明と一致する。仕事の前に知人を訪ねて驚かせようとして、道路脇の駐車スペースを探し回ったが、結局あきらめて職場に向かった。

基本的には焦点は謀殺およびそれに続く司法妨害だったが、対するエリクソン弁護士はナディア・ヘーグベリが二カ月前に危惧したとおりに応戦してきた。タイの現場にいた警官のうち二人を呼び、証言させたのだ。警官らは一致して、ジャイディー・クンチャイは津波で死亡したと確信していた。夫婦で借りていたバンガローの中で発見され、そのあと夫、母親そして彼女の容貌を知るホテルのスタッフ二名により身元確認が行われた。被害者はジャイディーのネックレスとネグリジェを身につけていて、プーケットの身元確認センターに運ばれたときにDNAを採取され、死んだ女性はジャイディー・クンチャイだということに疑いの余地はないことが証明された。

それからエリクソン弁護士は葬儀のビデオ、それにジャイディーの遺灰が撒かれたときのビデオを再生した。ダニエル・ヨンソンが地面にしゃがみこみ、手で顔を覆って身体を前後に揺らしているシーンだ。しかしそのシーンを何度も再生することはしなかった。合議体の反応からその必要はないと判断したのだ。裁判官の二人などそのシーンを目にすると額に手を当て、目を伏せたほどだった。

残るは鑑識的な証拠、そしてエリクソン自身はあまり信憑性がないとみている複数のおかしな偶然だった。百年物の銃は世の中に何千挺と同じモデルが存在する。どれも同じ種類の弾道で、現在でも使用されている。実包に至ってはさらに多く存在するだろう。その銃から発射されたかどうかに関してNFCが言う一プラス二という確実性は、一プラス四ではないし、三ですらない。ということは疑いの余地があるということだ。

最後に弁護士は、この控えめに言っても奇妙な事件の原因として、検察官が動機として挙げた点に強く疑問を呈した。妻と共謀した保険金詐欺が動機だとしたら、疑問の余地なくおかしいではないか。保険金会社から支払われた額の半分以上——一千五百万以上の金をあっさり元妻の遺族に送ってしまったのだから。

では動機はなんだったのか。七年後に妻を殺した原因となった金はどこに？　ましてや彼と元妻が〝降って湧いたチャンスをつかんだ〟のだとしたら、まさに地獄に等しい大惨事の最中にそんな冷淡さをもちあわせていたわけで、人間の理解を超えている。エリクソン弁護士と検察官の意見の不一致は、彼のほうはジャイディー・クンチャイはすでに死んでいたと確信していて、検察官のほうは生きていたと確信しているせいだった。

リサ・ラムも期待以上にいい仕事をした。諸々の説明をするという意味では、彼女のほうがよほど苦労を強いられたのに、それでもひとつひとつ前に進めようとし、事件全体の基本となる点から手をつけた。タイの津波で死亡したのはそもそも誰だったのか、という点だ。

リサ・ラムによればそれはジャイディー・クンチャイではなく、ヤーダー・ソンプラワティーという名前のタイ人女性だった。プーケットのナイトクラブの接客長をしていて、そのクラブをヨンソン夫妻は津波の前の晩に訪れていた。クラブが閉まったあと、彼女は二人について浜辺のバンガローに行き、津波で命を失ったのは彼女だった。

その点についてはディテクティブ・スーパーインテンデントのアッカラー・ブンヤサーンがバンコクから証言した。しかもその証言はスカイプによって行われたので、彼が話している様子を見ることができた。検察官にとって、ブンヤサーンは優秀な証人だった。一点一点、詳細に、完璧な英語で、現在ではタイ警察がヤーダー・ソンプラワティーを津波行方不明者のリストから削除することができた理由を語った。ヤーダー・ソンプラワティーは不正確な根拠により、当初ジャイディー・クンチャイだとされた。確認に立ち会ったホテルのスタッフ二人はそれがクンチャイだと信じ切っており、ＤＮＡはクンチャイの持ち物から採取されたものだった。歯ブラシ、ヘアブラシ、そして櫛《くし》。これらはすべて捜査ずみの話だ。

それが終わると、リサ・ラムがそれ以外の証拠を持ち出した。ダニエル・ヨンソンが奇遇にもジャイディーの遺体が発見された場所に土地勘があること、鑑識的な証拠およびそれ以外の証拠を提示し、弁護側とは別の、確固たる結論へと導いた。最後に動機、そしてダニエル・ヨンソンがジャイディーの家族への贈り物だと主張する金がそもそもなんだったのかについての私見を述べた。二人の仲は悪くはなく、津波後も常に連絡を取り合っていた。二〇一一年の夏至祭の連休に彼が彼女を殺すまでは。タイへ送金したのは金を隠すための最善の方法で、ヨンソンにとってはメリットしかなかった。妻を殺すに至ったのは津波の何年もあとで別の状況下だった。

ストックホルムの裁判所はその件を熟考するのに十四日を要した。それから合議体の大半がダニエル・ヨンソンに謀殺、死体遺棄、重大な窃盗未遂および司法妨害により十八年の禁固刑を請求した。しかし参審員の一人は異論を述べ、すべての点において無罪だとした。タイで行われたジャイディー・クンチャイの身元確認にはなんの疑問も感じない。むしろ非常に信憑性がある。その後起きたにちがいない間違いや混同については彼の判断に含まれていなかった。葬儀の映像、そしてジャイディー・クンチャイの遺灰が撒かれたさいの映像資料が彼の確信をさらに強めたのだった。ダニエル・ヨンソンの態度がはっきりとその無罪を示している。

また別の参審員にも細かい点では別の意見があった。謀殺ではなく故殺、そして窃盗と司法妨害では無罪。なぜなら証拠が不十分だから。

ベックストレームは満足だった。終身刑にしたかったが、ヨンソンが控訴するのはわかっていたので、スヴェア高等裁判所がうまく取り計らってくれるのを期待していた。ともかく高等裁判所ではストックホルム地方裁判所に比べれば司法の現実など一切わかっていない普通の馬鹿どもの率が低いのだから。それでも多すぎるとはいえ。

捜査班の全員がベックストレームの解釈に同感だった。

リサ・ラムも高等裁判所のほうが、ストックホルム地方裁判所の少数派よりも正しい判断を下す能力が高いはずだと皆の前で明言した。しかし心の中ではその口ぶりに反して強く懸念していた。

弁護人はヨンソンの無罪を主張し、判決を控訴した。リサ・ラムは控訴にさいして地方裁判所で行ったのと同じ主張を述べた。ダニエル・ヨンソンのほうは代理人を替えた。エリクソン弁護士がメディアで語ったところによれば円満に別れたという。

「代わりに誰を呼ぶつもりなんだ?」リサ・ラムからそのことを聞いたとたんにベックストレームが尋ねた。

「どうも別のエリクソンらしいです」リサ・ラムは笑みを浮かべた。「トーレ・エリクソン、通称〝完全弁護のエリクソン〟」

「あいつか……」ベックストレームは驚きを隠せなかった。「ということはヨンソンはわたしが思っていたよりも頭がおかしいな」

「まあそう言わずに。あの男はもう失うものは何もないんだし」

第五部　やっと本物のメッセージがあの世から届いた！

96

ついに本物のメッセージがあの世から届いたが、それは牧師フレデリック・リンストレームや俳優ブッレン・ベリルンドの貢献のように偶発的なものではなかった。その二件は偶然の産物と普通の人間の作品が融合した結果だったが、今回のは純粋に本物だった。今回連絡を寄越した人物も本当に死んでいて、言うべきことをもっと早く言っておけばよかったというのはさておき、人智が創造した近代技術の助けを借りてメッセージを伝えてきた。

地方裁判所がダニエル・ヨンソンの判決を言い渡した数日後、姉のサラがアニカ・カールソンに電話をかけてきて、判決が出た二日後に父親が亡くなったことを語った。その後父親の遺品を片づけていると、アニカに渡してほしいという動画がみつかった。

「どんな内容だかわかります？」アニカ・カールソンは訊いた。

「ええ。もう観たんです。父は携帯で録画し、それをパソコンにダウンロードして、メールに添付していた。そのメールをわたしのほうからあなたに送ってほしいと。父はパソコンなんかも苦手ではなかった。現役時代は何十年も高校で教えていたんだし」

「どういう内容なんです?」

「父は直接あなたにと書いているから、今送って観てもらうのがいいかと。だって例のダッフルバッグはまだ行方不明のままなんでしょう? そのバッグのことです。父はみつかるかもしれない場所に心当たりがあった」

「残念ながらあのバッグはメーラレン湖の底だと思います」

「ええ、ジャイディーの所持品が入って、でしょう?」

「そう思っています。問題はメーラレン湖が恐ろしく大きいこと」

「知っています。だけど最愛の父によれば、よく捜してみるといい箇所がひとつあるみたい。ダニエルが彼女の遺体を隠した場所を考えてもね。ある意味、あの子は変なこだわりが強いタイプだから」

「その場所とは?」

「ラムバルフィヤーデンの沖です。うちのボートを係留している桟橋からほんの数海里のところ。父によればそこがメーラレン湖でいちばん深いと」

「わかりました。じゃあすぐにその動画を送ってください。わたしのメールアドレスは名刺に書いてあります」

「一分以内には届くはず。すでにダニエルが判決を受けたことを考えると、もうあまり関係ないのかもしれないけれど、父が望んだことだから叶えてあげたいんです」

スヴェン＝エリック・ヨンソンは携帯のカメラで自分自身を撮影していた。サラが言ったとおり、アニカ・カールソンに話しかけている。

「やあ、アニカ」スヴェン＝エリック・ヨンソンは切り出した。「きみに会えて嬉しかったよ。きみは強くて善良な子のようだ。もっと会えなかったのが残念だよ」

「わたしもです」アニカはそうつぶやいて、スヴェン＝エリック・ヨンソンにうなずきかけた。

「きみに話したかったのは、数年前に娘たちからクリスマスにもらったダッフルバッグのことだ。それを息子があの夏至祭の連休にヨットを借りたさいに勝手に持ち出した。あの子に下った判決は新聞で読んだから、正直言ってこのメッセージに意味があるのかはわからない。それでもわたし自身はこの悲しい物語に自分なりの終止符を打ちたいと思う」スヴェン＝エリック・ヨンソンはそこで画面の外にある水のグラスに手を伸ばし、慎重に何口か飲み、グラスをおいた。

「失礼」スヴェン＝エリック・ヨンソンは口を拭った。「そう、ダッフルバッグの話だ。もうずっと昔、ダニエルがまだ十三歳か十四歳の頃、ヘッセルビィ・ストランドの桟橋に戻るときに、わたしはメーラレン湖でいちばん深いと思う地点でヨットを止めたんだ。ラムバルフィヤーデンの沖で、桟橋からはほんの数海里のところだ。当時もその位置を簡単にみつけることができた。皆がGPSや測深器を搭載するようになる前だったがね。そのポジションを見極めるには三種類の航路標識があって」

「そのずっとあとになって、もう新世紀に入った頃だったが、わたしは自分のよりずっと高級でGPSや測探器も搭載している友人のヨットでセーリングをしていた。すると彼はわたしが指し示した地点は間違っていると言った。わたしがダニエルに教えた場所は水深わずか三十メートルで、そこから数百メートル離れた場所の半分の深さしかなかった。失礼、アニカ」スヴェン＝エリック・ヨンソンはまた水のグラスに手を伸ばした。

「だからそこまで行ってみたんだ。測深器のおかげで彼が正しくてわたしが間違っていることがわかった。わたしがメーラレン湖でいちばん深いと思っていた地点はかなり正確に三十メートルだったんだ」スヴェン＝エリック・ヨンソンは水のグラスをおいた。

「わたしは間違いからも学ぶ人間なので、友人からもらったGPS位置情報を書き留めた。そのあと乾杯したのも覚えている。だがそのことをダニエルに伝える機会はなかった。ちょうどその頃に疎遠になってね。しかしGPSの位置情報はまだ古いノートに残っている。サラがきみに送るはずのメールにも書いてある」

「アニカ、言ったとおり」スヴェン＝エリック・ヨンソンは微笑《ほほえ》み、またカメラにうなずきかけた。「これでやっとこの話に終止符を打てる。きみと出会えて嬉しかった」

アニカ・カールソンは喉に詰まったものを飲みこむとすぐに、ピエテル・ニエミに電話をかけた。

「アニカ、さて今度は何を手伝えばいい？」ピエテル・ニエミが訊いた。

「間違った質問ね。パソコンは近くにある？」

「今パソコンの前だ」

「じゃあメールを送るから。それを見たらわたしに電話して、素晴らしい手伝いにお礼を言ってちょうだい」

ピエテル・ニエミから連絡があったのは一時間もしてからだった。

「待たせて申し訳ない。事務的な手配に時間がかかったものでね。だがもう終わった。明日の朝には国家機動隊のダイバーらとダッフルバッグを探しに行くよ」

「それはよかった。で、何か言い忘れたことは？」

「ああ、失礼。本当にありがとう、アニカ。助かったよ」

「どういたしまして」

97

国家機動隊のダイバーが潜水一日目の午後には古いダッフルバッグをみつけた。水深二十七メートルのところに沈んでいて、スヴェン＝エリック・ヨンソンが教えてくれた位置からわずか二十メートルしか離れていなかった。湖底に五年もあったことや、湖面から湖底の距離を考えると自然な成り行きだ。そのあたりの湖底は基本的に石、砂利、砂でできていて、バッグは発見されたとき半分砂に覆われていた。状態は非常に良かったが、それでも湖面に引き揚げる前に大きなビニールの袋に入れ、どこにあったかも正確に記録された。

バッグにはぎゅうぎゅうに物が詰められていた。三十キロ分の小石が重石として入れられていて、その石は不幸島の係留所付近にたくさんあった小石と驚くほど似ていた。残りはジャイディー・クンチャイの所持品。おそらくアーランダ空港に到着したときに持参していたもの――二〇一一年六月二十二日水曜日の朝、ニューヨークからの早朝便で到着したときに。そのことがファスナーつきのクリアケースにパスポートとともに入っていた航空券からわかった。パスポートはヤーダー・ソンプラワティーの名前で発行されているが、写真に写っているのはジャイディー自身で、携帯電話や、やはりヤーダー・ソンプラワティーの名前で発行されたクレジットカード、総計六千クローネ分のアメリカドル、タイバーツ、スウェーデンクローネの現金もあった。それに二千ドル分のアメリカン・エキスプレスのトラベラーズチェックの冊子も。

あとは何着もの衣服、靴も数足、水着に化粧ポーチ。その一方で、ニューヨークで飛行機に乗りこんだときにもっていたはずのスーツケースはなかった。

ストックホルムのホテルの予約証もない――みつかっていいはずのものを捜していたピエテ

ル・ニエミは思った。理由はおそらくダニエル・ヨンソンの自宅に泊まっていたからで、ここにないものはあのマンションに残されていたのだろう。

古いダッフルバッグは犯罪捜査的には宝箱のようなもので、最後の訪問となったスウェーデンに何をもってきていたかだけではなく、津波から実際に死んだ日——おそらく二〇一一年六月二十六日日曜日——までの間に何をしていたのかを物語る品がいくらでもあった。


翌週にはリサ・ラムと捜査班の主要メンバーであるエーヴェルト・ベックストレーム、アニカ・カールソン、ピエテル・ニエミ、そして言うまでもなく分析官ナディア・ヘーグベリが臨時会議を行った。

「好奇心で訊くのだけど」アニカ・カールソンが口を開いた。「二〇〇五年の一月から二〇一一年の夏至祭まで彼女がどこに住んでいたのかはわかった?」

「タイの同僚の話では、タイにいたようです。バンコクの母親の家か、タイ北部にある家族の別荘に。あとは三カ月の観光ビザを利用して、アメリカにもスウェーデンにも長期滞在している」

「わかると思いますが、ヨンソンとその代理人にも新しい証拠が出たことを知らせなければなりません」リサ・ラムが言った。

「ああ。これでやっと人間は二度死ねるのかどうかという大論争に終止符を打てるな」ベックストレームは言った。「まったく長かった……」

第六部　キツネの困ったところは常に新しい出口を掘ることだ

98

完全弁護のエリクソンは犯罪捜査官エーヴェルト・ベックストレーム警部よりも半メートル背が高く、倍も太っていた。しかも杭打ち機のように強靭で、マラソンランナーのような持久力があり、犯罪が関係してくるあらゆる法的機会において極めて危険な相手だった。強いノルランド訛りで話し、〝スウェーデン最高の犯罪捜査官〟エーヴェルト・ベックストレーム警部への敬意と称賛を口にする機会を逃しはしなかった。ベックストレームのほうは彼を心から憎んでいて、完全弁護のエリクソンの悪口を言う機会を逃すことはなかった。

リサ・ラムが新しい証拠を提示すると、エリクソンは心の底から彼女に感謝を捧げた。そろそろこの話に秩序を与えるときだ。彼自身は新たに判明した事実をクライアントと話し合うために丸一日を予定している、と。

その一日をエリクソンは、ダニエル・ヨンソンに法学的散文において内輪で〝九十度をキメる〟と呼ばれるテクニックを指導することに費やしたようだ。このテクニックの原則は単純で、今回の場合なら検察官や警官が証拠を提示できる点においては絶対に反論しないこと。ただしそれ以外は――不確実なことや証拠はどうしても出せないようなことは何もかも関係者のせいにする。あまり反論してこないような人のせいにするとなお良い。たとえばジャイディーク・ンチャイだとか、その母親のラジーニなどは五年前に死んでいるから都合が良い。

「今どんな感じですか」リサ・ラムが電話で弁護士トーレ・エリクソンに訊いた。

「ヨットでの窃盗未遂、あれはまだ本人が断固として否認している。それにちょっと捜査情報をわけてもらえれば、アリバイも提出できると思う。ボートクラブのメンバーに話を聞きたいんだ。クライアントはその時期非常に出張が多かったから、おそらく解決できる」

「他には？」

リサ・ラムは心の中でため息をついた。

「それにほら、少年のあとをつけたという点も断固として否認している。司法妨害？　まさか」完全弁護のエリクソンは巨大な頭を振った。話している相手は別の場所にいて、彼のことは見えないのに。

「では保険金詐欺三件については？」

「時効になった三件のことか？」

「ええ」

「それは認めるよ、当然」

「まあ、どうも。じゃあ詐欺を主導していたのは妻のほうだったと思うのは間違いかしら」

「きみは完璧に正しいよ、リサ。妻と姑に金をすべて渡したという事実がそれを裏づけているだろう?」

「では自白することは何もないと?」

「もちろんあるさ。死体遺棄については率直に認める。わたし自身はそれが凶悪犯罪に当たるかどうかは疑問だが」

「どういう根拠で?」

「単にパニックに襲われただけだ。急にそんなことになってしまって。それで混乱していた」

「妻の頭を撃ち抜いたときのこと? それでパニックに襲われ、混乱したと?」

「あれは不幸な事故だったんだ。あの夜彼女は激しくハイになっていた。不幸島にヨットを係留していたときにね。あれやこれや飲んでいて、彼との人生は地獄そのものだとつっかかった。そして急にあの古いライフルを取り出し、今すぐにマンションを売って一緒にタイに帰らなければ撃つと脅した」

「それでどうなったの?」

「彼が断ると、妻は自分の額に銃口を突きつけた。彼が銃を奪おうとすると頭を捻り、その拍子に引き金が引かれてしまった。だからこめかみに弾が入った。その点についてはこちらでも鑑識的な確認をさせてもらった」

「まあ、それはそれは。その確認の結果を読ませてもらえるのを楽しみにしてます。本当に」

「よくわかりますよ。それでひとつ提案がある」

「なんでしょう」

「実はきみに、わたしとダニエルがこの裁判で妥当だと考えている点のリストを渡そうと思う。津波が起きて、バンガローからあのヤーダーという女を運び出したときのことも。ちなみにヤーダーが着ていた寝間着はヤーダー自身のものだった。妻のと同じ色だっただけで」

「へえ、じゃあどこへいってしまったのかしら。妻のネグリジェのほうは」

「津波の前日にホテルにクリーニングに出したそうだ。ヨンソンによれば数週間後にそれも返してもらったらしい。大使館に届けられたと」

「アクセサリーは？　あの高価な首飾り。ジャイディーはそれをヤーダー・ソンプラワティーにあげてしまったの？」

「いいや、まったく。だがラム、きみの考えていることはわかる。ダニエルはジャイディーからそれを渡され、ベッドの下からヤーダーを引き出すときに首にかけるように指示されたことを認めている」

「だけどそれ以外は妻が自分自身を撃とうとするのを止めようとしただけだと？」

「それが完全に正しい解釈だ。プーケットでの身元確認はヨンソンの姑が手を引いていた。タイの鑑識官が遺体からDNAを採取しようとしたところ、姑がジャイディーのポーチを差し出し、そのあとは現場を指揮していた軍警察がそいつを脇へ連れていき、説教したらしい」

それは本当にそうだったのかもしれない、とリサ・ラムは思った。

「ではそのリストとやらを楽しみにしています」

「新しい目撃者や捜査が色々と必要になるだろうな。だからこそお互いに事前に同意しておくのがいちばんいいんだよ」

「ダニエル・ヨンソンは九十度をキメたようじゃないか」翌日、リサ・ラムと最新の捜査の進展を話し合ったさいにベックストレームが言った。

「どうします？」

「これ以上ああだこうだと言い争わなくていいわけだ。うちは地方裁判所でやったのと同じようにやるまでだ。うまく九十度をキメたければ、裁判になる前にやっておくべきだった」

「ええ、地方裁判所ですでに発言してしまった内容を考えると、彼の信頼性はかなり下がったし」

「ダニエル・ヨンソンは百点満点のサイコパスだ。だからこそあいつは最善を尽くすと覚悟しておこう」

99

ダニエル・ヨンソンは確かに高等裁判所で最善を尽くした。地方裁判所で流された動画のように、つまり僧侶がヤーダー・ソンプラワティーの遺灰を風に撒いたとき地面に沈みこみ、手で顔を覆って身体を揺らしたときと同じくらい真に迫った演技を披露したのだ。

運命の朝、彼はバンガローのリビングのソファで寝ていて、寝室のベッドには妻と客が寝ていた。その理由は彼が昨晩飲みすぎたせいであって、別に道徳的に距離をおいたわけではなかった。ジャイディーとは早いうちから互いに自主的に、そういう人生を選んだのだから。子供をつくるのを待ったのもそれが理由だった。ヤーダーとはその一年前にプーケットのゴールデン・フラミンゴを訪れたときに知り合った。

朝、目が覚めると、それは大惨事が起きる一時間前だったのだが、ジャイディーと客はまだ寝ていたので、彼は静かにバスルームに向かった。シャワーを浴び、歯を磨き、短パンとサンダルとシャツを身につけると、ホテルの本館に向かった。クリスマス明け初めての新聞が配達されているはずで、コーヒーも飲みたかったからだ。しかしホテルに新聞がなかったので、海岸を歩いて一キロもしないところにあるカフェに向かった。そこには新聞もコーヒーもあり、席に座っていたところ、十五分後にジャイディーが姿を現した。それが彼らの人生を変えてしまう津波の起きる十分前のことだった。ジャイディーはまずホテルの本館に夫を探しに行ったが、すぐに夫がどこに向かったのかに気づき、同じカフェへとやってきた。カオラックに滞在するたびに数えきれないほどコーヒーを飲みに来たカフェだった。

そのカフェは海岸より三十メートル高くなった場所にあり、波が四度押し寄せても二人は足も濡れなかった。残ったのは周囲の惨状、目に映る映像、耳に響く音、頭の中にはまともな考えなど存在しなかった。生き延びるために身体が反射的に動いていただけ。

一時間後にプーケットに向かう道路の安全なあたりに座りこんだとき、妻の頭にアイデアが浮かんだ。二人が簡単に経済的自由を手に入れられる方法。しかしそれ以外は以前と変わらず暮らせるように。

その後に起きたことは何もかも理解不能なことだった。妻と姑が実務的なことを取り仕切り、彼自身は何も考えずにすんだ。もちろん海岸のバンガローからヤーダーの遺体を運び出したのも、彼女に妻のアクセサリーをつけたのも自分だ。そのアクセサリーは自分たちに与えられた機会の価値を理解したときに、ジャイディーから渡されたもので、ヤーダー・ソンプラワティーの首にかけるために半ズボンのポケットに入れていた。しかしその前後、彼の思考能力は完全に麻痺《まひ》していて、代わりに妻と姑が思考を担当していた。

ヤーダー・ソンプラワティーの遺灰が風に撒かれたときに地面にしゃがみこんだのは、妻を失った悲しみのせいではなかった。そんなわけはない。妻とはほんの一時間前に携帯電話で話したところだった。彼女のほうから電話をしてきて、戸惑う夫にこれをやり抜く力を与えようとした。だってもうすぐ試練は終わり、二人の新しい人生が始まるのだから。彼は理解不能な何かに自分を乗っ取られ、そのせいで地面にしゃがみこみ、子供のように手で顔を覆って身体を揺らしたのだ。

その五年後、彼とジャイディーは別の人生を生きていた。こうなるとわかっていれば、こんな人生は選ばなかった。そして二人がともに生きる人生は終わりを告げた。夏至祭の日曜日、二人でメーラレン湖をセーリングしていて、夜になり少年時代の夏の思い出そのものである島にヨットを係留したときに。二人は口論になり、どうにも手に負えない状態になった。今から七年前のカオラックの朝のように。妻の手から古い小口径ライフルを奪い取ろうとしたが、銃弾が発射され、それでも理解不能な現実を理解しようとした。大惨事から生き延びたあとの人生はとにかく理解することに費やされた。

弁護士は新しい証人を三人呼んでいた。一人はヘッセルビィ・ストランドのボートクラブのメンバーで、ダニエル・ヨンソンの外務省の予定表を見るかぎり、ヨンソン家のヨットに誰かが侵入しようとした日時のアリバイはあるようだと語った。目撃者は真実を隠していないし、勘違いもしていない、それにダニエル・ヨンソンがカレンダーに書いた予定が現実と一致していることが前提となっている。

別の証人はタイからスカイプ経由で証言した。ジャイディー・クンチャイとは——交流があった当時はヤーダー・ソンプラワティーという名前だったが——津波後の数年、女友達として親しい間柄だったが、アンフェタミンやコカインに依存していたこと、バイセクシャルであったこと、不安定な精神状態だったことを語った。普通のスウェーデンの裁判のスタンダードで言うと、人物破壊（個人の信用や評判を失わせる試み）のような証言だった。完全弁護のエリクソンは最終弁論においてこの証言を大袈裟に取りあげ、ダニエル・ヨンソンとジャイディー・クンチャイがどのような関係にあったのか、彼女が夫に対して強硬な態度で破壊的影響を与えていたこと、残念ながらそこを理解しなければいけないと語った。

中でも重要な証人はエリクソンがわざわざドイツから呼んだ銃創専門の法医学の権威で、医学と犯罪鑑識の学位をもつ男だった。彼は長年ドイツのヴィースバーデンの連邦刑事庁で法医学の専門家として働き、引退後は民間のコンサルティング事業を手がけている。ドイツ国内においては何百という裁判、ヨーロッパの他の国でも専門家として証言してきた。

ジャイディー・クンチャイが撃たれた状況に関して言うと、スウェーデンの同業者たちが地方裁判所で行った説明には同意できない。その一方で、ダニエル・ヨンソンが高等裁判所での審理の前に追加で行われた聴取で語った内容は、そのように起きたらしいことを物語る点が数多くある。


「銃創についてはどう思った？」裁判のあとにリサ・ラムが訊いた。そして今度ばかりは質問を受けたのはベックストレームではなくニエミだった。

「そうだな、ヨンソンが捜査の最初からそのように自白していれば、おれも納得しなかったとは言い切れない」

「でも今は？　今はどう思う？」

「優等生と、とんでもなく素晴らしい先生。それにきみも知っているかもしれないが、エリクソンはおれと同じハパランダの出身だ。完全弁護のエリクソンはトルネダーレンの生きた伝説なんだ」

「いいえ、知らなかった。でも二人ともノルランド出身だというのは喋りかたから気づかないわけがないけれど」

「ノルランド出身の人間は嘘はつかないからな」ニエミは笑みを浮かべた。

「確かに、そうみたい」

100

高等裁判所での公判は十二月の最初の週には始まり、そこでも合議体に加勢が加わった。通常なら職業裁判官は三人で参審員が二人のところ、今回は四プラス二。今では議題からあらゆる存在論的な問いを排除することができたので、日程は三日間と予備日一日でよしとした。予備日については結局使う必要もなく、判決は十二月十七日金曜日の午前十一時に下った。同時にスウェーデンで起きていた事件を考えると、各メディアは判決のニュースを無視したも同然だった。例外は朝刊紙に小さな告知があったこと、それにダーゲンス・ニィヒエテル紙のストックホルム版にごく短い記事が載ったことくらいだ。判決自体も簡潔なものだった。添付書類を含めても約五十ページ、しかしそれはいくつかの理由により目を引いた。合議体の中で意見が激しく分かれたというのもある。

四人の職業裁判官のうちの一人と参審員は二人とも、ダニエル・ヨンソンを四つの公訴事実のうち三つにおいて無罪としたが、それは同じ理屈からだった。

検察官が提示した証拠は、一切疑いの余地なしという条件を満たしていない。だから謀殺あるいは故殺、司法妨害、重大な窃盗未遂においては無罪、死体遺棄の罪については有罪だとした。死体遺棄については本人も自供しているからだ。

しかし職業裁判官の三人は検察官と同意見で、ヨンソンを謀殺、死体遺棄の罪、司法妨害そして重大な窃盗未遂で有罪とした。法律どおりにやると――つまりどちらも同じ票数であれば、刑が軽いほうが有効となる。だから簡単に判決が出た。スヴェア高等裁判所はダニエル・ヨンソンを死体遺棄の罪で二年の禁固刑、そして残りの公訴事実については無罪とした。

リサ・ラムと捜査班はあきれて頭を振った。ラムは最高裁判所への裁量上訴を請求しようかとも考えた。最高裁判所がそれを認めると思ってはいないが、それ以上失うものもないからというだけで。

高等裁判所での無罪判決が公になると、犯罪捜査官アニカ・カールソン警部は三度深呼吸をしてから、ハクヴィン・フールイェルムに電話をかけた。なおそれは彼女の人生で初めてのことだった。普通は相手のほうからかけてくる。逆ではなくて。

「どうも、ハクヴィン」アニカは切り出した。「なぜ電話をしたかわかる？」

「ああ、わかるよ。やはり気が変わってセーリングに行きたいんだろう？　問題はそれは無理だってことだ」

「なぜ？」

「彼女は今造船所にいる。夏まで休養中だ」

「じゃあわたしたちはどうすればいいの？」

「いい質問だな。何か提案は？」

「実はある。あなたに協力のお礼を言いたくて電話したの。最後は残念な結果になってしまったのはまったくあなたのせいではない」

「仕方ないね。だが、やったのはあいつなんだろう？」

「ええ。もちろん」

「では少なくとも二人はそう信じている人間がいる。あいつと会ったのは三十年以上前だが、完全にきみに同意するよ。当時から、ぼくの好みからするとあまりに狡猾《こうかつ》だった」

「でもあなたはそうじゃないでしょう、ハクヴィン」アニカ・カールソンは念のためもう一度大きく深呼吸した。

「どういう意味だい？」

「あのね、本当はあなたのことを遊園地に誘おうと思って電話したの。五種競技であなたを打ち負かし、それからハンバーガーを食べてビールを何杯か飲んで、全部わたしのおごり。でも問題は遊園地も三カ月前に冬期休業に入ってしまったこと」

「よくわかるよ。こちらも言ったとおり、同じ問題を抱えている。チョーチョーサンは数カ月前から造船所だ」

「じゃあ仕方ないわね。今夜、セーデルの素敵なお店で美味しいディナーに誘おうかな。いい肉だし、あなたみたいな人にとっても悪くない赤ワインをおいている」

「ぼくの人生で初めてだよ、実は。女性からディナーに誘われるなんて」

「それでも平気？」

「大丈夫だと思う」

八時間後、アニカ・カールソンは決定的な質問をした。ワイン一本、強いビール五本、コニャックとカルヴァドスとにかく素晴らしいグリルステーキ二皿と、まもなく彼女が支払う勘定書きひとつのあとに。

「考えていたことがあるの」アニカ・カールソンは言った。「普段ならそんなこと考えないんだけど、今回だけは考えた」

「何をだい？」ハクヴィンが訊いた。

「これはわたしたちの一回目のデートなのか三回目なのか」

「ぼくに訊いているなら、これはぼくたちの三回目のデートだという確信があるよ」

「それはよかった。ならばこのあとうちに行きましょう。わたしみたいなのがどんな暮らしをしているか見せてあげる」

「それかうちでもいい。ぼくがどんな暮らしをしているか見られるだろう？　それにうちのほうが近いし」

「あなたがどんな暮らしをしているかは知っている。想像がつくから。わたしは警官よ。もう忘れたの？」

「いいや」

「よかった。じゃあタクシーを呼んでくれる？　その間に払っておくから」


アニカ・カールソンが元証人ハクヴィン・フールイェルムと会った数日後、彼女の上司エーヴェルト・ベックストレームは信頼のおける友人で部下でもあるスロボダン・ミロセヴィッチと会議を行った。最初は一緒にやっているビジネスの話をしていたが、すぐにもっと大事な議題に入った。

「新聞で読んだが、うちの子を脅した男はたった二年の禁固刑だって？　いつごろシャバに戻るんだ？」

「この夏ってことはないが、秋にはね。すでに比較的オープンな刑務所に移された。最高裁判所が裁量上訴を受けつけて、その点を変えられるかもしれないという期待はしないほうがいい」

「息子はまだ精神的にやられている。本人に訊くと平気だとは言うが……。自分が理事長をしている探偵株式会社の仲間たちと、どくろ殺人犯のことは見張っているからと言って」

「だがきみはヨンソンがどうしているか知りたいんだな」

「そりゃもちろんだ。うちの子の精神状態を考えると」

「朝ごはんのパンにのせるおかずは三種類。一日三度の食事が提供され、テレビつきの個室」

「おれもそこに住みたいよ。どこにあるんだ、そんな素敵な宿は」

「エステローケル刑務所の警備クラス2棟だ。オーケシュベリヤのほうにある。洗濯室で働きだしたらしいぞ。他の無実の罪人たちと楽しく過ごせるようにね」

「おれの古い友人どもが行くような場所じゃなさそうだな」

「それはよかった。そういうことならいくらでも手配できる気がしたから」

「まあそうだろう」スロボダンはグラスを掲げた。「乾杯、ベックストレーム」

「乾杯。エドヴィンにしてあげられることがあれば、いつでも言ってくれ」

エピローグ

ルシア祭の二日前、スウェーデン海軍は再び潜水艦を追跡することになった。ストックホルムの南の群島地帯にあるホーシュフィヤーデンで、今回は国籍不明の小型潜水艦がスウェーデン水域に侵入した〝確実な兆候〟があったという。これで何度目かを覚えている者はいない。これまでに何度潜水艦を追ったのかは数えきれなくなっている。ただこれまでとちがうのは、今回の追跡は翌日には完全なる成功に終わったことだ。その決定的な理由は、新しい軍事協力国であるアメリカから借りた戦闘ヘリコプター二台とアメリカのアドバイザーがチームにいたことだった。そして最後とはいえあなどれないのが、新品でこれまで試したことのなかった潜水艦専用の空対艦ミサイル、ザ・ゴーストファインダーの存在だった。

その日の朝、長年ホーシュフィヤーデンの海底にあった警報ブイから明確なシグナルが送られてきた。実動部隊のボスが許可を出し、海底にそって何か大きなものが動いているとわかった瞬間に、ヘリコプター上の狙撃手がボタンを押した。あとはゴーストファインダーが仕事をして、その後送られたダイバーにより、あっという間にホーシュフィヤーデンの海底に全長八メートルの小型潜水艦が沈没していることが確認された。潜水艦は船体の左側に十センチほどの穴が開いていることを除けば完全な状態だった。ルシア祭の日には引き揚げられ、ムスケ島の海軍基地に送られ、鑑識捜査が始まった。潜水艦の中には乗組員が三人いて、全員死亡していた。しかし死亡していること以外には、今後待ち受ける法医学的、犯罪科学捜査的な対処に耐えうる良好な状態だった。

狩人たちはその獲物を、通常どこの狩りのチームでもやるように分配した。潜水艦自体は秘密裡にアメリカに空輸され、ヴァージニア州アーリントンのアメリカ課報機関のラボに収まった。ワシントンDCから数キロ南西だ。三人の乗組員とわずかな持ち物はリンショーピンのNFCへ移送された。

狩猟に関わった全員——狙いを定める者、追い詰める者、そして狩りの主導者自身も絶対かつ完全なる沈黙を義務づけられた。スウェーデン政府、最高司令官および参謀本部も壁のように黙りこくったが、数時間のうちに西側諸国のあらゆるメディアや国民は何が起きたのかを知っていた。簡潔に言って、狩りで本当に大きな獲物を仕留めたときとまるっきり同じ状態だったわけだ。

潜水艦には国籍を示すものは一切なく、乗組員も身分証を携帯していないことは任務の性質からして不思議ではないが、潜水艦を送った者たちはそれ以上のレベルで最善を尽くしたようだ。船舶の起源を示唆するような数字、文字、その他人間が使用するシンボルは一切見当たらない。小さな部品に至るまで、製造番号やメーカー名は記されていない。同じことが乗組員にも言える。歯の治療、タトゥー、服のタグなど、彼らの普段の居住地を示すようなものは何もなかった。

しかし諜報活動において昔から言われるように、人間の力で隠匿できるものは何もかも、人間の力で暴くこともできる。今回はそれを立証するのに一週間しかかからなかった。アメリカの諜報機関は潜水艦の各部品をどこのメーカーが納入したか、組み立てた造船所の名前、船体の主要部分に使われたスチールの種類だけでなく、それに使われた鉄鉱石がどこの鉱山からきたのかまで把握していた。

ＮＦＣの動きも悪くなかった。法医学者と犯罪鑑識官は乗組員に関する大量の情報を採取した。たとえば雑に消されたタトゥーを最新技術で断層撮影してみると、そのタトゥーをつけていた者はかつてロシア海軍の特殊任務部隊《スペツナズ》に所属していたことがわかった。

このことを公にするときがきた――西洋諸国のリーダーらは一致団結して男らしく立ち上がり、ロシアを指さした。その先頭に立ったのがスウェーデンの首相で、今度ばかりは大きく腕を伸ばして指し示したのだ。

ロシア自身は起きたことについては何も知らないと主張し、もっとも近い近隣国であるスウェーデンが偽の認識の中で生きていることを深く遺《い》憾《かん》に思った。おまけに他の選択肢まで提示してくれた。バルト海沿岸の他の隣人たちの所業ではないのか？　あるいはＮＡＴＯやＥＵの加盟国、言うまでもなくアメリカ、ひょっとするとこれは世界全体を騙そうとして周到に準備された偽のシナリオなのでは？

昨今、西側諸国の軍事産業が有するリソースを考えると、これが個人行動であることも否めないとした。最後に、中傷元が理性を取り戻し、政治的状況が再び正常化されることを願うと締めくくられた。


上記の影響として、メディアで一切語られなかったニュースがある。それはスウェーデン人犯罪捜査官エーヴェルト・ベックストレーム警部がロシア大統領の手からプーシキン・メダルを受け取ることがなくなったという事実だ。そのプログラムだけは祝賀から削除された。ロシア国営放送で放映されるはずだった、ベックストレームの華々しい貢献を賛美する一時間ドキュメンタリーもテレビ番組表から消え、代わりにネイチャー番組がテレビに流れた。ロシアのシラカバの森がロシア人の気質と国民魂に与える意義についての番組だった。

その連絡をロシアの人脈から受けたのはベックストレームの特使Gギュッラで、クリスマスイブの三日前のことだった。ベックストレームの貢献はプログラムから削除されたが、それ以外は計画どおりに二十五周年記念の祝賀が行われる。ベックストレームにはロシアとスウェーデンの国交が正常化されるまで待ってもらうことになる。

ベックストレームはその連絡を男らしく受け止めた。もらえなかったメダルについては気にしていない。グーグルで検索してみたところ、九カラットの金しか使われていないからだ。誰が銅製のバッジを胸につけて歩き回りたいものか――。その一方で約束されたウォッカを送ってくることになんの支障があるのかはさっぱり理解できなかった。純金でできた酒瓶、それが入ったシラカバの木箱。いちばんがっかりしたのはロシアの大統領ウラジミール・プーチンが約束を守らない男だという事実だった。

「男なら約束したことは守るものだ」ベックストレームは電話でGギュッラに言い返した。「その点だけはよろしく伝えてくれ」

そのときばかりはGギュッラも沈黙で応えたが、それから、きっと何もかもなんとかなるだろうと請け合った。ロシア自体にはなんの非もない、そこに住むのも善良な人々だ。

「だから親愛なるブラザーよ、最後には何もかも最善の形に収まると思っているよ。ただ、今は湖に斧を投げこむタイミングではない」

ベックストレームは無言のまま乱暴に受話器をおいた。いったい何が起きているんだ――。純金のウォッカの瓶とそれが入ったシラカバの木箱はどうなった？　自分は代わりに何を手に入れたのか――元友人で現凶悪美術品詐欺師でソーセージ乗りのGギュッラから様々な約束をされ期待をもたされただけだ。この世はどうなってしまうんだ――ベックストレームは丸い頭を悲しげに振った。独り座るクングスホルメンのアパートの部屋で。

クリスマスイブになってやっといくぶん明るいニュースが入ってきた。ベックストレームが同じアパートの住人でアシスタントでもあるスロボダンと、スロボダンの妻ドゥサンカが二階上の部屋でクリスマスのご馳走を仕上げている間にベックストレームのリビングでウォーミングアップしていたときだ。もちろんエドヴィン坊やは母親を手伝っている。スロボダンにとっては愛する息子、ベックストレームにとってはもっとも敬愛する若き部下だ。

ベックストレームとスロボダンが、自分たちが生きる時代の経験を分かち合い、人生はそれでも続いていくということで合意したとき、ベックストレームの電話が鳴った。それは北地区所轄の当直責任者で、ベックストレームに伝えたいことがあると言う。ベックストレームは最初それがなんのことかわからなかった。もはや過去となったダニエル・ヨンソンの捜査に関係があるらしいということ以外は。すると同僚は、メディアからコメントを求められたときのために、と言った。

「もう刑務所から出すつもりなのか？」ベックストレームは訊いた。高等裁判所はその可能性すら排除しなかったのだから。

「何を心配しているんだ、ベックストレーム。そんなことあるわけがないだろうが。きみんとこの鑑識官が夜のうちには運び出し、ストックホルムへと移送したよ。それ以外にどうしろってんだ？　刑務所の運動場にでも埋めろと？」

「なんだって？」

これでやっと、らしくなってきたぞ――。

現在では死亡しているダニエル・ヨンソンの遺体は、刑務所内の洗濯室で前日に発見されたということだった。どうやら大きな乾燥機に潜りこみ、うっかり外側についたボタンを押してしまったらしい。どうやったのかは不明ながら、ともかくそういうことで、乾燥機の中でしばらくぐるぐる回っていた。囚人仲間がそれに気づいて乾燥機を止めるまで。ベックストレームはクリスマスおめでとうと言って通話を切り、愛する安楽椅子の中でスロボダンとの会合に戻った。そして手短にダニエル・ヨンソンの最後の旅のことをスロボダンに話して聞かせた。エドヴィンのパパは言葉少なだった。基本的にはうなずいただけ。驚いた様子もなかった。

「どう思う、ベックストレーム」スロボダンが口を開いた。「これは自殺か、純粋に不幸な事故だったのか」

「どちらかというと前者だな。ああいうとっちらかったやつは、いざとなると恐ろしくクリエイティブなんだ。ところで、クリスマスおめでとう」ベックストレームはそう言って、グラスを掲げた。

アッカラー・ブンヤサーンは年が明けるとナディアに電話をかけた。年始の挨拶のためではなく、伝えたいニュースがあったから。彼らがすでに割り出していたことが確実になったのだ。ダニエル・ヨンソンが地方裁判所で謀殺罪で有罪になってすぐに、ジャイディーの兄がスウェーデンの弁護士を通じて、妹の遺体をタイに送ってほしいと要請してきた。その一カ月後に高等裁判所が判決を覆《くつがえ》したことを考えると、検察官の決定は早急だったとも言えるが、ダニエル・ヨンソン本人はなんの異論もなかったため、検察官はヨンソンの元妻の兄の希望を聞き入れた。ジャイディー・クンチャイの遺体は故郷へと返され、ネッド・クンチャイは元日に妹を仏教の伝統にのっとって火葬することができた。

ジャイディーは荼毘《だび》に付され、その遺灰はバンコクの軍墓地にある家族の墓に納められ、現在では父親と母親の間で眠っている。その儀式に参列したのはわずか二名だった。今では一家の長となったジャイディー・クンチャイの兄ネッド・クンチャイ、そしてジャイディーのずっと昔に亡くなった父親の同僚でタイ軍の高官。

「これですべてのピースがはまったな」アッカラー・ブンヤサーンはスカイプごしにナディアに語りかけた。

「ええ、これですべてのピースがはまりましたね」ナディアも同意した。

これでやっと――。

訳者あとがき

ストックホルムのメーラレン湖に浮かぶ島で女性の頭蓋骨が発見された。しかし捜査が進むうちになんとその女性は十二年前にタイの津波で亡くなっていたことが判明する。人は二度死ねるのか？　それが本作『二度死んだ女』の原題であり、重要なテーマになっている。いやしかし、そんなわけがない――ということで、われらがベックストレーム率いる捜査班がどこで何がおかしくなってしまったのかを調べ始める。

相変わらず仕事をサボることしか考えていないベックストレームだが、難解な殺人事件とあらば持前の直感（偏見？）を発揮し、ぐいぐい捜査を前に進めていく。おまけに今回の事件の発端は同じアパートに住む子供で、ベックストレームが普段から可愛がっている十歳のエドヴィンだった。少年が夏休みにシースカウトのキャンプで訪れた無人島で女性の頭蓋骨をみつけたのだ。エドヴィンはその足で尊敬してやまない〝警部さん〟の元へ駆けつけるが、ベックストレームは果たしてエドヴィンの期待どおり事件を解決できるのだろうか。

今回の舞台は水の都とも称されるストックホルムから西に複数の地方にまたがって広がるメーラレン湖だ。スウェーデンで三番めに大きな湖で、バルト海へと注いでいる。日本語で湖というと水がひとつの場所に閉じこめられているイメージが強いが、メーラレン湖はそのような形状ではない。大小の群島で構成されるストックホルムおよび周辺地域を取り囲み、バルト海ともつながった水域を指す。湖というよりは海が陸の奥深くまで入りこんでいるという印象だ。主な島は橋でつながっていて、豊かな自然の中にありつつも首都のベッドタウンとなっている。このあたりにö, ön（島）、holm、holmen（小島）で終わる地名が多いのは、いずれも島だからだ。しかし橋と道路のおかげで島から島へと移っている感覚もないままに車で移動できてしまう。ベックストレームが住み警察の本部もあるクングス小島《ホルメン》も実は島だし、今回エドヴィンのスカウトがキャンプをしているエーケレー島も水に囲まれてはいるが、都心から車で向かうことができる。本作ではこのメーラレン湖でストックホルムの人々がセーリングを楽しむ様子もよくわかる。

三作目『悪い弁護士は死んだ』のあとがきでも触れたが、このシリーズには毎回裏のテーマが設定されているように感じられる。一作目『見習い警官殺し』は女性差別、二作目『平凡すぎる犠牲者』では移民や性的マイノリティを受け入れている現代スウェーデンの多様性、三作目では動物愛護に対する考えかただった。こうやって過去の作品を振り返ると、初期のベックストレームがいかに女性や外国人、性的マイノリティの人々を馬鹿にしていたのかが思い出される。しかし四作目を迎えた今はどうだろうか。プライベートではわけあって頭痛の種だが、仕事では優秀な右腕であるアニカ（女性でありバイセクシュアル）には完全に尻に敷かれつつも頼りにしているし、優秀な分析官であるナディアのことは外国人（ロシア人）であるにもかかわらず手放しでほめそやしている。子供嫌いを公言しつつも、エドヴィンのことは便利だという言い訳をして可愛がる。ベックストレーム自身の育ちも今なら問題になりそうな家庭環境だったようだが、仲間に一種の愛情を感じられるまでになったベックストレームの成長が感じられる。

さて、本作の裏のテーマはなんだろうかと考えると、スウェーデンにおけるタイ人女性の問題だろうか。スウェーデンは人口千五十二万人ながら約四万五千人ものタイ生まれの人たちがいて、その約七十八%が女性である（二〇二二年）。長く暗い冬を過ごすスウェーデン人にとって年中太陽が輝くタイは人気のバカンス先であるが、そこから女性を連れ帰る、あるいは呼び寄せる男性が多いことが社会問題になっている。もちろんまっとうな恋愛の末に一緒になるパターンもあるが、男性と対等にふるまうスウェーデン人女性よりも、男性を立てたり家事を率先してやってくれたりすることを期待して、あるいはスウェーデン人女性には相手にされないからタイ人女性を選ぶという男性がいることも否めない。スウェーデンに連れてきてしまえば、言葉もわからない、経済力もない女性を家に縛りつけておくのは簡単なことで、精神的肉体的なハラスメントが横行し、タイからの〝妻輸入〟は現代の奴隷に近いとまで言われている。

スウェーデンでタイ人女性の頭蓋骨がみつかった今回の事件。偏見の塊のようなベックストレームは当然スウェーデン人の夫の仕業だと考える。ベックストレームの偏見にはこれまで、ときには助けられ、ときには爽快なまでに裏切られてきたが、今回はどちらに転ぶのだろうか。

なお、本作は二〇二〇年に放映されたスウェーデンのドラマ『Backstrom はみ出し刑事ベックストレーム』の第一シーズンの原作にもなっている。

名残惜しくも、現在のところ本作がシリーズ最終作だ。シリーズが正式に完結したわけではないが、著者が高齢になったせいか、この作品を最後にミステリ作品は発表されていない。本作（二〇一六年）の後は、自伝小説の二作目が二〇一八年に出たのが最後になっている。その一方で、七十八歳の今もテレビや新聞には頻繁に登場し、何度も脳塞栓を起こして入院経験があるとは思えないシャープで毒のあるGW節を披露している。

なお、ベックストレーム以外が主人公でこのシリーズと同じ登場人物が出てくるノンシリーズ作品が二作あり、『許されざる者』（二〇一〇年、主人公は国家犯罪捜査局元長官ヨハンソン）、そして『Bombmakaren och hans kvinna（爆弾職人とその女）』（二〇一五年、主人公はリサ・マッテイ）である。今後、わたしたちが再びベックストレームに会える日はやってくるのだろうか。著者が再びペンを握ってくれることを願いたい。

訳者紹介　1975年兵庫県生まれ。神戸女学院大学文学部英文科卒。スウェーデン在住。訳書にペーション『許されざる者』『見習い警官殺し』、トリュック『影のない四十日間』、ネッセル『悪意』など。著書に『スウェーデンの保育園に待機児童はいない』がある。

検印
廃止

二度死んだ女

2023年6月9日　初版

著　者　レイフ・GW・ペーション

訳　者　久《く》　山《やま》　葉《よう》　子《こ》

発行所　(株)　東京創元社
代表者　渋谷健太郎

162-0814/東京都新宿区新小川町1-5
電　話　03·3268·8231-営業部
03·3268·8204-編集部
URL　http://www.tsogen.co.jp
DTP　萩　原　印　刷
暁印刷・本間製本

ISBN978-4-488-19211-2　C0197